# LILLI BECK
## Die Schwestern vom See

## Autorin

Lilli Beck wurde in Weiden/Oberpfalz geboren und lebt seit vielen Jahren in München. Nach der Schulzeit begann sie eine Ausbildung zur Großhandelskauffrau. 1968 zog sie nach München, wo sie von einer Modelagentin in der damaligen In-Disko Blow up entdeckt wurde. Das war der Beginn eines Lebens wie aus einem Hollywood-Film. Sie arbeitete zehn Jahre lang für Zeitschriften wie »Brigitte«, »Burda Moden« und »Twen«. Neben »Die Schwestern vom See«, dem fulminanten Auftakt einer zeitgenössischen Reihe um das Erbe dreier Schwestern, hat sie bei Blanvalet mit großem Erfolg historische Romane veröffentlicht.

Weitere Informationen unter: https://lilli-beck.de/

### Von Lilli Beck bereits erschienen

Glück und Glas · Wie der Wind und das Meer · Mehr als tausend Worte · Wenn die Hoffnung erwacht · Die Farben unserer Träume · Die Schwestern vom See · Die Schwestern vom See – Neue Wege · Die Schwestern vom See – Dem Glück entgegen

# LILLI BECK

# Die Schwestern vom See

Roman

blanvalet

Diese Arbeit wurde gefördert im Rahmen des Stipendienprogramms der VG WORT in NEUSTART KULTUR der Beauftragten der Bundesregierung für Kultur und Medien.

Penguin Random House Verlagsgruppe FSC® N001967

3. Auflage
Originalausgabe 2022 by Blanvalet
in der Penguin Random House Verlagsgruppe GmbH,
Neumarkter Str. 28, 81673 München
Copyright © 2022 by Lilli Beck
Redaktion: Gisela Klemt
Umschlaggestaltung: www.buerosued.de
Umschlagmotive: Getty Images (Cavan Images/Cavan;
Thomas Barwick/DigitalVision); www.buerosued.de
DK · Herstellung: sam
Satz: Buch-Werkstatt GmbH, Bad Aibling
Druck und Bindung: GGP Media GmbH, Pößneck
Printed in Germany
ISBN: 978-3-7341-1084-9

www.blanvalet.de

Geschwister sind nie alleine. Sie tragen immer den anderen im Herzen! – Unbekannt

# Prolog

Durch das offene Fenster wehte seidige Sommernachtluft ins Zimmer und verfing sich in den zartgelben Vorhängen. Das gleichmäßige Geräusch der Wellen vom nahe gelegenen Bodensee war zu hören. Silbriger Vollmondschimmer lag auf den Baumkronen. Und irgendwo rief ein einsames Käuzchen nach seiner Gefährtin.

Doch Iris und ihre beiden Schwestern hatten keinen Sinn für besonders stimmungsvolle Nächte, denn morgen würde Iris heiraten und anschließend ihre Heimat verlassen – und heute war ihr letzter gemeinsamer Abend.

Iris, die Älteste mit den kurzen kastanienbraunen Haaren, Rose die zierliche blonde Zweitgeborene und das dunkelhaarige Nesthäkchen Viola, hatten es sich auf dem Polsterbett gemütlich gemacht. Iris streckte ihre Hände nach denen von Rose und Viola aus und drückte sie liebevoll. »Ich werde jeden Tag mit euch Kontakt halten, und ihr müsst mich anrufen und mir alles erzählen, was in eurem Leben passiert!«

»Logisch, wir schreiben uns über WhatsApp oder skypen«, versprach Rose, die mit dem kindlich-runden Gesicht nicht aussah, als sei sie mit neunundzwanzig bereits erwachsen.

»Oder wir telefonieren ganz oldschool«, flüsterte Viola, deren blaue Augen tränenfeucht glänzten. »Wen soll ich denn sonst um Rat fragen, wenn es um die wichtigen Dinge des Lebens geht?«

Iris sah ihre kleine Schwester neugierig an. Viola, mit den dunklen glänzenden Haaren und den veilchenblauen Augen, war schon in der Schule umschwärmt, aber oft unglücklich verliebt gewesen. »Wenn es um Männer geht?«

Viola drehte verlegen eine Haarsträhne um einen Finger. »Zum Beispiel.«

»Frag Rose, ihr laufen die Jungs in Scharen nach, die kennt sich aus in Sachen Liebe«, scherzte Iris mit belegter Stimme. Nichts war so tröstend wie Gespräche mit den Schwestern.

»Haha«, lachte Rose trocken. »Es gibt momentan nicht einen, den ich nehmen wollte. Und überhaupt, ich hätte auch gern solch ein Prachtexemplar wie deinen Christian mit einem Lächeln, bei dem einem die Knie weich werden. Solange ich den nicht gefunden habe, bleibe ich lieber Single, Larifari-Beziehungen sind nicht mein Ding. Ich würde mich auch niemals auf Tinder umsehen und mich in ein Blind Date stürzen. Weder den Angaben noch den Fotos auf diesen Portalen würde ich jemals trauen. Männer machen sich gern fünf bis zehn Jahre jünger, und die Bilder sind meist bearbeitet.«

Aufmunternd lächelte Iris ihrer Schwester Rose zu. »Eines Tages marschiert dein Traummann vielleicht direkt zu dir an die Rezeption, und du musst ihn nur aufmunternd anlächeln.« Abermals ergriff sie die Hände ihrer Schwestern. »Ich möchte, dass wir uns etwas versprechen ... oder noch besser, schwören!«

Rose und Viola blickten sie gespannt an.

»Wenn eine von uns in Not gerät oder warum auch immer Hilfe benötigt, werden die anderen beiden alles in ihrer Macht Stehende unternehmen, um zu helfen.«

Einen Moment lang herrschte Stille. Die antike Standuhr im Foyer schlug Mitternacht, als wolle sie den Bund bekräftigen. Dann war es wieder ruhig.

»Habt ihr die Uhr gehört? Genau die richtige Zeit für ein Gelöbnis«, sagte Iris feierlich.

»Wir schwören …«, sagte Rose mit feierlicher Miene.

»Wir schwören, uns in allen Notlagen beizustehen«, flüsterte auch Viola und nickte bestätigend.

Weit nach Mitternacht lag Iris endlich im Bett. Einschlafen konnte sie nicht, die Gedanken an den nächsten Tag hielten sie wach. Morgen war es tatsächlich so weit, morgen würde sie Christians Frau werden. Er war ihre große Liebe, der einfühlsamste und zärtlichste Liebhaber, den sie sich nur wünschen konnte. Gemeinsam würden sie die Familie mit mindestens drei Kindern gründen, von der sie schon als Teenager geträumt hatte. Ein Leben ohne Kinder konnte sie sich nicht vorstellen. Und es würden besonders hübsche Kinder werden, Christian war nämlich unfassbar attraktiv: dunkelblondes Haar, kantiges Gesicht, groß gewachsen, athletische Figur. Ein Traummann, um den sie von allen Mädchen in der Hotelfachschule beneidet worden war. Dort hatte sie ihn vor zwei Jahren kennengelernt und schon beim ersten Blick in seine graugrünen Augen lichterloh gebrannt. Als wären das noch nicht genug Argumente, seinen Antrag anzunehmen, war er auch noch ein wohlhabender Hotelerbe. Aber es hätte sie nicht gestört, wenn er nur ein armer Kellner gewesen wäre. Iris war überzeugt, dass Liebe alle Hürden überwinden konnte, egal, welche das Schicksal für ein liebendes Paar bereithielt. Außerdem war sie selbst auch keine arme Kirchenmaus.

Ihre Familie besaß die Pension König in Auerbach am Bodensee. Ein etabliertes Traditionsunternehmen, zu dem auch ein Café und eine Konditorei gehörten, und das ihr Großvater, Max König, preisgekrönter Konditormeister, Ende der 1950er gegründet hatte. Das Anwesen mit einfachen Fremdenzimmern hatte er zusammen mit seiner Frau Margarete »geheiratet«, wie er gern scherzte. Margarete hatte dann stets lachend hinzugefügt, dass sie ihn nur wegen ihrer Schwäche für Sahnetorten genommen und Max sie damals mit seinen köstlichen Kreationen verzaubert habe.

Später übergaben sie die Geschäfte ihren Kindern Annemarie und Herbert, die sie in absehbarer Zukunft wiederum an eine der drei Schwestern übergeben wollten. Iris hätte den idyllisch gelegenen Betrieb übernehmen und ihn allein oder nach einer Heirat mit ihrem Ehemann weiterführen können. Nun aber würde Rose, die einen Abschluss in Betriebswirtschaft hatte, eines Tages die Chefin werden. Sollte Rose irgendwann keine Lust mehr haben auf Pensionsgäste und die nie enden wollende Arbeit, war da noch Viola, die Jüngste im Bunde.

Ihre geliebten Schwestern waren auch der Grund, warum Iris der Abschied so unendlich schwerfiel. Wäre sie vor einigen Monaten gefragt worden, ob sie sich ein Leben ohne Rose und Viola vorstellen könne, hätte sie ohne Zögern verneint. Die beiden gehörten zu ihr, waren ein Teil von ihr. Ihnen hatte sie ihre Ängste, ihre geheimsten Gedanken und Träume anvertraut. Sie hatten zusammen gelacht, geweint, sich getröstet und aufgemuntert und waren durch dick und dünn gegangen. Und sie als Älteste hatte sich stets für die anderen verantwortlich gefühlt.

Heute Abend hatten sie sich mit leiser Wehmut an die gemeinsamen Erlebnisse, Heimlichkeiten und auch an die Schulzeit erinnert. An die ungeliebten Matheaufgaben, die Rose, das Rechengenie der Familie, ganz nebenbei löste. An den kleinen schwarzen Hund mit den weißen Pfoten, den sie zu Weihnachten bekommen und Blacky genannt hatten – als Teenager fanden sie englische Namen todschick. An die Entenmutter mit den sieben flauschigen Küken, die eines Tages im Planschbecken herumgepaddelt und zwei Wochen später wieder verschwunden waren. Oder an die Barbie-Puppen, die sie an Violas sechzehntem Geburtstag als Zeichen für das Ende ihrer aller Kindheit im Garten feierlich begraben und dazu ein Glas Piccolo getrunken hatten. Sie hatten versucht, die heimlich gerauchten Zigaretten zu zählen, und über die verschlossene Haustür gelacht, die sie stets vorfanden, wenn sie nicht rechtzeitig von einer Party nach Hause gekommen waren. Oder die Steinchen, die sie an die Zimmerfenster geworfen hatten, um eine Schwester zu wecken. Rose, die Zierliche, hatte selbst kleine Steine mit der Wucht einer durchtrainierten Diskuswerferin gegen die Fenster geschleudert, weshalb einmal sogar eine Scheibe zu Bruch gegangen war. Das klirrende Geräusch hatte zuerst Blacky geweckt, sein Gebell dann die Eltern, und es hatte Rose drei Monate Taschengeldentzug eingebracht.

Sie hatten sich an unzählige Wochenenden erinnert, wenn sie sich für Partys zurechtgemacht hatten: Augenbrauen zupfen, Quark-Eigelb-Masken auflegen, Haare waschen, gegenseitig trocken föhnen, Fingernägel lackieren, Klamotten ausprobieren. Iris war noch einmal in ihr Hochzeitskleid geschlüpft; eine schmal geschnittene, lange cremefarbene Satinrobe, gänzlich ohne Verzierungen. Hatte überprüft, ob das Traumkleid noch passte oder sie vielleicht den ganzen Hochzeitstag lang den Bauch würde einziehen müssen. Alles saß perfekt, doch erst der kurze Tüllschleier, der mit einem Kranz aus Seidenblüten in ihr kastanienbraunes kurzes Haar gesteckt werden würde, adelte es zu einem Hochzeitskleid. Zu einem Kleid, in dem sie sich wie ein Wesen aus einer anderen Welt fühlte und einen Tag lang nicht die tüchtige Iris sein musste.

Rose und Viola hatten die pastellfarbenen Brautjungfernkleider angezogen, sich hinter die Braut gestellt und wie in einem dieser kitschigen Filme ergriffen geflüstert: »Oh, Iris, du siehst einfach wunderschön aus!« Minutenlang hatten sie gekichert und die Anspannung weggelacht.

Längst hingen die kostbaren Gewänder wieder unter weißen Stoffhüllen auf den Kleiderbügeln, und bei jedem Blick darauf verspürte Iris einen dicken Kloß im Hals. Sie konnte es kaum erwarten, Christian das Jawort zu geben und Frau Bonhoff zu werden. Und sie hoffte, bald das erste gemeinsame Baby in den Armen zu halten. Es würde ein aufregendes Leben im weit entfernten Köln werden, aber sie würde ihre Heimat bestimmt an manchen Tagen vermissen – und ihre Schwestern jeden Tag.

# 1

*Köln, Frühjahr 2022*

Iris lehnte sich an die Spiegelwand des Aufzugs und drückte auf die Sieben. Erst als sich die Tür automatisch schloss, erlaubte sie sich aufzustöhnen.

Rose hatte eben angerufen, um ihr eine traurige Nachricht mitzuteilen: Großvater Max war in der Nacht gestorben. Mit sechsundachtzig Jahren friedlich im eigenen Bett für immer eingeschlafen. Damit war er seiner geliebten Frau Margarete gefolgt, die im Frühjahr 2020 vorausgegangen war. Auch das war ein trauriger Tag gewesen, weil die Familie ein wichtiges Mitglied verloren hatte. Doch mit Max König, dem prämierten Konditormeister und Gründer der Pension König am Bodensee, endete eine Ära, die 1956 begonnen hatte. In jenem Jahr war er aus Wien zurückgekehrt, wo er seine Konditorkünste im berühmten Hotel Sacher verfeinert hatte. Wenige Monate nach seiner Heimkehr heiratete er Margarete, deren Mitgift dieses Haus am See war, in dem damals nur einfache Zimmer mit Waschgelegenheit vermietet wurden. Ein schlichtes Emailleschild mit der Aufschrift *Fremdenzimmer zu vermieten* prangte neben dem Haupteingang und hing bis heute als liebe Erinnerung an der Wand in Roses Büro hinter der Rezeption. In den 1950ern beherbergte man die Fremden praktisch noch unter seinem eigenen Dach, und manche wurden zu Stammgästen. Doch es waren vor allem Großvaters köstliche Backwaren, Torten und Kuchenstücke aus der eigenen Konditorei, die bald die Kasse kräftig hatten klingeln lassen, wie er voller Stolz zu sagen pflegte. Nach und nach wurden die Zimmer renoviert, der Pensionsbetrieb um den Wintergarten und ein Terrassencafé vergrößert, das sich schon bald großer Beliebtheit erfreute. Bis ins hohe Alter hatte Max König am täglichen Geschehen teilgenommen, und sein Interesse für den Betrieb war nie erloschen.

Der Lift hielt mit sanftem Ruck in der siebten Etage, die automatische Tür öffnete sich, und Iris eilte in ihr privates Reich. Die Schwiegereltern hatten vor drei Jahren als Hochzeitsgeschenk den noch leer stehenden Teil des Dachgeschosses ausbauen lassen. Sie und Christian lebten seitdem in dieser letzten Etage des privat geführten Hotels im Belgischen Viertel. Neben der Lobby und dem Restaurant im Erdgeschoss verfügte das Haus über 65 Gästezimmer, die auf fünf Etagen verteilt waren.

Aus der breiten Fensterfront des Lofts hatte man einen fantastischen Ausblick über die Dächer der Kölner Innenstadt und nachts auf die erleuchteten Fenster der gegenüberliegenden Häuser. Aber Iris war nicht in der Stimmung, die Nachbarn zu beobachten oder das einzigartige Panorama zu genießen, das auch an einem regnerischen Aprilmorgen wie heute beeindruckend war. Nicht einmal die zahlreichen Kissen auf dem weichen Sofa lockten sie, sich wie gewöhnlich hineinfallen zu lassen und die Beine nach dem anstrengenden Stehen hochzulegen.

Sie benötigte dringend ein Taschentuch, um ihre Tränen zu trocknen, und griff nach der Box auf dem Couchtisch aus hellem Birkenholz. Die Schachtel war leer. Gedankenlos wischte sie sich die Nase mit dem Ärmel ihrer weißen Baumwollbluse ab, und zu spät wurde ihr bewusst, dass es die Uniformbluse war, die sie während der Arbeit trug. Sich die Nase wie ein Kleinkind am Blusenärmel abzuwischen passte zum heutigen Tag. Einer von der Sorte, den man nicht einmal seinen ärgsten Feinden wünschen würde.

Morgens um sechs, vor Beginn ihrer Frühschicht, hatte sie sich mit Christian über das ewig gleiche Thema gestritten. Er wollte einfach nicht verstehen, dass sein männliches Ego durch eine Fruchtbarkeitsuntersuchung keinen Kratzer bekommen würde. Sosehr sie ihn auch darum bat, er beharrte darauf, zeugungsfähig zu sein. Aber warum wurde sie dann nicht schwanger? Seit drei Jahren versuchten sie nun ein Baby zu bekommen, aber es wollte einfach nicht klappen. An ihr konnte es nicht liegen, das hatte ihr die Gynäkologin versichert.

Seufzend begab sich Iris zu dem Sideboard aus hellem Holz, auf dem sie ihre ganz persönliche Bildergalerie aufgestellt hatte; glückliche Momente aus ihrem Leben und dem ihrer Familie. Sie griff nach dem silbernen Rahmen mit dem Familienfoto, das zu Großvaters achtzigstem Geburtstag aufgenommen worden war.

Der glücklich lachende, silbergraue Patriarch im feinen Anzug, umringt von all seinen Lieben. Seine weißhaarige Frau Margarete in einem dunkelblauen Kleid mit dreireihiger Perlenkette, direkt neben ihm. Hinter dem Paar die erstgeborene Tochter Annemarie, daneben Sohn Herbert mit seiner Frau Florence, die Eltern der drei Schwestern Iris, Rose und Viola, die zu Füßen ihrer Großeltern saßen.

So agil und lebensfroh wie auf diesem Bild wollte Iris den Großvater in Erinnerung behalten. Sie wollte sich an die Worte erinnern, die er ihr kurz vor ihrer Abreise in die Flitterwochen zugeflüstert hatte: »Auch wenn ich bedauere, dass du uns verlässt: Junge Menschen müssen in die Welt hinausgehen! Auch ich habe als junger Spund wichtige Erfahrungen im wunderschönen Wien gesammelt.

Ich wünsche dir nur das Allerbeste. Behalte dein freundliches Wesen, sei offen für Neues und besuche uns so oft wie möglich.«

Liebevoll strich Iris über das Bild, bevor sie den Rahmen zurückstellte. Wie magisch angezogen fiel ihr Blick auf ihren getrockneten Brautstrauß; pinkfarbene Rosen eingebunden in Seerosenblätter. Daneben der größte Bilderrahmen, mit dem Lieblingsfoto vom Hochzeitstag: Christian und sie auf der Tanzfläche. Ein Profifotograf war engagiert worden, der sich unter die Gäste gemischt und mit seiner Kamera die schönsten Motive eingefangen hatte. Von ihrem frisch angetrauten Ehemann war nur der Rücken zu sehen, und es musste schon ziemlich spät gewesen sein – ihr Kopf lag auf seiner Schulter, ihre Augen waren geschlossen. Iris erinnerte sich ganz deutlich daran, was er ihr während eines Tanzes zugeflüstert hatte: »Ich verspreche dir ewige Liebe und ein glückliches Leben.« Nichts war geblieben von seinem Schwur. Die Liebe war von Streitereien zermürbt worden und ihr Traum von einer eigenen Familie und drei Kindern gleich mit. Begonnen hatte es mit kleinen Unfreundlichkeiten, die schließlich zu einem Berg aus Schuldzuweisungen gewachsen waren. Die Erkenntnis trieb ihr erneut die Tränen in die Augen.

Im angrenzenden Badezimmer riss Iris Toilettenpapier ab und putzte sich geräuschvoll die Nase. Was sie dann in dem von Wand zu Wand reichenden Spiegel über dem Doppelwaschbecken erblickte, stoppte die Tränen augenblicklich. Ihre goldbraunen Augen waren rot unterlaufen. Die Nase geschwollen. Hektische Flecken blühten auf Hals und Wangen. Und ihr kurzes kastanienbraunes Haar benötigte dringend einen neuen Schnitt. Ähnlichkeiten mit der strahlenden Braut auf dem Foto konnte sie nicht mehr erkennen.

Resignierend trieb sie sich zur Eile an. Sie wollte duschen, die Haare waschen und musste auch noch Koffer packen, aber wenn sie weiter über verschüttete Milch heulte, würde sie den Zug verpassen. Ohnehin drehten sich die Streitereien im Kreis, und schon oft hatte sie überlegt, Christian eine Eheberatung vorzuschlagen.

Unter der heißen Regendusche wurde sie ruhiger. Es war, als könne der angenehm weiche Wasserstrahl auch ihre aufgewühlten Gedanken besänftigen.

Der auf sieben Minuten eingestellte Timer ihres Handys beendete das Vergnügen. Sie liebte es, von Wasser umspült zu werden, und vermisste das morgendliche Schwimmen im Bodensee. Von April bis Oktober war das früher ihr tägliches Ritual gewesen, und danach war sie voller Elan in den Tag gestartet. Im Rhein zu schwimmen, war ihr zu gefährlich und die Regendusche ein kleiner Ersatz. Den verschwenderischen Luxus zeitlich zu begrenzen hatte sie sich selbst auferlegt, da sie sonst stets alles vergessen und dadurch zu spät zur Arbeit erscheinen würde. Christian hätte großzügig darüber hinweggesehen, und auch die Schwiegereltern hätten es niemals kommentiert, doch ihr Pflichtbewusstsein war groß genug, sodass sie sich disziplinierte. Vom Wasserverbrauch ganz zu schweigen. Unter diesem Aspekt waren selbst sieben Minuten beinahe unmoralisch.

Gewickelt in ein großes Handtuch, verließ Iris das Badezimmer und erschrak, als Christian im selben Moment den Raum betrat.

Einen Augenblick lang starrten sie einander an wie zwei Hotelgäste, von denen sich einer im Zimmer geirrt hatte.

»Tut mir leid … ich wollte dich nicht erschrecken …«, murmelte er übertrieben höflich, als käme er vom Zimmerservice. »Hier, dein Koffer.« Er hob den silbernen Leichtmetallkoffer in seiner Hand etwas an, stellte ihn dann neben dem Bett ab und legte einen Papierausdruck auf den Bettüberwurf. »Das Ticket für den Zug. Olga aus der Buchhaltung hat es für dich erledigt.«

»Danke. Einen lieben Gruß an Olga, das hilft mir sehr. Und danke deiner Mutter noch einmal, dass sie meine Arbeit an der Rezeption übernimmt, obwohl sie doch kürzertreten wollte.« Iris lächelte verbindlich, während sie das über der Brust verschlungene Handtuch festhielt. Drei Jahre und zwölf Tage waren sie inzwischen verheiratet, doch sie fand ihren Mann noch genauso attraktiv wie bei der ersten Begegnung. Christian war fünf Jahre älter als sie und kein perfekter Schönling mit ebenmäßigen Gesichtszügen. Die Narbe über der linken Augenbraue, die er sich als Sechsjähriger zugezogen hatte, und die große, leicht schiefe Nase trugen jedoch zu seiner umwerfenden Ausstrahlung bei. Dazu die einen Meter fünfundachtzig große, gut trainierte Figur mit Muskeln, die nicht übertrieben ausgebildet waren, doch genug, um sie unter der dunkelblauen Uniformjacke zu erahnen. Sein besänftigendes Lächeln beruhigte jeden gestressten Gast in Sekunden. Und ein Blick aus seinen graugrünen Augen konnte Iris immer noch zum Erzittern bringen. Sie liebte ihn, daran änderten auch die andauernden Streitereien nichts. Im Moment verkniff sie sich aber zu sagen, dass es unnötig gewesen war, sich zu entschuldigen, schließlich wohnten sie beide hier.

»Ich werde es ausrichten. Wenn du möchtest, kann ich dich zum Bahnhof fahren«, sagte er, als sei sie ein Hotelgast.

Höflichkeiten, nichts als Höflichkeiten, dachte Iris traurig. Noch vor einem Jahr hätte er mich in seine Arme gezogen, mir gesagt, wie sehr er mich liebt und dass alles gut werden wird. Er hätte ihr das Handtuch vom Leib gerissen, sie zum Bett getragen und heiser geflüstert, wie sehr er sie begehrte, wie sehr auch er sich Kinder wünschte und jetzt sofort eines zeugen wollte. Doch der Anblick ihrer nackten Schultern, ihrer feuchten Haut und der Wassertropfen in ihren Haaren schien ihn nicht mehr so zu stimulieren, wie er es einmal getan hatte. Das brennende Verlangen schien erloschen zu sein.

»Danke, nicht nötig, ich nehme ein Taxi«, erwiderte sie ebenso wohlerzogen. »Du wirst sicher an der Rezeption gebraucht.«

»Wie du meinst.« Seine Miene wirkte gleichgültig. Er zuckte die breiten Schultern und verließ ohne ein weiteres Wort den Raum.

Iris' Magen krampfte sich schmerzhaft zusammen. Würden sich ihr Kinderwunsch und der nach einer eigenen Familie jemals erfüllen? Würden sie dann zur alten Vertrautheit zurückfinden, wieder glücklich werden? Oder würde ihre Ehe zerbrechen?

Nachdenklich legte sie den Koffer aufs Bett. Sie wollte zwei, vielleicht drei Wochen in Auerbach bleiben, ihrer Familie bei der Organisation für die Beerdigung helfen und natürlich anpacken, wo sie gebraucht wurde. Für die relativ kurze Zeit packte sie ausreichend Unterwäsche, Jeans, Shirts, auch wärmere Pullis für kühle Tage und ein schwarzes Kleid ein. Durch Großvaters Tod war sicher jede Menge zu regeln, vielleicht musste man einen Anwalt oder den Notar einbeziehen, um eventuelle Nachlassfragen zu klären. Rose hatte am Telefon zwar versichert, alles unter Kontrolle zu haben, aber moralische Unterstützung sei trotzdem willkommen. Für Iris hatte sich die Formulierung ein wenig widersprüchlich angehört, allein deshalb hatte sie Rose nicht ganz geglaubt.

Iris freute sich sehr auf ihre Schwestern, die sie zuletzt bei Margaretes Beisetzung gesehen hatte, und auch darauf, das vor ihrer Hochzeit gegebene Versprechen einlösen zu können. Auch wenn sie regelmäßig miteinander telefonierten – Umarmungen waren einfach nicht zu ersetzen. Für ihre Ehe würde eine kleine Auszeit vielleicht auch heilsam sein. Seit sie sich vor drei Jahren das Jawort gegeben hatten, waren sie und Christian sieben Tage die Woche zusammen, hockten so gut wie vierundzwanzig Stunden aufeinander. So viel Nähe vermochte wohl auch die größte Liebe nicht zu verkraften.

»Ach, Großvater«, flüsterte sie, »wie gern würde ich dir meine Sorgen erzählen. Du hattest nicht nur die weltbesten Rezepte für Torten, sondern auch eines für eine glückliche Ehe; deine war es jedenfalls über viele Jahre.«

# 2

Iris konnte nach der langen Zugfahrt endlich die unangenehme Maske abnehmen und tief einatmen. Der Konstanzer Hauptbahnhof lag parallel zum Seeufer, und es roch eindeutig nach würziger Seeluft, die belebend auf sie wirkte. In ihren Adern floss Bodenseewasser, und dieser Duft war ein Lebenselixier für sie. Genau wie die strahlende Aprilsonne am tiefblauen Himmel, die ihr ein herzliches Willkommen bot.

Als sie vor knapp sechs Stunden in Köln in den ICE gestiegen war, hatte es aus dicken grauschwarzen Wolken geregnet. Die Reisenden waren mit düsteren Blicken zu den Zügen, öffentlichen Verkehrsmitteln oder Taxiständen gehetzt. Manche waren vielleicht nur Tagesgäste, um den berühmten Dom zu besichtigen, entspannte Gesichter hatte man dennoch lange suchen müssen. Ein Durchgangsbahnhof wie der in Köln, auf dessen elf Gleisen täglich zwölfhundert Züge einliefen oder abfuhren, die über dreihunderttausend Reisende in die Stadt brachten oder fortfuhren, lud eben nicht zum Verweilen ein. Dagegen erschien der Konstanzer Hauptbahnhof an der deutsch-schweizerischen Grenze, erbaut nach dem Vorbild des Palazzo Vecchio in Florenz, mit gerade mal drei Bahnsteigen wie ein Puppenbahnhof.

Iris amüsierte sich über ihr gutes Gedächtnis für Daten

und Zahlen. Damit hatte sie schon in der Schule brilliert und Urlaubsgäste der Pension oder die Hotelgäste in Köln beeindruckt. Besucherinnen und Besucher aus kleineren Städten, die vom quirligen Großstadtleben vollkommen überwältigt waren, interessierten sich für Historie und freuten sich über Informationen zu Gebäuden, Bahnhöfen oder der Umgebung.

Im Moment fühlte sich Iris auch wie eine Touristin, die Konstanz zum ersten Mal besuchte und darauf wartete, abgeholt zu werden. Über den Köpfen der Reisenden entdeckte sie schließlich das weiße Schild mit schwarzer Aufschrift *Pension König*, mit dem sie selbst schon Gäste abgeholt hatte. Rose hatte wegen der momentanen Situation selbst keine Zeit, wollte aber einen der Boten schicken. Sie, Iris, solle auf jeden Fall warten, falls der Abholer nicht sofort einen Parkplatz fand.

Beim Näherkommen sah Iris, wen Rose mit dem Abholen beauftragt hatte: einen jungen Mann mit sehr kurz geschnittenen Haaren in abgewetzten Jeans und einem rosa T-Shirt, der sich neugierig umschaute.

Lächelnd ging sie auf ihn zu. »Ich bin Iris Bonhoff, die Schwester von Rose …«

Sichtlich erleichtert strahlte er sie an. »Herzlich willkommen … ich bin der Horst, Mädchen für alles. Bin ich froh, dass Sie gesund eingetroffen sind!« Er klang, als wäre er ganz persönlich dafür verantwortlich. »Die Chefin hat mir mit Kündigung gedroht, falls ich Sie nicht heil nach Hause bringe.«

»Das war bestimmt nur ein Spaß«, entgegnete Iris und musste grinsen. Die zerbrechlich wirkende Rose hatte mehr Power als drei Hotelkettenmanager zusammen. Warum sie wohl moralische Hilfe benötigte, überlegte Iris und fragte sich plötzlich, warum Rose am Telefon so kurz angebunden war. Während des Gesprächs war ihr das nicht aufgefallen. Der Tagesbetrieb in der kleinen Pension verbreitete oft Hektik, alles musste in Kürze abgehandelt werden, für privates Geplänkel blieb kaum Zeit. Doch wenn sie jetzt darüber nachdachte, war die Eile untypisch für Rose, die so schnell nichts aus der Ruhe brachte. Hoffentlich warteten nicht noch mehr Hiobsbotschaften auf sie.

»Das Auto steht ums Eck.« Horst schnappte sich den Alukoffer und schulterte die Papptafel.

Es war einer von zwei weißen Lieferwagen, auf dem die pinkfarbene Aufschrift *Tortenhimmel* prangte und mit dem Besorgungen erledigt, aber auch Kuchen und Torten ausgefahren wurden. Horst verfrachtete den Koffer auf die rückwärtige Ladefläche und hielt zuvorkommend die Beifahrertür auf, damit Iris bequem einsteigen konnte.

Während sie den Sicherheitsgurt in den Verschluss einhakte, stieg ihr der verführerische Duft nach Konditorei in die Nase, eine Komposition aus Vanille, kandierten Früchten, sahnigen Cremes, dem buttrigen Aroma fluffiger Cremeschnitten, dem Wohlgeruch von Marzipan. Dies alles hatte sich im Laufe der Jahre in den Sitzpolstern und den Seitenverkleidungen festgesetzt. Als sie dann auch noch den Duft schokoladiger Wiener Schnitten wahrnahm, die Spezialität von Großvater Max, musste sie schlucken. Tiefe Trauer überfiel sie, als ihr bewusst wurde, dass sie ihn nie wieder würde umarmen können. Nie wieder seine faltige Wange an ihrer spüren. Nie wieder sein polterndes Lachen hören, wenn er vergnügt auf dem Rasenmäher-Traktor über die weitläufigen Grünflächen tuckerte. Nie wieder zusehen können, wie er die Rosenrabatten pflegte oder Sträuße für seine Margarete schnitt. Bei mildem Wetter hatte er oft bis abends auf der Terrasse gesessen, auf den Bodensee geblickt, eine Zigarre gepafft und für jeden Gast ein paar freundliche Worte gehabt. Iris erinnerte sich auch deutlich an seine oberste Regel: »Die Gäste stehen an erster Stelle, es gilt, sie glücklich zu machen. Dann ist auch unsere Familie glücklich.« Solange sie denken konnte, war die Pension voller glücklicher Gäste gewesen. Genau wie das Terrassencafé am Ufer des Bodensees, in dem man sich unter den alten Dachplatanen entspannen und die köstlichen Torten genießen konnte. Ob Großvater jetzt im Himmel seine Kunstwerke zauberte?, überlegte Iris. Sollte ein Jenseits nach kindlich-naiven Vorstellungen existieren, würde er dort alle mit seinen Werken beglücken.

»Waren Sie mal im Rhein schwimmen?«, unterbrach Horst ihre traurigen Erinnerungen.

»Nein, das ist zu gefährlich, obwohl man grundsätzlich dort schwimmen darf. Aber an vielen Stellen herrscht Lebensgefahr, wenn man da ins Wasser ginge, würde man innerhalb von zehn Minuten zwei Kilometer stromabwärts getrieben«, erklärte Iris ihm wie so manchem Hotelgast.

»Zwei Kilometer?«, wiederholte Horst staunend. »Das kann einem bei uns nicht passieren. Und der Dom, steht der tatsächlich über dem Bahnhof?«

»Beinahe, zumindest ist er direkt vom Bahnhof aus über eine Treppe oder mit einem Lift zu erreichen.« Iris wurde bewusst, dass sie wie eine Fremdenführerin über Köln sprach, nicht wie eine Frau, die vor gut drei Jahren dorthin gezogen war. Ja, sie hatte sich schnell eingelebt, mochte die fröhlichen Rheinländer, aber wenn sie ehrlich war, gab es eine Stelle in ihrem Herzen, die für alle Zeiten Auerbach am Bodensee, ihrer Heimat, gehörte. Umso mehr genoss sie jetzt die Fahrt am See entlang, das Glitzern des intensiv blauen Wassers, die sanft dahingleitenden Segelboote, die aus der Ferne wie weiße Striche auf leuchtendem Blau wirkten, und den lautlos dahinschwebenden Zeppelin, den sie am Horizont erspähte. Die Rundflüge über den See waren beliebte Vergnügungen, weil die meisten Touristen wegen des Sees und der Landschaft kamen. In Köln fehlte es natürlich auch nicht an gepflegten Grünanlagen wie dem Rheinpark, dem Beethovenpark oder dem Kölner Zoo, wo man sich erholen und Energie tanken konnte. Wer allerdings weitläufige Natur suchte, die man hier direkt vor der Haustür genießen konnte, musste über die Kölner Stadtgrenze fahren oder direkt ins nahe gelegene Bergische Land.

»Wir sind da«, verkündete Horst nach zwanzig Minuten, in denen er munter über seinen Job als Ausfahrer geplaudert und noch zahlreiche Fragen zu Köln gestellt hatte. Er bog auf den seitlich des Haupteingangs gelegenen Parkplatz ein und stellte den Motor ab.

Iris ahnte, wie erleichtert er über die unproblematische Fahrt war. Auch hier hatte der Verkehr merklich zugenommen. »Sie sind ein sehr guter Chauffeur«, lobte sie ihn für seine umsichtige Fahrweise.

»Oh, das ist mein Job …« Horst schien das Lob peinlich zu sein. Er sprang flink vom Sitz, umrundete den Wagen und riss so beflissen die Beifahrertür auf, als habe er eine wichtige Persönlichkeit transportiert. »Ich bringe das Gepäck schon mal rein und sage Bescheid.«

Iris nickte ihm lächelnd zu, blieb aber noch einen Moment auf dem Parkplatz stehen, um den vertrauten Anblick des Hauses mit den weißen Sprossenfenstern und den klassischen Fensterläden zu genießen. Die Großeltern hatten Anfang der 1960er-Jahre begonnen, die einfachen Fremdenzimmer mit Waschbecken nach und nach mit Duschbädern und Toiletten auszustatten. Heute verfügte die renommierte Pension über neunzehn komfortable Zimmer und eine Luxussuite auf zwei Etagen, zusätzlich zum Erdgeschoss. Unter dem hohen, ziegelgedeckten Dach ragten die Fenstergauben der privaten Räume wie kleine Nasen heraus. Im rechten, niedrigen Seitenflügel des Gebäudes war das Herzensprojekt von Großvater Max untergebracht, der Tortenhimmel. Links vom Gebäude der Wintergarten, in dem die Pensionsgäste frühstücken und durch die Glasfront auf das Terrassencafé blicken konnten, das hinter einer halbhohen Mauer am Uferrand Schutz fand. Hier saß man an Vierertischen unter leuchtend gelben Sonnenschirmen mit freiem Blick auf den See.

Der sonnengelbe Anstrich des Gebäudes war vor zwei Jahren aufgefrischt worden und vermittelte bei jeder Witterung das Gefühl von Sommerurlaub. Über dem Rundbogeneingang verkündete ein goldener Schriftzug, dass man die Pension König erreicht hatte.

Instinktiv wanderte Iris' Blick zum Café. Natürlich saß Großvater nicht auf seinem Stammplatz. Und erst jetzt, als sie direkt vor seinem Lebenswerk vergebens nach ihm Ausschau hielt, realisierte sie seinen Tod tatsächlich.

Nachdenklich schritt sie auf das Haus zu. Was würde sich durch Großvaters Tod alles ändern? Wie würde es weitergehen ohne den freundlichen Patriarchen, dem »Fundament« des Betriebs? Wie lange würde es dauern, bis sich die Familie daran gewöhnt hatte, ihn nie wieder um Rat fragen zu können?

»Iris!«

Rose trat mit ausgestreckten Armen aus dem Haupteingang und eilte lächelnd auf sie zu. »Da bist du ja. Wie geht es dir? War die Reise anstrengend?«

Iris vernahm die Erleichterung in Roses Stimme. Sie musterte die Zweitälteste: Auf den ersten Blick vermochte sie keine Anzeichen der Erschöpfung bei der zierlichen Schwester zu erkennen. Das nachtblaue Uniformkostüm saß nicht besonders eng, es schien, als habe Rose einige Kilo abgenommen. Ihre großen hellgrünen Augen, betont von dunkler Wimperntusche, strahlten wie eh und je. Insgesamt war sie zurückhaltend geschminkt und hatte das lange naturblonde Haar im Nacken zu einem untadeligen Knoten frisiert. Niemals wäre Rose auf den Gedanken gekommen, ihre schulterlangen Haare offen zu tragen. Sie war nicht davon abzubringen, dass sie damit trotz ihrer knapp zweiunddreißig Jahre wie eine Auszubildende aussehen würde, der man die Leitung der Rezeption eines kleinen Hotelbetriebes nicht zutraute.

Iris umarmte die Schwester und drückte ihr Küsschen auf beide Wangen. »Ich bin jedenfalls heilfroh, nach knapp sechs Stunden Zugfahrt endlich wieder ohne Maske atmen zu können. Ansonsten geht es mir gut«, antwortete sie ausweichend. »Aber sag, wie geht es dir, wie kommt Viola in der Konditorei zurecht? Ich freue mich riesig, wieder hier zu sein und dich unterstützen zu können.«

Rose nahm Iris' Arm. »Wir sind natürlich alle sehr traurig, und Großvater wird uns schrecklich fehlen. Ich bilde mir laufend ein, ihn irgendwo zu sehen, oder zu hören, wie er langsam die Treppen herunterkommt und dabei schimpft, dass er nicht mehr so springen kann wie noch vor ein paar Jahren.«

»Ich habe auch in alter Gewohnheit zum Tisch auf der Terrasse geschaut, wo er …« Iris stockte, ihr kamen die Tränen.

Rose drückte sie und zog sie vor die Auslage der Konditorei. »Wir haben ja schon am Telefon darüber geredet, dass es Großvater nicht gefallen hätte, wenn wir uns der Trauer hingeben, der Betrieb muss weiterlaufen. Die Saison beginnt jetzt im Frühjahr gerade, und die preisgekrönte Tortenbäckerin werkelt in der Backstube an einer dringenden Bestellung.«

Iris schluckte den dicken Kloß im Hals hinunter. »Unser Nesthäkchen, wer hätte gedacht, dass sie einmal die Tradition so erfolgreich fortführen würde ...« Beeindruckt betrachtete sie die realistisch wirkende Attrappe einer dreistöckigen Hochzeitstorte im Schaufenster. Um die einzelnen Ebenen des schneeweißen Kunstwerks wand sich eine Kaskade aus weißen Seidenrosen mit blassrosa Rändern, die bei den essbaren Torten aus Marzipan modelliert wurden. Gekrönt war das ausgestellte Modell von einem nicht essbaren Turteltaubenpaar. »Viola ist wirklich eine Künstlerin.«

»Sie hat doch schon als Fünfjährige behauptet, ihr Leben lang nur Torten backen zu wollen«, sagte Rose.

Nickend stimmte Iris der Schwester zu. »Aber damals war es die Verlockung, niemals das Sahne-und-Zucker-Paradies verlassen zu müssen.« Sie lächelte versonnen und sah Viola noch vor sich, mit Sahneklecksen auf der zierlichen Nasenspitze oder deutlichen Schokoladenspuren um den hübschen Mund.

»Heute sind es die Wettbewerbe, die unsere kleine Schwester zu immer neuen Kreationen und Höchstleistungen anspornen«, bemerkte Rose mit hörbarer Bewunderung. »Wir können wirklich stolz auf sie sein ...« Sanft zog sie Iris ins Haus. »Na komm, du bist bestimmt erschöpft von der Reise.«

Gemeinsam traten sie durch den Rundbogeneingang, durchquerten den Windfang und gelangten durch die Schwingtüre in die Lobby – eine etwas übertriebene Bezeichnung für die nicht besonders große Rezeption einer Pension Garni.

Was das familiengeführte Haus an Größe nicht bieten konnte, war von jeher durch Geschmack und Stil wettgemacht worden. Gefrühstückt wurde im Wintergarten an weiß gedeckten Tischen mit Blick auf den See, und das

Frühstücksbüfett musste sich nicht hinter denen der großen Hotels verstecken. *La réception*, wie ihre Mutter Florence, eine gebürtige Französin, den Empfangsbereich getauft hatte, wurde im Zehn-Jahres-Rhythmus renoviert oder neu gestaltet.

Seit Iris zuletzt hier gewesen war, hatte es offensichtlich weitere Veränderungen gegeben, die sie staunend betrachtete. »Wann ist das denn passiert?«

»Hab ich das nicht bei einem unserer Telefonate erwähnt? Es war bald nach Großmutters Beerdigung, da kam doch der erste und letztes Jahr dann der zweite Lockdown über uns, da hatten wir reichlich Zeit, um notwendige Renovierungen anzugehen.« Rose schubste sie sanft mit dem Ellbogen. »Wie findest du's?«

»Sehr elegant«, antwortete Iris. »Wände in Hellgrau hatten wir noch nie.«

»Eine Idee unserer *maman*. Und die beiden Sessel …«

»Die kommen mir irgendwie bekannt vor«, unterbrach Iris ihre Schwester.

»Sie standen ewig im Keller, aber seit wir sie mit diesem dunkelroten Samt haben beziehen lassen, sehen sie aus wie vom teuersten Designer. Nur der Glastisch ist neu, oder neu-gebraucht, über Kleinanzeigen erstanden.«

»Und wo ist die antike Standuhr hingekommen? Die hatte doch Großvater angeschafft.« Iris fand das Schlagen zu jeder Viertelstunde immer besonders heimelig.

»Die passte nicht mehr recht zum neuen Design, aber keine Sorge, wir halten sie natürlich in Ehren, sie steht jetzt im Salon, in unserem privaten Wohnzimmer«, antwortete Rose.

»Die Veränderung ist wirklich gelungen, einfach wunderschön.« Iris war begeistert. Ihr gefiel auch der halbrunde Anmeldetresen an der Stirnseite des rechteckigen Raumes, der ebenfalls in Dunkelrot lackiert und mit einer schwarzen Steinplatte als Ablagefläche versehen worden war. Das modern anmutende Ambiente erhielt den nötigen Stilbruch durch den schweren, antiken Kristallspiegel in einem verschnörkelten Rahmen, der aus Frankreich stammte.

»Willst du erst auspacken und dich frisch machen oder was essen und trinken?«, unterbrach Rose ihre Betrachtung.

»Genau in dieser Reihenfolge, aber zuerst möchte ich kurz die Eltern begrüßen und Papa trösten. Er ist sicher sehr traurig.«

Rose biss sich kurz auf die Unterlippe, wie schon als Kind, wenn sie etwas angestellt hatte. »Die Eltern zu begrüßen wird schwierig ...«, murmelte sie merkwürdig verlegen.

»Sind sie unterwegs in Sachen Beerdigung?«

»Sie sind verreist«, antwortete Rose leise, weil in dem Moment ein älteres Ehepaar die Treppe herunterkam und die Rezeption mit freundlichem Gruß durchquerte. »Frau Brandl, Herr Brandl, viel Vergnügen«, wünschte Rose mit verbindlichem Lächeln. »Ganz liebe Stammgäste, die praktisch zur Familie gehören, vielleicht erinnerst du dich an das Paar, die kommen ja schon ewig zu uns«, flüsterte sie Iris zu.

»Hast du gesagt, verreist? Die Eltern sind verreist, oder habe ich mich verhört?«, verlangte Iris zu wissen, als die Brandls das Haus verlassen hatten.

»Nein, du hast dich nicht verhört. Am Telefon wollte ich nicht darüber reden, du hättest dich unnötig verrückt gemacht und doch nichts ändern können.«

»Ich bin platt! Großvater stirbt, und Sohn und Schwiegertochter brechen ihren Urlaub nicht ab?«

»Die Reise war seit Langem geplant.« Rose griff nach dem Alukoffer. »Ich bringe dich jetzt erst mal nach oben, dort können wir ungestört weiterreden.«

Über die schwach nach Honigwachs duftende Treppe aus hellem Eichenholz stiegen sie hinauf ins Dachgeschoss. Ähnlich wie das letzte Geschoss im Hotel ihrer Schwiegereltern war es im Laufe der Jahre immer weiter ausgebaut worden. Nun befanden sich hier oben insgesamt sechs Privatzimmer und drei Badezimmer. Mit jeder der über die Jahrzehnte leicht ausgetretenen Stufen fühlte Iris die Anspannung abfallen. Oben angekommen atmete sie tief durch. Zuhause.

Max König hatte hier unterm Dach mit seiner Frau Margarete den größten, zum See gelegenen Raum bewohnt. Daneben befand sich das Zimmer seines Sohnes Herbert und dessen Frau Florence. Am Ende des Flurs wohnte Tante Annemarie. Iris, Rose und Viola hatten jeweils eigene »Stübchen«, aus deren Fenstern man den Ort überblicken konnte, und ein gemeinsames kleines Badezimmer. Nach Iris' Heirat war ihr Zimmerchen unverändert geblieben, damit sie so oft wie möglich zu Besuch kommen und sich heimisch fühlen konnte.

»Das Bett ist frisch bezogen«, erklärte Rose, während sie die Tür öffnete und den Koffer neben dem Bett abstellte.

Iris musste schlucken, als sie eintrat. Bei ihrem letzten Aufenthalt hatte sie in diesem Zimmer mit Christian gewohnt. Heute meinte sie, den Duft seines Aftershaves noch zu riechen. »Das ist sehr lieb, aber es hätte mir nichts ausgemacht, das selbst zu erledigen.«

»Gehört alles zum Service.« Rose grinste und deutete auf den Stapel Handtücher, der auf dem Bett bereitlag. »Unser Bad findest du ja allein?«

»Wenn es sich immer noch auf der anderen Flurseite befindet, dann bestimmt«, alberte Iris und ließ sich auf dem Rand des Bettes nieder. »Aber jetzt setz dich bitte und erzähle, warum die Eltern auf Reisen sind.«

»Willst du nicht erst auspacken?«, versuchte Rose das Thema zu wechseln.

»Nein, will ich nicht«, entgegnete Iris unwirsch. »Aber du scheinst mir etwas zu verheimlichen. Ist was passiert? Muss ich mir Sorgen machen?«

Endlich nahm Rose neben ihr auf dem Bett Platz. »Nein, reg dich ab, alle sind gesund und munter. Die Eltern sind sozusagen auf ärztlich verordneter Kreuzfahrt.«

»Kreuzfahrt klingt sehr schön, ärztlich verordnet allerdings weniger. Also, was steckt dahinter?«, verlangte Iris zu wissen.

»Papa brauchte dringend Erholung, du weißt, wie er immer geschuftet und sich nie Ruhe gegönnt hat. Die Pension, die Gäste und auch das Backen … Morgens der Erste, abends der Letzte. Auf Dauer geht das an die Substanz, na ja … und bei Papa führte das zu einem leichten Infarkt …«

Erschrocken presste Iris die Lippen aufeinander. Erst der Großvater und jetzt auch noch der Vater. »Herzinfarkt? Warum hast du mir das nicht früher gesagt?«

Rose tätschelte beruhigend ihren Arm. »Ich wollte dich nicht noch zusätzlich aufregen. Außerdem war es nicht weiter schlimm, nur ein Warnsignal, das nach Meinung des Arztes unbedingt beobachtet werden sollte. Papa bekommt Medikamente, und Mama bestand darauf, endlich den Urlaub zu machen, den Papa ihr seit dreißig Jahren immer wieder versprochen hat. Er braucht Erholung, und es sollte eine Reise sein, die man nicht so ohne Weiteres abbrechen kann.«

»Da bot sich eine Kreuzfahrt an«, folgerte Iris. »Unsere *maman* war schon immer sehr einfallsreich. Aber mich wundert, dass Papa nicht zurückkommen will. Die Schiffe laufen doch während der Reisen verschiedene Häfen an, da könnten sie problemlos von Bord gehen.«

»Könnten sie«, stimmte Rose ihr zu. »Aber das würde Großvater auch nicht aus dem Jenseits zurückholen.«

Iris musterte ihre Schwester irritiert. »*Jenseits* – seit wann redest du so blumig?«

»Das waren Mutters Worte, als ich mit ihr telefoniert habe«, sagte Rose. »Sie konnte Papa überzeugen, die Reise nicht vorzeitig zu beenden, denn Großvater wird eingeäschert, und die Beisetzung der Urne findet sowieso erst in zwei Wochen statt. Bis dahin sind sie zurück. Die Organisation übernimmt der Bestatter, wir müssen uns um nichts kümmern, beziehungsweise nur um Kleinigkeiten, wie den Blumenschmuck auszusuchen, was ich bereits erledigt habe. Was hätte es geändert, den gesundheitsfördernden Urlaub abzubrechen? Papa soll sich auskurieren, anständig erholen und gesund wiederkommen. Da war ich mit Mama einer Meinung. Aber umso schöner und hilfreich für mich ist es, dass du gekommen bist.« Rose blickte auf ihren linken Arm.

»Neue Uhr?« Iris betrachtete das schwarze Modell an Roses Handgelenk, das die Uhrzeit mit leuchtenden Zahlen anzeigte wie ein Smartphone und in seiner Größe eher an einen Männerarm gepasst hätte.

Rose strich kurz über das Armband. »Hat mir ein Personal Trainer, der Privatstunden anbietet, als Dankeschön für das Auslegen seiner Visitenkarten geschenkt.«

»Personal Trainer?« Iris überlegte, ob vielleicht mehr dahintersteckte, und suchte im Gesicht ihrer Schwester nach verräterischen Spuren wie gerötete Wangen oder glänzende Augen.

Rose grinste. »Ich weiß, was du denkst. Aber es ist eine rein geschäftliche Angelegenheit, und ich habe die Uhr auch erst angenommen, als er schon einigen Gästen Stunden geben konnte. Er hat außerdem behauptet, es sei ein

Werbegeschenk. Wenn du magst, leihe ich sie dir mal aus ...«

»Danke, ausprobieren würde ich sie tatsächlich gern mal.«

»Ich muss wieder runter, wir quatschen später weiter ...« Rose schnellte hoch, drückte Iris einen flüchtigen Kuss auf die Wange und ging zur Tür. »Pack in Ruhe deine Sachen aus und mach dich frisch.« Mit einer raschen Handbewegung zog sie den schmalen Rock zurecht und verschwand im Halbdunkel des Flurs.

»In Ordnung, dann bis später!«, rief Iris der Schwester nach.

## 3

Iris öffnete die beiden Flügel und lehnte sich ans Fensterbrett, um die Aussicht in sich aufzunehmen.

Gedankenverloren wanderte ihr Blick über die Dächer von Auerbach. Inmitten der meist rot gedeckten Häuser des kleinen Orts ragte der Zwiebelturm der weiß gekalkten Kirche heraus, in der sie und Christian getraut worden waren. Am Arm ihres Vaters war sie den kurzen Weg zum Altar geschritten, wo Christian sie mit glänzenden Augen erwartet hatte. Nie würde sie die Aufregung, das Zittern am ganzen Körper und den rasenden Herzschlag vergessen. Das Glücksgefühl, das durch ihren Körper geströmt war, als Christian dem Priester mit »Ja« geantwortet und sie dann lächelnd angeschaut hatte. Würde Christian sie heute noch einmal fragen, sie würde ihm wieder um den Hals fallen und mit Freuden seine Frau werden, trotz der unerfüllten Träume von einer Familie mit Kindern. Sie war jetzt dreiunddreißig Jahre alt, und mit jedem verstreichenden Monat tickte ihre biologische Uhr lauter.

Seufzend riss sie sich vom vertrauten Anblick ihres Heimatdorfes los, um den Koffer auszupacken. Der Inhalt war schnell im Schrank verstaut, dann kurz ins Bad und etwas Leichteres anziehen.

Sie zog die Jeans und den weiß-blau gestreiften Baumwollpulli aus und verließ in Unterwäsche das Zimmer. Im Flur verharrte sie einen Moment und überlegte, in Großvaters Zimmer zu gehen, um dort eine Weile an ihn zu denken. Das Betreten war zu seinen Lebzeiten ein großes Tabu gewesen. Die Zimmermädchen durften dort weder Staub wischen, noch die Böden reinigen oder die Betten frisch beziehen. All das hatte seine Frau erledigt und nach ihrem Tod Tante Annemarie – allerdings unter seiner Aufsicht. Als hätte er etwas zu verbergen gehabt. Iris drückte auf die Türklinke – verschlossen. Der Eintritt war also immer noch verboten.

Im Badezimmer lag frische Seife in der weißen Porzellanschale, und im dreitürigen Spiegelschrank war eine Seite für sie leer geräumt worden.

Die liebe Rose, dachte Iris, sie kümmerte sich stets auch um Nebensächlichkeiten. Mit einem warmen Gefühl für ihre toughe Schwester verstaute sie den Inhalt des Kulturbeutels im Schrank. Sie besaß nur wenig Pflegeprodukte: feste Seife für das kurz geschnittene Haar und zum Duschen, Creme fürs Gesicht und eine Bodylotion. In einer Seitentasche entdeckte sie einen noch unbenutzten Schwangerschaftstest. Er musste noch von der letzten Reise nach Auerbach stammen. Ihre Augen füllten sich mit Tränen, als sie Christians Handschrift erkannte: *Love* hatte er mit rotem Stift in ein Herz gemalt.

Der Beginn ihrer Ehe war wie das Betreten eines fremden, verheißungsvollen Landes gewesen, in dem die Sonne schien, Blumen an den Wegen blühten, Schmetterlinge umherflogen, Vögel vergnügt zwitscherten – das jedenfalls war ihre romantische Vorstellung gewesen. Liebe überwindet alle Hürden, hatte sie geglaubt und ihr Leben an Christians Seite so deutlich vor sich gesehen, als könne sie in eine gläserne Kugel schauen und ganz klar erkennen, was sie erwartete. Die Flitterwochen auf den Seychellen waren dann wie der Himmel auf Erden. Die ersten Monate ihrer Ehe glichen einem ruhigen, von der Sonne gewärmten See, auf dem Seerosen blühten und über dessen spiegelglatte Oberfläche schillernde Libellen schwirrten.

Iris dachte zurück an den allerersten Babytest kurz nach der Hochzeitsreise. Voller Hoffnung hatte sie auf das Ergebnis gewartet und fühlte noch heute die Enttäuschung, als es negativ war. Christian hatte es sportlich genommen. »Nicht jeder Schuss kann ein Treffer sein«, hatte er gesagt und ihr dann monatlich einen wunderschönen Blumenstrauß überreicht, in dem ein Schwangerschaftstest eingebunden war. Anfangs war sie gerührt von der liebevollen Geste, doch mit jedem »negativen« Monat wurden ihre Nerven dünner. Sie diskutierten darüber, wessen Schuld es war. Ob sie zu viel arbeitete, zu ungesund aß oder vielleicht gar keine Kinder bekommen konnte.

Im verheißungsvollen Land ihrer jungen Ehe zogen die ersten Wolken auf, Windböen verscheuchten die Libellen, und die Sonne verdunkelte sich. Als sie es schließlich gewagt hatte, anzudeuten, ob das Problem nicht auch bei ihm liegen könne, hatten sie sich zum ersten Mal heftig gestritten. Danach hatte Christian drei Tage lang kein einziges Wort mit ihr gesprochen.

»Iris, bist du da drin?«

Das war Violas sanfte Stimme. Unverkennbar.

»Moment, bin gleich fertig …« Eilig wusch sie sich das Gesicht mit eiskaltem Wasser, bevor sie die abgeschlossene Badezimmertür öffnete und von ihrer jüngsten Schwester angestrahlt wurde.

Viola, in schwarzen schmalen Hosen, einer knapp sitzenden weißen Patisserie-Jacke mit Stehkragen, schwarzen Druckknöpfen und schwarzer Paspeleinfassung, war noch schöner geworden. Zwar hatte sie einige Kilo angesetzt, was ihrer betörenden Ausstrahlung jedoch keineswegs schadete. Etwas moppelig war sie schon als Kind gewesen, tägliche

Naschereien in einer Backstube gingen an niemandem spurlos vorbei. Dennoch war Viola mit den glatten, dunklen Haaren, den veilchenblauen Augen und der hellen Haut eine ungewöhnliche Erscheinung, die an eine Porzellanpuppe erinnerte. Wo auch immer Viola auftauchte, zog sie alle Blicke auf sich, und junge Männer buhlten um ihre Aufmerksamkeit. Violas letzter Freund war der Ansicht gewesen, sie sehe der jungen Elizabeth Taylor ähnlich, was zu einem heftigen Streit geführt hatte. Viola wollte nicht mit einem toten Filmstar verglichen werden.

»Schwesterchen, herzlich willkommen, Begrüßungs-Kuchen!« Lächelnd streckte Viola ihr einen vanillegelben Teller entgegen. Darauf eine Spitzenserviette und drei schneeweiße Petits Fours in Form kleiner Kissen: eines mit Zuckerglasur, zartlila Perlen und Blüten, eines mit rosaroter Schleife, das dritte gekrönt von kandierten Veilchen.

Diese zuckersüßen »Stückchen« hatte Vater Herbert jeweils zur Geburt seiner Töchter kreiert, eine Tradition in der Konditorfamilie König. Jedes Neugeborene wurde mit einem Gebäck oder einer Torte begrüßt. Als Tante Annemarie auf die Welt gekommen war, hatte Max die Anna-Torte für sie gebacken, eine Kuppeltorte gefüllt mit leichter Buttercreme und Ananas, von Schokolade überzogen, die bis heute sehr beliebt bei Kunden und Gästen war. Seinem Sohn Herbert widmete Max den Schokoberg, ein Biskuit-Gebäck mit Nougatfüllung, Rumrosinen und Schokoladenüberzug.

Iris nahm den Kuchenteller entgegen und schob Viola über den schmalen Flur in ihr Zimmer. »Wie lieb von dir! Ich muss mir nur schnell etwas anziehen, dann können wir runtergehen, eine Tasse Kaffee dazu trinken und vorübergehend alle Sorgen vergessen.«

Viola musterte sie mit leicht zusammengekniffenen Augen. »Streit mit Christian?«

»Nein, nein«, versicherte Iris eilig. »Aber ich würde mich gern auf die Terrasse an Großvaters Tisch setzen und ihn auf diese Weise ehren. Vielleicht sogar eine Zigarre im Aschenbecher verbrennen. Ich glaube, das würde ihm gefallen, und dann stellen wir uns vor, er säße neben uns. Oder findest du das albern?« Iris sah, dass Violas Augen tränenfeucht glitzerten.

»Nein … das ist …« Die Stimme ihrer Schwester klang belegt, doch dann holte sie Luft und hatte sich offensichtlich wieder unter Kontrolle. »Eine sehr schöne Idee, wir locken Rose hinter der Rezeption hervor und setzen uns gemeinsam auf die Terrasse.«

»Ich hoffe, Rose hat eine halbe Stunde Zeit«, überlegte Iris halblaut, während sie in ein dunkelblaues Baumwollkleid mit halblangen Ärmeln und weitem Rock schlüpfte und dazu weiße Turnschuhe anzog.

Viola wischte sich mit fahrigen Händen einen unsichtbaren Krümel von der weißen Jacke. »Wer hat in der Gastronomie und in einer Pension schon jemals für irgendwas Zeit, man muss sie sich einfach nehmen. Großvaters Tod ist Anlass genug, und du warst vor zwei Jahren das letzte Mal zu Hause.«

Iris drückte der Schwester einen Kuss auf die rundliche Wange. »Na ja, genau genommen bin ich in Köln zu Hause.«

»Du hast nach Köln geheiratet«, korrigierte Viola altklug, während sie Arm in Arm die Treppen nach unten stiegen. »In deinen Adern fließt Bodenseewasser, und Auerbach, wo du geboren und aufgewachsen bist, wird immer deine Heimat bleiben. Egal, wie lange du im Rheinland lebst.«

Iris nickte versonnen. Ziemlich genau das hatte sie bei ihrer Ankunft auch gedacht.

Die Gedenkzeit für Großvater Max fiel dann doch dem niemals ruhenden Pensionsbetrieb zum Opfer. Überraschungsgäste ohne Reservierung wollten versorgt und das einzige noch freie Doppelzimmer vor der Vergabe auf Makellosigkeit geprüft werden. Rose bat Iris, die Aufgabe zu übernehmen, die gewöhnlich Tante Annemarie innehatte, da die Zimmermädchen nur bis mittags im Haus waren.

»Wo ist denn Tante Annemarie? Ich habe sie noch gar nicht begrüßt«, erkundigte sich Iris.

»Ja ... also ... die ist im Moment ... ach, das ist schwierig zu erklären«, stotterte Rose ausweichend. »Du kannst ihr später Hallo sagen.«

Das Zimmer in der ersten Etage, das größte und schönste des Hauses, auch Hochzeitssuite genannt, verfügte über einen Balkon, von dem aus man einen grandiosen Blick auf den Bodensee hatte. Die langsam sinkende Sonne tauchte alles in rötlichen Schimmer und ließ den See glitzern wie ein Meer aus rosaroten Kristallen. Das Zimmer selbst, ausgestattet mit einem extra breiten Himmelbett, war in warmes Licht getaucht.

Der erste Eindruck war tadellos. Dennoch kontrollierte Iris alles besonders gründlich mit weißen Handschuhen, wie es in guten Häusern üblich war. Auch die weniger sichtbaren Stellen unterm Bett, hinter den Vorhängen oder die oberen Fächer im Schrank. Die weißen Handschuhe blieben staubfrei, und sie nahm sich vor, den Zimmermädchen ein Lob auszusprechen. In der Hotel- und Gaststättenbranche brachte gutes Personal den halben Umsatz – eine Grundregel, die sie schon als Kind verstanden hatte und die ihnen in der Hotelfachschule täglich eingetrichtert worden war.

Als sie kurz darauf die Gäste, ein etwa siebzig Jahre altes Ehepaar, in das Zimmer geführt hatte, entschlüpfte der Frau ein bewundernder Seufzer. »Oh, das ist einfach zauberhaft, da möchte man glatt noch einmal auf Hochzeitsreise sein.«

»Hier werden wir uns bestimmt wohlfühlen«, fügte der grauhaarige Ehemann hinzu und legte den Arm um seine Gattin.

»Angenehmen Aufenthalt«, wünschte Iris und übergab lächelnd den Schlüssel.

»Den werden wir sicher haben«, erwiderte der Mann, sagte »Moment noch« und kramte nach Kleingeld.

»Nicht nötig, ich gehöre zum Haus«, unterbrach Iris ihn mit einer Handbewegung. »Wenn Sie zufrieden waren, können Sie Trinkgelder für den Zimmerservice gern unters Kopfkissen oder vor Abreise an der Rezeption hinterlegen.«

Er nickte freundlich. »Wird gemacht.«

Auf dem Weg nach unten dachte Iris an ihre Hochzeitsnacht, die sie in diesem Himmelbett verbracht hatten, bevor sie auf die Seychellen geflogen waren. Bedrückt fragte sie sich, ob sie und Christian im Alter noch zusammen sein, Kinder haben und sich noch genauso lieben würden wie heute. Dass sie sich liebten, daran zweifelte sie nicht, auch wenn es sich im Moment nicht so anfühlte.

Hör auf, über die Zukunft nachzudenken, das bringt doch nichts, schalt sie sich und lief zwei Stufen auf einmal hinunter, um von Rose neue, ablenkende Aufträge zu erhalten. Ständig über ihre Ehe zu grübeln, der sie doch für eine Weile hatte entkommen wollen, war so unsinnig, wie das Bodenseewetter fürs nächste Jahr vorherzusagen.

In *la réception* sah sie von Rose hinter dem Tresen nur das blonde Haar und die Stirn. Die Schwester blickte auf, als sie Schritte hörte, und schaute sie erwartungsvoll an. »War alles in Ordnung?«

»Besser ginge es nicht«, antwortete Iris. »Das Personal war sehr gründlich, und du weißt, mir entgeht nichts.«

Rose verdrehte amüsiert die hellgrünen Augen. »Du und deine weißen Handschuhe … Aber es stimmt, Marcella und Antonella, zwei Schwestern, sind wahre Goldstücke.«

»Die Namen klingen italienisch.«

»Die Eltern stammen aus den Dolomiten, führen aber seit dreißig Jahren eine Eisdiele in Meersburg. Die beiden sind übrigens dunkelblond, mit blaugrünen Augen, und könnten genauso gut aus Norddeutschland stammen. Nach einer Probezeit habe ich sie letzten Sommer fest angestellt, nachdem ich vorher eine Zeit lang schlechte Erfahrungen mit wechselndem Personal von verschiedenen Reinigungsfirmen gemacht hatte. Die Mädchen gehören jetzt praktisch zur Familie, sie werden dir gefallen«, berichtete Rose, während sie nebenbei Blätter verschob. »Absolut loyal und zu tausend Prozent ehrlich.«

»Jetzt erinnere ich mich, du hast die neuen Zimmermädchen in einem unserer Telefonate erwähnt.« Iris lehnte sich an den dunkelroten Anmeldetresen und sah den chaotischen Papierstapel, dessen System sie auf die Schnelle nicht durchschaute. »Hast du sie mit deinem altbewährten Geldschein-Trick getestet?«

Rose legte den Kugelschreiber zur Seite und zwinkerte ihr vergnügt zu. »Keiner ist zuverlässiger.«

»Erzähl!«

»Drei Wochen nach ihrer Einstellung habe ich einen Fünfzigeuroschein in der Nachttischschublade eines Abreisezimmers deponiert, auch um zu testen, ob sie wirklich überall Staub wischen. Sie kamen völlig aufgelöst zu mir, übergaben den Fünfziger geradezu feierlich und versicherten, dass sie nur diesen einen Schein und sonst nichts in dem Zimmer gefunden hätten. Sie bestanden sogar darauf, dass ich sofort ihre Taschen durchsuche.«

»Wie außergewöhnlich! Jetzt bin ich wirklich gespannt, die italienischen Schwestern persönlich kennenzulernen.«

»Die beiden sind eine Bereicherung für uns, und ich habe sie auch sehr gelobt für ihre Ehrlichkeit.«

»Wenigstens das! Denn eigentlich ist es ja ziemlich hinterhältig, Personal ohne Vorkommnisse zu verdächtigen«, rügte Iris ihre Schwester.

Rose seufzte schuldbewusst. »Ich weiß, aber kleine Familienbetriebe, wie wir einer sind, können es sich nun mal nicht leisten auf ›Vorkommnisse‹ zu warten. Würden auf den einschlägigen Bewertungsportalen Sätze stehen wie: ›In der Pension König wurden mir xy Euro geklaut‹, könnte das den Ruin bedeuten. Nicht zuletzt stehen solche vernichtenden Urteile für alle Zeiten im Netz.«

»Schöne neue Welt«, schnaufte nun auch Iris. »Was diese Portale betrifft, die schaden oft mehr, als sie nützen. Wenn ich mir vorstelle, wie viele fingierte Bewertungen kursieren, wird mir übel. Wir, also meine Schwiegereltern, hatten zum Glück nie Pech mit dem Personal, zumindest nicht in den letzten Jahren. Christian hätte mir davon erzählt …«

»Papa hat doch oft von diesem unehrlichen Aushilfskellner im Café erzählt, den er fristlos entlassen hat. Was genau vorgefallen war, weiß ich nicht mehr, irgendwas mit Kassenbons, aber zum Glück gab es damals noch kein Internet. Heutzutage geht da ja alles digital, und betrügen wäre extrem schwierig. Aber selbst kleinste Ausrutscher würden sich katastrophal auf den Betrieb auswirken, das weißt du so gut wie ich.«

»Apropos Betrieb, wie viele Angestellte haben wir denn im Moment?«, hakte Iris an dieser Stelle ein. »Aber außer den Zimmermädchen und Horst gab es keine anderen Neuzugänge, oder?«

»Nein«, antwortete Rose. »Horst wird sich in Zukunft

auch um den Garten kümmern, und sollte es in Kombination mit der Lieferung von Bestellungen doch zu viel werden, müssen wir neu überlegen. Im Café bedient immer noch Herr Otto, unser hochgeschätzter Stammkellner, den du gut kennst …«

»Unser hochgeschätzter Herr Otto«, wiederholte Iris und lächelte versonnen. »An ihn habe ich oft gedacht, wenn wir in Köln mal wieder auf Personalsuche waren. Eine Kraft wie Otto ist ein Juwel. Ihn bringt so schnell nichts aus der Ruhe, er bleibt immer freundlich und gelassen, egal wie unhöflich manche Gäste mit den Fingern schnippen und ›Hallo, Sie da … Bedienung!‹ brüllen.«

»Das kannst du ihm gern genau so sagen, darüber wird er sich freuen«, meinte Rose und fuhr fort mit der Aufzählung. »Ansonsten hat sich nichts verändert seit Omas Beerdigung: zwei jüngere Bedienungen in Vollzeit während der Hauptsaison im Café, Waltraud, unsere Kaffeeköchin und Betreuerin des Wintergartens seit zwanzig Jahren, die uns hoffentlich noch lange erhalten bleibt, und wenn's brennt, kann ich noch auf eine Springerin zurückgreifen.«

»Macht fünf Festangestellte, wie gehabt, mit Marcella und Antonella sieben, bis jetzt.«

»Gut aufgepasst«, neckte Rose sie.

»Danke, Chefin«, konterte Iris grinsend.

»Dass unser Vater den Tortenhimmel schon vor Wochen ganz offiziell an Viola übergeben hat, weißt du ja bereits aus Telefonaten mit Viola. Sie ist mächtig stolz darauf, die Konditorei und die Backstube jetzt in eigener Regie und auf eigene Kosten zu leiten.«

»Darauf kann sie auch stolz sein, sie ist ja noch so jung«, entgegnete Iris.

»In der Backstube hat sich seit der Übergabe nichts verändert: Ein Konditor und eine Auszubildende stehen Viola zur Seite«, erklärte Rose weiter. »Im Ladengeschäft Paula, die feste Kraft, und zusätzlich eine Aushilfe für Freitag, Samstag oder vor den Feiertagen, wenn es ja oft sehr stressig zugeht.«

»Dann bin ich jetzt im Bilde. Aber du hast jemanden vergessen«, sagte Iris, als Rose geendet hatte.

»Nein, mehr Personal haben wir nicht. Oder meinst du die freien Mitarbeiter … ähm … den Fitnesstrainer, der aber nicht zur Belegschaft gehört?«

»Nein, aber was ist mit Tante Annemarie? Hatte sie ihre Funktion als Hausdame gekündigt? Obwohl Hausdamen für eine Pension mit zwanzig Gästezimmern eigentlich unnötig sind.«

»Ja, unser liebes Tantchen, sie ist auch der Grund, warum ich dich um emotionale Unterstützung gebeten habe.«

»Jetzt bin ich aber gespannt …«

Rose schlängelte sich durch den schmalen Ausgang des Rezeptionstresens. »Komm mal mit.«

»Wohin?«

»Ins Untergeschoss, in unseren Waschsalon.«

Das Wort Waschsalon löste bei Iris Erinnerungen an ihre Sturm-und-Drang-Zeit aus. Dorthin hatte sie sich verkrochen, um Liebeskummer zu vergessen. Hatte Wäsche sortiert, in die Maschine oder den Trockner gefüllt, sie gefaltet und in die Schränke eingeordnet. Für die magere Sechzehnjährige, die sie gewesen war, eine körperlich anstrengende Arbeit, bei der jeder Kummer bald ausgeschwitzt war. An eine unglückliche Schwärmerei erinnerte sie sich noch sehr gut – der Name des Jungen war Friedrich Kreuzer, Spitzname »der schlaue Fritz«, weil er auf jede Frage eine Antwort wusste. Ein schlaksiger Kerl mit wachen Augen hinter einer schwarz geranderten Brille, der sie nie beachtet hatte. Was wohl aus dem geworden ist?, fragte sich Iris und schalt sich gleich darauf eine sentimentale Närrin. Sie schwelgte in Erinnerungen, als gäbe es keine anderen Probleme.

»Kümmert sich Tante Annemarie jetzt um die Wäsche, solange unsere Mutter verreist ist?«

»Ähm ... also ... Annemarie benimmt sich seit Großvaters Tod sehr seltsam ...«

»Wieso seltsam? Spricht sie mit Großvaters Geist?« Iris musste lachen, denn genau das würde sie ihrer unangepassten Tante zutrauen.

»Schon möglich, sie hat sich jedenfalls seit heute Morgen in den Wäschekeller verkrochen.«

# 4

Der »Waschsalon«, ein Raum von fünf mal fünf Metern, verfügte über zwei große Fenster nach Osten, die reichlich Tageslicht einließen. Ausgestattet war er mit einer großen Gewerbewaschmaschine, zwei Trocknern, Bügelbrett, Wäscheleinen von Wand zu Wand, Wäscheständern, einer Heißmangelwalze und verschließbaren Metallschränken, als Zwischenlager für die frisch gewaschene Wäsche, bevor sie in den Zimmern gebraucht wurde. Zur Vorsortierung der Schmutzwäsche dienten rechteckige Körbe auf Rollgestellen, mit denen auch die gewaschenen Teile zu den Trocknern befördert wurden.

Tante Annemarie kauerte mit dem Rücken zur Tür auf einem Berg zusammengeknüllter Bettwäsche und weinte, wie die zuckenden Schultern verrieten. Natürlich war der Tod ihres Vaters ein schwerer Schlag, aber solch eine heftige Reaktion hatte Iris nicht erwartet. Sie kannte Großvaters Erstgeborene nur als starke Frau, die sich nicht so leicht unterkriegen ließ. Die sich, selbst kinderlos, um Iris und ihre Schwestern wie eine Mutter gekümmert hatte, wenn die Eltern mit den Pensionsabläufen beschäftigt oder wegen Backwettbewerben unterwegs waren. Die ihnen die ersten Schwimmzüge beigebracht, geduldig bei Schulaufgaben geholfen, Entschuldigungen geschrieben oder die Eltern bei den Sprechstunden vertreten hatte. Später hatte sie mit ihnen hübsche Kleider für Partys gekauft und wertvolle Schminktipps gegeben, damit keine als Clown losmarschierte.

Im ersten Impuls wollte Iris zu Annemarie laufen und sie einfach in den Arm nehmen, als ihre heisere Stimme krächzte: »Geh ... weg ...«

»Iris möchte dich begrüßen«, sagte Rose.

Schnaufend erhob sich Annemarie von dem Wäscheberg, drehte sich zu ihnen um und starrte sie aus rot verweinten Augen an. »Ach so ... ja ... Hallo ...«

Iris hielt die Luft an. Seit sie sich erinnern konnte, hatte sie Annemarie noch nie derart blass und in solch einem sackartigen schwarzen Kleid gesehen. Stets betonte sie die Wimpern ihrer leicht schräg stehenden Augen mit schwarzer Mascara, trug knallroten Lippenstift, stylte das grau melierte, kurz geschnittene Haar mit Gel zu einer flotten Frisur und kleidete sich farbenfroh. Annemaries Meinung nach war ihr Alter kein Grund, als graue Maus durchs Leben zu laufen. Großvaters Tod schien sie jetzt jedoch tief getroffen zu haben.

Iris ging auf die Tante zu. »Es tut mir so leid.« Sie umarmte Annemarie ganz fest, spürte, wie die Tante sich förmlich in die Umarmung fallen ließ und dann den Kopf an ihre Schulter legte.

»Ich mach mal weiter mit meiner Buchhaltung«, hörte Iris Rose sagen, und gleich darauf wurde die Tür ins Schloss gezogen.

»Sollen wir ein wenig am See entlangspazieren?«, wandte Iris sich an die Tante. »Ich hatte noch keine Gelegenheit, die Füße ins Wasser zu stecken.«

»Hmm ...« Grummelnd setzte Annemarie sich wieder auf den Wäscheberg und seufzte aus tiefster Brust.

»Kein Problem, ich kann später zum Wassertreten gehen«, sagte Iris und fügte leise hinzu: »Ich vermisse ihn auch sehr. Vorhin wollte ich in sein Zimmer gehen, mich ein wenig mit ihm ...«

»Du weißt, dass das verboten ist«, unterbrach Annemarie sie beinahe vorwurfsvoll, als würde Großvater noch leben.

»Es war sowieso abgesperrt.« Iris überlegte, ob sie eine unverfängliche Plauderei beginnen oder lieber schweigen sollte. Manchmal war jedes Wort zu viel, und es genügte, einfach anwesend zu sein.

Eine Weile verharrte sie neben der Tante in absoluter Stille, beobachtete, wie sich die weiße Wäsche in der Gewerbemaschine mit beruhigender Gleichmäßigkeit mal nach rechts, mal nach links drehte. Begleitet vom einschläfernden Summen des Motors.

»Was mache ich denn jetzt?«, durchbrach Annemaries Stimme mit einem Mal die meditative Stille.

Iris wusste nicht, worum genau Annemarie sich sorgte, vermutete aber, es ging um die Beerdigung. »Im Moment können wir gar nichts tun. Rose hat alles unter Kontrolle, um den Rest kümmert sich der Bestatter.«

»Nein, nein!«, fuhr die Tante sie aufgebracht an. »Was wird jetzt aus den Filialen?«

Iris wunderte sich über Annemaries seltsame Reaktion und fragte sich, welche Filialen sie meinte. Hatte sie etwas verpasst? Nein, bei den regelmäßigen Telefonaten mit den Schwestern war nie von irgendwelchen Neueröffnungen die Rede gewesen. Annemarie schien reichlich verwirrt zu sein. »Viola führt den Tortenhimmel doch jetzt in eigener Regie. Und wie ich meine kleine Schwester kenne, hat sie alles im Griff.«

»Ich rede nicht von Violas Betrieb, sondern von *meinen* Filialen!«

»Du hast eigene Geschäftsstellen?« Iris war gleichermaßen überrascht wie neugierig. Allerdings zweifelte sie noch stark an Annemaries Behauptung und sagte: »Was für tolle Neuigkeiten. Und wo genau befinden sich die?«

Annemarie streckte sich und hob den Kopf. »Konstanz, Lindau, Meersburg ...«

Das wird ja immer verrückter, dachte Iris, glaubte Annemarie aber kein Wort.

»Sie existieren natürlich nicht wirklich, sondern nur in meiner Fantasie, um ehrlich zu sein«, gestand Annemarie zwei Atemzüge später und schaute sie aus geröteten goldbraunen Augen an.

Was für eine Erleichterung, dachte Iris aufatmend. Es hatte nicht viel gefehlt, und sie hätte an Annemaries Geisteszustand gezweifelt. »Du träumst also von Tortenhimmel-Filialen?«

»Seit Jahrzehnten, oder genauer, seit Herbert als gelernter Konditor damals von Vater die Konditorei überschrieben bekam.« Annemarie fixierte weiter die sich drehende Wäsche. »Habe ich dir nie davon erzählt?«

»Nein, und ich bin total verblüfft.« Iris überlegte, warum sich Annemarie ausgerechnet jetzt mit diesem Thema beschäftigte. Ziemlich eigenartig, so kurz nach dem Tod des Vaters über eigene Konditoreien nachzudenken. Aber den Gedanken behielt sie lieber für sich, sie wollte Annemaries Gefühle nicht verletzen. Wer wusste schon genau, was nach einem schweren Verlust im Kopf eines anderen Menschen vorging.

»Es war in den Achtzigerjahren, als dein Vater und ich die Pension übernahmen«, begann Annemarie zu erzählen. »Wir haben das Terrassencafé vergrößert, und Herbert veranlasste den Umbau des Seitenflügels zum Tortenhimmel. Der Flügel war vorher ein kaum benutzter Aufenthaltsraum für Gäste, aber wir benötigten dringend ein richtiges Ladengeschäft. Die Torten deines Vaters waren bis dahin nur über das Café verkauft worden, aber bereits über die Stadtgrenzen von Auerbach hinaus bekannt und beliebt. Herbert konnte die Nachfrage oft kaum bewältigen.«

Iris kannte natürlich die alten Geschichten, wollte Annemarie aber nicht in ihren Erinnerungen bremsen. Es war, als sei sie aus einer Starre erwacht, ihre Wangen schimmerten rosig, und ihre Augen leuchteten.

»Gab es dazu nicht mal ein richtiges Fotoalbum, mit reichlich Bildern von den Veränderungen?«

»Ach ja«, schnaufte die Tante sehnsüchtig. »Das waren noch Zeiten, als fotografiert, die Filme zum Entwickeln gebracht und die Papierbilder in ein Album geklebt wurden! Aber zurück zum Thema: Herbert ging dann nach Paris, wo er Florence, deine Mutter, kennenlernte.«

»Papa hat in Paris aber nicht nur Mama getroffen, sondern auch Feinheiten der Patisserie erworben und die Kunst erlernt, Blüten zu kandieren«, ergänzte Iris.

»Ganz genau, und nachdem er Florence geheiratet hat, haben wir …« Annemarie brach ab. »Die Wäsche ist fertig.« Sie rappelte sich erneut aus der Hocke auf, schnappte sich einen der Rollkörbe und schob ihn zu der Maschine, die mit lautem Piepton das Ende des Waschprogramms verkündete. »Hoffentlich ist mir diesmal kein farbiges Handtuch in die Weißwäsche gerutscht«, murmelte sie vor sich hin.

Iris lachte leise, offensichtlich war die Tante ziemlich durcheinander. »Soll ich helfen?«

»Wenn du möchtest …«

Iris packte mit an, den voluminösen Bettwäscheberg auf zwei Körbe zu verteilen.

Während sie gemeinsam die makellos weiße Wäsche auf die beiden Trockner verteilten, überlegte Iris, wie sie das Gespräch wieder auf die Filialen-Träume bringen konnte. Sie war neugierig, was Annemarie mit »Was mache ich denn jetzt?« gemeint hatte. Und es schien, als habe ihr Gespräch aufmunternde Wirkung auf sie. Zumindest hatte sie aufgehört zu weinen und war offensichtlich nicht mehr so verzweifelt wie noch vor einer halben Stunde.

»Und jetzt gehen wir spazieren«, erklärte Annemarie, als die Trockner programmiert waren.

Iris freute sich über die positive Wendung, hakte sich bei ihrer Tante unter und zog sie sanft aus der Wäschekammer, bevor sie sich noch mal umentschied.

Gemächlich schlenderten sie im letzten Sonnenlicht durch den leicht zum See abfallenden Garten, vorbei an den duftenden, fast schon verblühten Fliedersträuchern, dem Rosenbeet, das bereits in sattem Hellgrün leuchtete, hinunter zum hauseigenen Sandstrand. Gäste waren um diese späte Stunde nicht mehr unterwegs, und sie hatten den Strand für sich allein.

Iris hatte die Turnschuhe ausgezogen, watete am seichten Ufer entlang und genoss das kühlende, saubere Seewasser, das man sogar unbedenklich trinken konnte. Trotz Fischerei, Schifffahrt und steigendem Tourismus ähnelte die Wasserqualität der von Quellwasser, dank des strikten Gewässerschutzprogramms.

»Darf ich dich was fragen?«

»Hmm ...« Annemarie zog ihre roten Birkenstock-Sandalen aus.

»Wolltest du eigentlich nie Kinder?«

Annemarie antwortete nicht, griff stattdessen nach ein paar flachen Steinen, warf sie kraftvoll über den See und blickte ihnen nach, wie sie über die Wasseroberfläche hüpften und schließlich versanken.

Iris bereute, gefragt zu haben. »Entschuldige, das geht mich natürlich gar nichts an.«

»Als ich jung war, Mitte der Siebzigerjahre, gehörte zu Kindern auch immer ein Mann, also ein Vater«, antwortete Annemarie nun. »Der Meinung bin ich heute noch, und obwohl immer mehr Frauen alleinerziehend leben, wäre das nicht mein Leben gewesen. Aber jede, wie sie mag, und um deine Frage zu beantworten: Ich wollte immer Kinder, es gab auch einen Mann, den ich sehr geliebt und mir als Vater meiner Kinder gewünscht habe. Er war zwar verheiratet, aber er wollte sogar seine Frau und die drei Kinder verlassen, so vernarrt war er in mich. Doch die Vorstellung, Kindern ihren Vater wegzunehmen, fand ich schäbig, und deshalb habe ich die Geschichte beendet.«

Iris hob ebenfalls einige Steinchen auf und schleuderte sie möglichst flach über die ruhige Wasseroberfläche, wie der Großvater es ihr vor vielen Jahren gezeigt hatte. Doch ihre Wurftechnik war miserabel, oder die Steine waren nicht glatt genug, denn sie sprangen höchstens einmal, bevor sie untergingen.

»Dieser Mann war meine große Liebe, und da es mit ihm kein Happy End gab, habe ich mich für ein Leben ohne Kinder entschieden. Dennoch wollte ich etwas Eigenes erschaffen, und zwar Konditorei-Filialen, die wären dann meine ›Kinder‹ gewesen.«

»Was ist passiert, warum ist nichts draus geworden?«

»Weil mein Vater strikt dagegen war. Größe sei der Feind jeglicher Qualität, hat er stets behauptet. Alles, was ständig wächst, platze irgendwann wie ein Luftballon. Und außerdem könne man zur selben Zeit ohnehin nur auf einem Stuhl sitzen.«

»Er war kein Freund des Fortschritts«, murmelte Iris und erinnerte sich, was Viola über ihre Lehrzeit beim Großvater erzählt hatte. Erst wenn sie in der Lage war, Eischnee eigenhändig mit dem Schneebesen richtig steif zu schlagen, durfte sie diese mühsame Arbeit von der Maschine erledigen lassen.

»Er war ein Verfechter der Tradition«, ergänzte Annemarie. »Weiße Tischdecken im Frühstückszimmer fanden dein Vater und ich eigentlich eine ziemliche Verschwendung, aber Max König, der allmächtige Hausherr, wollte partout nicht nachgeben. Heute sind blütenweiße Tischdecken ein Indiz für gehobene Gastronomie. Den Gästen gefällt es.«

»Ich finde weiße Decken auch schön, ein kleiner Luxus, der leider ganz aus der Mode kommt«, sagte Iris und hoffte, Annemarie fände wieder zum eigentlichen Thema, ihren Filialen-Träumen, zurück.

»Wie auch immer, die Sturheit meines Vaters war der Grund, warum ich nie zu meinen Filialen kam«, schnaufte Annemarie leicht verbittert. »Vor ungefähr drei Wochen, als ich mal wieder sein Zimmer sauber machen durfte, entschuldigte er sich plötzlich dafür.«

»Dafür, dass er gegen deine Träume war?«

»Ganz genau dafür«, bestätigte Annemarie. »Und jetzt … jetzt ist er tot … und ich …« Sie schluchzte auf.

Iris nahm sie in den Arm, drückte sie fest an sich und sagte tröstend: »Er hatte ein gutes Leben, und solange wir an ihn denken, ist er noch bei uns.«

Annemarie beruhigte sich langsam wieder, kramte ein Taschentuch aus einer versteckten Seitentasche ihres schwarzen Kittelkleides und putzte sich lautstark die Nase. »Deshalb weine ich doch gar nicht. Natürlich bin ich traurig, doch er hatte ja wirklich ein schönes Leben und einen wunderschönen Tod. Sich ins Bett zu legen und für immer einzuschlafen, was will man mehr? Aber was mache ich jetzt?«

Da war sie wieder, diese Frage, die für Iris keinen Sinn ergab. »Ich verstehe nicht, was du meinst, Tante Annemarie.«

»Na, das ist doch logisch. Jetzt, wo mein Vater tot ist, könnte ich so viele Filialen eröffnen, wie ich möchte. Ich könnte die Gründerin einer Tortenhimmel-Kette werden. Und durch seine Bitte um Verzeihung kurz vor seinem Tod hat er mir sogar sozusagen die Erlaubnis erteilt. Aber mit über sechzig bin ich viel zu alt für Neuanfänge, es lohnt sich doch nicht mehr, praktisch noch mal von vorn anzufangen.«

»Du bist doch nicht alt!«, protestierte Iris. »Du bist voller Energie, und wenn es darauf ankommt, schmeißt du die gesamte Pension mit links. Wer sollte dich also daran hindern, deine Träume zu verwirklichen?«

Zwischen Annemaries Augenbrauen entstand eine tiefe Falte, die deutlichen Zweifel ausdrückte. »Meinst du wirklich?«

»Na klar! Heutzutage geht man doch viel später in Rente, vor allem Selbstständige. Wenn du deinen Plan mit voller Kraft anpackst, wird er dir auch gelingen. Hör dich doch erst einmal nach geeigneten Ladenlokalen um, und wenn du etwas Passendes findest, kannst du immer mit unserer Hilfe rechnen.«

## 5

Mitte Mai, zwei Wochen nach ihrer Ankunft in Auerbach, befestigte Iris die schwarze Tafel mit der Kreideaufschrift *Wegen Trauerfall geschlossen!* am Haupteingang zur Pension. Dieselbe Information hing an der Pforte zum Terrassencafé und der Ladentür vom Tortenhimmel. Großvater zu Ehren waren die gelben Sonnenschirme zugeklappt, die Uhren angehalten und die italienische Kaffeemaschine im Wintergarten ausgeschaltet worden. Die Auslage der Konditorei war geleert, und Herr Otto hatte die weißen Decken auf den Tischen im Frühstückszimmer entfernt. Selbst die Pensionsgäste hätten sich während ihres Frühstücks nur flüsternd unterhalten, berichtete der Oberkellner. Übermüdet, da sie kaum geschlafen hatte, blickte Iris in den mit dunklen Wolken verhangenen Himmel. Sie hoffte auf trockenes Wetter. Das Familiengrab, in dem bereits Großmutter Margarete ihre letzte Ruhe gefunden hatte, lag an einem breiten Hauptweg, einer offenen, exponierten Stelle, wo selbst ein Regenschirm nur wenig Schutz bot. Beerdigungen waren auch bei Sonne traurig genug, aber längere Zeit unter einem schwarzen Schirm ausharren zu müssen, wäre doppelt deprimierend.

Dass Max König diese Welt nicht in aller Stille verlassen konnte, dafür hatte die örtliche Tageszeitung mit einem wohlwollenden Nachruf gesorgt. Der Artikel über den Tortenkönig vom Bodensee war vor fünf Tagen erschienen, danach hatte das Telefon unaufhörlich geklingelt;

Stammgäste wollten ihr Beileid ausdrücken und den Termin für die Beisetzung erfahren, um Max König die letzte Ehre erweisen zu können. Er hätte sich über die große Anteilnahme sehr gefreut, war er doch nicht nur Konditor gewesen, sondern auch Gastgeber mit jeder Faser seines Herzens.

Iris hingegen fürchtete sich vor einer endlosen Schlange von Kondolierenden, traurigen Blicken und mitfühlenden Worten, die freundlich gemeint, aber schwer zu verkraften sein würden. Sie wusste noch, wie elend sie sich bei Großmutters Begräbnis gefühlt hatte, obwohl Annemarie und Herbert zuerst Hände schütteln mussten.

Die Kreuzfahrt der Eltern hatte einen Tag vor der Beisetzung geendet, und sie waren rechtzeitig zurückgekehrt. Iris und ihre Schwestern hatten den Vater glücklich in die Arme schließen können. Er hatte sich gut erholt von seinem Anfall, aber sein Übergewicht nicht verloren. »Kreuzfahrten sind eben keine Diätfahrten«, hatte er schulterzuckend erklärt. Viola entschied sofort, dass er eine Weile auf Kohlenhydrate verzichten müsse, und kreierte ein köstliches Eiweißbrot für ihn.

Iris schloss die Pensionstür von innen ab. Auf halber Treppe in ihr Zimmer ertönte ein durchdringendes Hupen. Schnaufend machte sie kehrt und eilte wieder nach unten, um den Ignoranten zu erklären, was »Heute geschlossen« bedeutete. Als sie die Tür öffnete, sah sie zu ihrer Überraschung, dass Christian gerade aus seinem roten Porsche stieg. Bei ihrem letzten, sehr kurzen Telefonat hatte er gesagt: »Ich werde es wohl nicht zur Beerdigung schaffen, im Hotel ist einfach zu viel Arbeit.« Sein spontanes Auftauchen empfand Iris nun wie eine Bitte um Versöhnung. Womöglich war die Trennung heilsam gewesen, womöglich hatte er sich inzwischen besonnen, und sie fänden wieder zusammen. Sie wünschte es sich so sehr! Hoffte auf ein Gespräch ohne Schuldzuweisung, ohne Verdächtigungen, ohne Unterstellungen. Und sie sehnte sich danach, wieder in seinen Armen zu liegen, wieder eins mit ihm zu sein und so verliebt wie vor drei Jahren.

Sie holte Luft, um ihm zu sagen, wie sehr sie sich freute. Doch als sie die Unmutsfalte zwischen seinen Augenbrauen sah, wurde nur ein neutrales: »Was für eine schöne Überraschung« daraus. Ihre Stimme klang ungewollt nervös, wie die eines jungen Mädchens bei der ersten Verabredung. Für den Bruchteil eines Augenblicks stand sie ihm lächelnd, aber unschlüssig gegenüber, wusste nicht, ob sie ihm in die Arme fallen oder nur die Hand schütteln sollte, musterte stattdessen die gut sitzenden schwarzen Jeans und das schwarze Poloshirt, das seine leichte Frühlingsbräune betonte.

Im nächsten Moment machte Christian einen halben Schritt auf sie zu und küsste sie auf die Wange. »Ich mochte den alten Herrn sehr«, sagte er, was nach einer nüchternen Begründung für die weite Anreise klang.

Iris schluckte die Enttäuschung hinunter. Er war nicht ihretwegen fünf Stunden gefahren, sondern um ihrem Großvater die letzte Ehre zu erweisen. Sie hatte wohl zu viel erwartet. Doch solange er in ihrer Nähe war, würde sie die Hoffnung auf Versöhnung nicht aufgeben. Wenn er dafür die Beisetzung als Vorwand benötigte, wollte sie das vorerst akzeptieren. »Danke, dass du die Fahrt auf dich genommen hast«, erwiderte sie leichthin, fragte, ob er sich ausruhen, etwas essen oder trinken wolle.

»Wenn es keine Umstände macht, würde ich ein kaltes Bier und ein belegtes Brot nehmen«, antwortete er höflich und ließ die Schultern kreisen, als sei er verspannt.

»Macht überhaupt keine Mühe. Komm mit ins Wintergartencafé, Waltraud, unsere Königin der Küche, hat genug Vorräte im Kühlschrank.«

Der Himmel hatte ein Einsehen mit den Trauergästen, die Sonne kam zwar nicht hinter den dunklen Wolken hervor, aber es fiel kein einziger Regentropfen. Keiner der rund dreihundert Trauergäste musste seinen Schirm aufspannen. Keiner bekam nasse Füße auf dem Weg zum Familiengrab der Königs.

Neben den direkten Angehörigen und den Angestellten begleiteten Freunde, Bekannte, Kunden, Stammgäste und sogar Herr Theis, der Bürgermeister der knapp fünftausend Einwohner von Auerbach, die Urne aus schwarzbraunem Mahagoniholz.

Iris, in einem gerade geschnittenen schwarzen Kleid, über dem sie einen leichten schwarzen Mantel trug, schritt an Christians Arm zum Familiengrab. Die Nähe ihres Mannes zu spüren, sich auf ihn stützen zu können, tröstete sie ein wenig.

»Bitte halte mich nicht für pietätlos«, flüsterte er ihr zu, als sie im Kreis ihrer Familie um die Grabstelle standen. »Aber die Urne erinnert mich irgendwie an eine Zigarrenkiste.«

»Mich auch.« Iris war ihm unendlich dankbar für die treffende Feststellung, die ihr ein kleines Schmunzeln entlockte und die aufsteigenden Tränen stoppte.

Annemarie hatte dieses Behältnis aus Wurzelholz ausgesucht. Sie war der Ansicht, Max hätte Spaß daran gehabt, wie eine seiner geliebten Zigarren aufbewahrt zu werden. Herbert hatte beim Anblick der monströsen »Zigarrendose« gemurmelt, es wäre Max eher egal gewesen, er habe nie viel Aufhebens um seine Person gemacht. Für ihn kamen die Gäste an erster Stelle, allein ihre Zufriedenheit habe ihn glücklich gemacht.

Mit ähnlichen Worten würdigte der Geistliche das Wirken des Verstorbenen in der Gemeinde und schloss mit dem Satz »Max König wird unvergessen bleiben und in seinen Kindern weiterleben!« seine Ansprache. Anschließend versenkte der Bestatter Großvaters Urne in das offene Grab, und der Pfarrer besprengte es mit Weihwasser. Diese letzte Handlung beendete den offiziellen Teil der Beisetzung.

Während der Bürgermeister in seiner Ansprache den Verlust eines wichtigen Gemeindemitglieds bedauerte, wurden die ersten Blumensträuße, Buketts und Kränze abgelegt. Herbert hielt eine abschließende kurze Rede, wie sehr sein Vater der Familie und dem Betrieb fehlen, aber nicht zuletzt durch die Tortenkreationen in Erinnerung bleiben würde.

Iris versuchte mühsam, ihre Tränen zurückzuhalten. Christians Taschentuch in einer Hand zerknüllend – sie hatte vergessen, ihres einzustecken –, nahm sie die Beileidsbekundungen entgegen, flüsterte »Danke« oder nickte stumm. Großvater zuliebe hielt sie durch, obgleich sie kaum dem Drang widerstehen konnte, nach Hause zu gehen und sich in ihrem Zimmer unter der Bettdecke zu verkriechen.

Als Letzter trat ein rotblonder Mann mit Dreitagebart, randloser Brille und etwa in ihrem Alter auf sie zu. In seinem nachtblauen Anzug, dem weißen Hemd und der dunkelblauen Krawatte wirkte er auf Iris wie ein gut situierter Stammkunde des Tortenhimmels.

»Mein ehrliches Beileid, Iris.« Sachte schüttelte er ihr die Hand. »Dein Großvater war der beste Konditor, den wir hatten.«

»Sehr freundlich«, entgegnete Iris und musterte den Mann. Er kam ihr bekannt vor, sie wusste nur nicht, woher.

Er hielt immer noch ihre Hand in seiner. Eine angenehm warme Hand, lange Finger, gepflegte Nägel.

»Es ist schon eine Weile her, aber wir kennen uns.« Er blickte sie aus goldbraunen Augen geradeaus an.

Iris schüttelte schwach den Kopf und entzog ihm vorsichtig ihre Hand. »Tut mir leid … im Moment …«

»Nicht weiter tragisch. Ich bin Fritz. Friedrich Kreuzer, wir sind uns vor vielen Jahren …«

»Natürlich. Fritz.« Welch ein seltsamer Zufall, erst von ein paar Tagen hatte sie sich an ihn erinnert.

»Eine alte Liebe?«, erkundigte sich Christian, als Fritz außer Hörweite war.

Iris bemerkte den eifersüchtigen Unterton. Grund dafür gab es keinen, sie hatte Fritz kaum angesehen. Dennoch spürte sie eine warme Welle durch ihren Körper strömen – Christian liebte sie noch. »Ein alter Schulfreund, ich habe ihn gar nicht wiedererkannt. Es muss fünfzehn Jahre her sein, er sah damals völlig anders aus, trug ein viel zu großes schwarzes Brillengestell und war spindeldürr.« Dass sie damals für Fritz geschwärmt hatte, musste Christian nicht erfahren.

»Ach so …«, murmelte ihr Mann hörbar beruhigt.

Iris hatte vor der Beerdigung mit Waltrauds Unterstützung ein kaltes Abendessen vorbereitet. Auf einen Leichenschmaus war wegen der gerade begonnenen Saison verzichtet worden. Die Familie war übereingekommen, dass Max es nicht geduldet hätte, den Betriebsablauf oder gar die Gäste wegen eines Umtrunks ihm zum Gedenken zu vernachlässigen.

Das Abendessen sollte im Terrassencafé eingenommen werden, doch inzwischen regnete es heftig, und so versammelte sich die Familie im privaten Salon – hinter der Rezeption. Das geräumige Wohnzimmer mit Kamin, Esstisch, Sitzgruppe und Fernseher, an das sich eine gut ausgestattete Küche anschloss, wurde zu allen Mahlzeiten und auch zu Anlässen wie Geburtstagen, Jubiläen, Ostern und Weihnachten genutzt.

Auf den beiden antiken Porzellanplatten mit der Aufschrift *Haus König*, die noch aus den Anfängen der Pension stammten, hatte Iris diverse Sandwiches angerichtet. Dazu wurde ein Grüner Veltliner, Großvaters Lieblingswein, serviert, und auf einer dreistufigen Etagere standen Wiener Schnitten und Petit Fours als Nachtisch bereit.

»Diese Schnitten schmecken einfach köstlich«, bemerkte Christian anerkennend und griff nach einem zweiten Stück.

»Das Rezept hat mein Vater aus Wien mitgebracht«, erklärte Herbert und drehte sich zu seiner Schwester um, die neben ihm saß. »Annemarie, hat er eigentlich jemals über seine Jahre im Sacher geredet?«

Annemarie fixierte den Weißwein in ihrem Glas, als stünde darin die Antwort. »Mit mir nicht.«

Iris wusste, dass die Tante gedanklich nicht anwesend war. Noch immer verschwand sie oft den halben Tag lang im Wäschekeller und grübelte vermutlich über ihren Traum von eigenen Filialen.

»Mir hat er auch nichts darüber erzählt«, meldete Viola sich zu Wort. »Und jetzt, wo wir es ansprechen, finde ich es ziemlich eigenartig. Die Zeit dort muss doch eine wichtige Erfahrung für ihn gewesen sein. Denn er hat stets betont, im Sacher alle wichtigen Kniffe und Tricks gelernt zu haben, die ihn schließlich zum Tortenkönig werden ließen. Auf Nachfragen wollte er aber nie antworten, hat dann schnell das Thema gewechselt und mir ein anderes Rezept verraten oder von seinen Rosen geschwärmt.«

Herbert griff nach einer Scheibe Eiweißbrot. »Im Alter wird man eben vergesslich, immerhin ging er langsam auf die Neunzig zu.«

»Nein, Großvaters Gedächtnis hat nie nachgelassen«, protestierte Viola. »Er hat mich regelmäßig in der Backstube besucht, und was immer ich von ihm zum Thema Backen wissen wollte, die Antworten kamen sofort, ohne dass er lange nachdenken musste.«

»Nicht jeder schwelgt bei allen sich bietenden Gelegenheiten in der Vergangenheit«, bemerkte Rose mit kurzem Blick zu ihrem Vater.

Herbert legte eine Scheibe mageren Lachsschinken auf sein mehlfreies Brot. »Meinst du vielleicht mich?«

Iris kannte die romantische Geschichte darüber, wie die Beziehung zwischen den Eltern begonnen hatte. Dass Herbert in einem Pariser Straßencafé bei einer Tasse Kaffee gesessen und Florence am Nebentisch erblickt hatte. Sie war als Stadtführerin mit einer deutschen Gruppe unterwegs. Als Herbert hörte, dass Florence deutsch mit einem zauberhaften Akzent sprach, schloss er sich der Gruppe an. Drei Paris-Führungen später nahm sie endlich seine Einladung zu einem Abendessen an. Und als sie ihn zum ersten Mal »'erbert« nannte, war es endgültig um ihn geschehen. Noch heute, nach über dreißigjähriger Ehe, blickte er Florence verzückt an, wenn sie das H verschluckte.

Iris hatte oft den Eindruck, ihre Mutter beherrsche die korrekte Aussprache durchaus, aber 'erbert zuliebe pflegte sie den kleinen Makel. »Existieren eigentlich Fotos aus der Wiener Zeit?«, fragte sie in die Runde.

»Ich weiß von keinen Fotos.«

»Nein, ich glaube nicht.«

»Falls es welche gibt, hat er sie niemandem gezeigt.«

Iris wandte sich an Tante Annemarie. »Sind dir beim Saubermachen jemals Bilder untergekommen?« Sie musste ihre Frage wiederholen, bevor die Tante reagierte.

»Nein, wie auch? Ich durfte weder in den Schrank noch

in die Kommode schauen, lediglich Betten machen, das Parkett reinigen, den Teppich saugen und Staub wischen. Bis zum Schluss hat er sich Kleidung, Unterwäsche und Socken selbst herausgesucht. Manchmal hatte ich schon den Verdacht, es gäbe Geheimnisse zwischen den Socken.«

»Ich schätze, seine Privatsphäre war ihm wichtig«, sagte Iris.

»Vermutlich«, grummelte Annemarie. »Trotzdem … oft kam ich mir vor wie eine Fremde, der er misstraute.«

Es entstand eine lange Pause, in der nur das Klappern von Messern, Kuchengabeln oder das sanfte Abstellen von Gläsern zu vernehmen war.

»Könnte es auch möglich sein, dass die Zeit in Wien gar nicht so großartig war und Max sich nicht daran erinnern wollte?«, fragte Florence in die Runde. »Abgesehen von den Geheimnissen der Konditorkunst 'atte er vielleicht doch noch andere Geheimnisse. Aber um das 'erauszufinden, müssten wir uns genauer in seinem Zimmer umsehen. Oder wäre das pietätlos? Immerhin wurde er gerade erst begraben.«

»Vater hatte doch nichts zu verstecken! Und wenn es Fotos aus Wien gäbe, hätte er sie uns gewiss gezeigt. Vielleicht hat er nicht über seine Wiener Jahre gesprochen, weil er viel arbeiten musste und seine Zeit dort nicht so aufregend war wie meine in Paris.« Verliebt lächelte Herbert seiner Frau zu.

Florence sah ihn ebenfalls lächelnd an. »Von Paris existieren reichlich Fotografien … wir 'aben sie lange nicht mehr angeschaut. Wie wäre es, wenn wir in *la réception* eine kleine Ausstellung veranstalten? Wäre das nicht *très jolie*, 'erbert?«

Herberts Augen leuchteten. »Dazu noch Fotos von meiner Abschlussprüfung in Paris …«

»Wundervolle Idee«, fand auch Viola, die ebenfalls eine Anzahl schöner Bilder von ihren gewonnenen Wettbewerben beisteuern konnte.

»Die Geschichte unserer Familie und dieses Hauses begann aber meiner Meinung nach bereits mit Max' Jahren in Wien, denn von dort hat er seine besten Rezepte mitgebracht, und deshalb bin ich dafür, dass wir nach Fotos suchen sollten«, sagte Annemarie, und ihre Augen glänzten, als könne sie es kaum erwarten, endlich ein wenig herumschnüffeln zu dürfen. »Wenn niemand etwas dagegen hat – der Schlüssel hängt an der Rezeption.«

# 6

Zögernd betrat die Familie das weitläufige Zimmer des Verstorbenen, doch alle verharrten unschlüssig in Türnähe. Erst als Annemarie die schweren dunkelgrünen Vorhänge zurückzog und Tageslicht hereinfiel, traten Herbert, Florence, Iris und Christian, Rose und Viola in den Raum.

»Es müffelt ein wenig, ich war seit einer Woche nicht mehr hier drin«, erklärte Annemarie und öffnete das Fenster. Frische Seeluft strömte herein.

Der Raum war, seit Iris denken konnte, unverändert; Max und Margarete hatten in den Siebzigern Möbel aus glänzendem, hellem Holz angeschafft und immer pfleglich behandelt. Sie wirkten heute noch wie neu. Das Ehepaar hatte nie das Bedürfnis gehabt, etwas anderes anzuschaffen, sie waren in dieser Einrichtung all die Jahre glücklich gewesen. Warum ändern, was zeitlos schön und vertraut war? Als Kinder hatten Iris und ihre Schwestern bei den Großeltern gespielt oder im Fernsehen das Sandmännchen anschauen dürfen. Erst nach Margaretes Tod waren das Sofa und zwei Sessel einem verstellbaren Fernsehsessel gewichen, und Großvater hatte in seinem Zimmer keinen »Besuch« mehr empfangen wollen.

Unsicher verharrte die Familie an Ort und Stelle, als könne Max König in der nächsten Sekunde erscheinen und alle hinauswerfen. Schließlich gab Annemarie das Kommando: »Dann mal los, lasst uns nachschauen, ob wir etwas Interessantes finden.«

Geschäftig machten sie sich ans Werk. Schubladen wurden aufgezogen, zwischen den durchweg schwarzen Socken, der ordentlich gebügelten Unterwäsche und den penibel gefalteten Stofftaschentüchern gesucht. Schranktüren wurden geöffnet, Kleiderbügel mit Anzügen verschoben und sogar in den darunter aufgereihten Schuhen nachgesehen. Die Garten- und Rosenbücher wurden einzeln aus der Glasvitrine genommen und durchgeblättert. Selbst der Abstand zwischen Wand und dem daran befestigten Flachbildgerät wurde abgetastet.

Erfolglos.

»Mein Vater hatte eben keine Geheimnisse«, erklärte Herbert mit diesem Ich-habe-es-doch-gewusst-Blick.

»Hätte aber sein können«, beharrte Annemarie. »Nicht ohne Grund durfte niemand dieses Zimmer betreten.«

Viola zuckte die Schultern. »Wie auch immer … was machen wir denn mit dem Raum?«

Rose musterte sie verständnislos. »Wie meinst du das?«

»Na ja, du und ich, wir wohnen in winzigen Puppenstübchen, wäre es nicht sinnvoller …« Sie musste den Satz nicht beenden, jeder verstand die Andeutung.

»Wer von euch beiden zuerst 'eiratet, bekommt das Zimmer«, entschied Florence. »Vorausgesetzt, das Paar möchte im Betrieb beschäftigt bleiben.«

Herbert küsste seine Frau zärtlich auf die Wange. »Ein weiser Vorschlag, Liebling.«

Rose lächelte zufrieden.

Iris bemerkte, wie ihre Schwester verstohlen diese neumodische Uhr an ihrem linken Handgelenk berührte, und fragte sich, ob es nur eine zufällige Geste war, oder ob aus dem beruflichen Kontakt zu dem Personal Trainer mehr geworden war.

Viola verzog sichtlich enttäuscht den Mund, drehte

sich auf ihren hohen Absätzen um und stolzierte aus dem Zimmer.

Nacheinander folgten ihr die anderen Familienmitglieder.

»Moment …«, hielt Annemarie sie auf. »An einer Stelle haben wir noch nicht gesucht.«

Nacheinander kehrte die Familie zurück.

»Da, unter der Matratze!« Annemarie deutete auf das Doppelbett.

Herbert tippte sich an die Stirn. »Du spinnst. Warum sollte Vater Fotos unter einer Matratze verstecken?«

»Menschen machen oft sinnlose Dinge, deshalb werde ich mal nachschauen …« Annemarie hob erst die Matratze auf Margaretes Seite hoch, dann die auf der anderen und rief schließlich triumphierend: »Ich hab was gefunden!« Sie bückte sich und zog eine flache Zigarrenkiste hervor.

»Ich werd verrückt, eine Schatzkiste unter der Matratze.«

»Mehr Klischee geht nicht.«

»Los, aufmachen!«

»Jetzt wird's spannend.«

»Mach endlich …«

»Lasst uns nach unten gehen, hier sind zu wenig Sitzplätze«, stellte Iris mit einer Kopfbewegung zum Fernsehsessel fest.

In größter Eile, als gelte es spezielle Wünsche von wichtigen Stammgästen zu erfüllen, begaben sich alle zurück in den Salon.

Iris und ihre Schwestern räumten die Sandwichplatten, Gläser, Teller und Besteck auf die antike Anrichte, in der das private Geschirr verwahrt wurde. Annemarie platzierte die Holzkiste sachte auf dem nun leeren Couchtisch.

»*Romeo y Julieta*«, flüsterte Rose. »Die Zigarren habe ich regelmäßig für Großvater bestellt.«

Auch Iris erinnerte sich an diese Marke und das hübsche

Bild darauf: die Balkonszene aus »Romeo und Julia«, der berühmten Tragödie von William Shakespeare.

Herbert griff nach der Zigarrenkiste und erklärte feierlich: »Wenn sich sonst niemand traut, die Kiste zu öffnen, werde ich als sein Sohn das übernehmen.«

Alle hielten den Atem an.

Herbert hob den Deckel. »Ein Briefumschlag, normale Größe.« Er holte einen leicht vergilbten Umschlag heraus.

»Na los, mach ihn auf«, forderte Iris. »Vielleicht enthält er einen aufregenden Brief.«

»Oder Fotos«, ergänzte Florence.

Doch Herbert machte es spannend und zeigte das Kuvert herum. Vorderseite und Rückseite waren unbeschriftet, und es war nicht zugeklebt. Dann fischte er ein gefaltetes Blatt heraus. Als er es auseinandernahm, fiel ein Foto auf den Boden.

Iris, die direkt neben ihrem Vater stand, hob das Bild auf und betrachtete es erstaunt. Es zeigte eine ihr fremde dunkelhaarige Frau neben einer jüngeren blonden Frau mit burschikos kurzen Haaren und ein dunkelhaariges Kleinkind von vielleicht drei Jahren, das einen Marienkäfer, vermutlich aus Marzipan, in der Hand hielt. »Wer ist das?«

Herbert nahm es ihr aus der Hand. »Lass mal sehen …« Er betrachtete das Foto kurz, drehte es um. »Kein Datum, keine Namen, nichts.«

Das Foto ging reihum; offensichtlich war es in einem Fotoatelier von einem Profifotografen aufgenommen worden, denn wie oft bei solchen Aufnahmen wirkten die Personen etwas steif. Jeder betrachtete es eingehend, aber niemand kannte die abgebildeten Personen.

»Der Brief! 'erbert, bitte, lies doch endlich …«

Herbert faltete das Blatt auseinander und verengte die

Augen. »Da ist ein dicker Strich quer über dem Text ... kleine Schrift ... Das kann ich nicht lesen, hab meine Brille verlegt.« Er reichte Iris das Blatt. »Bitte, lies du vor.«

»Es ist kein Datum genannt«, stellte Iris fest, bevor sie zu lesen begann:

*Meine liebe Charlotte, liebes Kind,*

*wie anders wäre dein und auch mein Leben verlaufen, hätte ich früher von dir, meiner Tochter, erfahren. So viele vergeudete Jahre, so viele glückliche Stunden, die wir versäumt haben.*

*Als ich deinen Brief in Händen hielt, war ich überrascht – nein, überrascht ist kein passendes Wort für dieses Gefühl, das ich beim Lesen empfunden habe. Mir wurde eiskalt und glühend heiß zugleich, als würde ich in Eiswasser geworfen und dann über einem Feuer geröstet. Immer wieder habe ich mich gefragt, warum nur hat deine Mutter die Wahrheit so lange verschwiegen.*

*Versäumtes lässt sich kaum nachholen, die Vergangenheit ist ein versunkenes Land ...*

»Hier endet der Brief ...« Iris hielt kurz inne. »Etwas weiter unten steht: ›Testament?‹, mit einem Fragezeichen. Sieht aber aus, als hätte er das nur für sich notiert. Und da der Text durchgestrichen wurde, war der Brief wohl auch nur ein Entwurf, vermutlich ging die endgültige Fassung dann an jene Charlotte. Und wer weiß, was tatsächlich in diesem Schreiben stand.« Vorsichtig, als sei es explosives Material, legte sie das Blatt auf den Tisch.

Lange Zeit sagte niemand etwas. Es war so still, dass

Herberts Schnaufen, der aufgebracht umherlief, den Raum erfüllte.

»Reg dich bitte nicht auf, 'erbert«, durchbrach Florence' sanfte Stimme das Schweigen. »Denk an dein 'erz.«

»Tu ich, mein Liebling, tu ich, du bist doch mein Herz, und ich denke immer an dich«, versicherte er lächelnd, nahm dann auf dem Stuhl neben ihr Platz und fixierte seine Schwester mit strengem Blick. »Aber ich kann das alles nicht glauben, da erlaubt sich jemand einen Spaß. Annemarie, warst du das?«

»Warum sollte ich einen Brief fälschen, nur um dich zu ärgern? Auch wenn wir uns sonst immer gern kabbeln, hier geht es um eine ernste Angelegenheit.« Annemarie nahm das Schreiben vom Tisch. »Außerdem ist es eindeutig Vaters Schrift. Und auch ich bin schockiert, denn wenn ich diese wenigen Zeilen richtig deute, hatte er eine Affäre. Und das bedeutet, er hat Mutter betrogen! Aber das kann und will ich nicht glauben.«

Herbert schnaufte erneut und knurrte vor sich hin. »Es wäre … ich finde keine Worte … ein riesengroßer Skandal!«

Von einer Sekunde zur anderen hatte das makellose Andenken an Max König dunkle Flecken bekommen. Als hätte jemand einen Eimer schwarze Farbe über ein Denkmal geschüttet.

Wie in Schockstarre fixierten die Familienmitglieder den unfertigen Brief auf dem Couchtisch.

»Weiß jemand etwas von einem Testament?«, durchbrach Christians Stimme das Schweigen.

Allgemeines Kopfschütteln.

»Wenn Großvater eins verfasst hat, muss er es bei einem Anwalt oder Notar hinterlegt haben, sonst wüsste ich davon«, erklärte Rose und befühlte ihren Haarknoten. »Auch in der Post waren in den letzten Wochen keine amtlichen Briefe.«

»Annemarie, du warst doch mit ihm allein, wenn du oben aufgeräumt und sauber gemacht hast«, wandte Iris sich an die Tante. »Hat er jemals einen Brief bekommen, der ihn vielleicht verstört hat, oder hat er dir gegenüber mal den Namen Charlotte erwähnt?«

»Nein, kein verstörender Brief«, versicherte Annemarie. »Und diesen Namen höre ich heute zum ersten Mal in Verbindung mit Vater. Abgesehen davon sind Herbert und ich die Haupterben, das ist längst notariell beglaubigt. Wer jetzt noch erben will, kommt zu spät.« Sie schaute ihren Bruder an.

»Aber auch unehelicher Nachwuchs ist erbberechtigt. Würde sich diese Charlotte melden und Ansprüche stellen, müsstet ihr euch mit ihr auseinandersetzen«, gab Iris zu bedenken.

Annemarie hob kämpferisch das Kinn. »Dann soll er nur kommen, der uneheliche Nachwuchs.«

»Ich brauche trotzdem einen Schnaps.« Herbert stöhnte, als bereite ihm der »Skandal« starke Übelkeit.

»Keine starken Sachen, 'erbert«, mahnte Florence, worauf sie ein enttäuschtes Augenrollen erntete.

Annemarie holte eine Flasche Kognak und Gläser aus dem Café. »Du darfst mal an meinem Glas riechen«, scherzte sie beim Einschenken.

»Moment, mir fällt da was ein …« Viola kicherte. »Großvater hat beim Backen der Wiener Schnitten immer so ein Lied gesummt, manchmal auch leise gesungen …«

»Was für ein Lied? Sing mal«, forderte Iris die Schwester auf.

»Ich bin keine gute Sängerin, aber das Wort ›Servus‹ kam im Text vor …«

»Sag beim Abschied leise Servus?«, sagte Christian und erklärte, es sei ein österreichisches Lied.

»Kenne ich«, sagte Rose und sang leise die erste Zeile.

»Das ist es!«, bestätigte Viola aufgeregt.

»Dann muss es während seiner Zeit in Wien passiert sein«, folgerte Annemarie. »Er schreibt ja auch: ›Hätte ich die Wahrheit nur früher erfahren …‹«

Iris nahm den Brief wieder zur Hand. »Diese Zeilen beweisen eindeutig, dass es eine andere Frau in Großvaters Leben gegeben hat. Und wenn wir richtig vermuten, dass er sie damals in Wien kennengelernt hat, war es eine österreichische Affäre. Die Wiener Schnitten, das Lied und sein Lieblingswein, der österreichische Veltliner, das alles passt perfekt ins Bild.«

»Wirklich schade, dass wir nicht wissen, ob er den Brief ins Reine geschrieben und abgesandt hat«, meinte Christian. »Das macht Nachforschungen schwierig.«

Iris schaute ihn fragend an. »Meinst du, wir sollten jemanden engagieren, der sich auf die Suche macht?«

Christian nickte Iris zu. »Ich an deiner Stelle würde wissen wollen, was sich hinter alldem verbirgt. Vielleicht hast du ja noch eine Tante oder einen Onkel in Wien. Man könnte im Hotel Sacher anfangen und rausbekommen, ob sich noch jemand an Max König erinnert. In welchem Jahr hat er dort gearbeitet?«

»1954 bis 1956«, wusste Annemarie.

»Das ist ja eine Ewigkeit her. Ich bezweifle, ob überhaupt noch jemand lebt, der sich an Großvater erinnert«, sagte Rose.

Annemarie stöhnte auf. »Was für ein Schlamassel. Ich mag mir gar nicht vorstellen, was es für uns bedeuten würde, wenn diese österreichische Affäre …«

»Nichts! Es bedeutet überhaupt nichts.« Herbert wedelte abwehrend mit der Hand durch die Luft. »Vater hat uns beiden den Betrieb schon zu Lebzeiten überschrieben. Thema beendet. Der hochverehrte Gründer ruhe in Frieden.«

»Das sehe ich auch so, Bruderherz. Für den Betrieb wäre es eine finanzielle Katastrophe, müsste er noch weiter aufgeteilt werden.« Annemarie hob das Kognakglas. »Morgen gehe ich zum Friedhof und frage unseren Vater, was er damals in Wien getrieben hat. Vielleicht verrät er mir sein Geheimnis.«

# Wien, Frühjahr 1954

Max bestaunte das imposante Gebäude vorerst von der anderen Straßenseite. Der Balkon über dem Haupteingang, die über vier Stockwerke verlaufende Fassade und die schlanken Fenster, verteilt in vollendeter Symmetrie, erzeugten optisch eine Perfektion, die ihn zögern ließ, hinüberzugehen und einzutreten.

Nervös umklammerte er den schlichten Koffer, der seine gesamten Habseligkeiten enthielt sowie sein wichtigstes Dokument: seinen Gesellenbrief. Das Schriftstück, welches bestätigte, dass er, Max König, nach seiner Lehrzeit in Lindau am Bodensee die Gesellenprüfung zum Konditor mit Auszeichnung bestanden hatte. Das Schriftstück, das ihm jetzt die ersehnte Stellung in diesem renommierten Haus einbringen sollte. Obendrein konnte er noch ein ausgezeichnetes Zeugnis vorzeigen, ausgestellt von seinem Lehrherrn, der ihn bedauernd in die Welt hatte ziehen lassen. Schriftlich hatte er bescheinigt, dass Max ungekündigt sei und den Lehrbetrieb auf eigenen Wunsch verließ.

Hier, im weltberühmten Hotel Sacher, wollte er nun seine handwerklichen Fähigkeiten verfeinern, Raffinesse und besondere Tricks erlernen. Bei der Herstellung der berühmten Sachertorte mitwirken. Und auch den Liebeskummer vergessen, der letztendlich den Ausschlag gegeben hatte, seiner Heimat Lebewohl zu sagen.

Selbstbewusst hatte er sich im Sacher beworben und wochenlang der Antwort entgegengefiebert. Briefe können verloren gehen, hatte er sich nach vergeblichem Warten gesagt und war schließlich in den Zug gestiegen, um sich persönlich vorzustellen. Nun stand er in seinem einzigen dunklen Anzug vor diesem beeindruckenden Haus, schon fast am Ziel seiner Träume, und war wild entschlossen, seinen Weg zu machen, egal, was er dafür tun musste. Er war bereit, wieder ganz unten anzufangen, mit dem Aufschlagen von Eiern, was für gewöhnlich die Aufgabe der Lehrburschen war.

Ein Passant stieß ihn unabsichtlich an, lüpfte den Hut und bat in charmantem Wiener Tonfall um Verzeihung.

»Keine Ursache«, murmelte Max. Gleichzeitig wurde ihm bewusst, dass es langsam dunkel und kälter wurde und er sich entscheiden musste, entweder auf gut Glück vorzusprechen oder feige nach Hause zurückzufahren.

Er schalt sich dümmer als geronnene Schlagsahne, weil untätiges Rumstehen nichts einbrachte – schon gar keine Anstellung. Ein kurzes Durchatmen, dann überquerte er zielstrebig die Straße, ohne den hupenden Verkehr zu beachten. Vor der doppelten Schwingtür hielt er noch einmal inne, bevor er mit großen Schritten ins Foyer marschierte.

Staunend blickte er um sich. Er hatte diese Pracht auf einer bunten Postkarte bewundert, aber die Wirklichkeit übertraf jede Abbildung.

Glänzendes Parkett und edler Marmor auf den Fußböden.

Holztäfelung und Seidentapeten an den Wänden.

Weiche Polstermöbel, getaucht in warmes Licht von antiken Tischlampen.

Meterhohe Frauenfiguren, die auf erhobenen Armen fünfarmige Kerzenleuchter balancierten.

Ein livrierter Concierge residierte wie ein General hinter einem hochglänzenden Palisandertresen mit Marmorabdeckung.

Und wohin Max auch blickte, sah er nur extravagant gekleidete Menschen: Frauen in Pelzmänteln, Pelzkrägen bei den Herren, in den Händen Reisegepäck aus feinem Leder, und dazwischen ein nervös tänzelnder schwarzer Pudel. In dem Moment wurde Max bewusst, dass er in seinem abgetragenen Anzug nicht hierhergehörte.

»Der Herr haben reserviert?«

Ein Page sprach ihn an. Ein Kind noch, dachte Max und musterte den Burschen, der höchstens fünfzehn Jahre alt sein konnte und trotz fescher roter Uniform samt runder Kappe wie ein Schuljunge wirkte.

Max stellte seinen Koffer ab, richtete sich zu seiner vollen Größe von einsachtzig auf und blickte auf den kleineren Pagen hinunter. »Ich möchte den Chef der Konditorei sprechen.«

Der Bursche verschränkte seine Hände hinter dem Rücken und straffte seinerseits die schmächtigen Schultern. »Da sind S' aber falsch hier«, sagte er mit hoch erhobener Nase, als habe Max ihn aufgefordert, seinen schäbigen Koffer zu tragen.

»Das ist doch das Sacher.«

Der Page nickte mit unbewegter Miene.

»Dann bin ich hier richtig.« Max war fest entschlossen, sich nicht abweisen zu lassen.

»Wie kann ich behilflich sein?«, hörte Max eine dunkle Stimme hinter sich.

Die Frage klang höflich, der Ton jedoch unverkennbar streng – wie von einem hohen Tier beim Militär, das seinen Untergebenen zusammenstaucht.

Max dreht sich um. Vor ihm stand ein beleibter Mann in Frack und Fliege, dessen stechender Blick ihn zu durchbohren schien. Max wiederholte sein Ansinnen, beim Chef der Konditorei vorsprechen zu wollen.

»Aus welchem Grund?«, kam die unfreundliche Gegenfrage.

Max bekämpfte sein Gefühl, sich unterwürfig zu geben. Er war kein Bettler, der um ein Almosen bat, sondern hatte selbst etwas zu bieten. Seine Arbeitskraft und sein außergewöhnliches Können. »Ich habe mich schriftlich als Konditor beworben, aber keine Antwort erhalten.«

»Konditor?«, wiederholte der Dickwanst mit hochgezogenen Augenbrauen, die belustigtes Erstaunen ausdrückten.

»Richtig!« Max griff nach seinem Gepäckstück, das der Mann bereits mit feindseligen Blicken attackiert hatte. »Darf ich Ihnen meinen Gesellenbrief zeigen? Die Prüfung habe ich mit Auszeichnung bestanden.«

Der Mann hob abweisend die Hand. Eine unmissverständliche Geste, gefolgt von der Erklärung: »Ja, was glauben S' denn, wie viele Bewerber täglich bei uns anfragen? Wenn wir die alle in einer Reihe aufstellen würden, reicht die Schlange einmal ums Opernhaus. Wenn Sie keine Antwort erhalten haben, werden auch keine Konditoren benötigt.«

Max sackte innerlich zusammen. War sein Traum geplatzt, ehe er begonnen hatte? Nein! Er hatte nicht über fünf Stunden im Zug von Konstanz nach Wien gesessen, um nach fünf Minuten aufzugeben. Das wäre feige gewesen. »Wenn ich morgen oder nächste Woche noch einmal nachfrage?«

»Die Bewerber werden nicht weniger, auch wenn Monate vergehen. Und jetzt geh'ma, geh'ma ...«, scheuchte der Mann im Frack ihn rabiat hinaus.

Max kapitulierte – aber nur für heute. Morgen wollte er trotzdem wiederkommen, egal, was dieser Aufseher behauptete. Und er würde so lange anfragen, bis das Sacher kapitulierte.

## 7

»Großvater hat uns eine ziemlich harte Nuss hinterlassen«, sagte Iris, als sie am späten Abend nach der Beerdigung mit Christian eines der freien Doppelzimmer bezog. Zu Saisonbeginn war das Haus noch nicht voll belegt, und in ihrem Dachstübchen konnte man sich zu zweit kaum bewegen, da war Streit praktisch vorprogrammiert. Leider war das große Balkonzimmer nicht frei, wo sie eine zweite Hochzeitsnacht hätten verbringen können. Dieses Zimmer im zweiten Stock war im heimeligen Landhausstil ausgestattet, das Bett breit genug für eine romantische Nacht und die Badewanne ausreichend groß für zwei.

Christian knöpfte sein schwarzes Jackett auf, ließ es von den Schultern gleiten und hängte es auf einen Kleiderbügel in den Schrank. »Könnte es nicht auch eine große, unerfüllte Liebesgeschichte gewesen sein?«, mutmaßte er im Umdrehen, sah Iris aber nicht an.

Sie hatte sich auf den Rand des Bettes gesetzt und streifte die halbhohen Pumps von den schmerzenden Füßen ab. Sie überlegte, das Kleid auszuziehen und sich in die Kissen zu legen. Aber unter dem Kleid trug sie schwarze Spitzenunterwäsche und halterlose Strümpfe, und so reserviert, wie Christian sich seit seiner Ankunft benahm, blieb sie vorerst lieber angezogen. Sie wollte nicht den ersten Schritt tun. Die einzig liebevolle Geste von seiner Seite war das Taschentuch gewesen, das er ihr bei der Beerdigung gereicht hatte.

»Was bedeuten würde, dass es eine *tragische* Liebesgeschichte war«, erwiderte sie. Sie hatte ihren Großvater stets als liebevollen Mann erlebt – in ihm einen leidenschaftlichen Mann zu sehen, fiel ihr schwer.

Christian unterbrach das Ausräumen der kleinen Reisetasche, die er vor der Fahrt zum Friedhof bereits in dem Zimmer deponiert hatte, und warf ihr einen flüchtigen Blick zu. »Vermutlich, sonst hätte er den Brief und das Foto wohl nicht in dieser Kiste unter der Matratze versteckt. Romeo und Julia, die ganz große, tragische Liebe – deutlicher geht es eigentlich nicht. Und ein für einen alten Mann doch sehr rührseliger Brieftext. Meiner Ansicht nach passt einfach alles perfekt zusammen. Also, ich würde wissen wollen, was dahintersteckt, und einen privaten Ermittler mit Nachforschungen beauftragen«, wiederholte er.

Iris betrachtete Christians verschlossene Gesichtszüge, die blasse Narbe über der linken Augenbraue, die leicht schiefe Nase, und spürte, wie ihr Herzschlag sich erhöhte. Wie das Verlangen aufflammte, ihn zu umarmen, zu fragen, ob auch er und sie noch eine Liebesgeschichte hatten. Doch als sie vom Bettrand aufstand und einen Schritt auf ihn zuging, marschierte er mit seinem Kulturbeutel unterm Arm ins Bad. Später wurde der Wasserhahn aufgedreht, und Sekunden darauf machte er die ihr vertrauten Gurgelgeräusche beim Zähneputzen.

»Sollen wir morgen einen Ausflug auf die Insel Mainau machen?«, fragte sie, als er zurückkam. »Um diese Jahreszeit ist es dort besonders schön.«

»Das wäre nett, aber ich muss schnellstens zurückfahren.« Hektisch zog er den Gürtel aus der Anzughose, knöpfte Hose und Hemd auf und deponierte beides ordentlich über der Lehne des Stuhls am runden Tisch. In Unterwäsche schlüpfte er derart eilig unter die Bettdecke, als wären sie Fremde.

Iris schäumte innerlich. Das wäre *nett*? Sie hasste dieses emotionslose Adjektiv, das nichts weiter als höflich war. Und sich sofort unter der Decke zu verkriechen, war der Gipfel der Zurückweisung. Fehlte nur noch, dass er ihr eine »Gute Nacht« wünschen und das Licht löschen würde. Mit eiserner Willenskraft brachte sie ein Lächeln zustande.

»Schade«, bedauerte sie so sanft wie möglich. »Ich dachte, wir könnten einen schönen Tag miteinander verbringen und reden. Am Telefon ist es doch schwierig.«

»Reden?« Spöttisch verzog er den wohlgeformten Mund. »Vermutlich über das ewig gleiche Thema? Ich bitte dich, Iris, das bringt doch nichts. Wir drehen uns nur im Kreis.«

Ihre Geduld war am Ende. Sie nahm die Pumps in die Hände und erhob sich. »Ja, wegen deiner Sturheit drehen wir uns im Kreis«, stimmte sie ihm wütend zu und schritt zur Tür, wo sie sich noch mal umdrehte. »Wünsche angenehme Nachtruhe und süße Träume.«

»Iris, warte! Du kannst doch nicht einfach so abhauen«, rief er irritiert.

Er liebt mich also doch noch, dachte sie erleichtert und kehrte zurück. Diesmal setzte sie sich zu ihm aufs Bett, dicht vor seinem Gesicht sah sie ihm direkt in die Augen. »Christian, wir versuchen seit drei Jahren schwanger zu werden«, begann sie leise, obwohl sie wusste, das Thema führte unweigerlich zu Streit. Doch sie vermochte nicht, sich zurückzuhalten, es war einfach zu wichtig, und ihre Ehe konnte daran zerbrechen, wenn sie nicht endlich sachlich darüber redeten. »Mir wurde von drei verschiedenen Ärzten bestätigt, dass bei mir alles in bester Ordnung ist. Es gibt also nur eine Lösung.«

Während sie redete, hatte er sich aufgerichtet und das

Kopfkissen in den Rücken geschoben. »Hast du schon mal überlegt, dass auch psychosomatische Gründe die Ursache sein könnten?«

Iris schaute ihn fragend an, sie konnte ihm nicht folgen.

»Vielleicht bist du zu sehr auf den Erfolg im Hotelbetrieb fixiert und willst deine Karriere in Wahrheit nicht aufgeben«, erklärte er, als sei sie eine Angestellte, die unter Burn-out litt, es aber verdrängte.

Iris lachte amüsiert auf. »Das ist doch albern.«

»Wie auch immer, ich bin jedenfalls nicht bereit, diese lächerliche Untersuchung über mich ergehen zu lassen«, erwiderte er, genervt schnaufend. »Im Übrigen ist mir vor einigen Tagen eingefallen, dass es unnötig ist.« Abwehrend verschränkte er die Arme vor der Brust und demonstrierte damit deutlich, dass er keinen Körperkontakt wollte.

»Da bin ich aber gespannt«, sagte Iris mühsam lächelnd, konnte aber nicht vermeiden, dass es sarkastisch klang.

Er hob den Kopf, blickte aber an ihr vorbei ins Leere. »Eine Exfreundin war schwanger von mir.«

Schockiert sprang Iris auf und schnappte nach Luft. Eine schwangere Exfreundin? Was für eine unverfrorene Lüge! Sie glaubte ihm kein einziges Wort. Ein absolut lächerlicher Taschenspielertrick und nichts weiter als Selbstschutz – so viel psychologisches Wissen hatte sie. »Das sind ja tolle Neuigkeiten. Ich bin platt. Das bedeutet also, du hast bereits ein Kind! Warum hast du mir das nicht schon viel früher erzählt?«

»Nein … ähm … sie hatte eine Fehlgeburt. Ich wollte es dir bei passender Gelegenheit erzählen, ich habe es wohl … vergessen … oder verdrängt. Solche Geschichten gehören ja nicht zu den Ruhmestaten, mit denen ein Mann sich brüstet«, behauptete er stammelnd. »Ist ewig her, ich war gerade mal neunzehn, und die Beziehung, wenn es überhaupt eine war, hat nur einige Wochen gedauert. Auf jeden Fall ist damit bewiesen, dass es nicht an mir liegen kann.« Sein Mund verzog sich zu einem triumphierenden Grinsen, als hätten sie einen Drei-Jahres-Kampf ausgefochten, und er könne nun auf das Siegertreppchen steigen.

Iris genügte sein anfängliches Stottern als Beweis, dass er sich die schwangere Exfreundin in seiner Not ausgedacht hatte. »Wie schön für dich, dann kannst du ja beruhigt schlafen«, sagte sie bitter und ging ohne Hast zur Tür. Innerlich war ihr nach Schreien und Toben zumute, danach, die Tür mit voller Wucht zuzuknallen, aber sie beherrschte sich. Was hätten Geschrei und Lärm auch schon bewirkt? Christian wäre dennoch stur wie ein Ochse geblieben.

Als sie in ihrer Dachstube ins Bett sank, vermochte sie die Tränen nicht mehr zurückzuhalten.

Was für ein Tag! Großvater hat ein uneheliches Kind gezeugt, aber ich bekomme keines, sosehr ich mich auch anstrenge, dachte sie verzweifelt.

Lag es vielleicht doch an ihr?

Übte sie zu viel Druck aus?

Hatte Christian womöglich die Wahrheit gesagt?

Er hatte sie noch nie belogen. Aber wie genau kannte man einen Mann, dessen Potenz angezweifelt wird, wirklich? Reagierten Männer bei diesem Thema nicht vollkommen irrational?

Es wollte ihr auch nicht gelingen, sich ihren Großvater als verliebten jungen Mann vorzustellen. Er war doch ihr Opa mit den grauen Haaren und dem dicken Bauch gewesen! Der begabte Konditor, der köstliche Torten schuf und von jedem Wettbewerb einen Preis mit nach Hause brachte. Sie fragte sich, ob Max König sein ganzes Leben lang einer großen Liebe nachgetrauert hatte. Einer Liebe, die man bis zum letzten Atemzug nicht vergessen konnte.

»Liebe macht uns stark und mutig, aber auch sehr verletzlich«, hatte sie irgendwo gelesen. Stark fühlte sie sich seit Monaten nicht mehr. Die ewigen Auseinandersetzungen mit ihrem Ehemann kosteten Kraft, und obgleich sie sich doch beide ein Kind wünschten, hatte sie meist das Gefühl, als wolle sie den Bodensee durchschwimmen und gerate in die Strömung des durchfließenden Rheins, der sie mit aller Kraft in die Tiefe zog.

Iris erwachte mit hämmernden Kopfschmerzen und fühlte sich, als habe sie am Tag zuvor nicht nur ein Glas besten Veltliner, sondern eine ganze Flasche billigen Fusel gepichelt.

Schlaftrunken griff sie neben sich, um Christian einen guten Morgen zu wünschen, ein versöhnliches Wort zu hören, ehe sie realisierte, wo sie war. Allein in ihrem Kinderzimmer.

Deprimiert blinzelte sie in das Licht des erwachenden Morgens, das durch den schmalen Spalt zwischen den Vorhängen drängte. Die Zeiger des Reiseweckers standen sich stramm gegenüber: Sechs Uhr! Die Zeit, zu der sie gewöhnlich aufstand.

Aus dem gegenüberliegenden Badezimmer vernahm sie das Rauschen der Toilettenspülung. Vertraute Geräusche, die Rose oder auch Viola fabrizierten und die jeden Tag auf die gleiche Weise einläuteten, Geborgenheit und Sicherheit gaben. Die mit beruhigender Gewissheit versprachen, dass es ein ganz gewöhnlicher Tag mit viel Arbeit, aber auch mit viel Freude, werden würde. Dass alles in Ordnung war und es nichts gab, worüber sie sich Sorgen machen müsste.

Erst als sie die Decke zurückschlug, das Fenster öffnete und Christians Wagen auf dem Parkplatz erblickte, war der kurze Moment der Selbsttäuschung, die glückliche Sekunde der Zufriedenheit vorbei. Der feuerrote Porsche mit dem Kölner Kennzeichen leuchtete wie ein Warnschild gegen alle Zweifler an männlicher Zeugungsfähigkeit.

Nach einigen tiefen Atemzügen schüttelte Iris Bettdecke und Kissen auf und verließ leise ihr Zimmer. Sie würde sich die Zähne putzen, und wenn Rose nicht dringend ihre Hilfe benötigte, eine Runde im See schwimmen. Die ersten Sonnenstrahlen genießen und endgültig wach werden.

Die Tür zum Badezimmer wurde in dem Moment geöffnet, als sie die Hand auf die Klinke legen wollte. Viola trat ihr entgegen, blieb vor ihr stehen und starrte sie stumm an.

Iris erschrak. Ihre kleine Schwester sah blass und krank aus, obwohl das Gesicht frisch eingecremt glänzte. Das dunkle, glatte Haar als nachlässig gebundener Knoten saß auf dem Oberkopf, und an den Schläfen baumelten feuchte Strähnen. Sie hatte eng anliegende hellblaue Wäsche an, wie man sie zum Sport tragen würde, die ihre Rundungen betonte, ohne sie unattraktiv erscheinen zu lassen.

»Morgen«, brummelte sie einsilbig, während sie sich nun an Iris vorbeischlängelte.

»Guten Morgen, Viola. Alles in Ordnung?«, erkundigte sich Iris besorgt, erhielt aber nur ein »Hmm …« zur Antwort.

Nichts war in Ordnung, das spürte Iris deutlich. Bei ihrer Ankunft war Viola zwar etwas melancholisch wegen Großvater gewesen, aber was hatte sich sonst noch geändert, weshalb sie so niedergeschlagen sein konnte? Hatte ihre kleine Schwester Sorgen? Wurde ihr die Arbeit in der Konditorei zu viel? Oder litt Viola lediglich unter ähnlichen Kopfschmerzen wie sie selbst? Bei passender Gelegenheit wollte sie vorsichtig nachhaken, was ihre Schwester bedrückte.

Iris hatte vergessen, wie kalt der Bodensee Anfang Mai noch war, und es kostete sie reichlich Überwindung, nicht doch lieber unter die heiße Dusche zu flüchten, sondern sich in das kühle Wasser zu stürzen. Aber nach ein paar kraftvollen Zügen stellte sich zur Belohnung der erfrischende Effekt ein, den sie so liebte. Der ihr Kraft geben würde, ein freundliches Gespräch mit Christian zu suchen.

Mit gleichmäßigen Zügen schwamm sie die ungefähr zwanzig Minuten lange Strecke, die viele Jahre von April bis Oktober zu ihrer Morgenroutine gehört hatte.

Hellwach, in Jeans, blau-weiß gestreiftem Baumwollpulli, weißen Turnschuhen und voller guter Vorsätze, eilte Iris später zu Christian. Das Doppelzimmer war bereits geräumt, doch sein Wagen stand noch vor dem Haus. Er wird frühstücken, überlegte sie, lief nach unten in den Wintergarten und erwischte ihn gerade noch, als er sich bei Herrn Otto mit einem Trinkgeld bedankte.

Abwartend verharrte sie an der Türschwelle, bis er den sonnendurchfluteten Frühstücksraum verließ, und empfing ihn mit einem freundlichen: »Guten Morgen!«

»Morgen.«

Einen Augenblick schien es, als beuge er sich zu ihr, um sie wie gestern bei seiner Ankunft mit einem Kuss auf die Wange zu begrüßen. Doch es war nur eine Drehung seines Körpers, mit der er sich an ihr vorbei durch die Tür schob. Sie startete einen letzten Versuch, so etwas wie verbindliche Normalität herzustellen. »Soll ich dir eins von Waltrauds leckeren Sandwiches einpacken? Du wirst doch mindestens fünf Stunden unterwegs sein.«

Er schüttelte kurz den Kopf und antwortete: »Nein danke, ich habe beim Kaffee zu lange getrödelt, jetzt muss ich mich beeilen.«

Iris zuckte zusammen, als habe er ihr eine Ohrfeige verpasst.

»Übrigens …« Er drehte sich noch einmal um. »Mama

würde sich freuen, wenn du bald zurückkämst, du weißt, dass sie eigentlich nur noch für absolute Notfälle verfügbar sein und nicht mehr den ganzen Tag an der Rezeption stehen wollte.«

»Das ist mir klar, und es tut mir auch leid, dass es doch länger dauert. Aber *du* weißt ja inzwischen, dass mein Vater einen leichten Infarkt hatte und ich Rose noch ein paar Tage unterstützen möchte. Bestelle liebe Grüße und richte bitte aus, dass ich bald zurück sein werde.« Iris musste sich beherrschen, um ihn nicht anzuschreien: Und was ist mit dir? Vermisst *du* mich gar nicht? Bemüht fröhlich wünschte sie ihm eine gute Fahrt, und obgleich ihr nach Wegrennen war, ging sie so langsam wie möglich Richtung Untergeschoss zur Wäschekammer.

In diesem weitläufigen Raum, durch dessen nach Osten weisende Fenster helles Morgenlicht drang, ließ sie ihren Gefühlen freien Lauf. Brüllte und fluchte unbeherrscht, gab den Körben voller Schmutzwäsche kräftige Tritte und trommelte mit den Fäusten gegen die Metallschränke.

»He, he, he, was ist denn in dich gefahren?«

Tante Annemarie tauchte mit einem Packen Wäsche in den Armen auf. »Dein Geschrei hört man bis in die Rezeption.«

»Entschuldigung, ich musste kurz Dampf ablassen«, grummelte Iris peinlich berührt.

Annemarie ließ die Wäsche einfach auf den Boden fallen. »Hat das vielleicht mit einem gewissen Herrn Bonhoff aus Köln zu tun?«

Iris nickte schweigend, während sie die Tür des Metallschranks schloss, die sich unter ihren Faustschlägen geöffnet hatte.

Annemarie, heute wieder in gewohnt farbenfroher Kleidung, mit dekorativem Make-up und bester Laune, hatte ihre Krise sichtlich überwunden. »Deshalb ist er eben vom Parkplatz geprescht, als habe er die Kasse geklaut. Gab es Streit? Du siehst aus, als würdest du vor Wut kochen.«

»Gute Diagnose«, schluchzte Iris. Wie hatte sie sich damals über den Kauf des Porsches gefreut, weil er den Wagen auch erworben hatte, um sie zwischendurch mal nach Auerbach zu ihrer Familie chauffieren zu können! Heute diente das Rennauto dazu, schnell von ihr wegzukommen.

Annemarie legte ihr sachte den Arm um die Schultern. »Dann setzen wir uns jetzt gemütlich auf die Schmutzwäsche, und du erzählst deiner alten Tante, was dein Angetrauter verbrochen hat.«

Annemaries Worte öffneten Iris' Tränenschleusen, und ohne es zu wollen, schluchzte sie an der Schulter ihrer Tante wie eine Dreijährige, deren kleine Welt gerade untergegangen war. Erst nach einer ganzen Weile hatte sie sich wieder im Griff. »Tut mir leid. Ich habe dein Shirt nass geheult.«

»Ach was, das olle Ding werfe ich nachher einfach mit in die Maschine«, winkte Annemarie ab. »Aber wenn du nicht reden magst, dann hilf mir doch bitte, die Wäsche zu trennen. Was aus der Küche kommt, wasche ich getrennt von der Bettwäsche, ebenso die Handtücher.«

Iris zog ungeniert die Nase hoch. »Sehr gern«, sagte sie, erleichtert darüber, ihre Hände beschäftigen zu können. Arbeit war noch immer die beste Ablenkung. Und während dieser monotonen Tätigkeit begann sie zuerst zaghaft, dann immer schneller zu erzählen, weshalb Christian und sie sich stritten. Dass sie so sehr gehofft hatte, sein unverhofftes Auftauchen wäre eine Möglichkeit, sich auszusöhnen und einmal ohne Aggressionen und Zeitdruck, unter dem sie in Köln oft standen, miteinander zu diskutieren.

Annemarie hörte konzentriert zu, stellte keine Fragen, rollte auch nicht mit den Augen, was sie gern tat, um Verwunderung oder Unmut auszudrücken.

Als Iris sich alles von der Seele geredet hatte, fühlte sie sich erleichtert; ihre verzweifelte Wut war zwischen die sortierte Schmutzwäsche gerutscht. »Ich frage mich, ob es meine Schuld ist, dass wir uns jedes Mal in die Haare kriegen, sobald wir allein in einem Raum sind.«

»Es gehören immer zwei zum Tangotanzen«, hörte sie Annemarie leichthin sagen. »Und in einer Ehe befinden sich nun mal zwei Individuen, die nicht immer am selben Strang ziehen.« Schwungvoll schubste sie den Korb mit den Handtüchern vor die Waschmaschine und drehte sich dann zu Iris um. »Anders ausgedrückt: Du hast ein Problem, das du ohne Mann gar nicht hättest, aber ohne ihn auch nicht lösen kannst.«

Iris hatte beim Zuhören die Reißverschlüsse an der Bettwäsche kontrolliert und einen entdeckt, der erneuert werden musste. »So habe ich das noch gar nicht betrachtet.«

»Dann ist es wohl logisch, dass sich nichts bewegt, solange er in Köln ist und du hier bist. Ich an deiner Stelle würde schleunigst die Sachen packen, in einen Zug steigen und mich dann so lange mit meinem Liebsten in ein Zimmer einsperren, bis geklärt ist, wie es weitergehen soll.«

Iris dachte an letzte Nacht, als sie ungestört hätten reden können, als sie versucht hatte, zu ihm durchzudringen. Erfolglos. Wie so viele Male vorher auch, egal, mit welcher Taktik sie agiert hatte. »Ihm nachlaufen? Kommt nicht infrage. Dadurch würde er sich nur bestätigt fühlen. Ich denke, die zwei Wochen Abstand waren nicht genug, um ihm begreiflich zu machen, dass wir uns in einer Sackgasse befinden. Deshalb bleibe ich noch eine Weile in Auerbach, um Rose zu unterstützen.«

»Wie du meinst, du kennst deinen Ehemann am besten.« Annemarie füllte Waschmittel in die Schublade, wählte das Waschprogramm und lauschte einen Moment lang dem Geräusch des einfließenden Wassers, bevor sie weitersprach. »Aber in Wahrheit ist deine Hilfe hier nicht mehr dringend nötig, ich habe mich wieder voll im Griff. Sieh mich an, dank unseres Gesprächs, das, wenn du dich erinnerst, ebenfalls hier im Untergeschoss stattgefunden hat, bin ich wieder ganz die Alte …« Sie grinste vergnügt und drehte sich einmal um die eigene Achse. »Im doppelten Sinne. Du kannst also beruhigt fahren.«

»So gefällst du mir wirklich besser.« Iris betrachtete Annemarie eingehend. Rein äußerlich war sie tatsächlich wieder die bunt gekleidete Tante, heute in Rot-Orange, mit dicht getuschten Wimpern, rotem Lippenstift und lila lackierten Zehennägeln, die so herrlich zu den Hibiskusblüten auf ihren Flipflops passten. »Aber ab Mai herrscht durchgehend Hochsaison, da braucht es doch immer die doppelte Belegschaft, und Papa soll sich ja weiterhin schonen. Mit unserem Vater kann Rose also nicht rechnen. Wenn ich bleibe, schaffen wir die Arbeit locker, und Papa kann sich in die Sonne legen und sich schonen.«

»Na ja, zwei fleißige Hände wie deine sind natürlich jederzeit hochwillkommen«, gestand Annemarie, und nach einer kleinen Atempause fügte sie hinzu: »Abgesehen von der nie enden wollenden Arbeit wüsste ich noch ein paar andere Baustellen, die von deiner Anwesenheit profitieren würden.«

»Was denn für Baustellen?«

Annemarie hakte sie unter. »Fürs Erste sind wir hier unten fertig. Jetzt haben wir uns einen Kaffee und eins von Waltrauds Butterbroten verdient. Dabei erzähle ich dir, wo es sonst noch klemmt.«

Iris' Magen knurrte wie auf Kommando. Über den Ärger mit Christian hatte sie bisher vergessen zu frühstücken. Dabei war sie nach dem Schwimmen immer besonders hungrig.

# 8

»Köstlich wie immer«, lobte Iris das Frühstück. Die »Stullen«, wie die aus Berlin stammende Waltraud ihre reichhaltig belegten Sandwiches bezeichnete, waren bei allen Gästen beliebt. Nach dem letzten Schluck Milchkaffee wandte sich Iris voller Tatendrang an die Tante. »Jetzt bin ich bereit, die Baustellen zu beackern.«

»Ich habe überlegt, ob wir wegen der ›österreichischen Affäre‹ nicht doch etwas unternehmen sollten«, flüsterte Annemarie ihr zu, als handle es sich um eine geheime Staatsaffäre.

»Iris, gut, dass du noch da bist!« Rose eilte mit energischen Schritten auf ihren Tisch zu. Sie wirkte erhitzt, als hätte sie mindestens eine Stunde gejoggt, trug aber ihr nachtblaues Kostüm und halbhohe Pumps und hatte das Haar ordentlich als Nackenknoten gebunden. Nur die goldenen Kreolen an ihren Ohren waren neu, jedenfalls erinnerte Iris sich nicht an die auffallend schönen Schmuckstücke. »Ich hatte schon befürchtet, du wärst mit deinem Mann zurück nach Köln gefahren.«

»Ohne mich zu verabschieden? Das würde ich doch niemals tun. Setzt dich, trink einen Kaffee mit uns«, forderte Iris die Schwester auf.

»Keine Zeit, leider …« Rose strich sich nervös mit der rechten Hand über das glatt anliegende Haar. »Könntest du im Tortenhimmel an der Ladentheke aushelfen? Paula, unsere Ladenkraft, hat angerufen, ihr einjähriger Sohn ist erkrankt, und sie wird vermutlich die nächsten drei Tage nicht arbeiten können.«

»Sehr gern, du weißt, wie ich das Kuchenparadies liebe.« Iris warf Annemarie einen Gut-dass-ich-geblieben-bin-Blick zu und versprach Rose: »In zehn Minuten bin ich da, nur noch schnell Hände waschen und Zähne putzen.«

»Annemarie«, wandte Rose sich an die Tante, »ich habe um zehn einen wichtigen Banktermin, kannst du so lange die Rezeption übernehmen? Mama kann leider nicht, sie ist mit Papa beim Arzt, zur Nachkontrolle.«

»Na klar, die Wäsche kommt auch ohne mich zurecht.«

»Sag mal«, wandte Iris sich an die Tante, als Rose den Wintergarten verlassen hatte, »irre ich mich, oder ist Rose gestresst? Gibt es ein Problem im Betrieb, von dem sie mir nichts erzählt hat?«

»Das einzige Problem ist die vorhin erwähnte *Affäre*. Rose ist vielleicht unglücklich verliebt«, mutmaßte Annemarie und zwinkerte Iris verschwörerisch zu. »Ihr Schwestern seid doch in einem Alter, in dem noch alles möglich ist. Bei mir hingegen ist der Ofen aus, wenn du verstehst, was ich meine.«

»Du könntest immer noch einen flotten Witwer bezirzen«, stieg Iris auf den lockeren Tonfall der Tante ein.

»Nur wenn er Konditor ist. Dann käme ich auf die Weise doch noch zu meinen Filialen.«

Nachdenklich verknotete Iris die Bänder der weißen Schürze mit der eingestickten goldenen Schrift »Tortenhimmel« im Rücken und sog den verführerischen Kuchenduft ein, der sie beim Betreten der Konditorei empfing. Sie freute sich riesig, drei Tage lang in dem ganz in Cremeweiß und Gold gestalteten Tortenshop Verkäuferin sein zu dürfen und hinter der abgerundeten Glasabschirmung der Verkaufstheke die besten Sahneschnitten und Torten der ganzen Umgebung anbieten zu können. Als großes Vergnügen empfand sie auch, sich mit den Kunden zu unterhalten und Empfehlungen abzugeben.

Intensiv betrachtete sie das Angebot an Kuchenstücken und Torten, um sich einen Überblick zu schaffen. Das Angebot änderte sich im Laufe der Woche, nur die drei Klassiker – Anna-, Käsesahne- und Schwarzwälder Kirschtorte – standen täglich in der Vitrine und blieben durch die elektronisch gesteuerte Kühlung frisch. Die mit Buttercreme gefüllten Wiener Schnitten, der mächtige Schokoberg mit den Rumrosinen oder die Kürbis-Apfelcreme-Torte wurden eher in der kühleren Jahreszeit verlangt. Die leichte, nach Frühling schmeckende Erdbeer-Buttermilch-Torte mit frischen Früchten von der Insel Mainau würde sicher schon am Mittag ausverkauft sein. Ebenso die köstliche Saint-Honoré-Torte mit den Vanille-Profiteroles aus der französischen Patisserie.

Das Telefon läutete, als Iris gerade die Preisliste studierte, die Viola neben die Kasse gelegt hatte.

»Tortenhimmel, womit darf ich Ihren Tag versüßen?«, meldete sich Iris mit einem Lächeln in der Stimme. Den Begrüßungstext hatte sich Viola gemeinsam mit Großvater ausgedacht. Zur Wiedereröffnung nach einer Renovierung vor zehn Jahren hatte der ungewöhnliche Satz ihnen sogar einen Artikel in der örtlichen Tageszeitung und damit kostenlose Werbung und neue Kundschaft eingebracht.

Eine aufgeregte Anruferin erkundigte sich, ob die für den morgigen Tag bestellte Torte auch wirklich rechtzeitig fertig sein würde. »Die weiße Fondanttorte mit dem Namen in hellblauer Schrift, hellblauen Bändern und hellblauen Babyschuhen«, präzisierte sie.

»Selbstverständlich«, versicherte Iris und wusste, welche Torte bestellt worden war. Viola hatte einen Katalog mit Vorschlägen für alle Gelegenheiten. Zur Sicherheit notierte sie sich aber den Namen, um bei ihrer Schwester nachzufragen.

»Dann bin ich erleichtert«, freute sich die Kundin. »Man möchte ja, dass zur Taufe alles klappt. Vor allem, wenn es das erste Kind ist.«

»Das verstehe ich sehr gut«, stimmte Iris schwer schluckend zu. Und nachdem sie aufgelegt hatte, schoss ihr prompt der Gedanke durch den Kopf, ob Viola jemals eine Tauftorte für *ihr* Baby backen würde. Und ob Christian tatsächlich eine Exfreundin geschwängert hatte. Wenn er nicht gelogen hatte, lag ihre Kinderlosigkeit doch an ihr. Oder an ihnen beiden. Wie sie unlängst in einer Frauenzeitschrift gelesen hatte, soll es in seltenen Fällen sogar vorkommen, dass Eizellen und Spermien einfach nicht zusammenpassten. Dass sie einander abstießen und das betroffene Paar kaum Chancen hätte, Kinder zu zeugen.

Ihr Grübeln unterbrach ein ungefähr sechzehnjähriger Junge, der den Laden betrat. Das rundliche Gesicht des Teenagers in der Jeans, dem grauen Pulli und den dicksohligen Sportschuhen war von Akne übersät. Es brach ihr das Herz, wenn sie daran dachte, wie sehr er sicher darunter litt und dass Gleichaltrige ihn vielleicht als Streuselkuchen beschimpften – wie sie es mit vierzehn erlebt hatte, als ihre Stirn voller Pickel war.

»Einen Schneewittchen-Apfel«, verlangte er mit wackeliger Stimme.

Das mit Himbeercreme gefüllte und rot-gelber Mirror Glaze überzogene Gebäckstück hatte einen Schokoladenstiel, an dem ein grünes Marzipanblatt befestigt war, und sah einem Apfel täuschend ähnlich. Viola hatte ihn anlässlich eines Wettbewerbs kreiert und damit den dritten Platz erreicht.

»Bitte hübsch einpacken, ich möchte ihn verschenken.«

»Sehr gern«, entgegnete Iris und erkundigte sich, ob er Glasfolie oder Karton wünsche.

»Folie, bitte.«

Während Iris den glänzenden Apfel mit der Tortenschaufel auf die goldene Kartonunterlage beförderte, bemerkte sie, wie der junge Mann nervös von einem Bein auf das andere trat. Sie beeilte sich, den Apfel vorsichtig mit durchsichtiger Folie zu umhüllen und mit einer goldenen Schleife zu verzieren. Sichtlich erleichtert nahm er sein Präsent in der schneeweißen Papiertragetüte entgegen, die sie ihm über die Ladentheke reichte.

Impulsiv wollte sie ihm bei der Rückgabe des Wechselgeldes »Viel Glück« wünschen. Doch sie begnügte sich mit einem lächelnden »Herzlichen Dank und einen schönen Tag«. An der Rezeption des Hotels ihrer Schwiegereltern hatte sie gelernt, dass Glückwünsche ins Blaue oft als indiskret empfunden wurden.

Nachdenklich schaute sie dem jungen Mann nach. Wenn er mit dem Apfel das Herz des Mädchens seiner Träume erobern wollte, hatte er gute Chancen. Liebe ging doch immer durch den Magen oder über den Gaumen, genau wie bei ihrer ersten Verabredung mit Christian. Eigentlich war es kein richtiges Date gewesen, wie man das heute nannte und was für Großvater noch ein Rendezvous oder Stelldichein gewesen war.

Das erste romantische Treffen mit Christian ergab sich nach einer Woche in der Hotelfachschule. Auf dem Stundenplan stand »Cocktails mixen«. Unterrichtet wurden an diesem Tag nur die sogenannten Basics, um später eventuell auch an einer Bar einspringen zu können. Gemixt wurde nach klassischen Rezepten, und die bei allen Schülerinnen und Schülern sehr beliebte Stunde fand am Ende des Tages statt, weil verkostet werden durfte.

Sie und Christian hatten sich schon mehrfach zugelächelt, aber noch nicht wirklich miteinander geredet. An diesem Tag stand er plötzlich dicht neben ihr. »Kannst du mir zeigen, wie man einen trockenen Martini mixt? Ich hab's doch tatsächlich vergessen.«

Erfreut über diesen sehnlich erhofften Annäherungsversuch, blickte sie ihm in die graugrünen Augen. »Wie wünschen der Herr den Drink? Gerührt oder geschüttelt, mit oder ohne Olive?«

Einen Augenblick lang schien er nach Worten zu suchen, dann strahlte er sie an und sagte: »Wäre das heute die Prüfung, hättest du mit Bestnote bestanden.«

Danach verbrachten sie den Abend bei trockenen Martinis, und er endete mit dem ersten Kuss.

Iris durchströmte ein warmes Gefühl bei dem Gedanken an Christians weiche Lippen, die Geborgenheit seiner Umarmung und wie ihre Liebe während der beiden Jahre in der Hotelfachschule gewachsen war.

Das Glöckchen an der Ladentür und ein nicht enden wollender Kundenstrom holten Iris zurück in den Tortenhimmel, wo es keine traurigen Erinnerungen, sondern nur süße Verführungen gab.

Der Vormittag verging wie im Flug, und Iris blieb keine Zeit, in der Vergangenheit zu verharren, sich über »was wäre, wenn« Gedanken zu machen. Das Verpacken von Kokos-Mango-, Pistaziensahne- oder Schoko-Walnuss-Torte, die bereits in der Backstube vorgeschnitten und mit Glasfolie umhüllt worden waren, und die Arbeitsfläche penibel sauber zu halten, hielten sie auf Trab. Nebenbei waren auch das Telefon zu bedienen, Bestellungen zu notieren oder Lieferungen zu bestätigen. Doch Iris genoss jede einzelne Minute und die Gespräche mit den Kunden, und sie freute sich über die Komplimente für die Kunstwerke. Gern beantwortete sie auch Fragen zu den Fotos von Violas Wettbewerben, die an einer Wand im Kundenbereich hingen.

Eine ältere Dame, die mit ihrem Ehemann in der Pension logierte, betrachtete wie verzaubert das Bild von der Torte mit dem Titel »Seerosenteich«. Es war ein Gemeinschaftswerk von Viola und Herbert für eine Fernseh-Backshow. Sie hatten sich von Claude Monets berühmtem Gemälde inspirieren lassen und mit diesem beeindruckenden Werk alle anderen Konkurrenten geschlagen.

»Erstaunlich, was man aus ein paar Zutaten alles zaubern kann«, bemerkte der Mann und fragte, ob tatsächlich alles essbar gewesen sei.

»Jedes einzelne Seerosenblatt«, versicherte Iris und erzählte, dass dies zu den Bedingungen gehört habe. »Der Teichboden bestand aus luftigem Biskuit, darauf eine Schicht kandierter, gehackter Walnüsse, eine Sauerkirschen-Fruchtfüllung eingehüllt in sahnigen Frischkäse, bedeckt mit Biskuit und überzogen von blau-grüner Mirror Glaze. Die Kunst hatte darin bestanden, die leichte Bewegung der Seewellen nachzuempfinden, darauf die Seerosen zu verteilen und als Abschluss die Brücke aus Schokolade hinzuzufügen.«

»Wenn Sie das beschreiben, läuft einem sofort das Wasser im Munde zusammen«, sagte die Kundin. »Auch wenn es sicher schade ist, solch ein Kunstwerk aufzuessen.«

»Wir haben es von allen Seiten fotografiert und danach mit der gesamten Belegschaft verspeist«, berichtete Iris. Sie wusste noch ganz genau, wie gestresst Viola und Herbert wegen der Konkurrenz gewesen waren. Gegen renommierte Gegnerinnen und Gegner anzutreten, war für Viola mit ihren jungen Jahren eine große Herausforderung gewesen.

Das Ehepaar bedankte sich und bestellte zwei Stücke von der klassischen Käsesahne, die sie mit einer Tasse Kaffee auf der Terrasse genießen wollten.

Der nächste Kunde war ein Herr um die vierzig, der unter seinem tief ins Gesicht gezogenen dunklen Hut mürrisch dreinblickte. Er schien der Auffassung zu sein, mit Höflichkeiten nur Zeit zu verschwenden. »Ein Stück davon!«, verlangte er, ohne Iris' Gruß zu erwidern, und deutete mit spitzem Zeigefinger auf die Anna-Torte.

»Sehr gern. Zum Mitnehmen oder fürs Café?«

»Mitnehmen.«

Während Iris das Stück der gerade aus der Backstube gelieferten Torte auf den Pappteller beförderte, dachte sie an eine Grundregel der Hotelfachschule: Beziehen Sie die schlechte Laune von Gästen niemals auf sich selbst. Bleiben Sie höflich. Bleiben Sie professionell. Bleiben Sie gelassen.

Misstrauisch beobachtete der Kunde jeden ihrer Handgriffe. »Ist die auch wirklich frisch?«

»Sie wurde vor wenigen Minuten aus der Backstube herübergebracht. Sie erhalten das erste Stück.« Iris schenkte ihm ein extra nettes Lächeln und drehte die Tortenplatte in seine Richtung, damit er sich selbst überzeugen könnte. »Bitte schön, frisch angeschnitten.«

Er starrte kurz auf den Anschnitt. »Dann will ich Ihnen mal glauben, obwohl man auch denken könnte, Sie wollen mich mit Ihrem Grinsen nur einlullen.«

Iris schnappte nach Luft. Was für ein Rüpel, dachte sie und konzentrierte sich darauf, das Kuchenstück besonders ordentlich zu verpacken, sonst hätte sie dem Mann doch noch eine pampige Antwort gegeben.

Der nächste Kunde war dafür umso höflicher, und nach Ladenschluss hatte sie die unerfreuliche Begegnung vergessen. Es war ein erfolgreicher Arbeitstag gewesen, sie hatte den Umgang mit den Kunden sehr genossen, auch wenn ihre Füße nach dem langen Stehen brannten. Ein Fußbad, ein paar Stunden Schlaf – und sie war morgen wieder fit genug, um Paula würdig zu vertreten.

# Wien, Frühjahr 1954

Max König verweilte unschlüssig auf dem Albertinaplatz vor dem Hotel Sacher, nachdem dieser Fettwanst ihn so unfreundlich davongejagt hatte. Festlich gekleidete Menschen eilten an ihm vorbei Richtung Opernhaus – oder zu einem großen Abendessen in eines der umliegenden Restaurants? Und was sollte *er* tun? Auf gut Glück zum Bahnhof marschieren und auf den nächsten Zug nach Hause warten? Nein, er hatte beschlossen, nicht aufzugeben. Es war spät geworden, und er hatte Hunger. In Sichtweite entdeckte er eine Holzbude mit gelber Neonschrift: Wiener Würstel. »Mit vollem Magen ist jeder Ärger besser zu ertragen«, reimte Max halblaut und überquerte den Platz mit großen Schritten.

»Ein Paar Wiener und eine Flasche Bier«, bestellte er bei dem Standinhaber.

»San S' ned von da?«, fragte der Mann um die fünfzig leutselig, während er den Deckel zu einem chromglänzenden Wassertank hochhob und mit einer Holzzange zwei dampfende Würstchen herausnahm. Offensichtlich hatte er ihn mit dem Koffer in der Hand auf seinen Stand zulaufen gesehen.

»Vom Bodensee, in der Nähe von Konstanz«, antwortete Max, erfreut über den freundlichen Empfang, und gab eine kleine Kostprobe seines Heimatdialekts: »I schwätz Konschtanzerisch.«

Der Mann nickte grinsend, stellte ihm den Pappteller

mit den beiden Würsteln auf den schmalen Tresen und einen Topf Senf daneben.

Während Max die Wiener Würstchen verspeiste und dazu das kühle Bier genoss, ergab sich ein lockeres Gespräch, in dem er von dem frustrierenden Erlebnis im Hotel Sacher berichtete.

Der Wurstverkäufer zuckte lässig mit den Schultern. »Machen S' Ihnen nix draus. Es hat nicht sollen sein«, philosophierte er.

Max nahm einen großen Schluck Bier aus der Flasche. Er »machte« sich sehr viel aus der Absage, aber darüber in Verzweiflung zu verfallen würde nichts an der Tatsache ändern, dass er jetzt nicht nur ohne Anstellung, sondern auch ohne Unterkunft dastand. Es war idiotisch gewesen, auf Verdacht nach Wien zu fahren und darauf zu hoffen, er bekäme einen Posten samt Unterkunft auf dem Tablett serviert. Das Glück war launisch, es herauszufordern bedeutete eben auch, unter Umständen *kein* Glück zu haben.

Der Budenbesitzer drehte sich zur rückwärtigen Ablage, auf der Brotscheiben in einem Korb lagen und diverse Flaschen aufgereiht waren. Er griff nach dem Birnenschnaps und zwei Schnapsgläsern und füllte sie mit der klaren Flüssigkeit. »Es gibt noch andere Konditoreien in Wien.« Mit dieser Feststellung schob er Max eines der Gläser hin. »Leicht finden S' woanders was.«

»Dank'schön.« Max nahm den offerierten Schnaps. Sie tranken beide auf ex. »Aber zuerst muss ich eine Unterkunft für heute Nacht finden«, murmelte er, nachdem er das Glas abgestellt hatte, und stippte mit dem letzten Stück Wurst den Senfrest auf.

»Da wüsst ich Ihnen was. In der Annagasse, zu Fuß drei Minuten von hier, bei der Witwe Swoboda, die vermietet sehr ordentliche Zimmer, seit ihr Mann im Krieg geblieben ist«, erklärte der Budenbesitzer und fügte hinzu, dass er der Witwe einen Gruß vom Würstl-Rudolf ausrichten solle.

Max bedankte sich herzlich und ließ ein ordentliches Trinkgeld da. Ein bisschen Glück hatte er am Ende des Tages also doch noch gehabt.

Gestärkt mit Wurst, Bier und Zuversicht marschierte er los. Rudolf hatte ihm den Weg etwas umständlich erklärt, aber nach fünfzehn Minuten und etlichen Nachfragen bei Passanten erreichte er die Privatpension der Witwe.

Frau Swoboda, die ihn aus hellwachen dunkelblauen Augen anstrahlte, erinnerte ihn an Johanna, seine Freundin, die ihn für einen anderen Mann verlassen hatte. Die Vermieterin, eine etwa Dreißigjährige mit ansehnlicher Oberweite unter dem dunkelgrauen Kleid, entpuppte sich als Frohnatur, die in charmantem Wiener Tonfall neugierige Fragen stellte, während sie Max durch einen langen Flur führte.

Woher er käme, ach, aus Deutschland ... den Bodensee hatte sie längst mal besuchen wollen, aber wer solle sich dann um die Pensionsgäste kümmern ... wie lange er in Wien zu bleiben beabsichtige ... nur bis morgen ... sehr schade ... das Zimmer wäre auch länger verfügbar ... ach, das Sacher habe ihn nicht anstellen wollen ... so ein Jammer ...

»Da wären wir.« Frau Swoboda öffnete die dunkle Holztür mit dem geriffelten Glaseinsatz auf Augenhöhe. »Bitte einzutreten.«

Max stellte seinen Koffer ab und sah sich um. Ein hübsches dunkelbraunes Bett, am Kopfende mit Blumenschnitzereien verziert, bedeckt von einer weinroten Steppdecke. Daneben ein Nachtkästchen mit ähnlichen Schnitzereien in Tür und Schublade. Auf dem Kästchen eine antike Tischlampe in Blütenform. Links neben dem

Eingang ein schmaler Kleiderschrank, gegenüber ein kleiner, runder Tisch und ein Polstersessel mit Armlehnen.

»Aus dem Fenster« – Frau Swoboda deutete auf die geschlossenen dunkelgrünen Vorhänge gegenüber der Eingangstür – »können S' direkt auf die Annakirch' schauen. Ich hoffe, Sie ham a'n guten Schlaf, um sieben in der Früh läuten nämlich die Glocken.«

»Kirchenglocken stören mich nicht, ich nehme das Zimmer«, sagte Max und fragte, ob er gleich bezahlen solle.

»Das erledigen wir morgen ... einer Empfehlung vom Würstl-Rudolf misstraue ich nicht. Das Badezimmer liegt am Ende des Flurs, bei Benutzung von innen absperren. Des dürfen S' nicht vergessen, es sind nämlich noch zwei andere Gäste im Haus, und man will ja niemanden inkommodieren«, erklärte sie mit verschwörerischem Blick.

»Ich werde daran denken«, versicherte Max und lächelte der Frau freundlich zu.

»Angenehme Nachtruhe, Herr König«, wünschte Frau Swoboda, schickte sich an zu gehen, verharrte an der Tür aber nochmals. »Ach, und wenn S' bei einer Konditorei arbeiten würden, die kein so ein großartiges Renommee hat wie das Sacher, dann wüsste ich Ihnen was ...«

## 9

Zwei Wochen nach dem Streit mit Christian nahm Iris auf einem der hellen Korbstühle Platz, mit denen der Warteraum der gynäkologischen Praxis in Konstanz ausgestattet war. Auf zwei runden Bambustischen lagen Illustrierte in Fächerform ausgebreitet, und drei hohe Palmen neigten sich gegen das bodentiefe Fenster, um das hereinfallende Tageslicht einzufangen. Auf einem Extratisch in der Ecke stand ein Wasserspender mit Gläsern. In dieser behaglichen Wintergarten-Atmosphäre ließen sich auch längere Wartezeiten gut ertragen – wenn nur die niedlichen Babyfotos an den Wänden nicht gewesen wären, die Iris schmerzhaft an ihren unerfüllten Wunsch erinnerten. Dicht an dicht, hübsch gerahmt, beklebt mit Herzchen und versehen mit Dankesworten an Frau Dr. Landgraf, die unzähligen Paaren geholfen hatte, schwanger zu werden und gesunde Babys zur Welt zu bringen. Die Fotos waren der Beweis für die Qualifikation der Gynäkologin.

Iris setzte all ihre Hoffnungen auf die Spezialistin und deren Erfahrung auf dem Gebiet der Unfruchtbarkeit. Die ihr klipp und klar sagen konnte, ob es vielleicht doch an ihr lag und sie sich selbst zu viel Druck machte, wie Christian ihr nicht gerade feinfühlig zu verstehen gegeben hatte. Obwohl sie immer noch an der Exfreundin-Geschichte zweifelte, hatte Iris entschieden, mit einer letzten, gründlichen Untersuchung alle Unklarheiten beseitigen und auch noch einmal alle relevanten Blutwerte bestimmen zu lassen. Dieses Prozedere hatte sie bereits hinter sich, heute würde sie die Ergebnisse erfahren.

Den Entschluss, sich erneut in ärztliche Behandlung zu begeben, hatte sie letzte Woche gefasst, als sie eine überaus glückliche Familie mit einjährigen Zwillingen aufs Zimmer gebracht und danach eine Nacht lang geweint hatte. Es war so ungerecht; sie war umgeben von jungen Müttern und Babys, und nur ihr blieb dieses Glück verwehrt.

»Frau Bonhoff, bitte!«

Iris wurde in das funktional eingerichtete Sprechzimmer geführt: Schreibtisch aus hellem Holz, großer Bildschirm, Tastatur, ein Drehstuhl hinter dem Tisch und zwei Stühle davor.

Die Ärztin, eine groß gewachsene, aschblonde Frau mit randloser Brille, in weißen Hosen und weiß-rosa gestreiftem Hemd, war ihr von Viola empfohlen worden. Die wiederum von einer Freundin wusste, dass ihr hier geholfen worden war.

»Frau Bonhoff, wie geht es Ihnen? Bitte schön, nehmen Sie Platz.« Freundlich lächelnd deutete Dr. Landgraf auf einen Freischwingerstuhl vor dem Schreibtisch.

Nervös setzte sich Iris. Sie fürchtete sich vor negativen Nachrichten. Denn wie sie bei der ersten Konsultation erfahren hatte, erging es jedem siebten Paar wie Christian und ihr: Ohne medizinische Hilfe kein Nachwuchs, die aber auch nicht bei allen Paaren zum Erfolg führte oder Jahre dauerte.

Dr. Landgraf blickte auf ihren Bildschirm und wandte sich dann ihr zu. »Die gute Nachricht vorab: Es ist alles in Ordnung!«

»Darauf habe ich gehofft«, seufzte Iris erleichtert.

Die Ärztin lächelte ihr zu. »Das sind auch meine liebsten Ergebnisse. Aus medizinischer Sicht sind Sie eine gesunde

Frau und mit dreiunddreißig noch jung genug, auf natürlichem Wege schwanger zu werden. Auch wenn manche Mediziner Frauen über dreißig bereits als Spätgebärende einstufen. Aus meiner Sicht besteht kein Grund, warum Sie keine Kinder bekommen sollten. So viel zu den Fakten, die bestätigen, dass es nicht an Ihnen liegen kann. Allerdings …« Sie machte eine Pause, bevor sie hinzufügte: »Allzu lange sollte sie aber nicht mehr warten.«

»Ich weiß«, sagte Iris. »Aber leider lehnt mein Mann eine Untersuchung ab.«

Dr. Landgraf nahm ihre Brille ab, massierte sich mit Daumen und Zeigefinger kurz die Nasenwurzel und schaute Iris dann konzentriert an. »Sie haben mir ja bei Ihrem letzten Besuch erzählt, dass Sie Zweifel an der angeblichen Schwangerschaft einer Exfreundin Ihres Mannes haben.«

»Mir kam es einfach seltsam vor, dass er sich plötzlich daran erinnert hat. So etwas vergisst man doch nicht.«

»Aus meiner jahrelangen Erfahrung kann ich nur sagen, wenn es keine ärztliche Bestätigung dafür gegeben hat, ist es möglich, dass die junge Frau damals nur dachte, sie sei schwanger. Oder es nur vorgegeben hat. Deshalb würde ich Ihrem Mann dringend raten, sich in ärztliche Behandlung zu begeben. Falls es sich nur um eine Trägheit der Spermien handelt, was keine Seltenheit ist – die lässt sich medikamentös behandeln.« Dr. Landgraf blickte ein weiteres Mal auf ihren Bildschirm. »Ich bin natürlich keine Spezialistin auf diesem Gebiet, aber ich weiß von Fällen, wo das Problem mit ein paar Pillen gelöst werden konnte, um es mal salopp auszudrücken.«

Überglücklich verabschiedete Iris sich. »Vielen Dank, das sind wirklich gute Neuigkeiten.«

Die Ärztin wünschte ihr alles Gute, und Iris begab sich erleichtert auf die Rückfahrt nach Auerbach. Die Zeitbombe war entschärft. Die aktuelle Diagnose und die Einschätzung der Ärztin würden Christian hoffentlich umstimmen. Sie konnte es kaum erwarten, mit ihm zu reden. Aber nicht während der Fahrt, sie wollte ihm lieber in aller Ruhe von ihrem Arztbesuch berichten.

Zehn Kilometer vor Auerbach begann es zu regnen. Erst waren es nur ein paar Tropfen, doch bald öffneten die dicken schwarzen Wolken alle Schleusen, und die Scheibenwischer kämpften mit größter Mühe gegen die Wassermassen. Iris störte sich nicht daran, auch nicht, als es schwierig wurde, die Straße zu erkennen und sie den Fuß vom Gas nehmen musste. Sie war einfach zu gut gelaunt und begann, im Takt der Scheibenwischer fröhlich zu singen.

In Auerbach angekommen, war es bereits achtzehn Uhr – perfekt, um Christian anzurufen. Er legte um diese Zeit meist eine Pause ein und stärkte sich mit einem Imbiss, bevor er mindestens bis zwanzig Uhr weiterarbeiten würde. Iris' Herz klopfte schneller vor Freude, ihm von den guten Nachrichten erzählen zu können.

Als sie an der Rezeption vorbeilief, beendete Rose hinter dem Tresen gerade ein Telefonat und rief ihr nach: »Iris, hast du einen Moment?«

Sie machte kehrt. Sofort fiel ihr Roses besorgte Miene auf. »Was ist los, Weltuntergang?«

Rose seufzte: »Könnte man sagen.«

»Hoffentlich nur ein Scherz«, entgegnete Iris, doch im selben Moment zog sich ihr Magen zusammen, und sie wappnete sich für das Schlimmste. »Ist mit Papa alles in Ordnung?«

»Jaja, dem geht es so weit ganz gut … wenn nicht …«

»Bitte Rose, mach es nicht so spannend!«

»Ein Lebensmittelkontrolleur vom Gesundheitsamt ist

unerwartet aufgetaucht«, flüsterte Rose und zupfte nervös an ihrer untadelig sitzenden Jacke.

»Wo?« Iris blickte spontan um sich.

Rose beugte sich zu ihr und raunte: »Im Tortenhimmel.«

»Und ich dachte, heute wäre ein perfekter Tag! Der Regen hätte mir eine Warnung sein sollen«, murmelte Iris vor sich hin. »Aber was hat das mit Papa zu tun?«

»Er will unbedingt mit dem Prüfer reden, und ich fürchte, er würde unhöflich werden«, antwortete Rose.

»Das fehlte uns gerade noch«, seufzte Iris und erinnerte sich an eine Kontrolle vor ungefähr zehn Jahren, als Papa getobt hatte, seine Betriebsführung sei makellos, und Kontrolleure beleidigten ihn persönlich. Seine Ansicht hatte sich auch nicht geändert, als der Mann ihm damals versicherte, es sei alles nur Routine und kein Grund zur Besorgnis.

»Obendrein würde Papa sich wahnsinnig aufregen, was wiederum Mama aufregt. Annemarie ist nicht im Haus, sonst hätte die sich darum gekümmert, und ich kann die Rezeption nicht unbesetzt lassen, neue Gäste haben sich angekündigt. Mach Papa bitte klar, dass wir Schwestern das allein schaffen.«

»Ich dachte, er versorgt den Garten und ist damit rund um die Uhr beschäftigt«, sagte Iris. »Hat er nicht verkündet, dass ihm die Arbeit an der frischen Luft guttut?«

»Hat er. Aber Regenwetter ist leider kein Gartenwetter ...« Das Telefon läutete. »Bitte rede mit ihm. Mama hält ihn momentan noch mit einem Stück Torte im Wohnzimmer fest, aber sie ist oft zu nachgiebig, und zwei Wächterinnen sind besser als eine.« Rose kicherte leise, bevor sie die Annahmetaste des mobilen Telefons drückte und sich meldete: »Pension König, guten Tag, Rose König am Apparat.«

»Betrachte es als erledigt«, raunte Iris ihr zu und huschte in den Salon.

Die Eltern saßen auf der Sofakante wie bei einer Krisensitzung.

»Iris, *chérie*« empfing sie ihre Mutter. »Viola könnte deine Unterstützung gebrauchen.«

»*Ich* werde meine Tochter unterstützen, sobald ich die hier verzehrt habe«, erklärte Herbert, wobei sein Gesicht so rot leuchtete wie die fruchtige Erdbeerfüllung der halb aufgegessenen Torte auf dem Teller vor ihm. »Aber deine Mutter glaubt, ich bekomme einen Herzkasper, wenn ich dem Kerl meine Meinung sage. Die letzte Kontrolle der Konditorei inklusive der Backstube liegt gerade mal sechs Wochen zurück, und es war nichts beanstandet worden. Makellose Betriebsführung hat uns der damalige Inspekteur bescheinigt. Den Wisch werde ich dem Typen unter die Nase halten und ihn dann aus dem Laden jagen.«

Iris konnte auf der breiten Stirn ihres Vaters Schweißperlen erkennen und auch, wie sehr die wenigen Sätze ihn bereits erhitzt hatten.

Florence legte ihre Hand auf den Arm ihres Mannes. »Bitte, 'erbert, reg dich nicht so auf.«

Iris setzte sich auf einen der Sessel. »Was ist das für ein Mann, Papa? Hast du ihn gesehen?«

»Nein, ich wurde ja sofort hier weggesperrt, und deine Mutter bewacht mich, als sei ich gemeingefährlich«, schnaufte Herbert gereizt, angelte ein Taschentuch aus seiner Jeans und trocknete sein verschwitztes Gesicht.

»Keine Sorge, Papa, ich erledige das, gemeinsam mit Viola. In Köln habe ich schon ganz andere Katastrophen bewältigt. Bei großen Hotels wie dem meiner Schwiegereltern sind die Schikanen oft auch willkürlich. Oder die Onlineportale schicken jemanden, der heimlich rumschnüffelt und dann hinterhältige Beurteilungen schreibt. Ich erkenne diese Schnüffler inzwischen an ihren betont unschuldigen Blicken und dämlichen Fragen, zum Beispiel, ob Hunde in den Zimmern willkommen seien.«

Herbert grummelte leise vor sich hin, schien aber einsichtig, als er sagte: »Dann los, meine Große, gib ihm ordentlich Zunder. Unser Betrieb ist sauber, war er immer und wird es auch immer sein.«

Iris musste lächeln, als sie sah, wie ihr Vater beim letzten Satz einige Zentimeter zu wachsen schien. Er und Tante Annemarie hatten den Tortenhimmel aufgebaut, wer daran etwas zu mäkeln hatte, der zog sich für alle Zeiten seinen Zorn zu.

Iris küsste ihren Vater auf die Halbglatze. »Wird erledigt.«

Sie betrat den Tortenhimmel über den rückwärtigen Eingang durch die Backstube und machte sich mit einem lockeren »Hallo« bemerkbar.

»Hallo«, hörte sie Violas helle Stimme.

Ihre Schwester lehnte in schwarzer Hose und einer weißen Patisserie-Jacke, die aussah, als wäre sie zwei Nummern zu klein, an der rückwärtigen Arbeitsfläche. Das Haar war ordentlich zurückgekämmt und mit einem Gummiband zum Pferdeschwanz gebunden. Die Arme hatte sie vor der Brust verschränkt, und die steile Unmutsfalte zwischen den dichten, wohlgeformten Augenbrauen zeugte von höchster Konzentration.

Die Anspannung hing in der Luft wie Morgennebel über dem Bodensee.

Den Auslöser für Violas und Papas Ärgernis konnte Iris nur von hinten sehen: etwa einsachtzig groß, mittelblondes, sehr kurzes Haar, breite Schultern, dunkelblaue, schmale Anzughose, schwarze Lederschuhe, weißes Hemd. Seine Arme waren angewinkelt, vermutlich hielt er ein Smartphone oder Tablet in Händen, auf dem er Beanstandungen notieren konnte. Er bestaunte gerade die an der Seite stehende Vitrine, in der Geschenkpackungen in unterschiedlichen Größen, Farben und Mustern ausgestellt waren.

Dann drehte er sich um. »Wie werden diese Waren gekühlt?«

»Das sind nur leere Kartons«, antwortete Viola mit unbewegter Miene.

»Wer eine Mischung unserer hauseigenen Pralinen möchte, sucht sich dort die gewünschte Verpackung heraus«, ergänzte Iris und fügte hinzu: »Iris Bonhoff, ich bin die Schwester von Viola König.«

»Lukas Heller.«

»Angenehm.« Iris lächelte verbindlich, hakte sich bei Viola ein und fuhr fort: »Darf ich Ihnen meine Schwester eine Minute entführen? Es handelt sich um eine dringende private Angelegenheit.«

»Bitte.«

»Kann das nicht warten?«, raunte Viola ungehalten.

»Es dauert wirklich nur eine Minute«, versprach Iris und musste Viola beinahe aus dem Laden in die angrenzende Backstube ziehen, so unwillig bewegte sie sich. Verständlicherweise war sie gestresst, doch was Iris mit ihr besprechen wollte, durfte der Mann auf keinen Fall mit anhören.

»Was ist denn los?«, fauchte Viola, als sie die Verbindungstür geschlossen hatten.

»Papa hat mir berichtet, dass es vor Kurzem schon mal eine Überprüfung gab …«

»Ja, und?«

»Wir müssen herausfinden, warum nach nur wenigen Wochen erneut kontrolliert wird. Das ist doch nicht normal, dahinter steckt ein anderer Grund als eine routinemäßige Prüfung«, erklärte Iris besorgt.

»Nein, es ist tatsächlich nicht normal. Aber der Typ wird mir wohl kaum den Grund nennen, wenn ich ihn frage.« Viola wischte mit der flachen Hand über den blitzblank gewienerten Metalltisch, auf dem Torten gefüllt, verziert und mit Dekoration geschmückt wurden.

»So einfach bestimmt nicht. Aber *ich* würde es mit Flirten versuchen. Er sieht doch ganz schnuckelig aus, oder?«, fragte Iris lauernd.

Viola zuckte mit den Schultern. »Hm, hab ihn nicht so genau angeschaut. Für mich gehört er zu meinen Feinden, und die würdige ich normalerweise keines Blickes.«

»Dann schau mal genau hin. Er ist groß, sieht attraktiv aus und macht einen sympathischen Eindruck. Wenn er als Gast im Café sitzen würde, wärst du begeistert.«

»Schon möglich. Aber deshalb werde ich ihm noch lange keine schönen Augen machen. Es ist billig und total unemanzipiert, das Weibchen zu spielen. Voll das letzte Jahrhundert.«

»Denk nach, Viola, es geht um deine Existenz, da muss man mit allen verfügbaren Waffen kämpfen.«

»Was denn für Waffen, ich verstehe kein Wort! Wir sind ja leider nicht im Wilden Westen, da könnte ich ihm ein Gewehr an die Brust setzen. Aber wie wär's, wenn ich ihn mit einer Sahnetorte bewerfe?« Viola kniff die Augen leicht zusammen, sie schien zu überlegen. Dann prustete sie amüsiert los. »Das wäre zwar eine Verschwendung, aber das Vergnügen wäre es mir wert.«

»Nein, keine Tortenschlacht. Ich spreche von Schönheit, liebe Schwester. Schönheit ist eine Waffe, und zwar eine rasiermesserscharfe. Du bist jung und sehr schön, und ich wette, wenn du etwas freundlicher zu dem Mann bist, wird er dir verraten, was hinter der Kontrolle steckt. Musst ihm ja nicht gleich um den Hals fallen. Aber dir fällt bestimmt kein Stein aus der Krone, wenn du ein wenig mit den Wimpern klimperst – im übertragenen Sinne.«

»Soll ich mir vielleicht auch noch ein ausgeschnittenes Oberteil, einen kurzen Rock und High Heels anziehen?« Viola schien nicht gewillt zu sein, die Waffen der Frauen einzusetzen.

»Du übertreibst, aber wenn dir dein Laden so wenig wert ist, dann lass es eben«, kapitulierte Iris schließlich genervt.

»Na gut, wenn du meinst, versuche ich ihn halt um den Finger zu wickeln. Manche Männer reagieren ja tatsächlich auf solch plumpe Anmache«, gab Viola sich einsichtig, öffnete den obersten Knopf der hochgeschlossenen Patisserie-Jacke und wirkte sofort nicht mehr ganz so »zugeknöpft«.

»Guter Ansatz. Ich würde ihn freundlich fragen, ob er auch die Backstube sehen möchte, wenn er das nicht von selbst verlangt.« Iris breitete die Arme aus. »Schau dich doch mal um, alles klinisch sauber, hier kann man vom Fußboden essen.«

»Der Raum wird ja auch jeden Abend komplett gereinigt, ich putze sogar selbst mit«, erklärte Viola selbstbewusst.

»Genau das meine ich. Alles ist picobello. Erwähne die anstandslose Bescheinigung der letzten Inspektion und beantworte seine Fragen so ausführlich wie möglich. Plaudere so locker wie möglich, als wäre er ein alter Schulkamerad. Dadurch kannst du ihm sicher ein paar Einzelheiten entlocken.«

»Versuchen kann ich es ja.«

»Ja bitte, gibt dein Bestes. Und wer weiß, vielleicht entpuppt er sich ja als echter Charmeur. Du findest mich nachher im Salon. Ich will Papa beruhigen, dass wir alles im Griff haben. Er wollte den Kerl aus dem Haus werfen, und das hätte garantiert keinen positiven Prüfbericht ergeben.« Iris umarmte Viola. »Viel Glück, ich drück die Daumen.«

Kurz darauf rannte Iris zwei Stufen auf einmal nehmend in ihr Zimmer, um endlich in Ruhe mit Christian telefonieren zu können.

»Hier ist die Mailbox von …«

Iris drückte die Ansage weg. »Verdammter Mist, verdammter«, fluchte sie in die Stille ihres Stübchens. Sie beherrschte sich endlos lange zehn Minuten, bevor sie den nächsten Versuch startete. Erneut die Mailbox.

Geht er absichtlich nicht an sein privates Handy?, fragte sie sich enttäuscht. Er sieht doch, dass ich anrufe. Die Nummer des Firmentelefons mochte sie nicht wählen, wenn er nicht mit ihr reden wollte, würde er das Gespräch auch auf diesem Apparat wegdrücken. Unentschlossen blieb sie auf ihrem Bett sitzen. In solchen Momenten der Ratlosigkeit sehnte sie sich nach der ausgleichenden Wirkung des Sees. Dem beruhigenden Plätschern der ans Ufer schwappenden Wellen. Dem leisen Abendwind, der sich in den Haaren verfing. Den kreischenden Möwen, die sich durch nichts stören ließen.

Inzwischen hatte es aufgehört zu regnen, und die Aussicht, sich am See zu erholen, die Nase in die vom Regen gereinigte Luft zu halten und durch seichtes Uferwasser zu waten, stimmte Iris heiter.

Sie schlüpfte in eine über den Knien abgeschnittene Jeans, zog einen alten, damals zurückgelassenen grün-weißen Baumwollpulli an und lief über den Hinterausgang barfuß ans Seeufer.

Als sie nach einer halben Stunde zurückkam, war die Rezeption unbesetzt. Nicht ungewöhnlich am Abend, Rose hielt sich vermutlich im Salon auf, aus dem aufgeregtes Stimmengewirr zu hören war.

Um den Esstisch waren Annemarie, die Eltern und Viola versammelt. Doch Rose fehlte, dann erledigte sie vermutlich noch Bürokram. Iris nahm sich vor, die Schwester noch mehr zu entlasten.

»Wo warst du, meine Große? Wir wollten schon nach dir suchen. Setz dich, deine Mutter hat gekocht – Quiche Lorraine mit Speck und Zwiebeln – mein Lieblingsgericht.« Herbert schaute seine Florence verliebt an und warf dann einen verzückten Blick auf die Quiche.

»Nur ein Stück, denk an dein 'erz, *mon chéri*«, sagte Florence mit gespielter Strenge und tätschelte seinen Bauchansatz.

Der blank gescheuerte Massivholztisch, Mamas Mitgift aus Frankreich, war mit Platzdeckchen aus Leinen und dem weißen Alltagsgeschirr mit hellgrünem Rand gedeckt, Wein- und Wassergläser standen neben den Tellern.

»Bitte, greift zu«, forderte Florence, die sich selbst stets zuletzt nahm, ihre Familie auf.

Als Iris der köstliche Duft von Papas Leibgericht in die Nase stieg und sie die bauchige Schüssel gemischten Salat und dazu das frisch aufgeschnittene Baguette sah, registrierte sie, wie groß ihr Hunger inzwischen war, ehe sie ihrer Mutter antwortete: »Ich wollte mit Christian telefonieren, konnte ihn aber nicht erreichen. Ich versuche es später noch einmal.« Sie setzte sich an ihren angestammten Platz zwischen ihren Schwestern und wandte sich an Viola. »Hast du dem Inspektor irgendwelche Infos entlocken können?«

»Was denn für Informationen?«, verlangte Herbert zu wissen, während er so konzentriert einige Salatblätter um das Stück Quiche auf seinem Teller drapierte, als ginge es darum, einen Preis zu gewinnen.

Iris erläuterte ihm die Strategie und warum sie auf einen unfreundlichen Hinauswurf verzichtet hatte.

Herbert nickte mit einem anerkennenden Grinsen. »Wie raffiniert. Gegen weibliche List haben wir Männer schlechte

Karten. Und, hast du ihn ordentlich ausgequetscht, meine Kleine?«, wandte er sich an Viola.

»Ich habe mich bemüht …«

»Das klingt nach einem Aber«, hakte Tante Annemarie ein, die erst Salat auf den Teller häufte und die Quiche dann obendrauf legte.

»Ich bin nicht sehr geübt in solchen Dingen«, gestand Viola und räumte ein, vielleicht zu viel gelächelt und gefragt zu haben.

»Mach dir keine Vorwürfe, du hast es zumindest versucht«, tröstete Iris ihre Schwester und hob ihr Weinglas. »Trinken wir auf den Tortenhimmel, der diese Überraschungsinspektion hoffentlich gut übersteht.«

»Moment …« Viola ergriff ihr Wasserglas. »*Heute* habe ich nichts erfahren, aber morgen bin ich mit dem Inspekteur verabredet.«

»Bravo!«, rief Annemarie begeistert. »Bis dahin musst du dir überlegen, wie du ihm alle wichtigen Infos entlocken kannst. Warum gibt es schon wieder eine Kontrolle, nachdem vor sechs Wochen nichts beanstandet worden war?«

»In Ordnung.« Viola legte ihre Serviette neben den Teller und erhob sich. »Nicht böse sein, Mama, aber ich habe heute einfach keinen Hunger. Dieser Termin hat mich total geschafft, ich muss mich hinlegen.« Sie verabschiedete sich mit einem Küsschen auf die Wange ihrer Mutter.

»Geh nur, meine Kleine, ruhe dich aus. Aber nimm dein Abendessen mit nach oben, falls du später doch noch 'unger bekommst.«

Viola schnappte sich wortlos den Teller und verließ mit einem gemurmelten »Schönen Abend noch« das Wohnzimmer.

Iris wunderte sich über Violas Appetitlosigkeit. Gewöhnlich war die jüngere Schwester am Abend ausgehungert nach gut gewürzten, pikanten Mahlzeiten und langte kräftig zu – was man an den zugelegten Kilos deutlich sehen konnte. Die Überprüfung war ihr offensichtlich auf den Magen geschlagen. Bis morgen hat sie sich bestimmt erholt, hoffte Iris und überlegte dann, mit welcher List sich Christians Sturheit austricksen ließe.

# 10

Iris hatte noch nie so häufig auf ihr Handy geblickt, seit sie Christian gestern eine Nachricht auf die Mailbox gesprochen hatte. Und langsam fragte sie sich, warum er sich nicht meldete. War er krank? Immer noch böse auf sie? Oder hatte er längst eine andere Frau, die ihn nicht mit ihrem Kinderwunsch nervte? Der Gedanke jagte ihr einen Angstschauer über den Rücken. Wieso zweifelte sie plötzlich an seiner Treue? Woher kam diese Idee? Die berühmte weibliche Intuition? Musste sie sich sorgen?

Entspann dich, ermahnte sie sich selbst. Die Sonne ging auf, und es sah nach einem herrlichen Frühlingssonntag aus. Sie sollte aufhören zu grübeln, sich lieber um ihre Schwestern kümmern. Deshalb war sie schließlich nach Auerbach gekommen. Arbeit lenkte von Problemen ab.

Sie schlüpfte in den Badeanzug, wickelte sich ein Handtuch um die Hüften und verließ ihr Dachstübchen.

Das morgendliche Schwimmen war wie vor ihrer Heirat wieder zum Ritual geworden. Zu dieser frühen Stunde war sie ganz allein am hauseigenen Strand, Pensionsgäste tauchten selten vor dem Frühstück auf. Sie genoss die meditative Ruhe, den spiegelglatten See, über den nur ein paar Möwen flogen. Es kostete sie auch keine Überwindung mehr, in das noch kühle Wasser zu steigen. Mit gleichmäßigen Zügen schwamm sie hinaus, wich den ruhig dahingleitenden Enten aus und machte einen großen Bogen um die zur Brutzeit aggressiven Schwäne.

Als sie um halb sieben in gestreifter Sommerhose und einem T-Shirt den Salon betrat, saß die gesammelte Familie beim Sonntagsfrühstück. Es war beinahe, als wäre sie in einer Zeitmaschine einige Jahre zurückgereist – nur die Großeltern fehlten. Und als ihr der Duft von frischem Brot in die Nase stieg, fiel ihr ein, was Großvater einmal über die Ehe gesagt hatte. »Eine glückliche Ehe ist wie Sauerteig, der braucht auch immer mal wieder Ruhezeit.« Dann soll Christian mal in aller Ruhe »gären«, feixte sie innerlich und schaltete mutig das Handy aus.

»Du scheinst besonders guter Laune zu sein, meine Große.«

»Danke, Papa, ich hoffe dir geht es auch gut«, entgegnete sie und grüßte in die Runde. »Guten Morgen, allerseits.«

Viola sah blass aus, die Tasse Tee und das halbe Butterbrot auf ihrem Teller waren noch unberührt. Auch das war ungewöhnlich, denn sie begann den Tag normalerweise nie ohne Frühstück und langte auch kräftig zu. Iris fragte sich, ob das Treffen mit dem Herrn vom Gesundheitsamt vielleicht wenig erfolgreich gewesen war. »Wie lief das gestrige Treffen mit dem Kontrolleur?«

»Ja, erzähl doch mal, wir sind alle gespannt«, sagte Tante Annemarie, die perfekt geschminkt, in türkisfarbener Hose und geblümter Hemdbluse aussah, als würde sie am Bodensee Urlaub machen.

»Ziemlich gut, er ist wirklich ein netter Typ, unter anderen … ähm, Umständen … könnte ich mich glatt in ihn vergucken. Aber darum geht es jetzt nicht …« Sie brach ab und nippte an ihrem Tee. »Was ich erfahren habe, hat mich nämlich umgehauen. Und ich bin immer noch geschockt.«

Herbert ließ sein Streichmesser auf den Teller fallen. »Meine Kleine, du machst uns Angst! Nun rede schon …«

»Jemand hat uns angezeigt!«

»Was?«

»Wer?«

»Warum denn?«

Rose fragte konkreter: »Wie lautete die Anzeige?«

»Derjenige, vielleicht auch diejenige, sei spätabends am Tortenhimmel vorbeigelaufen und will Mäuse im Schaufenster gesehen haben. Die Viecher seien fröhlich herumspaziert, und alles sei voller Mäuseköttel gewesen.«

Es wurde so still am Tisch, als hätten alle aufgehört zu atmen. Der Schock saß tief. Jeder wusste, diese Anzeige kam einer Katastrophe gleich, auch wenn es in der Konditorei weder Mäuse noch sonstiges Ungeziefer gab. Wenn diese Behauptung publik wurde, konnte es den Ruin bedeuten.

»Hat er auch verraten, wer uns angezeigt hat?«, erkundigte sich Rose schließlich mit gefasster Stimme.

Viola schüttelte müde den Kopf. »Er wusste es auch nicht, die Anzeige war anonym, hat er jedenfalls behauptet.«

»Wer auch immer es war, wir werden es herausfinden«, drohte Annemarie und fuchtelte kampfeslustig mit dem Messer.

»Ich ertrage das nicht, die Vorstellung, dass uns jemand so sehr hasst, ist doch beängstigend.« Herbert war wieder einmal rot angelaufen. »Wir müssen etwas unternehmen!«

Florence strich mit der Hand über seinen Rücken, sagte aber kein Wort. Er schien dennoch zu verstehen, denn er atmete mehrmals tief durch und beruhigte sich.

»Wir sollten das Ergebnis der Untersuchung abwarten«, erklärte Rose tapfer lächelnd. »Wenn das positiv, beziehungsweise negativ ist, können wir aufatmen.«

»Da fällt mir ein, ich könnte das gesamte Haus mal wieder mit den UV-Taschenlampen kontrollieren. Nur so, als Vorsichtsmaßnahme«, wandte sich Annemarie an Rose.

»Bei der letzten Kontrolle war zwar nicht das Geringste zu bemäkeln, und du weißt, wie pingelig ich bin, aber Vorsicht ist allemal besser als Nachsicht.«

»Es kann auf keinen Fall schaden«, stimmte Rose ihr zu und schnellte von ihrem Stuhl hoch, als in der Sekunde das neben ihr liegende Telefon schrillte. Sie meldete sich und verließ dann das Zimmer. Als sie zurückkam, erklärte sie: »Eben habe ich das letzte Zimmer vergeben. Wir sind also voll belegt und müssen uns mit der Taschenlampen-Aktion auf die vormittäglichen Stunden beschränken, in denen die Zimmermädchen sauber machen.«

»Mein Laden ist clean«, erklärte Viola. »Wir kippen Desinfektionsmittel ins Wischwasser für die Böden, die Ecken werden nach der Endreinigung gesondert kontrolliert, und mindestens einmal wöchentlich kommt die UV-Lampe zum Einsatz.«

»Sehr lobenswert, meine Kleine.« Herbert lächelte seiner jüngsten Tochter liebevoll zu. »Großvater hat immer gesagt, dass er sich keine geeignetere Nachfolgerin wünschen könnte.«

Viola murmelte etwas Unverständliches, griff gleichzeitig nach ihrer Serviette und putzte sich geräuschvoll die Nase.

»Bist du erkältet, *ma petite*?«, fragte Florence besorgt.

Viola schüttelte den Kopf. »Ich vermisse …«, begann sie und fing plötzlich an zu weinen. »Großvater so sehr«, schluchzte sie.

Iris umarmte sie innig. »Ich vermisse ihn auch«, flüsterte sie.


Einige Tage später war Iris mit Marcella und Antonella im ersten Stock vor der Kammer verabredet, in der sämtliche Bettwäsche, Handtücher und der Reinigungswagen deponiert waren. Die Arbeit der Zimmermädchen zu kontrollieren oder Extrainspektionen zu überwachen, war Aufgabe des »Hausdrachen«, wie Annemarie den Posten scherzhaft bezeichnete. Doch sie hatte einen Zahnarzttermin, und Iris war gern eingesprungen.

Die dunkelblonden Italienerinnen mit den hellen Augen hatte Iris längst kennen- und schätzen gelernt. Die beiden waren nicht nur fleißig und flink, sondern auch noch stets gut gelaunt trotz der anstrengenden Arbeit, die unter Zeitdruck erledigt werden musste. Schließlich sollten die Gäste schnellstens wieder über ihre Zimmer verfügen können.

Für die Reinigung eines Einzelzimmers waren fünfzehn Minuten eingeplant, zwanzig Minuten für ein Doppel- und eine halbe Stunde für ein Abreisezimmer. Da die Pension aber fast ausschließlich Urlaubsgäste beherbergte, die mindestens eine Woche blieben, fiel die zeitaufwendige Endreinigung, bei der auch die Fenster geputzt wurden, weniger oft an, als es in großen Hotels mit häufigem Gästewechsel der Fall war. Um alle zwanzig Zimmer zu reinigen, benötigten die Mädchen also etwa drei Stunden.

Zuerst berichtete Iris den beiden von der unangemeldeten Kontrolle in der Konditorei und erklärte, weshalb sie die Badezimmer heute mit einer UV-Lampe, auch Schwarzlicht genannt, überprüfen würde. »Es kann immer mal passieren, dass Blut- oder Urinspuren übersehen werden, und mit diesem Licht kann man selbst winzige Spuren sichtbar machen. Es ist kein Misstrauen euch gegenüber, ich weiß, wie gründlich ihr seid. Aber wir befürchten, dass es jemand auf uns abgesehen hat. Wer auch immer diese Gemeinheit begangen hat, könnte vielleicht auch die Pension im Visier haben. Deshalb müssen wir extrem penibel sein.«

Antonella griff nach einem Desinfektionsmittel zum Sprühen und hielt es mit ausgestrecktem Arm wie eine

Waffe. »Wir killen sämtliche Keime und Viren«, drohte sie leise und kniff die Augen zusammen, als fixiere sie ein Ziel.

»Seit der Pandemie haben wir uns sowieso daran gewöhnt, klinisch sauber zu putzen«, erklärte die zwei Jahre jüngere Marcella. »Wir achten auch streng darauf, die jeweiligen Putzlappen für Oberflächen, Badezimmer und Toiletten nicht zu verwechseln. Die Fliesenböden in den Bädern schrubben wir sogar auf Knien mit den Händen. Hat Annemarie uns beigebracht, und wie sich herausstellte, ist es gründlicher als mit dem Mopp und dauert auch nicht länger. Die Bäder sind ja nicht sehr groß, und ein bisschen Bodengymnastik hält jung.«

»Macht einen knackigen Po, das mögen die Männer«, sagte Antonella und betätschelte lachend das Hinterteil ihrer Schwester. »Ist doch sowieso nur Gewohnheitssache. Genau wie die Einmalhandschuhe sofort nach der jeweiligen Toilettenreinigung in den Mülleimer zu werfen. Das kam mir früher wie Verschwendung vor. Pro Tag sind das zwanzig Paar von diesen Handschuhen, vierzig für uns beide. Das ist nicht wenig und trägt nicht gerade zur Müllvermeidung bei, aber der Hygienestandard ist nun mal von allerhöchster Wichtigkeit.«

»Bei Papa in der Eisdiele war letzten Sommer ein Prüfer vom Amt, den hat nur die Sahneaufschlagmaschine interessiert«, erzählte Marcella. »Wegen der Keime wollte er ganz genau wissen, wann die Maschine zuletzt mit Desinfektionsmittel gereinigt wurde, wie oft es gemacht wird, und ob Papa auch jedes Mal gründlich nachspült. Und Papa führt jetzt ein extra Buch nur für diese Maschine.«

»Und er spült lieber einmal zu viel nach, damit die Schlagsahne nicht nach Desinfektionsmittel schmeckt.«

»Bäh …«

Die beiden brachen in glucksendes Gelächter aus.

Iris fand es befreiend, bei all den Ängsten und Sorgen auch mal albern zu sein. »Hier noch die neuen Checklisten, wie üblich bitte pro Zimmer ein Blatt ausfüllen.« Sie überreichte ein Klemmbrett. »Oben die Zimmernummer notieren, die einzelnen Punkte abhaken und am Ende unterschreiben. Da ihr die Zimmer gemeinsam säubert, weil es schneller geht, müsst ihr auch beide unterschreiben.«

Die Mädchen nickten. »Wie gehabt!«

»Drei wichtige Punkte standen bisher noch nicht auf der Liste«, fuhr Iris fort. »Das Abtropfwasser in den Toilettenbürstenhaltern ausleeren, die an den Wänden befestigten Haltetöpfe auch von außen mit Desinfektionsspray besprühen und die Schmutzfangmatten vor den Zimmern wöchentlich gegen neue austauschen.«

»Verstanden«, sagten die beiden einstimmig.

»Bitte bei den Abreisezimmern auch die Matratzen drehen und besonders gründlich auf eventuelle Schäden wie Risse oder Schädlinge achten.«

Antonella riss erschrocken die Augen auf, als habe man ihr gekündigt. »Bettwanzen?«, flüsterte sie entsetzt.

»Eine Kollegin, die in einem großen Haus arbeitet, hat erzählt, dass Bettwanzen durch die vielen Auslandsreisen wieder eingeschleppt worden seien«, murmelte Marcella und bekreuzigte sich hektisch. »Der heilige Christophorus, Schutzpatron aller Reisenden, möge uns davor beschützen.«

»Amen, du Betschwester«, neckte Antonella ihre jüngere Schwester. »Aber wir verlassen uns lieber auf den ›heiligen Desinfektius‹, der hilft garantiert«, erklärte sie, nahm zwei Sprühflaschen zur Hand und schüttelte sie. »Da bleiben weder Bakterien noch Viren am Leben.« Sie legte für zwei Abreisezimmer Bettwäsche auf den Wäschewagen und verpasste ihrer Schwester nun einen sanften Schubs mit dem Ellbogen. »Na, dann los, du heilige Reinigungsfee!«

»Selber«, lachte Marcella, die einen Stoß frischer Handtücher zu der Bettwäsche legte.

Fünfzehn Minuten später überprüfte Iris bereits das erste gereinigte Zimmer. Es war absolut makellos. Wie auch die restlichen Räume.

Bei der Kontrolle des letzten Zimmers, eines der wenigen Einzelzimmer, entdeckte Iris auf dem kleinen, runden Beistelltisch etwas, das ihr kurz den Atem verschlug: eine Schachtel aus hellem Holz mit dem Aufdruck »Sacher«! Es mochte ein harmloser Zufall sein, denn in diesen Holzschachteln wurden die berühmten Torten in alle Welt verschickt. Oder hatte der Inhalt der Schachtel etwa irgendetwas mit einer Verbindung zu Max König zu tun?

Sekundenlang kämpfte Iris mit sich, ob sie das »Corpus Delicti« öffnen sollte. Nur ganz kurz, nur den Deckel lüften, einen Blick hineinwerfen. Doch dann fragte sie sich, woher Großvaters uneheliches Kind wissen konnte, dass er verstorben war. Nein, dieser Gast hatte sicher keine Verbindung zu der »österreichischen Affäre«. Wie albern, sich von einer Tortenschachtel nervös machen zu lassen.

Trotzdem sauste Iris nach unten zu Rose und überfiel sie ohne Erklärung mit der Frage: »Wer wohnt in Nummer zwölf?«

Rose blickte vom Bildschirm auf und musterte sie verwundert. »Wurde etwas zerstört, oder warum willst du das wissen?«

Iris berichtete von der Tortenschachtel.

»Seltsamer Zufall, mehr aber auch nicht«, mutmaßte Rose und tippte auf der Tastatur herum. »Ein Herr Roscher aus Nürnberg. Kam gestern spätabends an, will nur bis morgen bleiben, hat bereits für beide Nächte bezahlt.«

»Hm«, murmelte Iris, »wie sieht er aus? Hat er vielleicht einen österreichischen Dialekt? Wo ist er jetzt? Ich will ihn mal sehen.«

Rose schüttelte den Kopf. »Ich finde, du übertreibst gewaltig. Außerdem suchen wir eine Charlotte, also eine Frau, aus Österreich und keinen Mann aus Nürnberg. Und Roscher hat weder besondere Merkmale noch hat er sich auffällig benommen.«

»Ich will ihn nur aus der Ferne begutachten«, versprach Iris und fragte, ob er ein besonders attraktiver Mann sei.

Rose zuckte mit den Schultern. »Hab ihn nicht so genau angesehen.«

»Warum denn nicht?«

»Warum sollte ich?«, stellte Rose die Gegenfrage in beinahe aggressivem Tonfall.

»Na, weil du Single bist und eigentlich alle Männer im passenden Alter etwas genauer betrachten solltest«, schlug Iris grinsend vor.

Genervt zog Rose die sorgfältig gestrichelten Augenbrauen nach oben. »Lass bitte das Kuppeln sein. Mal abgesehen von einem nicht ganz unwichtigen Punkt.«

»Ach ja?«

»Ich glaube nicht an die Liebe auf den ersten Blick. Die gibt es nur in Romanen. In der Realität sind Liebe und eine glückliche Beziehung harte Arbeit.«

Iris hingegen erinnerte sich wieder einmal an diesen Moment, in dem sie und Christian sich verliebt hatten. Erinnerte sich an die aufregenden ersten Tage, in denen jedes Lächeln von ihm sie auf einer rosaroten Wolke hatte schweben lassen. In denen ihre Welt geglitzert hatte, als bestünde sie aus Diamanten.

»Vielleicht änderst du eines Tages deine Meinung«, erwiderte sie nachdenklich und verabschiedete sich, um

Christian ein letztes Mal anzurufen. Wenn er ihren Anruf heute wieder nicht annahm, war das ihr letzter Versuch. Auch ihre Geduld war nicht endlos.

Ihr Versöhnungsversuch wurde wieder von der Mailboxansage abgewürgt.

»Mistkerl!«, zischte sie. Offensichtlich war er immer noch stinksauer und wollte nicht reden. In Ordnung, nachlaufen würde sie ihm nicht, das hatte sie nicht nötig.

Im Badezimmer wusch sie sich das Gesicht so lange mit eiskaltem Wasser, bis sie sich abgekühlt genug fühlte, um die Probleme vor Ort zu lösen. Davon gab es wahrlich genug, und eines hieß Viola.

Iris fand ihre jüngste Schwester allein in der Backstube. Es war bereits Betriebsschluss, sie stand an dem glänzenden Metalltisch, wandte ihr den Rücken zu, und es sah aus, als würde sie etwas kneten.

»Hallo, Schwesterlein, so spät noch fleißig?« Verwundert trat Iris näher. »Ich wollte mit dir an den See.«

Viola unterbrach ihre Arbeit. »Was sollen wir denn da?«

»Frische Luft tut doch immer gut. Am Ufer entlanglaufen, aufs Wasser schauen, ein bisschen plaudern. Den Feierabend genießen. Oder hast du dringende Bestellungen?« Iris musterte die helle Teigmasse zwischen Violas Händen. »Was wird das denn?«

»Marzipan. Ich habe zu tun und keine Zeit, um am See herumzulaufen. Gibt es was Wichtiges?«

Iris hatte genug von dem Fragespielchen und sprach es direkt aus. »Ja. Ich würde gern wissen, warum du gestern beim Sonntagsfrühstück geweint hast. Doch nicht nur wegen Großvater, oder? Ich hatte nämlich das Gefühl, als ginge es dir nicht gut. Wenn das stimmt, dann rede mit mir, vielleicht kann ich helfen.«

Viola seufzte nur leise.

Iris lehnte sich gegen den Tisch und verschränkte die Arme. »Lass dir Zeit, ich hab's nicht eilig«, bemerkte sie ruhig und beobachtete aus den Augenwinkeln, wie Viola die Masse drückte und knetete, als hinge ihr Leben davon ab. »Ich kenne mich ja nicht aus mit Marzipan, aber muss es so malträtiert werden?«

Leises Stöhnen war die Antwort, gefolgt von Schweigen. Dann plötzlich platzte es aus Viola heraus: »Ich bin schwanger. Und nur Großvater hat es gewusst.«

# Wien, Frühjahr 1954

Max schlenderte vergnügt pfeifend die Kärntner Straße entlang. Es war ein milder Frühlingstag, er hatte herrlich geschlafen und von einem typischen Wiener Kaffeehaus geträumt, in dem er einen starken Mokka getrunken und den Tag genossen hatte.

Die reizende Frau Swoboda hatte ihn gestern Abend noch in ihre behagliche Wohnküche eingeladen, ja fast genötigt, und keine Ausflüchte gelten lassen. Da hatte er dann auf dem weichen Kanapee gesessen, ein selbst besticktes Sofakissen im Rücken, ein Glaserl Marillenschnaps vor sich, und hatte mit großen Ohren dem gelauscht, was sie erzählte.

Frau Swoboda war verwandt mit Georg Haas, dem Inhaber des Café Haas in der Herrengasse, wo dringend ein Konditor gesucht wurde. Zuerst dachte Max an einen üblen Scherz, den sich die Witwe in Schnapslaune mit ihm erlaubte, denn so viele Zufälle konnte es eigentlich nicht geben. Doch die Witwe schwor auf das Grab ihres verstorbenen Mannes, es sei die allmächtige Vorsehung, dass Max ausgerechnet bei ihr logiere und sie ihm zu einer Stelle verhelfen könne.

Nun war er also auf dem Weg zu jenem Café, um dort vorzusprechen. Natürlich war er mächtig gespannt, was ihn erwartete. Er hoffte sehr, dass dieser Termin glücklicher verlief als der gestrige in diesem formidablen Hotel, dessen Namen er nie wieder aussprechen wollte, um keine

»bösen Geister« zu beschwören. Aber warum sollte es kein Glückstag werden? Warum sollte er keine neue Arbeit finden? Warum sollte dieser Haas ihn abweisen, wo er so dringend einen Gesellen suchte? Nein, er würde nicht unverrichteter Dinge nach Deutschland zurückfahren müssen, er würde bleiben.

Zuversichtlich hatte er den dunklen Anzug mit dem weißen Oberhemd wieder angezogen. Frau Swoboda hatte die Knitterstellen beim Frühstück gesehen und darauf bestanden, das Hemd aufbügeln zu dürfen, damit er einen anständigen Eindruck mache. Direkt in der Küche redete sie auf ihn ein, sich auszuziehen. Es war ihm ein wenig peinlich gewesen, im Unterhemd vor ihr zu stehen, doch sie benahm sich vollkommen normal, sagte, schließlich sei sie verheiratet gewesen und wisse sogar, wie ein vollständig nackter Mann aussähe. Dabei hatte sie ihm zugezwinkert und gekichert wie ein Schulmädchen. Ja, sie war eine sehr fesche und noch dazu keine arme Frau, die Pension warf bestimmt reichlich Schillinge ab. Zumindest hatte sie angedeutet, dass ihre Herberge stets voll belegt sei. Einen Moment lang hatte er geglaubt, sie wolle sich mit dieser Anspielung als ausgezeichnete Partie anbieten.

Max tastete nach der linken Brustseite, um die Papiere in der Jackentasche zu fühlen. Den Koffer mit seiner restlichen Habe hatte er bei Frau Swoboda gelassen. Wenn er die Stelle bekam, wollte er das Pensionszimmer dauerhaft anmieten.

Als er an seinem Ziel ankam, hatte die Sonne alle Wolken verdrängt und schien direkt auf die drei Stufen zum Eingang.

Ein paar Minuten hatte er noch Zeit, das Café öffnete erst um acht. Er trat an die hohen Rundbogenfenster und spähte durch die blank geputzten Scheiben ins Innere. Grazile Stühle aus dunklem Holz mit gebogenen Arm- und Rückenlehnen reihten sich um kleine Tische mit rötlichen Marmorplatten. Darauf Aschenbecher aus Metall, Salz- und Pfefferstreuer und ein zierliches Gefäß mit Zahnstochern. Mehrarmige Kronleuchter hingen von der Decke.

Irgendwo schlug eine Kirchenglocke an. Max zählte mit, und nach dem achten Schlag wurden die Lüster eingeschaltet. Sekunden später erschien eine zarte Frau, das Gesicht eingerahmt von dunklen Locken, hinter der Eingangstür. Sie drehte das Geschlossen-Schild um und lächelte ihm dabei so warmherzig zu, als freue sie sich, einen lieben Stammgast wiederzusehen.

Verlegen strich Max sich eine widerspenstige Strähne seiner blonden Haare aus der Stirn und ärgerte sich, keine Frisiercreme benutzt zu haben. Mit dieser unordentlichen Frisur würde diese hübsche Frau ihn vermutlich für einen Faulpelz halten. Einen, der zu lange im Bett lag und dann keine Zeit mehr für Haarpflege hatte, weil er zur Verabredung hetzen musste. Einen, den man nicht unbedingt einstellen wollte, weil er vielleicht unzuverlässig war. Nun, Max wollte sich allergrößte Mühe geben, den Konditormeister Haas davon zu überzeugen, dass er trotz leicht zerzauster Frisur ein zuverlässiger und fähiger Konditorgeselle war.

# 11

Iris hatte das Wort »schwanger« verstanden. Viola schien zu Scherzen aufgelegt, hatte anscheinend ihre gute Laune wiedergefunden, und darüber freute sich Iris. Lachend wandte sie ein: »Schwanger ohne Mann ... hast du nicht bei unserem letzten Telefonat gesagt, du wärst noch immer solo? Also, was ist wirklich los?«

Viola hörte auf, die Marzipanmasse zu malträtieren, und blickte sie aus tränenfeuchten Augen an. »Ich. Bin. Schwanger.«

Iris presste die Hand auf den Mund. In stummem Entsetzen starrte sie Viola an, und langsam, sehr langsam sickerten diese drei schicksalhaften Worte in ihr Bewusstsein. Dennoch weigerte sich ihr Gehirn, zu glauben, was Viola gesagt hatte. Sie versuchte es seit drei Jahren, und ihre kleine Schwester schien über so viel Glück todunglücklich zu sein? Iris fixierte Violas Bauch – sie hatte also gar nicht zu viel Kuchen gefuttert. »Wie ... wie ... ist es dann möglich?«, stammelte sie schließlich. »Durch künstliche ... ähm ... Befruchtung?«

Viola schüttelte den Kopf.

»Dann hast du einen Freund, der das Kind nicht möchte? Aber warum hast du nie von ihm erzählt? Haben wir uns nicht versprochen, einander in allen Notlagen zu helfen, füreinander da zu sein?«

Viola begann wieder zu weinen, kramte ein Taschentuch aus ihrer Hosentasche und putzte sich geräuschvoll die

Nase, bevor sie antwortete: »Ich habe es Großvater erzählt. Er war mein Vertrauter, deshalb bin ich auch so traurig, dass er nicht mehr da ist. Dich wollte ich nicht damit belasten, ich weiß ja, wie sehr du dich nach einem Kind sehnst und es nicht klappen will. Irgendwie kam es mir so ungerecht vor, dass ich jetzt eins bekomme und du nicht …«

»Oh, Viola, es spielt doch keine Rolle, was ich will, wenn du Hilfe brauchst, bin ich für dich da! Also, was ist mit dem Vater deines Kindes?«

»Er ist spurlos verschwunden. Ich kann … kann ihn nicht erreichen. Auch nicht auf dem Handy, da heißt es: *not available,* als wäre die Nummer abgemeldet.«

Iris zog ihre Schwester an sich, drückte sie fest und schluckte die Schimpfwörter hinunter, die ihr auf der Zunge lagen. Was war los mit den Männern? Verschwanden einfach. Gingen nicht ans Telefon. Waren offensichtlich auch nicht in der Lage, via WhatsApp kurz zu erklären, was sie hinderte, sich zu melden. Als wäre man Luft für sie. Als wäre man nicht seit drei Jahren verheiratet oder habe gemeinsam ein Baby gezeugt. Der letzte Gedanke versetzte Iris erneut einen Schlag in die Magengrube. Ja, sie war neidisch auf die jüngere Schwester, der das gelungen war, was sie vergeblich ersehnte.

Trotz der Enttäuschung und ihrer Trauer gelang es Iris jedoch, Viola tröstend zuzureden. »Ich bin für dich da und Rose auch. Tante Annemarie bestimmt ebenfalls und die Eltern sowieso, wenn du es möchtest. Gemeinsam werden wir das Kind schon … ähm, entschuldige. Jetzt erzähle erst mal von Anfang an.«

Viola schniefte einige Male, während sie das Marzipan in einer luftdichten Dose verpackte. »Setzen wir uns auf die Bank am See«, schlug sie vor und nahm eine Ladung Beruhigungs-Pralinen mit.

Die grün lackierte gusseiserne Gartenbank stand das ganze Jahr in Ufernähe und lud zum Verweilen ein. Bei klarer Sicht konnte man am Horizont die Imperia, das steinerne Wahrzeichen von Konstanz, erkennen. Diese leicht bekleidete Statue, auf deren ausgebreiteten Händen zwei nackte Männer sitzen, war eine Anspielung auf das blühende Kurtisanenwesen während des Konzils von Konstanz, das von 1414 bis 1418 stattgefunden hatte.

Nachdem sie sich gesetzt hatten, zog Iris sofort die Schuhe aus und wackelte mit den Zehen. »Was für eine Wohltat«, seufzte sie verzückt. Nach den unzähligen Kilometern, die sie heute tagsüber in der Pension zurückgelegt hatte, waren nackte Füße, vom Wind gekühlt, der blanke Luxus.

Es war ziemlich warm an diesem Abend im Mai, der sich schon ein bisschen nach Hochsommerabend anfühlte. Die tief am Horizont stehende Sonne verlieh dem See eine Oberfläche wie aus flüssigem Gold. In der Ferne bewegten sich Segelboote, als wären sie weiße Punkte in einem impressionistischen Gemälde. Ein Schwanenpärchen, das Sinnbild einer lebenslangen Liebe, glitt geräuschlos übers Wasser. Mückenschwärme tanzten im Gegenlicht. Paradiesische Ruhe – nur von ein paar kreischenden Möwen gestört, die wie eine Gang Straßenkids das Ufer umkreisten.

»Willst du?« Viola hielt Iris die Pralinenschachtel hin, während sie ebenfalls die Schuhe von den Füßen streifte. »Stundenlanges Stehen in der Backstube fühlt sich mit dem Baby im Bauch noch anstrengender an als sonst.«

Iris griff nach einem Praliné aus dunkler Schokolade, gefüllt mit sahnig-leichter Erdbeercreme, und schielte dabei verstohlen auf Violas Bauch. Im Sitzen war jetzt deutlich zu sehen, dass es kein Übergewicht war. »Die Erdbeertröpfchen sind meine Lieblingssorte. Diese Kreation ist dir ganz hervorragend gelungen, einfach köstlich«, lobte sie die Konditormeisterin, während sie die kleine Sünde in den Mund schob. »Welcher Monat?« Die Frage war ihr unabsichtlich herausgerutscht.

»Anfang vierter«, nuschelte Viola, die ein Walnusspraliné im Mund hatte. »Termin ist Ende Oktober.«

»Aha«, entgegnete Iris knapp. Sie hoffte, dass Viola ihr ohne weitere Aufforderung verriet, wer sie in diese Lage gebracht hatte.

Aber ihre Schwester futterte nur vor sich hin, sie schien nicht bereit zu sein, Einzelheiten preiszugeben.

»Und wie heißt der Vater, wo habt ihr euch kennengelernt? Erzähl doch mal«, hakte Iris schließlich nach, um endlich ein paar Fakten zu erfahren.

»Online.«

»Bei einer dieser Partnervermittlungen?« Iris hatte bewusst leise gesprochen, um ihre Empörung zu verbergen und Viola nicht zu verletzen. Etwas Positives hatte sie nämlich noch nie über diese Agenturen gehört. Die Betreiber verdienten sich goldene Nasen mit der Sehnsucht anderer nach Liebe, und die Suchenden investierten immer wieder Unsummen, in der Hoffnung, ihr Glück zu finden. Ob die Träume wahr wurden? Nun, für Viola waren sie es offensichtlich nicht geworden.

»Musst nicht schockiert sein«, brauste Viola auf. »Partnersuche online ist heutzutage vollkommen normal, in meinem Beruf bleibt mir auch gar keine Zeit, mich im analogen Leben umzusehen. Mal abgesehen von der Pandemie, die uns Singles in den letzten zwei Jahren die letzte Möglichkeit, sich analog zu treffen, genommen hat. Und darauf zu hoffen, dass mein Traummann eines Tages in den Laden hereinspaziert, wäre doch ziemlich naiv, oder?«

»Tut mir leid«, entschuldigte sich Iris. »Das weiß ich

natürlich, aber ich wäre nie auf die Idee gekommen … wie auch immer. Erzähl weiter.«

»Er heißt Timo, sieht aus wie der junge George Clooney und betreibt eine Eventagentur, das hat er jedenfalls gesagt.« Viola wurde endlich gesprächiger. Ausführlich erzählte sie, dass es vor circa acht Monaten begonnen hatte. »Zuerst war es nur ein harmloser Flirt via Nachrichtenfunktion. Doch nach kurzem Hin und Her haben wir über dieselben Dinge gelacht, und als er ein Date vorschlug, habe ich eingewilligt.«

»Und wo fand dieses Date statt?«

»Das erste hier, in unserem Café. Ich hatte ihm bereits von der Pension, dem Café und vom Tortenhimmel erzählt. Es gab keinen Grund« – Viola nahm noch eine Praline –, »ein Geheimnis aus meinem Beruf oder der Familie zu machen. Wir haben uns regelmäßig getroffen und sogar Pläne geschmiedet. Ganz vorsichtig natürlich, nur mal angedeutet, dass er bei der Planung für größere Events an den Tortenhimmel denken könnte. An meinem Geburtstag muss es passiert sein. Ich dachte, es seien die unfruchtbaren Tage, und war ziemlich unbekümmert, was die Verhütung betrifft. Ein Denkfehler, und zack, werde ich Mutter.«

»Es ist unsinnig, sich etwas vorzuwerfen, was unabänderlich ist.« Iris beobachtete die Schwanenmutter, die, umgeben von vier Küken, nach Futter tauchte. »Wichtiger ist, was Timo über sich erzählt hat, das jetzt dabei helfen könnte, ihn aufzutreiben. Oder war er zugeknöpft?«

»Überhaupt nicht, er ist fünfunddreißig Jahre alt, liebt Kuchen und Torten und alles Süße und betreibt wie gesagt eine Eventagentur. Ich dachte … ach, es ist sinnlos.«

Iris ahnte, dass Viola gehofft hatte, der attraktive Timo sei der absolute Traumprinz für eine gemeinsame Zukunft. Warum auch nicht, gleiche Interessen und Vorlieben schadeten keiner Beziehung. Vorausgesetzt, es waren echte Gemeinsamkeiten, dachte sie bitter, als ihr die Parallele zu ihrer eigenen Ehe auffiel. Längst hatte sie den Verdacht, dass Christian in Wahrheit vielleicht doch keine Kinder wollte und sich deshalb so gegen eine Untersuchung sträubte.

»Hat er dir auch den Namen der Agentur verraten?«

»Best Connection.« Viola holte tief Luft und fügte ein leises »Aber« hinzu.

»Aber?«, wiederholte Iris, ahnend, dass sich hinter diesem kleinen Wort ein großes Drama verbarg. »Nachdem du ihm von der Schwangerschaft erzählt hast, ist er verschwunden?«

»Nein, er weiß nichts von dem Kind. Wie gesagt, als ich ihn deshalb zum ersten Mal anrufen wollte, hieß es, die Nummer sei nicht vergeben. Daraufhin begann ich online nach seiner Firma zu suchen. Es existiert kein Unternehmen mit diesem Namen, und sein Profil auf dem Datingportal war auch gelöscht.«

Iris nahm Violas Hand und streichelte sie sanft. »Das klingt tatsächlich alles sehr mysteriös, allerdings sehe ich auch einen positiven Aspekt.«

Viola sprang wütend auf, ohne an die Konfektschachtel auf ihrem Schoß zu denken, deren restlicher Inhalt prompt ins Gras purzelte. »Was bitte ist daran positiv, wenn man geschwängert und dann sitzen gelassen wird?«, ereiferte sie sich mit brüchiger Stimme. »Das Letzte, was ich mir gewünscht habe, ist ein Kind ohne Mann.«

»Tut mir leid, so war es nicht gemeint.« Iris ging in die Hocke und sammelte die Pralinés ein. »Ich meinte, es ist eher positiv, dass sein Verschwinden nichts mit der Schwangerschaft zu tun hat. Natürlich ist es schrecklich, dass du nicht weißt, wie er zu erreichen ist, aber es kann viele Gründe dafür geben. Auch wenn ein gelöschtes Profil nicht gerade Vertrauen erzeugt, muss Timo kein Lügner sein. Wer weiß, vielleicht taucht er genau in dem Moment auf, in dem du nicht mehr damit rechnest, und hat eine plausible Erklärung für sein …«

Viola unterbrach sie mit lautem Lachen. »Schon klar, und die Schwangerschaft bilde ich mir nur ein.« Demonstrativ streckte sie ihr den Bauch entgegen. »Ach, Iris, es ist doch naiv, sich etwas vorzumachen: Ich bekomme ein Kind ohne Mann. Obwohl es heute kein Weltuntergang mehr ist, als alleinerziehende Mutter zu leben, gehört das nicht gerade zu meinen Wunschträumen. Meiner Meinung nach braucht ein Kind einen Vater, eine Familie. Und mir vorzustellen, eines Tages meinem Kind eine derart schauerliche Geschichte über seinen Vater erzählen zu müssen …« Erneut kamen ihr die Tränen. »Ich weiß einfach nicht, wie es weitergehen soll.« Sichtlich niedergeschlagen sank sie wieder auf die Bank, rutschte an Iris heran und lehnte den Kopf an ihre Schulter.

Iris legte den Arm um ihre verzweifelte Schwester. Schweigend blickte sie auf den See, der ihr heute nicht die ersehnte Ruhe gab. Stattdessen fühlte sie sich hin- und hergerissen zwischen Weinen und Lachen. Zwischen mageren Weisheiten wie: Was nicht zu ändern ist, muss man akzeptieren. Es lohnt nicht, über verschüttete Milch zu weinen. Oder wie Papa gern sagte: »Egal, wie dünn ich einen Tortenboden backe, er hat immer zwei Seiten.« Iris glaubte fest daran, dass es auch eine positive Seite in diesem Drama zweier Schwestern gab, deren Denken um Babys kreiste. Die eine Schwester bekam ein Kind, das sie nicht unbedingt wollte, die andere wollte ganz dringend eins, bekam aber keins. Kaum hatte sie diesen Gedanken zu Ende gedacht, blitzte eine – vielleicht vollkommen absurde – Lösung auf, die sie dennoch laut aussprach: »Wenn du es nicht willst, gib es einfach mir.«

»Wenn ich *was* nicht will?«, fragte Viola träge.

»Das Kind.«

»Welches Kind?«, ertönte eine wohlbekannte Stimme direkt hinter ihnen. Im selben Moment tauchte Annemarie, ungewohnt schwarz gekleidet, mit dunkler Sonnenbrille auf der Nase neben der Bank auf.

»Hallo«, sagte Iris und beherrschte sich, das Geheimnis zu verraten. Das musste Viola selbst tun.

Nach einigen Schweigesekunden, in denen sich Annemarie neben Viola setzte, sagte die werdende Mutter leise: »Wir reden über mein Kind, ich bin nämlich schwanger.«

»Also doch!« Annemarie griff mit beiden Händen in die Pralinenschachtel. »Ich dachte mir schon, dass die kleine Kugel« – grinsend deutete sie auf Violas Bauch – »nichts mit deiner Vorliebe für Kuchen und Torten zu tun hat.«

»Warum hast du mich denn nicht darauf angesprochen?«, fragte Viola verwundert.

»Hmm …« Annemarie schleckte sich die Schokoladenfinger ab. »Wirklich köstlich, diese kleinen Sünden. Ich habe dich nicht danach gefragt, weil ich der Meinung war, dass du schon zu mir kommen wirst, wenn dich dein Geheimnis zu schwer belastet. In dunklen Zeiten vertraut man sich jemandem an, der diese Last mitträgt. Außerdem hast du zwei Schw …« Sie stockte und blickte hinüber zu Iris. »Tut mir leid, das war gedankenlos.«

»Schon gut«, winkte Iris ab.

»Freust du dich?«, wandte Annemarie sich wieder an Viola, die nur stumm mit den Schultern zuckte.

»Der Kindesvater ist verschwunden«, antwortete Iris für ihre Schwester und erzählte, was sie von Viola erfahren hatte.

»Reden wir von dem hübschen jungen Mann, mit dem ich dich öfter mal im Café gesehen habe? Ich fand ihn sehr sympathisch, soweit ich das aus der Ferne beurteilen konnte, und außerdem habt ihr gut zusammengepasst – also rein optisch. Wenn er nicht wegen des Babys verschwunden oder untergetaucht ist, was für Gründe könnte er sonst gehabt haben?«

»Ich weiß es nicht«, seufzte Viola und schob sich die restlichen zwei Pralinen in den Mund. »Und jetzt will ich nicht mehr darüber reden. Hat ja doch keinen Zweck«, schnaufte sie, bückte sich nach vorn, um ihre Schuhe einzusammeln, und stand auf. »Ich würde gern ein Bad nehmen, oder musst du in der nächsten halben Stunde ins Badezimmer?«, wandte sie sich an Iris.

»Nein, geh nur und entspann dich«, sagte Iris und lächelte ihr aufmunternd zu.

»Sie scheint sehr unglücklich zu sein«, bemerkte Annemarie, als Viola außer Hörweite war.

Iris starrte schweigend auf eine Ente, die allein aus dem Gebüsch hervorkam und dann am Wassersaum umherwatschelte, als würde sie nach ihrem Gefährten suchen. Genauso fühlte sie sich auch. Einsam und allein, nicht wissend, wie sie sich Christian gegenüber verhalten sollte. Sie hatte sich während der Unterhaltung mit Viola unter Kontrolle gehabt, in Wahrheit den Schock aber immer noch nicht richtig verdaut.

»Ich habe dich gesucht, um dir etwas zu erzählen«, wechselte Annemarie das Thema, als spürte sie, wie ihre Nichte sich fühlte.

»Schieß los«, forderte Iris sie dankbar auf.

»Ich war vorhin auf dem Friedhof …«

»Deshalb das Trauergewand, ich hab mich schon gefragt, ob du deinen Stil geändert hast«, unterbrach Iris die Tante, erleichtert, eine harmlose Bemerkung machen zu können, die sie auf andere Gedanken brachte.

»Das letzte Mal wurde ich in meinen üblichen Klamotten schief angesehen, als ob Trauer oder stilles Gedenken von schwarzer Pelle abhängen würde. Aber so ist das halt in einer Kleinstadt, wo jeder jeden kennt … Wie auch immer, ich rede gern mit meinem Vater, und manchmal antwortet er auch. Nicht wirklich natürlich, ich erinnere mich dann nur an Worte oder Sätze, die zu meinen Fragen passen. Aber heute kam ich gar nicht dazu, mit ihm zu plaudern, denn es lag ein ganz frisches Blumenbouquet dort.«

»Was ist daran so ungewöhnlich, dass es dir die Sprache verschlägt? Meine Eltern haben erzählt, dass ehemalige Stammkunden manchmal Blumen und auch kleine Kränze zum Grab bringen«, entgegnete Iris.

»Ungewöhnlich war die daran befestigte Schleife, auf der ›Charlotte‹ steht. Ich meine, da kommt man doch ins Grübeln, oder?«

Iris schnappte kurz nach Luft. »Und du bist auch ganz sicher? Konntest du den Namen ohne Brille lesen?«

Entrüstet rutschte Annemarie an den Rand der Bank, drehte sich ihr zu und stemmt die Fäuste in die Hüften. »Ich muss doch sehr bitten! Die Buchstaben sind so groß, die würde auch ein Halbblinder erkennen.«

»'tschuldigung … es ist nur … Ich meine, es wäre schon ein irrer Zufall, wenn es sich um *unsere* Charlotte handelte.«

# Wien, Frühjahr 1954

Wie geblendet starrte Max die wunderschöne, dunkelhaarige Frau an, die ihm die Tür zum Café Haas öffnete. War sie etwa die Besitzerin des Kaffeehauses? Max spürte ein aufgeregtes Kribbeln durch seinen ganzen Körper laufen.

»Bitt'schön, kommen S' nur herein«, forderte sie ihn in charmantem Tonfall und mit dem zauberhaftesten Lächeln der Welt auf.

»Guten Morgen.« Max trat ein und fühlte sich wie betäubt von der unerwarteten Begegnung mit dieser Schönheit.

»Bitt'schön, nehmen S' Platz«, sagte sie und deutete mit einer Handbewegung in den Raum. »Ich schick Ihnen gleich den Herrn Franz, der nimmt Ihre Bestellung auf.«

»Ähm ... ich wollte ... Frau Swoboda schickt mich ...« Max brachte nur unzusammenhängende Satzfetzen zustande. »Ich ähm ... suche Arbeit ... bin gelernter Konditor ...« Sein Gestammel war ihm ziemlich peinlich, aber er konnte nicht klar denken und die Augen nicht abwenden von diesem überirdisch schönen Wesen mit der vollendeten Gestalt einer Fee.

»Ham S' vielleicht Papiere?«, erkundigte sie sich, als er verstummte. Erneut schenkte sie ihm ein Lächeln, das ihn wie hypnotisiert auf ihren vollen Mund starren ließ, der durch den roten Lippenstift noch verführerischer aussah.

Dann löste er sich endlich aus seiner Starre, beeilte sich,

das Gewünschte aus der Innentasche seines Jacketts hervorzuholen, und überreichte es mit zitternder Hand.

»Setzen S' sich doch, bitt'schön.« Sie deutete mit ihrer zarten Hand auf einen der runden Marmortische. »Ich sag meinem Mann Bescheid, mit dem können S' verhandeln.«

Sie ist verheiratet, dachte Max ernüchtert, während er Platz nahm und sich in dem weitläufigen Raum umschaute.

Die Morgensonne strahlte schräg durch die hohen Rundbogenfenster auf die Zweiertische dicht am Fenster. Auch die Ausschanktheke in der Mitte und die seitlich platzierten, rot gepolsterten Sofas mit je einem langen Tisch plus drei Stühlen kamen in den Genuss der gleißenden Helligkeit. Alles in allem herrschte eine behagliche Atmosphäre, in der man sich bei Kaffee, Kuchen und kleinen Gerichten bestimmt sehr wohlfühlte.

Die Eingangstür wurde geöffnet, ein älterer Herr trat ein und steuerte, ohne sich umzusehen, direkt auf eins der Sofas zu. Dort griff er in eine Tasche seines hellen Frühjahrsmantels, fischte eine längliche Schachtel heraus und legte sie auf den Tisch. Anschließend marschierte er zu dem Kleiderständer nahe dem Eingang, entledigte sich dort seines Mantels, hängte ihn an einen der Haken und den Hut darüber.

Fasziniert beobachtete Max, wie der Mann an den Tisch zurückging, sich mit leisem Ächzen aufs Sofa fallen ließ und sofort ein Zigarillo anzündete. Er benahm sich wie jemand, der sich hier zu Hause fühlte, und das vermutlich schon seit langer Zeit.

Aus dem Halbdunkel hinter der Theke tauchte ein Herr in schwarzem Anzug, schneeweißem Hemd und schwarzer Fliege auf.

Der Kellner, schloss Max aus der weißen Serviette, die über seinem abgewinkelten linken Arm hing.

Beflissen marschierte er auf den Gast zu. »Habe die Ehre, Herr Geheimrat. Wünsche wohl geruht zu haben«, sagte er, ohne die Miene zu verziehen, wedelte dabei mit der Serviette unsichtbaren Staub vom makellosen Tisch und rückte den Metallaschenbecher zurecht.

»Dank'schön, Herr Franz. Das Übliche.«

»Sehr wohl, der Herr Geheimrat. Einmal die Tageszeitung, eine Melange und ein Kipferl.«

Hocherhobenen Hauptes stolzierte der Kellner in den hinteren Teil des Cafés.

Das ist also der berühmte Wiener Schmäh, dachte Max und verstand sofort, warum die Kaffeehäuser so beliebt waren. Der Gast wurde behandelt wie ein König, dennoch hatte er nicht das Gefühl gehabt, der Kellner habe sich unterwürfig benommen. Höflich und zuvorkommend, das ja, auch freundlich, aber nicht devot. Sollte sich mein Traum von einem eigenen Café jemals erfüllen, dachte Max, würde im Café König jeder Gast genauso königlich bedient werden. Und die Kellner würden ebenfalls mit Vornamen und »Herr« angesprochen werden. In seinem Café würde niemand mit den Fingern schnippen und »Hallo, Bedienung« brüllen.

Noch während Max sich selbst dieses Versprechen gab, erschien ein Mann um die vierzig in einem weißen Kittel und eilte direkt auf ihn zu.

»Bitte vielmals um Verzeihung, dass ich Sie hab warten lassen.«

Max stand höflich auf. »Keine Ursache.«

»Haas, Georg.« Er hob seine verbundene rechte Hand leicht an, zuckte mit den Schultern und streckte ihm zur Begrüßung die linke Hand entgegen. »Meine Frau musste mir noch schnell den Verband wechseln.«

Max ergriff die dargebotene Hand und drückte sie leicht. »Maximilian König.«

»Setzen S' Ihnen doch wieder«, sagte Georg Haas und nahm selbst Platz.

Max sank auf den bereits angewärmten Stuhl zurück. »Sind Sie schwer verletzt?«, erkundigte er sich verbindlich mit Blick auf die dicke Mullbinde. Die Verletzung war seine Chance, dem weißen Kittel nach zu schließen musste Georg Haas der Konditor sein, aber mit einer Hand war er wohl kaum arbeitsfähig.

»Leider ja«, bestätigte Georg Haas und berichtete, was vor zwei Tagen geschehen war. »Beim Durchschneiden eines Tortenbodens ist mir das frisch geschliffene Messer ausgerutscht und hat eine Sehne durchtrennt. Die Ärzte haben mir wenig Hoffnung gemacht, aber ich denke positiv. Noch ist die Hand ja dran. Leider kann ich im Moment nicht mal ein Ei trennen. Dann können S' sich vorstellen, in welcher Notlage ich mich befinde.«

Max schauderte innerlich. Und wie er sich das Missgeschick vorstellen konnte! Er sah den Unfall vor seinem inneren Auge, hörte den Aufschrei von Georg Haas und sah Blut über einen Arbeitstisch fließen. Dass ein derartiger Schnitt die Hand lebenslang beschädigen konnte, war logisch. »Das tut mir sehr leid«, murmelte er betreten.

»Sie können ja nichts dafür«, scherzte Herr Haas und fügte lachend hinzu: »Ich war mit den Gedanken nicht bei der Sache, da passiert schnell etwas. Aber jetzt zu Ihnen. Sie sind Konditorgeselle, wie ich an den Papieren gesehen habe, und suchen Arbeit. Warum ausgerechnet in Wien?«

Max berichtete offen und ehrlich von seinem großen Traum, im Hotel Sacher angestellt zu werden. Wie er auf gut Glück angereist und in das vornehme Haus hineingestürmt war. Dass er nicht so einfach aufgeben wolle und über den Würstl-Rudolf bei Frau Swoboda gelandet sei. »Ich würde gern in einer österreichischen Konditorei arbei-

ten, alle Geheimnisse der weltberühmten Wiener Zuckerbäcker kennenlernen und vielleicht eines Tages mein eigenes Café in Deutschland eröffnen«, bekannte er.

»Die gute Theresia Swoboda, wir sind über drei Ecken
verwandt. Aber es trifft sich gut, dass Sie auf Stellungssuche
sind«, fand Herr Haas. »Ich brauch nämlich dringend eine
Hilfe, die mehr kann als unser Johann, der Lehrbursche im
ersten Jahr. Wann können S' anfangen?«

»Sofort, wenn's recht ist«, antwortete Max und sah im
selben Moment die junge Frau, die ihm die Tür geöffnet
hatte, auf ihn zukommen.

Herr Haas erhob sich und streckte ihm erneut die gesunde Hand hin. »Dann ist es abgemacht. Kommen S'
gleich mit, dann zeige ich Ihnen die Backstube, mach sie
mit dem Burschen bekannt und stelle Sie meiner Frau vor.
Ah, da bist ja schon. Elfie, wir sind gerettet! Soeben habe
ich diesen jungen Mann eingestellt.«

Sie reichte ihm eine zierliche Hand mit sorgfältig rot
lackierten Nägeln. »Elfriede Haas, aber alle nennen mich
Frau Elfie.«

Max neigte den Kopf. »Maximilian König, genannt Max,
angenehm.« Viel zu schnell war der Moment vorbei, in
dem sie ihn angelächelt und er ihre Körperwärme in seiner
Hand gespürt hatte. Dieser kurze Augenblick hatte ein ver-
botenes Feuer entfacht, das er im Keim ersticken musste.

# 12

Iris erwachte durch ein Klopfen an der Tür aus einem süßen Traum, in dem sie ein entzückendes Neugeborenes in den Armen gehalten hatte. Schade, dass sie nun nicht erfahren würde, ob es ihr Baby oder das von Viola gewesen war.

»Ja!« Schlaftrunken blinzelte sie in die Sonne, die durch eine Lücke in den Vorhängen hereinfiel.

Langsam öffnete sich die Tür, und ihre beiden Schwestern steckten die Köpfe herein.

»Happy Birthday, Schwesterlein, wir wünschen alles Liebe!«

Viola, in einem locker fallenden, geblümten Sommerkleid, hatte einen Teller mit pastellfarbenen Petit Fours in den Händen. In einem steckte eine brennende Minikerze.

Iris hatte tatsächlich ihren vierunddreißigsten Geburtstag – oder Schlüpftag, wie Großvater diese Tage genannt hatte – verdrängt. Vermutlich, weil das Ticken ihrer biologischen Uhr ab dem heutigen neunundzwanzigsten Mai wieder um einige Takte lauter wurde und ihr noch deutlicher bewusst machte, dass man die Zeit nicht anhalten konnte.

Rose, trotz des Sonntags in offizieller dunkelblauer Uniform mit weißer Hemdbluse, stellte eine gläserne Vase auf den Nachttisch, darin ein prächtiges Blumengebinde, dessen betörender Duft Iris sofort in die Nase stieg. »Der ist von Christian«, sagte sie und reichte ihr ein rosafarbenes Kuvert.

Aufgeregt nahm Iris den Umschlag entgegen. Ihr Herzschlag erhöhte sich, ihre Finger zitterten, ihre Augen wurden feucht. Christian hatte an sie gedacht! War nicht mehr beleidigt. Warum er sie in den letzten Tagen nicht zurückgerufen hatte, war ihr in diesem Moment egal, sie freute sich zu sehr über den Strauß.

Viola hielt ihr den Kuchenteller vor die Nase. »Los, pusten und was wünschen.«

Iris schloss die Augen, wie sie es als Kind getan hatte, und wünschte sich nur eines: keinen Streit mehr mit Christian.

»So, das war die Mikro-Geburtstagsparty am Morgen, heute Abend können wir dann richtig feiern«, sagte Rose und bat Iris, für die krank gewordene Vormittagskellnerin im Café einzuspringen. »Normalerweise übernimmt Tante Annemarie die Vertretung, aber die steht bereits in der Wintergarten-Küche. Waltraud fehlt nämlich auch, ihre Tochter heiratet heute. Aber wenigstens ist Herr Otto auf seinem Posten im Café.«

»Und ich kann leider nicht einspringen«, entschuldigte sich Viola. »Ich muss eine Motivtorte anfertigen, die morgen am frühen Vormittag für einen Kindergeburtstag abgeholt wird.«

»Was zauberst du denn Schönes?«, erkundigte sich Iris und biss ein Stück von einem Petit Four ab.

»Eine Biskuittorte mit Fruchtfüllung und leichter Vanillecreme in Form eines hellgrünen Sandeimers; dazu eine Schaufel und verschiedenfarbige Förmchen. Das Ganze wird in einem hellblauen, muschelförmigen Sandspielplatz präsentiert. So einer steht bei der Familie wohl im Garten, und die Großmutter möchte den Enkelsohn damit überraschen.«

»Na dann!« Rose klatschte auffordernd in die Hände. »Stürzen wir uns in die Arbeit. Und du«, wandte sie sich an Viola, »mach zwischendurch mal eine Pause und leg die Beine hoch, du willst doch gesund bleiben.«

Viola, die inzwischen allen von ihrer viermonatigen Schwangerschaft erzählt hatte, lächelte Rose liebevoll an. »Wird gemacht, *Oberschwester.*«

Iris war in dem Verständnis aufgewachsen, dass weder Geburtstage noch Feiertage oder Sonntage Ruhetage waren. Dass der Betrieb unverändert weiterlief, die Gäste versorgt und die Zimmer gesäubert werden mussten. Eine Tatsache, die ihr und allen Familienmitgliedern längst in Fleisch und Blut übergegangen war. Keiner hatte sich jemals darüber beschwert.

Trotz Geburtstag strich sie die Schwimmrunde im See, genehmigte sich stattdessen eine längere Dusche und nahm ein Kaffee-Kipferl-Frühstück im Stehen zu sich. Fünfzehn Minuten später band sie sich die Halftergeldbörse mit den langen Riemen um die Taille und stürzte sich in den Sonntagstrubel auf der Terrasse. Das herrliche Wetter sorgte dafür, dass schon kurz nach neun alle Tische besetzt waren. Im Laufschritt servierte sie Anna-Torten, Kokos-Mango-Stücke, Schwarzwälder Kirsch, Käsesahne, Schneewittchen-Apfel und was der Tortenhimmel sonst noch an Köstlichkeiten zu bieten hatte. Dazu brasilianischen Kaffee, schwarzen Tee, kaltes Ingwerwasser, eisgekühlte Cola oder Bier. Limonaden oder Eisbecher mit Sahne und bunten Streuseln für die Kinder. Käse- und Schinkensandwiches, heiße Würstchen oder den klassischen »Strammen Max«, das Butterbrot mit Schinken und Spiegeleiern, als zweites Frühstück.

Wieder einmal wurde Iris bewusst, wie anstrengend der Job war, auch wenn sie genau wie Großvater die Gäste glücklich sehen wollte. Aber während der Saison von März bis Oktober hätte jeder gern vier Hände gehabt, und manch ungeduldiger Gast schien zu vergessen, dass Bedienungen auch nur Menschen mit zwei Händen waren. Die Sonne schien von einem wolkenlosen Himmel und brachte Iris zusätzlich ins Schwitzen. Schwere Gewitter waren für später angesagt, und der kaum spürbare Luftzug vom See reichte nicht zur Abkühlung.

Trotz der Hektik war Iris in euphorischer Stimmung, und die Arbeit ging ihr leicht von der Hand. Nichts konnte sie stressen, sie blieb sogar ruhig, als wilde Zwillingsjungs Gläser vom Tisch fegten und sich einer die Hand an den Scherben verletzte. Nur ein kleiner Schnitt, aber er blutete, was den anderen fast neidisch werden ließ. Iris brachte Pflaster und zwei Eisbecher aufs Haus, damit die kleinen Racker mal für kurze Zeit still sitzen blieben. Beim Beseitigen der Scherben dachte sie, dass es auch ihre Kinder sein könnten, und die Vorstellung, Mutter zweier Lausbuben zu sein, zauberte ihr ein Lächeln ins Gesicht.

Mittags um zwei, nach genau sechs Stunden, wurde Iris von der Nachmittagskellnerin abgelöst, und noch nie war sie so dankbar gewesen, sich endlich für ein paar Minuten hinsetzen zu können. Trotz der Gesundheitssandalen brannten ihre Waden, als stünde sie nahe an einem offenen Feuer. Der Vormittag war anstrengender gewesen als die Aushilfstage im Tortenhimmel.

Tante Annemarie empfahl eine »Überdosis« Magnesium und ein Bad im See. Danach fühlte sich Iris tatsächlich erfrischt. Und die Wadenschmerzen ließen nach, als sie in ihrem Zimmer auf dem Bett lag, um sich für ihre Geburtstagsfeier am Abend auszuruhen.

Den Duft von Christians Blumenstrauß einatmend, schlief sie bald darauf ein. Geweckt wurde sie vom Klingelton ihres Handys, benötigte aber ein, zwei Atemzüge, bis sie realisierte, dass jemand anrief. Draußen hingen dunkle Wolken am Himmel, das angesagte Gewitter würde sich wohl bald über Auerbach entladen.

Iris war in der Sekunde hellwach, als sie auf dem Display Christians Büronummer erkannte.

Eilig setzte sie sich auf und meldete sich.

»Hallo Iris, ich wollte dir … ähm … zum Geburtstag gratulieren.«

Iris freute sich so sehr über seinen Anruf, dass sie nach Worten suchen musste.

»Bist du noch da?«

»Ja, natürlich, ich hatte mich nur einen Moment hingelegt und bin noch nicht ganz munter«, antwortete sie und erzählte von ihrem anstrengenden Vormittag.

»Dann hast du einen kleinen Nachmittagsschlaf auf jeden Fall verdient. Also dann noch einmal ganz offiziell: Alles, alles Liebe zum Geburtstag und einen wunderschönen Tag wollte ich dir wünschen«, sagte Christian und bestellte auch Grüße von seinen Eltern und den Angestellten, mit denen sie in Köln täglich zusammengearbeitet hatte.

Die Freude über seinen Anruf und darüber, seine geliebte Stimme zu hören, verblasste in dem Moment, als Iris den plötzlich neutralen Tonfall bemerkte. Sie hatte so sehr gehofft, dass er fragen würde, wann sie zurückkäme, dass er sie vermisste! »Danke für den tollen Strauß«, sagte sie, wurde aber von Donnergrollen übertönt.

»Hast du schon mit der Familie gefeiert?«, erkundigte er sich höflich.

»Noch nicht, aber für den Abend ist ein Essen geplant.« Iris hoffte, über Belanglosigkeiten zur alten Vertrautheit zurückzufinden, und erzählte von ihrem Tag.

Christian hörte schweigend zu, brummelte nur »Hm« und »Aha«.

Die Fremdheit zwischen ihnen wollte nicht weichen. »Und wie läuft es bei euch?«, fragte Iris deshalb betont heiter.

»Ein kleiner Wasserschaden im Keller, der schnell behoben werden konnte, ansonsten keine Katastrophen«, antwortete er und fügte hinzu: »Bei euch ist hoffentlich alles im grünen Bereich.«

»Leider nein …« Iris wollte eigentlich fragen, warum er ihre Anrufe ignoriert und auch nicht zurückgerufen hatte. Doch womöglich hatte er eine plausible Entschuldigung, und dann würden sie sich wieder in den Haaren liegen.

»Bist du krank?«

Iris hörte die plötzliche Besorgnis in seiner Stimme. »Mit mir ist alles in Ordnung, aber im Tortenhimmel gab es vor einigen Tagen eine mittlere Katastrophe«, antwortete sie und berichtete von den angeblichen Mäusen und dem überraschend aufgetauchten Prüfer.

»Was für eine bodenlose Gemeinheit! Und was habt ihr dagegen unternommen?« Christian klang jetzt ehrlich interessiert.

Iris erzählte von Violas teilweise geglücktem Versuch, die Hintergründe herauszufinden. »Ansonsten können wir nur auf das hoffentlich negative Ergebnis warten. Etwas anderes bleibt uns kaum übrig, oder?« Sie hatte bewusst eine rhetorische Frage gestellt, um ihn nicht mit Problemen zu belasten, die ihn eigentlich nicht betrafen. Eigentlich – denn sie waren noch immer ein Ehepaar und hatten sich einmal versprochen: in guten wie in schlechten Zeiten.

»Also, ich würde nicht auf das Ergebnis warten, sondern zusätzlich einen unabhängigen Kammerjäger engagieren, der den Tortenhimmel checkt, um dem Kontrolleur ein Gegengutachten präsentieren zu können.«

»Du meinst, wir sollten uns absichern?«

»Ganz genau, und ich würde mit dem Befund von eurem Kammerjäger zur Presse gehen und die Verleumdung ausschlachten. Ich gehe mal davon aus, dass im Tortenhimmel alles hygienisch sauber ist.«

»Klinisch sauber«, versicherte Iris.

»Habt ihr Kontakt zu örtlichen Tageszeitungen?«

»Da muss ich Rose fragen, aber ich denke schon. Zumindest schalten wir in regelmäßigen Abständen Anzeigen.«

»Dann drück ich euch die Daumen, dass diese leidige Angelegenheit bald kein Thema mehr ist.«

»Das hoffen wir auch, und vielen Dank für den Tipp mit der Presse«, erwiderte Iris.

»Das ist doch selbstverständlich, Iris. Ich freue mich, wenn ich helfen konnte, und wenn du Rat brauchst, ruf mich an.«

Iris lief ein wohliger Schauer über den Rücken. Sie hatten also doch noch etwas gemeinsam, und gerade eben war es, als habe Christian sie umarmt und fest an sich gedrückt. Als wären alle Streitereien vergessen und vergeben. Sie wagte, ihn auf ihre vergeblichen Anrufe anzusprechen. »Ich habe ja versucht, dich anzurufen, bin aber jedes Mal auf der Mailbox gelandet.«

»Das tut mir leid, ganz ehrlich«, bedauerte Christian. »Mein Privathandy ist verschwunden, vermutlich hab ich es verloren, und genau in dieser Zeit war das Tagesgeschäft extrem hektisch. Ich hab es bisher noch nicht einmal geschafft, mir ein neues Handy zu besorgen. Ich hatte nämlich langwierige Verhandlungen mit einem Veranstalter für Luxusreisen und vergessen, dir Bescheid zu geben. Unterbewusst dachte ich vermutlich, dass du es übers Hotel versuchen würdest, wenn du mich privat nicht erreichst. Deshalb auch jetzt der Anruf vom Bürotelefon. Bist du denn immer noch sauer auf mich?«

»Nein, ich bin nicht mehr böse.« Iris atmete erleichtert

auf. Sie hatte sich unnötig gesorgt, Probleme gesehen, wo keine waren, und wäre sie selbst nicht so stur gewesen, hätte sie sich die unruhigen Nächte erspart. Sie lehnte sich in das Kopfkissen zurück und stellte sich vor, dass Christian die Beine auf seinen Schreibtisch gelegt hatte und mit dem hydraulischen Chefsessel wippte, wie er es gern tat. Sie fragte, ob es mit den Luxusreisen geklappt hatte, und eine Weile unterhielten sie sich so vertraut und lachten über lustige Anekdoten, als habe es nie Auseinandersetzungen gegeben. Nur eines vermisste sie: dass er ihr versicherte, sie noch zu lieben, oder ihr zu sagen, wie sehr er sie vermisste. Aber vielleicht brauchte er einfach noch etwas Zeit.

Als er sich für einen Moment entschuldigte, jemand habe angeklopft, und kurz darauf wieder meldete, sagte sie: »Ich bin sehr froh, dass wir so lange ohne Streit geredet haben.« Sie hoffte, ihm noch von ihrem Besuch bei der Gynäkologin erzählen zu können.

»Ich auch«, versicherte er. »Und danke, dass du das Reizthema nicht ange …«

Iris konnte den Rest wegen eines lauten Donnerschlags nicht verstehen. Aber dass er diesen so wichtigen Punkt in ihrer Ehe als »Reizthema« bezeichnete – egal, ob es zutraf oder nicht –, machte sie fassungslos. Erbost holte sie Luft, und obwohl sie es nicht beabsichtigt hatte, platzte sie damit heraus: »Willst du überhaupt Kinder mit mir?«

»Iris, bitte, fang doch nicht schon wieder davon an«, antwortete er ausweichend, aber mit unterschwelliger Schärfe.

»Also nein!«

»Findest du nicht, dass wir uns oft genug mit dem Thema gequält haben, ohne einen gemeinsamen Nenner zu finden?«

Christians Antwort klang wie so oft ausweichend. Iris

hörte auch deutlich die Kälte in seiner Stimme, was davon zeugte, dass er seine Meinung nicht geändert hatte. Aber sie war nicht bereit, aufzugeben. »Merkst du eigentlich nicht, wie verzweifelt du vermeidest, das Problem beim Namen zu nennen? Du sagst *gequält*, redest von Reizthema oder gemeinsamem Nenner, als ginge es um ein Geschäft. Es geht aber um unsere Ehe, darum, eine Familie zu gründen, denn für mich gehören Kinder nun mal dazu. Als Paar allein sind wir wie ein Hotel mit leeren Zimmern.« Sie hatte ungewollt aggressiv geklungen, aber vielleicht würde er jetzt endlich verstehen.

Christian antwortete nicht, atmete sekundenlang hörbar ins Telefon. »Ist das ein Ultimatum?«, fragte er schließlich.

»Wenn du es so nennen willst, bitte. Wir Frauen können nämlich nicht ewig warten mit dem Kinderkriegen, im Gegensatz zu euch Männern.«

»Du bist seit heute gerade mal vierunddreißig, und wir haben doch ein schönes Leben und einen aufregenden Beruf«, setzte er entgegen.

»In diesem Alter haben andere Frauen bereits zwei oder sogar drei Kinder«, sagte Iris und sprach dann den wichtigsten Punkt an: »Die könnten wir auch haben, wenn du nur endlich zu einer Untersuchung bereit wärst …«

»Meine Meinung in dieser Angelegenheit kennst du, und die ändert sich auch nicht, wenn wir uns darüber zanken. Ich bin es endgültig leid, dass du immer und immer wieder darauf herumreitest«, entgegnete er streitlustig.

»Dein letztes Wort?«

»Mein allerletztes.«

Iris sah ihn förmlich vor sich, wie seine kräftigen Kieferknochen arbeiteten, wie immer, wenn er wütend wurde. Dass Kinder für ihn unwichtig waren, hatte er ihr noch nie so deutlich zu verstehen gegeben. Tränen traten ihr in die

Augen. Sie musste heftig schlucken, um nicht laut loszuheulen, und presste die Lippen aufeinander.

»Vielleicht solltest du noch für eine Weile in Auerbach bleiben«, sagte er schließlich, und sie hörte ihn schnaufen.

»Was soll das denn bedeuten?«, fragte sie empört.

Aber sie bekam keine Antwort. Christian hatte das Gespräch beendet.

# 13

Iris starrte fassungslos auf ihr Handy. Christian hatte sie einfach weggedrückt, als sei sie eine nervige Handelsvertreterin und wolle ihm Marmelade und Honig in kleinen Portionen fürs Frühstücksbüfett verkaufen.

Wie war es nur zu solch einer Eskalation gekommen? Noch nie hatte er derart fremd geklungen. Und noch nie hatte sie nach einem Streit das Gefühl gehabt, als bedeutete dieses Gespräch das Ende ihrer Ehe.

Aber Iris wollte nicht glauben, dass ihre Liebe so enden sollte. Sie musste einen letzten Versöhnungsversuch unternehmen. Sie konnte in Kürze in einen Zug steigen, am späten Abend ankommen und nachts in seinen Armen liegen. Der Entschluss beruhigte ihren Herzschlag, der mit den Regentropfen um die Wette klopfte. Ohne langes Nachdenken recherchierte sie mit dem Handy nach der schnellsten Verbindung Richtung Köln.

Der nächste Zug startete in zehn Minuten von Konstanz, ihn zu erwischen war unmöglich. Leider waren die Verbindungen allgemein ziemlich ungünstig. Teilweise vier Mal innerhalb weniger Minuten umsteigen. Aber was bedeutete schon eine stressige Zugfahrt gegen die Dringlichkeit, ihre Ehe zu retten?

Sie stand auf, lief in ihrem winzigen Zimmer umher und murmelte nachdenklich »fahren oder nicht fahren?« vor sich hin. Doch beides fühlte sich falsch an. Schließlich entschied sie, mit ihren Schwestern zu sprechen.

Rose war der Meinung, sie solle Christian nicht nachlaufen, das wäre nach diesem Streit, von dem Iris haarklein erzählt hatte, gleichbedeutend mit der Aufgabe ihres Kinderwunsches.

Viola war noch in der Backstube mit der Gestaltung und Verzierung des Muschelsandkastens beschäftigt. »Du weißt wenigstens, wo du deinen Mann finden kannst«, murmelte sie traurig, während sie die täuschend echt wirkende Sandschaufel und den Sandeimer so postierte, als wären sie achtlos liegen gelassen worden.

Nach der ergebnislosen Unterhaltung mit den Schwestern erinnerte sich Iris, was ihr Großvater immer gesagt hatte, wenn er ratlos war: Eine Nacht darüber schlafen, am anderen Morgen haben sich die Wolken verzogen, die Sonne scheint wieder, und man sieht klarer.

Ja, sie konnte auch morgen noch in einen Zug nach Köln steigen und ihre Ehe retten. Oder würde es dann zu spät sein? Waren sie bereits an dem Punkt angelangt, an dem keiner erkennen wollte, was falschlief, sich aber weigerte, das letzte bisschen aufzugeben, das noch funktionierte?

Aber was war dieses »letzte bisschen« das sie noch verband?, fragte sich Iris. Dass Christian sich an ihren Geburtstag erinnerte, ihr Blumen schickte und anrief? Um sich dann doch wieder mit ihr zu streiten! Falsch, *sie* hatte angefangen. Nein, er hatte ihr Problem als Reizthema abgetan. Heute hatte sie es deutlicher denn je erkannt: Für Christian war mittlerweile nur noch sein männliches Ego wichtig.

Es war nicht immer so gewesen. Wenn sie sich an ihren ersten Hochzeitstag erinnerte, lief ein Glücksschauer über ihren Rücken. Christian hatte ein Wochenende auf dem fünfhundert Jahre alten Schloss Loersfeld gebucht, wo man in einem der einhundert besten Restaurants Deutschlands mit auserlesenen Köstlichkeiten verwöhnt wurde.

Im luxuriösen Ambiente eines Kaminzimmers hatten sie zwei wundervolle Tage und romantische Nächte verbracht. Hatten sich leidenschaftlich geliebt, sich Liebesschwüre zugeflüstert und sich versichert, dass es für immer so sein würde. Er hatte ihr versprochen, alles in seiner Macht Stehende zu tun, um sie glücklich zu machen, sie auf Händen zu tragen.

Nichts davon war geblieben. Sie wollte überhaupt nicht durch die Gegend getragen werden, als wäre sie die mimosenhafte Prinzessin auf der Erbse. Sie hoffte doch nur auf seinen Fruchtbarkeitstest. Und hätte er die Worte »alles in seiner Macht Stehende« tatsächlich ernst gemeint, würde er sich jetzt nicht mit »aller Macht« dagegen sträuben.

Am Morgen nach dem Streit mit Christian erwachte Iris mit starken Kopfschmerzen, die sie den fünf Gläsern Geburtstags-Wein zu verdanken hatte. Wie ein Teenager hatte sie aus Kummer zu viel getrunken, und deshalb beschloss sie jetzt, nicht nach Köln zu fahren. Christian hatte ihr deutlich zu verstehen gegeben, dass ein weiteres Gespräch zum Thema Kinder sinnlos wäre. Außerdem war das »Mäusedrama« noch nicht vom Tisch. Christians Vorschlag, eventuell die Presse um Hilfe zu bitten, war das einzig Positive an ihrem Gespräch gewesen.

Bei einer ausgedehnten Runde in dem vom Gewitter leicht abgekühlten See war Iris mit ein paar Enten allein. Als sie nach einer halben Stunde aus dem Wasser stieg, war sie immer noch traurig und ratlos, wie es mit ihr und Christian weitergehen sollte, aber wenigstens war der Brummschädel erfolgreich bekämpft. Eine extragroße Tasse Kaffee und ein würziges Salamisandwich vertrieben die letzten Nebelfetzen in ihrem Kopf, sodass sie sich rasch an die Rezeption begeben konnte.

Rose verabschiedete gerade das Ehepaar Riedel, das seit über dreißig Jahren jeden Frühsommer an den See kam. Meist in den Pfingstferien, anfangs mit ihren zwei Kindern, inzwischen allein. Iris erinnerte sich noch gut an die beiden Jungs, mit denen sie am See gespielt hatten.

»Ich hoffe, es war alles zu Ihrer Zufriedenheit?«, erkundigte sich Rose, während sie die Kreditkarte von Herrn Riedel in Empfang nahm.

»Absolut hervorragend, wie immer«, versicherte der Gast.

Seine Gattin war dabei, sich ins Gästebuch einzutragen, hob den Kopf und sagte: »Das renovierte Balkonzimmer ist einfach zauberhaft.«

Horst kam im Schnellschritt herein und schnappte sich das Gepäck der Riedels, um es im Wagen des Ehepaares zu verstauen. Herr Riedel schob noch ein großzügiges Trinkgeld fürs Personal über den Tresen, dann verabschiedete sich das Paar und verließ lächelnd das Haus.

»Wenn Großvater unsere zufriedenen Gäste sehen könnte, er wäre überglücklich«, bemerkte Iris, während sie den beiden nachschauten.

»Vielleicht sitzt er ja auf irgendeiner Wolke und guckt uns zu.« Rose steckte das Trinkgeld in das Sparschwein, dessen Inhalt einmal monatlich unter dem Personal aufgeteilt wurde.

»Haben wir eigentlich Kontakt zur Presse?«, wechselte Iris das Thema.

»Warum?« Rose musterte sie belustigt. »Möchtest du der Welt deinen ansehnlichen Weinkonsum von gestern Abend mitteilen?«

»Nette Idee«, konterte Iris schmunzelnd und erklärte dann, was es mit ihrer Frage auf sich hatte.

»Gar nicht dumm. Hätte ich auch selbst drauf kommen können. Wir haben tatsächlich einen *sehr* guten Kontakt zur örtlichen Tageszeitung. Und du kennst ihn sogar persönlich.«

»Wie das?«

»Friedrich Kreuzer.«

Natürlich erinnerte sich Iris an den ehemals schlaksigen Kerl mit den blitzenden Augen, der ihr auf Großvaters Beerdigung kondoliert hatte. »Ich wusste nicht, dass er bei der Zeitung arbeitet. Aber es überrascht mich nicht, dass er was mit Schreiben und Texten macht, wenn ich mich recht erinnere, war sein Spitzname Bücherwurm.«

»Na bitte, einen besseren Kontakt können wir uns also gar nicht wünschen.« Rose reichte ihr einen Notizzettel mit der Handynummer von Fritz. »Ruf ihn an, der freut sich bestimmt.«

»Wäre es nicht eigenartig, wenn ich ihn so direkt um Hilfe bitte? Ich habe ihn – außer bei der Beerdigung – bestimmt seit zehn Jahren weder gesehen noch gesprochen.«

Rose zuckte gelassen mit den Schultern. »Dann mach es halt indirekt. Ich kümmere mich inzwischen um einen Kammerjäger.«

Iris folgte dem Rat ihrer Schwester, wählte die Handynummer, sobald sie in den nächsten Stunden Zeit dazu fand. Sie hatte sich einige Sätze zurechtgelegt, doch als Fritz sich meldete und ihren Namen hörte, reagierte er wie ein alter Freund, der einen vermisst hatte. »Iris, wie schön von dir zu hören! Wie geht es dir? Bist du noch in Auerbach oder schon zurück in Köln?«

»Immer noch hier, ich … also ich werde auch noch eine Weile bleiben«, antwortete sie noch unsicher, ob sie ihn tatsächlich um einen Gefallen bitten konnte.

Doch Fritz freute sich, wie Iris an seinem »Das sind ja schöne Neuigkeiten« heraushörte.

»Die Familie braucht moralische Unterstützung, und im

Betrieb ist jetzt in der Hochsaison jede zusätzliche Hand willkommen«, erklärte Iris, und ihre anfängliche Unsicherheit war verflogen.

»Das kann ich mir sehr gut vorstellen, immerhin fehlt das Familienoberhaupt«, entgegnete Fritz mitfühlend.

Iris seufzte im Stillen. Fitz' Anteilnahme tat gut. »Und da ich nun etwas länger in meiner alten Heimat bleibe, wollte ich alte Kontakte auffrischen …«

»Eine hervorragende Idee, und ich freue mich, dass du an mich gedacht hast. Vielleicht hast du mal Zeit auf einen Kaffee, alte Erinnerungen austauschen … Wenn du magst, können wir uns gleich heute in eurem Café treffen. Mir käme eine kleine Auszeit gerade recht, und es gibt doch nichts Angenehmeres, als am Ufer zu sitzen und auf den See zu blicken.«

Iris nahm auf der Terrasse an einem Ecktisch Platz, um dort auf Fritz zu warten. Entspannt schaute sie auf das spiegelglatte Wasser, genoss die wohltuende Sonne und freute sich gerade über die zahlreichen Gäste, als Tante Annemarie unerwartet neben ihr auftauchte.

»Ah, gut dass ich dich noch allein erwische … Rose sagte mir, du hast gleich eine wichtige Besprechung.« Annemarie rückte einen der Gartenstühle mit dem Korbgeflecht zurecht und ließ sich darauf nieder.

»Ich bin mit Friedrich Kreuzer, einem alten Bekannten aus Schulzeiten, verabredet«, sagte Iris und erklärte kurz den Grund.

»Sehr gut, sehr gut«, entgegnete Annemarie und zupfte hektisch an ihrer Jeansjacke herum, die sie über einem schwarzen Kleid trug.

Iris bemerkte, wie unkonzentriert Annemarie war und dass sie überhaupt nicht zugehört hatte. Anscheinend war sie ebenfalls verabredet, wozu auch ihre farblich reduzierte Kleiderwahl passen würde. »Du siehst heute so offiziell aus.«

»Offiziell, findest du wirklich?«

»Jeansjacken sind die neuen Kostümjacken, also ja. Und jetzt verrate mir, was du vorhast.« Iris war neugierig geworden, allerdings wollte sie Annemarie auch schnell wieder loswerden, um mit Fritz erst einmal allein reden zu können.

Annemarie straffte die Schultern und hob das Kinn. »Ich fahre nach Konstanz und sehe mir dort einen Laden an.«

»Was denn für einen Laden?«

»Für meinen Filialen-Traum. Ich hab dir davon erzählt.« Die Tante klang leicht beleidigt darüber, dass sie Iris daran erinnern musste.

»Natürlich weiß ich das noch, und ich finde es prima, dass du es in die Tat umsetzen magst. Im Moment kann ich dich aber leider nicht begleiten, denn wie lange die Verabredung mit Fritz dauert, ist ungewiss. Frag doch Horst, der kann dich fahren.« Iris vermutete, dass Annemarie einen Chauffeur benötigte, weil sie nie den Führerschein gemacht hatte.

Herr Otto kam mit professionellem Lächeln an den Tisch geeilt, wünschte einen wunderschönen guten Morgen und erkundigte sich nach den Wünschen der Damen.

Iris bestellte einen großen Cappuccino, Annemarie winkte ab.

»Cappuccino, kommt sofort«, sagte Herr Otto, wedelte kurz mit der Serviette unsichtbare Krümel vom Tisch und rückte den Aschenbecher ein wenig vom Zuckerstreuer weg, bevor er sich entfernte.

»Nein, nein, ich brauche keinen Fahrer, hab mir ein Taxi bestellt«, erklärte Annemarie und lächelte dabei seltsam in sich gekehrt. »Ich wollte dich nur bitten, dass du dir eine Ausrede einfallen lässt, falls mich jemand sucht. Bislang weiß nämlich sonst noch niemand von meinen Plänen, und das soll fürs Erste auch so bleiben.«

»Warum das denn?«

»Nenne mich abergläubisch, aber solange ich nichts Konkretes vorzuweisen habe, möchte ich nichts verraten. Du bist als Einzige eingeweiht.«

»Oh, dann fühle ich mich geehrt und drücke dir ganz fest die Daumen. Wann wirst du ungefähr zurück sein? Ich bin sehr gespannt auf Einzelheiten.«

»Schätze mal, in zwei Stunden.« Annemarie schob den Stuhl im Aufstehen zurück und drückte Iris einen Kuss auf die Wange. »Wünsch mir Glück.«

»Einen ganzen Sack voller Glück!«

Annemarie war so schnell verschwunden, wie sie aufgetaucht war. Herr Otto brachte den Cappuccino, und Iris gönnte sich zwei gehäufte Löffel Zucker, um ihr momentan so bitteres Leben ein wenig zu versüßen.

Fritz ließ auf sich warten, und erst als sie schon nicht mehr mit ihm rechnete, eilte er mit großen Schritten auf sie zu. In Jeans, weißem Hemd mit offenem Kragen, schwarzen Lederschuhen und einer quer über der Brust hängenden dunkelbraunen Ledertasche wirkte er wesentlich jünger als bei der Beerdigung. Dazu gaben ihm der leichte Bartwuchs und das attraktiv zerzauste rotblonde Haar etwas Verwegenes.

»Bitte verzeih mir«, entschuldigte er sich, nahm die Sonnenbrille ab und schaute sie aus goldbraunen Augen an. »In der Redaktion hat's mal wieder ›gebrannt‹. Wobei es eigentlich immer irgendwo brennt ...« Er stand jetzt direkt am Tisch und reichte ihr die Hand. »Ich hätte anrufen und dich nicht warten lassen sollen ...«

Iris fühlte seinen warmen, festen Händedruck. »Nicht so

tragisch, ein Cappuccino hat mir die Zeit vertrieben. Aber setz dich doch, bitte.«

Fritz zog den breiten Riemen der Tasche mit einer geübten Bewegung über den Kopf, nahm ihr gegenüber Platz, legte die Sonnenbrille auf den Tisch und stellte die Tasche auf den Boden.

»Was magst du trinken?«

»Eigentlich wollte ich dich einladen ...«

»Da ich hier praktisch zu Hause bin, wäre das albern«, sagte sie, und sie mussten beide lachen.

»Na dann, gern ein Mineralwasser.« Er nahm die Tasche hoch, öffnete sie und holte ein Brillenetui heraus.

Iris winkte Herrn Otto und bestellte zwei Flaschen Wasser. »Sich nach vielen Jahren auf dem Friedhof wiederzusehen, ist schon eigenartig«, begann Iris zu plaudern. »Aber deshalb habe ich mich nicht weniger gefreut über unsere Begegnung, denn die alten Kontakte sind alle eingeschlafen, nachdem ich weggegangen bin.«

»Als ich nach einigen Wanderjahren hierher zurückkam, ist es mir ähnlich ergangen«, sagte Fritz, während er eine randlose Brille aus dem Etui aufsetzte und die Sonnenbrille darin verwahrte.

Iris ahnte, dass er wissen wollte, warum sie zurückgekehrt war, und da Herr Otto mit den Wasserflaschen und den Gläsern kam und auch einschenkte, blieb ihr ein wenig Zeit zu überlegen, was für Gründe sie für ihr Hierbleiben angeben sollte.

Fritz nahm sein Glas, hob es leicht an und sagte lächelnd: »Trinken wir auf die alte Bekanntschaft.«

»Auf die alte Bekanntschaft.«

»Und du wirst länger in Auerbach bleiben, oder sogar für immer?«, erkundigte sich Fritz ganz direkt, nachdem er sein Glas abgestellt hatte.

Offenbar kam sie nicht umhin, ihm zumindest einen Teil der Wahrheit zu gestehen, erkannte sie.

»Tut mir leid, wenn ich zu direkt war, typisch Journalist«, entschuldigte er sich, als sie nicht sofort antwortete. »Mein Lieblingslehrer in der Journalistenschule war der Meinung, diplomatische Fragen zögen Gespräche unnötig in die Länge.« Er lachte leise auf und strahlte sie freundlich an.

Iris erinnerte sich an diesen intensiven Blick, der ihr als junges Mädchen so gefallen hatte, und auch heute fand sie ihn sehr sympathisch. Aber romantische Gefühle hegte sie nicht für ihn. »Wie lange genau ich bleibe, kann ich nicht vorhersagen, aber nächsten Monat werde ich bestimmt noch hier sein. Mein Mann und ich ... wir brauchen etwas Abstand.«

»Stand er bei der Beerdigung neben dir?«

Iris nickte, und ehe sie noch etwas erwidern konnte, erschien Rose unerwartet am Tisch. Ihre normalerweise beherrschte Schwester atmete hektisch, hatte rote Flecken am Hals, und die sonst so perfekte Frisur war unordentlich. Sie wirkte so aufgelöst, als wolle sie warnen, dass der See über die Ufer treten und in der nächsten Minute das gesamte Anwesen verschlingen würde.

»Grüß dich, Fritz«, keuchte sie. »Tut mir leid zu stören, aber ich müsste ganz dringend mit Iris reden. Dauert nur eine Minute.«

Iris stand auf, entschuldigte sich und zog Rose einige Tische weiter. »Was ist los? Du siehst aus, als sei Großvater von den Toten auferstanden.«

»So ähnlich ...« Rose atmete tief durch. »Soeben ist ein Pärchen aus Wien eingetroffen, die beiden sind zwar etwas jünger, aber sie heißt Charlotte, und ich bin fast sicher ...«

»Du meinst?«

»Ich meine.«

»Und was sollen wir tun?«

Rose schlug vor, dass sie sich so schnell wie möglich zu ihr an die Rezeption setzen solle. »Und wenn die beiden dann herunterkommen, kannst du sie begutachten. Vier Augen sehen einfach mehr als zwei, oder?«

»Du bist also nicht hundertprozentig sicher?«, hakte Iris nach.

»Nein, aber du kannst diese Charlotte doch mal begutachten, oder?« Rose schaute sie auffordernd an. »Du müsstest natürlich Fritz irgendwie loswerden.«

»Falls er uns bei der Mäusegeschichte behilflich sein soll, wäre es unklug, ihn schnell wieder abzufertigen.«

»Stimmt auch wieder. Dann geh mal schnell zurück, bevor ihm langweilig wird und er verschwindet. Das Wiener Pärchen reist ja nicht sofort wieder ab, ich war nur geschockt und wollte dich so schnell wie möglich informieren.« Rose holte Luft und atmete wieder ruhiger.

»Stimmt, es gibt sicher noch andere Gelegenheiten, um die beiden zu begutachten. Ich könnte morgen den Frühstücksservice übernehmen«, schlug Iris vor.

»Prima Idee, beim Servieren kannst du sie unauffällig unter die Lupe nehmen, und Annemarie darf ausschlafen, die wäre nämlich dran. Wo ist sie eigentlich, weißt du das zufällig?«

»Die Tante?« Iris hatte keine Ausrede parat.

»Ja, sie wollte mit mir die Warenbestellung fürs Housekeeping durchgehen, weil ich das letzte Mal ein falsches Putzmittel bestellt habe, und sie ist doch so pingelig mit der Auswahl.«

»Genau weiß ich es nicht, aber gestern hat sie erwähnt, dringend neue Schuhe zu brauchen. Vielleicht ist sie nach Konstanz gefahren«, improvisierte Iris.

»Seltsam, ohne Horst?« Rose zuckte mit den Schultern. »Na ja, die Bestellung pressiert ja nicht auf die Minute.«

Iris war erleichtert, als Rose sich endlich verabschiedete, und kehrte eilig zu Fritz zurück. »Jetzt muss *ich* mich entschuldigen, weil ich dich warten gelassen habe.«

»Dann sind wir quitt«, grinste Fritz und musterte sie fragend. »Probleme?«

Das perfekte Stichwort, freute sich Iris und berichtete ihm von der Lebensmittelkontrolle und den angeblichen Mäusen.

Fritz reagierte fassungslos. »Wer verbreitet derartige Gemeinheiten? Jeder, der schon einmal im Tortenhimmel eingekauft hat, würde so eine Behauptung für blanken Unsinn halten. Ich bin übrigens ein großer Liebhaber der Blätterteig-Cremeschnitten.«

»Auch ein Rezept, das mein Großvater vor vielen Jahren aus Wien mitgebracht hat«, erzählte Iris und fügte hinzu, dass sie diese leidige Angelegenheit auch ihm zu Gedenken so schnell wie möglich aufklären wollten.

»Habt ihr denn eine Ahnung, wer euch schaden will?«

Iris schüttelte leicht den Kopf und berichtete, was Viola herausgefunden hatte.

»Eine anonyme Anzeige – da kommt man schnell auf die Idee, dass die Konkurrenz dahintersteckt.«

»Das vermuten wir auch, doch was nützt es ohne Beweise? Rose und ich haben beschlossen, selbst einen Kammerjäger zu engagieren. Wir gehen natürlich davon aus, dass ein neutrales Gutachten negativ ausfällt, aber dann haben wir etwas in der Hand, falls vom Amt …« Iris machte eine Pause, als Herr Otto sich erkundigte, ob noch Wünsche offen wären. Sie wollte unbedingt vermeiden, dass sich das Mäusedrama unter dem Personal herumsprach, und bestellte zwei Espressi. »Wir hatten großes Glück, dass der

Prüfer nicht während der Geschäftszeiten aufgetaucht ist«, redete sie weiter, als Herr Otto sich entfernt hatte.

»Wenn ich irgendwie helfen kann ...« Fritz wurde vom Klingeln seines Handys unterbrochen. »Tut mir leid ...« Er beugte sich zu seiner Tasche, holte das Telefon heraus und warf nur einen kurzen Blick darauf. »Nicht so wichtig«, sagte er und drückte den Anruf weg.

Die Espressi wurden serviert, Iris bedankte sich mit einem Lächeln bei Herrn Otto, und während sie Zucker in ihre Tasse rührte, wechselte sie das Thema. »Ich finde, wir haben genug über den Laden hier geredet, erzähl doch mal von dir.«

Fritz trank seinen Kaffee schwarz und in einem Zug. »Ja, tauschen wir Geheimnisse aus«, sagte er beim Abstellen der Tasse.

»Das bedeutet, du hast eine dunkle Seite?« Iris merkte, wie viel Spaß ihr die Unterhaltung machte, und auch, dass er mit ihr flirtete. Warum auch nicht?, dachte sie, ihre Ehe war ein Scherbenhaufen, ein kleines Geplänkel mit einer alten Flamme würde keinen zusätzlichen Schaden mehr anrichten.

»Haben wir die nicht alle?« Fritz blickte ihr direkt in die Augen.

»Ich bin wie ein offenes Buch«, antwortete Iris seinem Blick standhaltend und fasste kurz zusammen, wie ihr Leben seit dem Abitur verlaufen war. »Ausbildung hier in der Pension, Hotelfachschule, Heirat, Umzug nach Köln und seit Großvaters Tod wieder zurück.«

»Tolles Tempo, alle Achtung«, sagte Fritz und ergänzte nach einer Atempause: »Aber du hast die Liebesgeschichten deiner frühen Jahre ausgelassen.«

Iris spielte mit dem Gedanken, ihm von ihrer damaligen Schwärmerei für ihn zu erzählen, ließ es aber sein. Sie sahen sich heute zum ersten Mal seit vielen Jahren wieder, er hätte auf die Idee verfallen können, sie wolle mit ihm anbandeln.

»Mit gebrochenen Herzen kann ich nicht prahlen«, antwortete sie lachend.

»Und ich war immer schon ein unschuldiger Chorknabe, wenn du dich erinnerst. Viel zu dürr und stets die Nase in den Büchern, das fanden die Mädchen ziemlich uncool, die mochten lieber wilde Jungs.«

»Ich fand dich interessant, vielleicht ein wenig zu intellektuell, damit konnte ich als junges Mädchen nicht sehr viel anfangen.« Nun hatte sie sich beinahe verraten.

»Wenn ich das gewusst ...« Wieder wurde er von seinem Handy unterbrochen. Dieses Mal sagte er: »Die Redaktion, vermutlich der nächste Notfall.«

Iris stand auf und sagte, bei Herrn Otto die Bestellungen abzeichnen zu wollen. Als sie zurückkam, hatte Fritz sein Gespräch bereits beendet und wartete mit der Tasche auf der Schulter neben dem Tisch.

»Ich muss mich leider verabschieden«, sagt er mit betrübter Miene. »Aber ich hoffe, dass es nicht unser einziges Treffen war, und mein Angebot steht. Melde dich einfach, wenn ich was tun kann.« Er streckte ihr die Hand hin.

»Wir bleiben in Kontakt«, versicherte Iris. Als sie seine Hand ergriff, zog er sie an sich und küsste sie auf die Wange.

Nur ein flüchtiger Kuss, der jedoch etwas zu lange dauerte, um harmlos zu sein.

# Wien, Sommer 1954

Jeden Morgen, fünfzehn Minuten vor sechs, wenn Max König von der Annagasse in die Herrengasse marschierte, war ihm nach lautem Singen zumute. Was er sich aber verkniff, die Leute hätten ihn für einen fröhlichen Zecher halten können, der erst im Morgengrauen nach Hause fand. Wenn dann auch noch ein Kaffeehausgast des Wegs gekommen wäre, hätte er mächtigen Ärger bekommen. Deshalb summte er nur vor sich hin: »Sag beim Abschied, leise Servus …« Dieses melancholische Lied, das ihn mit Elfie verband. Süße Elfie, seufzte er innerlich, und sofort kribbelte es in seinem Magen, als würde eine Armee von Ameisen darin eine Parade abhalten.

Was Max nie beabsichtigt hatte, und was streng verboten war, war geschehen: Er war unsterblich in Elfie verliebt. In eine verheiratete Frau. Die auch noch seine Chefin war.

Max hatte sich mit aller Kraft gegen seine Gefühle für sie gewehrt, doch es war, als wären sie füreinander bestimmt – obwohl sie einem anderen gehörte.

Passiert war es an einem Sonntag, in einem Nussdorfer Heurigenlokal, wohin ihn das Ehepaar Haas anlässlich seiner Festanstellung eingeladen hatte. An diesem Tag hatte Elfie ihm zum ersten Mal ganz tief in die Augen geschaut und ihn verzaubert. Sein Leben lang würde er diesen Moment nicht vergessen. Nicht nur, weil er sich wie der glücklichste Mann der Welt gefühlt, sondern weil er sich gleichzeitig gefürchtet hatte. Vor dem, was geschehen würde, wenn es nicht nur bei Blicken bliebe.

Beim Heurigen saß Elfie ihm gegenüber am Tisch, neben ihr Georg, ihr Mann und sein Chef. Nach einigen Schoppen Wein musste Georg, »aufs Häusl«, wie man in Wien sagte. Ein paar Sekunden nippten Max und Elfie nur schweigend an ihren Weingläsern und lauschten der Musik. Max vermochte sich nicht mehr zu erinnern, wie viele Musiker es waren oder welche Instrumente sie spielten. Er sah nur Elfie und war einfach überglücklich, mit ihr allein zu sein. Sich vorzustellen, es gäbe keinen Ehemann an ihrer Seite, sie könnten Händchen halten und von einer gemeinsamen Zukunft träumen. Als dann jemand begann, das Servus-Lied zu singen und Elfie ihm lange in die Augen schaute, war es um ihn geschehen.

Seit drei Monaten war er jetzt im Café Haas angestellt. Mit jedem Tag waren seine Gefühle für diese zauberhafte Frau ein wenig mehr gewachsen und fest in seinem Herzen verankert. Besonders heldenhaft fühlte er sich nicht dabei, war sie doch immer noch verheiratet, verheiratet, verheiratet. Dieses schmerzhafte Wort murmelte er jeden Abend, wenn er die Backstube verließ und in die Annagasse marschierte.

Wie geplant hatte er das Zimmer bei der Witwe Swoboda dauerhaft angemietet, auch weil sie ihm angeboten hatte, seine Wäsche zu waschen und keinen Schilling extra dafür zu verlangen. Er hatte sogar überlegt, die Avancen der feschen Witwe zu erwidern. Frau Swoboda kam gern ohne anzuklopfen ins Zimmer, brachte frische Wäsche oder bat ihn auf ein Glaserl Wein in ihre Wohnküche. Er bedankte sich mit Handküssen, die er sich bei den Gästen im Café abgeschaut hatte und zu denen sie entzückt »Sie sind ein guter Küsser« gluckste. Sie hätte sich bestimmt nicht gewehrt, wäre er frech geworden. Aber leider musste er unaufhörlich an Elfie denken. Nachts, wenn er im Bett lag, lauschte er in die Dunkelheit und glaubte, Elfie in diesem weichen Wiener Tonfall fragen zu hören: »Bitt'schön, Herr Max, könnten S' mir eines von den Zuckersackerln aus dem oberen Regal herunternehmen?« Die »Sackerln« waren Zehn-Kilo-Pakete, für eine zarte Frau wie Elfie natürlich viel zu schwer. Aber egal, ob sie ihn um einen Gefallen bat, ob sie nachfragte, wann die Prinzregententorte fertig sein würde, oder nur eine Bemerkung über das Wetter machte, in seinen Ohren klang einfach alles wie eine köstliche Portion Schlagobers, die landläufige Bezeichnung für geschlagene süße Sahne. Dagegen klangen die amourösen Anspielungen der Witwe eher wie die Aufforderung zu einem schnellen Vergnügen bei zugezogenen Vorhängen.

Max war in der Herrengasse angekommen und betrat die Backstube über den Hauseingang neben dem Café. Kaum hatte er seinen Fuß auf den rotweißen Marmor gesetzt, mit dem der gesamte Eingangsbereich verkleidet war, begann sein Herz schneller zu schlagen. Der Gedanke, Elfie in einer Stunde wiederzusehen, wirkte wie ein doppelter Mokka mit extra viel Zucker, den er zu schätzen gelernt hatte.

Die Backstube lag zum Hinterhof und am frühen Morgen noch im Halbdunkel. Später kam ein wenig Sonne über die Dächer und erhellte seinen Arbeitsplatz. Doch gegen den Glanz, den Elfie verbreitete, kam nicht einmal die Mittagssonne an.

In der Backstube war es ruhig wie auf dem Zentralfriedhof, wo er an vielen Sonntagen spazieren gegangen war. Johann, der Lehrbub, hätte eigentlich bereits mit den Vorbereitungen angefangen haben müssen, war aber nicht da, offensichtlich hatte er verschlafen. Sehr ungewöhnlich, denn der Fünfzehnjährige hatte eine Unterkunft bei den

Eheleuten Haas; deren Wohnung lag über dem Café, wo er ohne Logiergeld in dem schmalen Dienstbotenzimmer hinter der Küche schlafen durfte. Er hatte also keinen weiten Weg und konnte auch nicht anderweitig aufgehalten werden.

»Hansl, wo steckst denn?«, rief Max ungehalten, bekam aber keine Antwort. »'zefix noch a mal, ohne Lehrbub muss ich die Zutaten allein abwiegen und vorbereiten, da wird die Zeit knapp werden«, grummelte er vor sich hin, während er das in rotes Leder gebundene Buch mit den firmeneigenen Tortenrezepten aus dem abschließbaren Schrank holte. Der Chef hatte es ihm mit dem Festanstellungsvertrag und feierlichen Worten überreicht: »Hier habe ich alle von mir entwickelten Rezepte notiert, sie sind unser gesamtes Vermögen. Hüten Sie das Buch wie ihr eigenes Leben, Herr Max.«

Max besaß auch ein eigenes Rezeptebuch, in dem er gestern die Zutaten für ein neues Schokoladengebäck notiert hatte. Zwei Böden Schokoladenbiskuit, geschichtet mit eingedickten Sauerkirschen auf französischer Buttercreme, überzogen mit Kuvertüre. Wiener Schnitten wollte er das Backwerk nennen. Er wartete nur noch auf den Moment, um die Rezeptur in der Backstube ausprobieren zu können. Dazu musste Georg gut gelaunt sein, doch leider war er durch die verletzte Hand, die steif bleiben würde, oft unzugänglich. Frau Swoboda hätte ihm sicher erlaubt, ihre Küche und den Herd zu benutzen, und sich obendrein geehrt gefühlt, aber er wollte das Gebäck seiner Elfie widmen. Ihr dunkles Haar, die helle Haut und der rote Mund hatten ihn zu dieser Kreation inspiriert, und die Wiener Schnitten würden ihn für alle Zeiten an sie erinnern. Es war unbedingt notwendig, dass er sie hier herstellte.

Die Schwingtür zur Backstube öffnete sich, und Elfie

kam herein. Mit ihr ein feiner Duft nach Sauberkeit und Frische. Wie sie ihm verraten hatte, benutzte sie ein Eau de Cologne namens Uralt Lavendel. Sollte ihn das Schicksal eines Tages fortschicken, würde er ein Fläschchen davon erwerben und immer daran riechen, wenn die Sehnsucht unerträglich wurde.

»Guten Morgen, Frau Elfie.«

»Guten Morgen, Herr Max.«

Sie begrüßten einander stets formvollendet, obwohl doch beim Heurigen in Nussdorf ein zartes Band zwischen ihnen entstanden war. Er spürte es ganz deutlich, sobald sie in seiner Nähe war, veränderte sich ihr Blick. Ihr Lächeln wurde noch ein wenig sanfter, und wenn es sich ergab, ging sie so dicht an ihm vorbei, dass er meinte, ihren Hals küssen zu können.

»Sie sind zeitig auf, Frau Elfie«, bemerkte Max beiläufig, ahnte aber, dass es kein normaler Tag werden würde. Gewöhnlich kam sie erst kurz vor acht herunter, wenn das Café öffnete. Manchmal verbrachte sie auch den ganzen Vormittag oben in ihrer Küche, wenn sie für das Café einen Topf Gulasch zubereitete.

»Der arme Hansl hat heut Nacht einen Fieberanfall g'habt und schlimm fantasiert, mein Mann hat den Buben ins Spital gebracht«, erklärte sie und verschwand wieder durch die Schwingtür, noch ehe er sich dazu äußern konnte.

Wenig später kam sie zurück, einen gefalteten weißen Kittel in den Händen, den sie aus dem schmalen Kleiderschrank in der Vorratskammer geholt hatte. In einer fließenden Bewegung schüttelte sie den Stoff auf und schlüpfte in die Schürze. Während sie die vorderen fünf Knöpfe schloss, zwinkerte sie Max zu. »Was halten Sie davon, Herr Max, wenn *ich* heut Ihr Lehrmädl spiel und alles tun muss, was Sie mir auftragen?«

Max war für einen Moment sprachlos. Verlegen blätterte er in dem roten Buch. Allein mit Elfie, und dann machte sie auch noch eine Andeutung, die ihn ganz nervös werden ließ. So viel Glück war kaum zu fassen. »Sie wollen wirklich mit mir in der Backstube arbeiten?«, vergewisserte er sich.

»Will ich. Also, was soll ich zuerst tun?«, fragte sie und lächelte dabei so zauberhaft, dass Max schwindelig wurde.

»Der Chef hat gestern eine Malakoff-Torte bestellt«, antwortete Max und begann, die Zutaten aufzuzählen: »Zuerst backen wir die Biskotten ...«

»Ich kenne die Zutaten und die Zubereitung«, unterbrach sie ihn, als sei das eine Prüfung. »Wir brauchen Milch und Rum, um die bereits gebackenen Biskotten zu tränken. Für die Creme Schlagobers, geschälte, geriebene Mandeln, Butter, Staubzucker und Vanille.«

Schmunzelnd stimmte er ihr zu. »Im Grunde bin ich also vollkommen überflüssig.«

Sie legte den Kopf leicht schräg und musterte ihn einen Moment, ehe sie erwiderte: »Wie kommen S' denn auf die Idee, Herr Max? Als Lehrmädel mache ich vielleicht Fehler beim Abwiegen, und dann wäre die Torte ruiniert. Sie sind der Chef in der Backstube und tragen die Verantwortung.«

Max gab sich alle Mühe, nicht zu lachen, doch es gelang ihm nur halb. »Also dann, Lehrmädl Elfie, marsch, marsch, in den Vorratsraum, Mehl, Mandeln und Staubzucker holen«, befahl er in scherzhaftem Kommandoton.

»Zu Befehl«, kicherte sie übermütig und verließ die Backstube.

Max folgte ihr einige Sekunden später. Eigentlich hatte er es nicht geplant, aber es war, als schiebe ihn eine höhere Macht aus der Backstube zu dem angrenzenden fensterlosen Raum, in dem auf Regalen trockene Zutaten in großen Säcken lagerten.

Als Max eintrat, stand Elfie auf einem Schemel und streckte sich gerade zu dem Staubzucker auf einem oberen Regalbrett. Durch die Bewegung war ihr Kittel hochgerutscht, und er konnte nicht umhin, ihre schlanken Beine zu bewundern. Schnell riss er sich zusammen. »Das ist viel zu gefährlich auf diesem wackeligen Hocker!«

»Ach was, Sie können mich ja festhalten«, entgegnete sie mit einem koketten Blick über die Schulter.

Max trat dicht an sie heran, und als er seine Hände auf ihre Hüften legte, um sie festzuhalten, musste er sich beherrschen, um sie nicht herunterzuheben und in seine Arme zu schließen.

Elfie hatte jetzt das Staubzuckerpaket in Händen, blickte ihn an und sagte leise: »Jetzt dürfen S' mich loslassen.«

Max löste seine Hände von ihr. Leichtfüßig wie ein junges Mädchen sprang sie herunter und stand plötzlich ganz dicht vor ihm. Die Versuchung, sie an sich zu ziehen und zu küssen, war übermächtig, doch er beherrschte sich erneut, schloss die Augen für einen Moment und sog nur ihren betörenden Duft ein.

»Max«, hörte er Elfie plötzlich flüstern. Als er die Augen öffnete, schlang sie ihre Arme um seinen Hals und drückte ihre Lippen auf seinen Mund.

## 14

Iris liebte den Frühstücksservice, den sie wie versprochen ab sieben Uhr übernahm und der im Grunde mit wenig Arbeit verbunden war. Bevor die ersten Gäste erschienen, kümmerte sie sich mit Waltraud um das Büfett: die Brötchen, von einer ortsansässigen Bäckerei geliefert, in Körbe verteilen, Rühreier und gekochte Eier in die Wärmebehälter füllen, Butterstücke auf ein Eisbett, Käseaufschnitt und Wurstsorten auf Platten dekorieren. Es wurden auch pikante vegane Aufstriche angeboten, dazu Honig, Marmeladen und süße Hörnchen. Obst stand in großen Glasschalen zur Selbstbedienung bereit.

Während der dreistündigen Frühstückszeit servierte Iris dann Kaffee oder Tee an den Tischen, räumte das benutzte Geschirr ab und deckte neu ein; alles in allem ein lässiger Job, bei dem sie ausreichend Zeit hatte, mit den Gästen zu plaudern und auf Wunsch Tipps für die Tagesplanung zu geben. Den Älteren empfahl Iris gern eine Rundfahrt mit der Fähre, bei der man die Umgebung ganz bequem vom See aus betrachten konnte. Den Jüngeren einen Bummel durch die Konstanzer Fußgängerzone mit den idyllischen Gässchen, kleinen Cafés, besonderen Boutiquen und Restaurants. Den geschichtlich Interessierten riet sie zur Besichtigung des Pfahlbautenmuseums in Unteruhldingen oder der neun Meter großen Imperia im Konstanzer Hafen.

Heute war Iris etwas unkonzentriert, galt es doch, das Pärchen aus Wien zu beobachten und die Frau auf dem

Foto aus Großvaters Zigarrenkiste mit der anwesenden zu vergleichen. Bisher ließen die beiden allerdings auf sich warten. Inzwischen war es schon neun Uhr, und Iris fragte sich, ob das Paar sein Frühstück überhaupt in der Pension einnehmen würde. Manche Gäste unternahmen sehr frühe Ballonfahrten, bei denen mit dem Sonnenaufgang ein Sektfrühstück kredenzt wurde. Und natürlich gab es auch Menschen, die morgens keinen Hunger hatten und die frühe Mahlzeit einfach ausfallen ließen.

Iris versprach sich ohnehin keinen großen Erfolg von der Begutachtung; Rose hatte von einem jungen Paar gesprochen. Es konnte also eigentlich nicht die Frau auf dem Foto sein, nach grober Schätzung müsste Großvaters Charlotte etwas älter als Annemarie sein. In diesem Punkt stimmte es also schon mal nicht überein.

Iris unterhielt sich gerade mit einem Seniorenpärchen, das an seinem heutigen letzten Urlaubstag nur noch am See liegen und sich ausruhen wollte, als Rose am Eingang auftauchte. Per Handzeichen bedeutete sie, dass sie ihr etwas Wichtiges mitteilen wollte. Iris nickte ihrer Schwester zu, schenkte dem Paar von dem koffeinfreien Kaffee nach und wünschte einen angenehmen letzten Urlaubstag, bevor sie sich zu Rose begab.

»Wo brennt's?«

Rose strahlte sie aufgeregt an. »Ein Glücksfall, das Wiener Paar hat angefragt, ob sie das Frühstück auch aufs Zimmer ...«

»Du hast ihnen hoffentlich gesagt, dass wir kein Hotel mit Zimmerservice sind«, fiel Iris ihr ins Wort.

»Hätte ich getan, wenn das nicht *die* Gelegenheit wäre, die Frau aus allernächster Nähe zu betrachten und in ein Gespräch zu verwickeln!«

»Mir ist aber eingefallen, dass es eine andere Charlotte

sein muss, denn Großvaters Tochter kann keine junge Frau sein«, gab Iris zu bedenken.

Rose schaute sie überrascht an. »Stimmt, jetzt wo du es sagst. Aber ...« Nachdenklich schaute sie an Iris vorbei. »... es könnte vielleicht die Tochter, also die Enkelin von Großvater sein, und die heißt halt auch Charlotte, oder?«

»Klar, könnte sein, ist aber doch ziemlich unwahrscheinlich. Außerdem ist Charlotte kein so ungewöhnlicher Name.«

»Egal, ich hab das Frühstück aufs Zimmer zugesagt, jetzt schau sie dir halt mal an. Schaden kann's nicht, und die Gäste sind glücklich. Damit werden wir dem Wahlspruch des Hauses gerecht.« Rose überreichte ihr einen Notizzettel, auf dem die Wünsche des Paares notiert waren.

Iris steckte den Zettel ein und begab sich zu Waltraud in die Küche. In wenigen Minuten war das Gewünschte auf einem Tablett hübsch angerichtet, inklusive einem Miniblumenstrauß aus dem Garten. Seit Herbert als Gärtner die Nachfolge seines Vaters angetreten hatte, wurden das Café, der Frühstücksraum und auch die Rezeption von ihm mit frischen Blumen versorgt.

Gespannt klopfte Iris kurz darauf an die Tür des Balkonzimmers. »Zimmerservice.«

»Herein«, hörte sie eine männlich klingende Stimme rufen.

Iris drückte die Türklinke mit dem Ellbogen nach unten, stemmte ihre Hüfte dagegen, und nachdem sie eingetreten war, schubste sie die Tür mit dem Fuß wieder zu.

Im Bett lag ein junger blonder Mann, bekleidet mit einem weißen Shirt, der sie mit einem Lächeln empfing. »Vielen Dank, sehr freundlich.«

»Guten Morgen.« Iris schaute sich nach einer Abstellmöglichkeit für das Tablett um. Der runde Tisch war von einer großen Shoppingtasche besetzt; die beiden Sessel links und rechts von Kleidern. Die schmalen Nachtkästchen waren ungeeignet.

»Bitte, einfach hier abstellen, meine Frau ist noch im Bad.« Der junge Mann deutete mit einer Handbewegung auf die leere Bettseite.

Na super, hätte Iris am liebsten laut geflucht, der Schuss ging ja wohl daneben. Doch sie zwang sich zu einem Lächeln und stellte das Frühstückstablett ab. »Kann ich sonst noch etwas für Sie tun?«

»Herzlichen Dank, der Zimmerservice war schon mehr als genug. Wir wissen es sehr zu schätzen.«

Sie hätte nicken und sich dann entfernen müssen. Aber sie wollte wenigstens einen kurzen Blick auf diese Charlotte werfen. Und da sie kein Wasserrauschen aus dem Bad hörte, stand sie wohl nicht unter der Dusche. Deshalb wagte sich Iris weit vor und sagte: »Gäste aus Österreich werden bei uns bevorzugt behandelt, mein Großvater, der Gründer dieses Hauses, hat das im Reglement festgelegt, weil er seine Sturm- und Drangzeit in Wien verbracht hat. Bis kurz vor seinem Tod vor ein paar Monaten hat er oft davon gesprochen.«

»Bittäää, wer ist g'storb'n?«, hörte Iris eine helle Stimme in breitem Wienerisch fragen. Gleich darauf trat eine junge, sehr hübsche dunkelhaarige Frau ans Bett. Ihre schlanke Figur steckte in engen, knielangen Leggings, über denen sie ein ebenso enges Top trug, das eher ein größerer BH als ein Shirt war.

»Die Serviererin hat von ihrem Großvater erzählt, der vor Kurzem verstorben ist.«

»Mein herzliches Beileid«, kondolierte die Schöne und fügte hinzu, dass *ihr* Großvater vor einem Jahr gestorben sei.

Iris entschuldigte sich, schon viel zu lange gestört zu haben, und verließ den Raum.

Draußen im Flur schnaufte sie erst einmal tief durch. Wie peinlich war das denn? Sie schämte sich für ihre Unverfrorenheit, einfach ein Gespräch angefangen zu haben. Einen im Bett liegenden Mann zu fragen: »Was kann ich sonst noch für Sie tun?« Als wäre sie eine Hostess. So etwas gehörte sich nicht. Das Personal hatte die Gäste nicht zu belästigen, das war oberstes Gebot. Selbstverständlich gab man Antwort, wenn Auskünfte oder Tipps verlangt wurden oder jemand ein Problem hatte. Dass sie gerade zur »Serviererin« degradiert worden war, geschah ihr nur recht. Bei aller Frustration konnte sie Rose aber doch ein Ergebnis liefern.

In *la réception* stand ihre Schwester hinter dem Tresen und erwartete sie sichtlich ungeduldig. Auch ihr Vater war mit einem Strauß blassgelber Rosen im Arm hereingekommen. Ihre Mutter hatte einige der Schönheiten mit den rosa geränderten Blättern namens Gloria Dei bereits in einer hellgrünen Kugelvase arrangiert.

»Charlotte ist nicht *unsere* Charlotte!«, verkündete Iris.

Herbert atmete erleichtert auf. »Was für ein Glück.«

»Wirklich?«, vergewisserte sich Florence, die noch nicht ganz überzeugt zu sein schien.

Rose wollte die Neuigkeit offensichtlich auch nicht einfach hinnehmen. »Was macht dich denn so sicher?«

Iris berichtete, dass es ihr gelungen war, Großvaters Tod zu erwähnen. »Charlotte hat mir ihr Beileid ausgedrückt und gemeint, ihrer sei vor einem Jahr gestorben. Damit ist die Frage geklärt.«

Rose grinste, als amüsiere sie sich königlich. »Das denkst du! Ich sage, die Kuh ist trotzdem noch nicht vom Eis.«

Iris und die Eltern musterten Rose wie ein störrisches Kind, das gerade mit dem Fuß aufgestampft hatte.

»Jeder Mensch hat doch zwei Großväter«, erklärte Rose,

während sie ihren Haarknoten befühlte, als sei er in Unordnung geraten. »Und wenn diese Charlotte dir nicht verraten hat, ob der zweite Großpapa noch lebt, sind wir so schlau wie vorher.«

»So ein Mist«, grummelte Iris nach Roses berechtigtem Einwand und fügte dann genervt hinzu: »Ich finde trotzdem, wir sollten aufhören, uns wegen österreichischer Gäste verrückt zu machen. Das ist einfach zu albern. Die beiden da oben haben absolut nichts mit Großvater zu tun, das sind ganz normale Urlauber, die einzige Übereinstimmung mit dem kleinen Kind auf diesem Foto wären die dunklen Haare. Falls diese angebliche Erbin – also die Mutter der jungen Frau – vom Tod ihres deutschen Vaters erfahren hat und etwas von uns möchte, wird sie sich garantiert melden und nicht inkognito hier logieren.«

»Bist du denn gar nicht neugierig auf unsere mögliche Verwandte?«, fragte Rose, die das Thema offensichtlich nicht losließ.

»Doch, aber ich habe noch mehr zu tun, als Phantome zu jagen, für mich ist das Thema zunächst mal beendet.« Iris schaute auf die Sonnenstrahlen-Uhr an der Wand hinter dem Tresen. »In einer halben Stunde bin ich mit Viola und einer Hochzeitsplanerin verabredet, um die Organisation einer großen Gesellschaft zu besprechen. Bis dahin würde ich mich gern noch etwas frisch machen.«

»Viola ist oben«, sagte Florence. »Sie fühlte sich nicht gut, wollte sich ein wenig ausruhen.«

»Hoffentlich ist mit dem Baby alles in Ordnung«, murmelte Iris besorgt.

»Sie war einfach nur müde, das ist ganz normal während einer Schwangerschaft«, beruhigte Florence sie und schlug vor, die Besprechung mit der Hochzeitsplanerin im Café abzuhalten, damit Viola nicht stehen musste.

Iris klopfte an Violas Zimmertür, und als sie keine Antwort bekam, drückte sie leise die Klinke herunter und trat ein.

Die Vorhänge waren zugezogen, Viola lag unter einer dünnen Baumwolldecke auf ihrem Bett und schien zu schlafen.

»Hallo …«, wisperte Iris.

Viola schlug die Augen auf. »Ich bin wach. Was gibt's denn?«

»Wir sind mit Frau Trautmann verabredet.« Iris schob die Vorhänge zur Seite und ging zu ihrer Schwester ans Bett.

»Ups, die Hochzeitsplanerin!« Viola schlug die Decke zurück, schnellte in die Sitzposition hoch und verschränkte die Beine zum Schneidersitz. »Die hätte ich fast vergessen.« Sie griff mit beiden Händen in ihr dunkles Haar, fasste es zu einem Pferdeschwanz zusammen und zog ein Haargummi darüber, das sie am Handgelenk hatte.

Iris setzte sich auf den Bettrand. »Wenn du dich unwohl fühlst, kann ich das auch allein erledigen. Würde mir nichts ausmachen.« Sie betrachtete die jüngere Schwester möglichst unauffällig. In der eng anliegenden weißen Unterwäsche, mit den verschränkten Beinen und dem Babybauch dazwischen wirkte sie auf den ersten Blick wie eine glückliche Buddha-Figur. Erst bei genauerem Hinsehen waren dunkle Schatten unter Violas Augen zu erkennen.

»Nein danke, nicht nötig. Vorhin hatte ich einen Wadenkrampf, deshalb wollte ich mich etwas ausruhen. Jetzt bin ich wieder fit.« Viola streckte die Beine aus und stand auf. »Ganz bestimmt!«, fügte sie hinzu, während sie in ein sommerliches weißes Umstandskleid mit Blumenmuster schlüpfte, das auf einem Bügel am Kleiderschrank hing.

»Ist es dir recht, wenn wir uns ins Café setzen? Der Frühstücksservice hat mich ganz schön geschlaucht.«

»Ja, in unserem Gewerbe altert man schneller. Gib mir zehn Minuten, ich will noch kurz ins Bad.« Viola zupfte das Kleid zurecht, und von einer Sekunde auf die andere sah sie blutjung und strahlend aus.

»Dann treffen wir uns unten bei Rose.« Ich habe mir unnötig Sorgen gemacht, dachte Iris, als sie die Tür hinter sich schloss.

Pünktlich zur verabredeten Zeit um drei begrüßten die beiden Schwestern Frau Trautmann. Die Inhaberin der Agentur »Trau Dich« in Lindau war eine hochelegante Erscheinung um die fünfzig, deren aschblonder Pagenkopf farblich mit dem cremefarbenen Etuikleid und den beigen Pumps harmonierte. In der Armbeuge der Hochzeitsplanerin baumelte eine überdimensionale Lederhandtasche, an deren Designerlogo die Kennerin sah, dass es sich um ein extrem kostspieliges Stück handelte. Bis auf eine auffallend große goldfarbene Uhr mit Gliederarmband hatte sie keinen Schmuck angelegt.

Große Uhren scheinen ein neuer Trend zu sein, dachte Iris und überlegte, ob sie sich auch so ein modisches Stück anschaffen sollte.

Auf der Terrasse fanden sie einen Tisch unter den ausladenden Dachplatanen, die zusammen mit den gelben Sonnenschirmen Schatten spendeten.

»Ein höchst angenehmer Arbeitsplatz bei diesem herrlichen Frühsommerwetter«, bemerkte Frau Trautmann sichtlich angetan, während sie aus ihrer Handtasche eine feuerrote Ledermappe hervorholte.

»Wir sitzen auch sehr gern hier«, sagte Iris und erkundigte sich, was sie Frau Trautmann bestellen dürfe.

»Ein Glas Wasser, bitte.«

Viola erbot sich, die Getränke zu besorgen. Frau Trautmann lehnte sich zurück und ließ ihren Blick über den See wandern.

»Es ist das erste Mal, dass wir mit einer Hochzeitsplanerin zusammenarbeiten«, bemerkte Iris.

»Für mich ist es auch das erste Mal, dass ich in einer so beengten Location eine Hochzeit ausrichten soll«, entgegnete Frau Trautmann.

Iris entnahm diesen Worten, dass die Pension nicht den Vorstellungen der Hochzeitsplanerin entsprach. Aber die unterschwellige Kritik beeindruckte sie kein bisschen, im Gegenteil, sie nahm die Herausforderung an. »Und weshalb soll die Feier dennoch hier stattfinden, wenn der Ort so gar nicht passt?«

»Ach …« Frau Trautmann seufzte, bevor sie erklärte: »Das Paar hat sich auf dieser Terrasse kennengelernt.«

Iris spürte eine unterdrückte Sehnsucht, die sich als dicker Kloß in ihrem Hals bemerkbar machte. »Wie romantisch …« Sie räusperte sich. »Und bei Hochzeiten geht es doch um Romantik, oder?«

»Aber natürlich geht es ausschließlich darum, und ich oute mich als professionelle Romantikerin, deshalb liebe ich meinen Beruf.« Frau Trautmann hielt lächelnd ihre kleine Nase in die leichte Brise. »Das sollte auch keine Kritik sein, ich habe mich nur etwas unglücklich ausgedrückt. Ich finde, das Haus hier direkt am See ist ein wahres Kleinod. Aber meine Sorge ist jedes Mal aufs Neue, ob ich den Wünschen des Brautpaars gerecht werden kann. Es soll ja der schönste, und vor allem unvergesslichste Tag im Leben des Paares werden.«

»Seien Sie ganz beruhigt, es ist nicht die erste Hochzeit, die hier stattfindet, und bislang hat es noch nie an etwas gefehlt.«

Damit war das Eis gebrochen, und die Absprachen bezüglich der Abläufe und Einzelheiten verliefen harmonisch.

Für Iris war der Termin höchst bereichernd, denn bisher hatten in der Pension nur kleinere Hochzeiten mit einer überschaubaren Anzahl von zwanzig oder dreißig Gästen im geschmückten Wintergarten stattgefunden – ihre eigene Hochzeit ausgenommen, aber damals war das gesamte Haus und das Café für einen Tag geschlossen gewesen, und die Pensionsgäste hatten mitgefeiert.

Zwei Flaschen Wasser und drei Tassen Kaffee später waren sämtliche Punkte zufriedenstellend geklärt.

Frau Trautmann klappte ihre rote Mappe zu, in der sie das Wichtigste notiert hatte, und warf einen Blick auf ihre Armbanduhr. »Ich fasse noch einmal zusammen: Das Brautpaar kommt nach der standesamtlichen Trauung gegen dreizehn Uhr mit ungefähr fünfzig Gästen. Etwa eine halbe Stunde später wird das Mittagessen serviert, das die Cateringfirma anliefert. Mein Team kümmert sich um die Dekoration im Wintergarten, deckt die Tische ein und sorgt für die bereits bestellten Blumensträuße. Bis die Gesellschaft eintrifft, ist alles tipptopp. Sie müssen sich um nichts kümmern, außer um die dreistöckige Hochzeitstorte, die gegen fünfzehn Uhr angeschnitten werden soll.«

»Dafür ist unsere preisgekrönte Konditormeisterin zuständig.« Iris wandte sich an Viola zu ihrer Rechten, die bislang nur zugehört und manchmal genickt hatte. Jetzt setzte sich ihre Schwester aufrecht hin. »Sie können sich ganz auf mich verlassen, Frau Trautmann, das Prachtstück mit den gewünschten Rosengirlanden und dem Zuckerpärchen wird rechtzeitig in den Wintergarten gebracht. Wir haben dafür einen sehr hübschen Servierwagen, der ebenfalls mit Blumen geschmückt sein wird.«

»Sehr schön, dann schreibe ich den Servierwagen mit Blumenschmuck der Vollständigkeit halber noch mit auf die Liste.« Frau Trautmann öffnete die Mappe wieder und hielt das Besprochene fest, bevor sie das restliche Programm rekapitulierte: »Gegen achtzehn Uhr wird der Caterer ein kaltes Büfett anrichten, das Ende ist gegen zweiundzwanzig Uhr vorgesehen.«

»Ungewöhnlich früh«, wunderte sich Iris.

Frau Trautmann nickte zustimmend. »Die Braut wird bis zur Hochzeit hochschwanger sein und soll sich so wenig wie möglich anstrengen. Deshalb ist *Micro Wedding* gewünscht, also eine Feier im engsten Kreise.«

Iris unterdrückte ein Stöhnen. Noch eine junge Frau, die bald ein Baby in den Armen halten würde.

Frau Trautmann blickte auf ihre Notizen. »Einen Punkt hätte ich beinahe vergessen«, wandte sie sich erneut an Iris. »Wie viele Zimmer wären zum fraglichen Termin noch frei?«

Iris entschuldigte sich für einen Moment, um sich bei Rose nach der Zimmerbelegung zu erkundigen.

»Leider ist das Honeymoon-Zimmer nicht frei«, berichtete Iris, nachdem sie mit Rose gesprochen hatte. »Aber da die Hochzeit im November stattfindet und die Hochsaison dann vorbei ist, sind von unseren neunzehn Zimmern immerhin noch fünfzehn verfügbar.«

Mit dem Gefühl, einen lukrativen Kontakt für Veranstaltungen gewonnen zu haben, bedankte sich Iris bald darauf für die Besprechung. Viola verabschiedete sich mit den Worten, in der Backstube warte jede Menge Arbeit, und weg war sie.

Iris begleitete Frau Traumann zum Wagen, und während sie der Hochzeitsplanerin nachschaute, überfiel sie wieder einmal eine tiefe Traurigkeit. Sie war nach Auerbach gekommen, um ihren Schwestern beizustehen, aber auch, um den ewigen Streits mit Christian aus dem Weg zu gehen.

Was sie unbedingt hatte vermeiden wollen, war, ständig an das Baby zu denken, das sie sich so sehnlichst wünschte. Stattdessen war sie umgeben von Liebesglück, Hochzeiten und schwangeren jungen Frauen, allen voran Viola. Und jetzt auch noch eine schwangere Braut, die den schönsten Tag ihres Lebens in der Pension feiern wollte …

# 15

Fröstelnd knöpfte Iris die Strickjacke zu. Für Anfang Juni war es heute relativ frisch. Ein leichter Wind schob dicke, graue Wolken vor sich her – ob sich die vorhergesagte Sonne in den letzten Stunden des Tages noch durchkämpfen konnte, schien fraglich. Falls ja, musste sie sich beeilen, es war bereits halb neun. Für die Schädlingsbekämpfungsfirma »Aus die Maus«, die nach Geschäftsschluss ihre Termine anbot, spielte die Wetterlage ohnehin keine Rolle. Ob Sonne oder Regen, der Prüfer würde keine Spuren von Mäusen entdecken, darauf hätte Iris ihre rechte Hand verwettet.

Eine Minute vor der vereinbarten Zeit ertönte ein Motorengeräusch, gleich darauf bog ein weißer Lieferwagen um die Ecke und hielt vor dem Geschäft. Das musste der Wagen der Firma sein. Er käme pünktlich, hatte man Rose bei der telefonischen Terminvereinbarung versprochen.

Der junge Mann mit Schildmütze stellte den Motor ab, stieg aus und schritt auf die Konditorei zu. Jetzt erkannte Iris, dass sie sich getäuscht hatte: Es war eine junge Frau in einem weißen Overall, also doch nicht der Kammerjäger. Vermutlich eine Lieferantin, bei der Viola etwas bestellt hatte – auf dem Transporter fehlte eine Firmenbeschriftung.

»Hallo, ich komme wegen der ...« Die junge Frau blickte sich um, ob auch niemand in der Nähe war, bevor sie »Krabbeltiere« sagte.

»Hallo«, grüßte Iris erstaunt. »Im ersten Moment hätte ich Sie nicht für jemanden aus dieser Branche gehalten … ähm … wegen Ihres neutralen Fahrzeugs.«

Die junge Frau nahm ihre Kappe ab, unter der kurze, dunkle Locken zum Vorschein kamen. »Da sind Sie nicht die Erste«, sagte sie und strahlte Iris aus dunkelgrünen Augen an. »Aber wir kommen grundsätzlich inkognito, man will ja keine Unruhe stiften.«

»Sehr umsichtig«, stimmte Iris der sympathischen Kammerjägerin zu. »Wie weit wurden Sie über unser Problem informiert?«

»Umfassend. Ich bin übrigens Clara, die Tochter der Firma, und als ich hörte, um welche Konditorei es sich handelt, wollte ich mir die Sache unbedingt selbst anschauen.«

»Dann bin ich sehr gespannt, ob Sie etwas finden.« Iris sperrte die Ladentür auf und schloss sofort wieder ab, nachdem Clara eingetreten war.

Iris berichtete zuerst von der stattgefundenen Inspektion, deren Ergebnis noch auf sich warten ließ. Und auch, dass eine anonyme Anzeige der Auslöser gewesen sei, soweit sie herausgefunden hatten.

»Sie oder Ihr Personal haben also keine Kotspuren oder andere Indizien entdecken können?«, erkundige sich Clara, während sie zuerst in die Auslage spähte und sich dann wieder umdrehte. »Zum Beispiel durchgebissene Elektrokabel, angenagte Möbel, angefressene Vorräte oder sogar tote Tiere?«

»Nein, nichts von alledem.« Iris schüttelte sich innerlich bei dem Gedanken an Mäuseleichen. »Übrigens sind im Schaufenster nach Ladenschluss nur Attrappen aus Styropor ausgestellt, allein deshalb ist die Anschuldigung unglaubwürdig. Warum sollten sich Mäuse mit Kunststoff zufriedengeben, wenn in der Vorratskammer biologische Köstlichkeiten stehen?«

»Da wären die Tierchen ziemlich dämlich, und das sind sie nicht. Von daher ist es unwahrscheinlich, dass ich auch nur eine winzige Spur von Schädlingen finden werde.« Clara erklärte, dass sie im Prinzip wie der Kontrolleur vom Amt vorginge. »Und egal, wie gut sich die kleinen Nager verstecken, ich rieche sie.«

»Sie können Mäuse riechen?«, fragte Iris ungläubig.

»Vielleicht war ich in einem anderen Leben mal eine Maus«, scherzte Clara, und ihre dunkelgrünen Augen blitzten frech. »Mein Vater hat mich als Kind immer Mäuschen genannt ... Aber ich mache den Job jetzt schon seit über zehn Jahren, da entwickelt man ein Gespür für die Viecher. Vor allem, wo sie sich am liebsten verkriechen.«

Eine knappe Stunde lang kroch Clara in jede Ecke, untersuchte die Auslage, den Fußboden und die Backstube zentimetergenau. Steckte ihre Nase in sämtliche Vorratsschränke, wischte mit einem Spezialmittel über die Verkaufsfläche, benutzte zusätzlich eine UV-Lampe und ein Vergrößerungsglas. Spuren? Keine! »Ich habe nicht mal Staubmäuse gefunden, geschweige denn welche aus Fleisch und Blut.« Clara reichte Iris ein elektronisches Notizbuch, auf dem sie ihre Arbeitsschritte abgehakt hatte. »Hier bitte mit den Fingern unterschreiben. Der endgültige Bericht kommt dann mit der Rechnung auf Papier.«

Iris atmete erleichtert auf. Obgleich sie keinen Zweifel an der anonymen Anschuldigung gehabt hatte, war eine letzte, winzig kleine Unsicherheit geblieben und erst jetzt durch diese Nachuntersuchung gewichen.

Wenige Tage später legte der Postbote einen Stapel Kuverts auf den Tresen. »Hoffentlich ist ein fetter Scheck dabei«, meinte er mit einem Augenzwinkern, wohl wissend, dass heutzutage kaum noch Schecks per Post verschickt wurden.

Unter den Briefen waren der lang ersehnte Bericht vom Gesundheitsamt und der von »Aus die Maus«. Beide Befunde bestätigten den makellosen Betrieb. Damit war das Mäuse-Unheil abgewendet, und die gesamte Familie atmete auf.

Iris überlegte, ob sie Fritz anrufen und ihm davon berichten sollte, als er sich noch am selben Tag auf dem Handy meldete.

»Was macht die Mäusepopulation?«, erkundigte er sich launig.

»Hat es nie gegeben, und falls doch, sind sie ausgewandert oder ausgestorben«, gab Iris zurück und gestand sich ein, dass sie sich sehr über seinen Anruf freute. Ihre gute Stimmung verdüsterte sich allerdings schon beim nächsten Atemzug, als sie an Christian denken musste. Seit dem Streit an ihrem Geburtstag vor knapp zehn Tagen hatten sie nicht mehr miteinander geredet, und ausgerechnet jetzt musste sie an ihn denken. Oder meldete sich da ihr schlechtes Gewissen? Hatte sie Schuldgefühle, weil sie sich als verheiratete Frau über den Anruf eines anderen Mannes freute? Nein, das wäre zutiefst rückständig. Schließlich lebten sie nicht mehr im 19. Jahrhundert, wo Frauen sich mit Selbstvorwürfen quälten, wenn sie es wagten, einmal nicht an ihren Ehemann zu denken.

»Wundervoll, dann könnt ihr aufatmen. Obwohl ich das Ganze ohnehin für einen üblen Scherz gehalten habe.«

Iris gönnte sich einen stillen Seufzer. »Scherz oder nicht, es war eine Belastung …«

»Jetzt habt ihr den Gegenbeweis in der Hand, und das gleich in doppelter Ausführung«, stellte Fritz fest und sagte dann, dass er auch noch aus einem anderen Grund angerufen habe.

»Worum geht es denn?« Iris vermochte sich zwar nicht

vorzustellen, was Fritz für ein Anliegen haben könnte, aber sie hätte sich gern für seine angebotene Hilfe revanchiert.

»Nun …«, begann Fritz und erklärte dann, es ging um eine Art Deal, oder altmodisch ausgedrückt: »Eine Hand wäscht die andere«.

»Das klingt ja sehr mysteriös.«

»Wenn man es auf Konstanzerisch ›Vetterleswirtschaft‹ nennt, klingt es gar nicht mehr geheimnisvoll«, relativierte Fritz, wollte aber am Telefon nicht verraten, worum es sich handelte, und schlug vor, sich am Abend auf ein Glas Wein zu treffen. »Sofern es deine Zeit zulässt, und in aller Freundschaft.«

Iris sinnierte einen Moment lang, was gegen ein Treffen mit einem alten Schulfreund sprach, fand aber keinen Grund und sagte: »Einverstanden! Du darfst Ort und Zeit wählen.«

Sie trafen sich im Hintertürle in Konstanz, einer urig-rustikal eingerichteten Weinstube, die ihre Gäste in einem sechshundert Jahre alten Anwesen empfing.

Fritz führte Iris an einen Zweiertisch in einer Mauernische. »Hier sind wir ungestört«, raunte er, nachdem sie Platz genommen hatten.

»Verstehe, ein konspiratives Treffen, und der Name des Lokals ist Programm. Wenn's gefährlich wird, können wir durch die Hintertür verschwinden«, konterte Iris und war umso mehr gespannt, was er ihr erzählen würde.

Fritz blickte sich mehrmals um, als fürchte er Verfolger, beugte sich dann über den blank gescheuerten Holztisch zu ihr und flüsterte hinter vorgehaltener Hand: »Einzelheiten, sobald wir unsere Bestellung aufgegeben haben.«

»Sollen wir unsere Sonnenbrillen aufsetzen?« Iris genoss es, einmal nicht seriös sein zu müssen.

»Das wäre schade, denn ich sehe dir lieber in die Augen. Und nebenbei bemerkt, finde ich sie wunderschön.«

Iris war überrascht und auch etwas erschrocken über den direkten Flirtversuch und hoffte, dass er sein »in aller Freundschaft« ernst gemeint hatte. Gleichzeitig war sie froh, auf Schminke verzichtet und mit dem simplen Outfit – schwarzer Baumwollpulli, helle Jeans, schwarze Turnschuhe – keine falschen Signale gesendet zu haben. Auch er hatte sich nicht übermäßig in Schale geworfen und war leger gekleidet: Jeans, Shirt mit V-Ausschnitt, graubraunes Leinensakko.

Iris ignorierte seinen liebevollen Blick, den sie durch die randlose Brille noch intensiver empfand, und kam wieder auf das ursprüngliche Thema zurück. »Langsam ist die Spannung kaum noch zu ertragen.«

In der Sekunde tauchte eine junge, mollige Bedienung mit einer grelllila Stachelfrisur am Tisch auf.

Sie entschieden sich für Gespritzten, dazu einen Teller mit Käsewürfeln, Oliven und Baguette.

Als die Getränke und der Snackteller serviert waren, hob Fritz sein Glas an und sagte mit todernster Miene: »Auf unser Geheimnis.«

Iris verkniff sich ein Grinsen. »Auf geheime Treffen.«

»Also, dann will ich das Rätsel mal lösen«, begann Fritz, als sie ihre Gläser abgestellt hatten.

Iris spießte eine Olive und einen Käsewürfel mit einem Zahnstocher auf. »Ich bitte darum.«

»Ein Kollege hat mir eine eigenartige Geschichte erzählt, die der von eurer Mäuseplage verdammt ähnlich ist.«

Iris kaute noch an der Olive, verschluckte sie beinahe vor Schreck und presste sich die Hand auf den Mund, um nicht über den Tisch zu husten.

»Es handelt sich um eine angesehene Konditorei in Meersburg und eine weitere in Lindau. Beide wurden ebenfalls anonym wegen angeblicher Schädlinge angezeigt und erhielten daraufhin Besuch von einem Prüfer«, erklärte Fritz mit gedämpfter Stimme.

Iris nahm einen Schluck von der Weinschorle und war danach wieder bei Stimme. »Das ist tatsächlich seltsam … So viele Zufälle kann es eigentlich nicht geben, oder?«

»Genau das dachte ich auch«, bestätigte Fritz ihren Verdacht. »Und ich habe mich gefragt, ob vielleicht irgendeine größere Backwaren-Kette damit zu tun haben könnte, die sich in unserer Gegend breitmachen möchte.«

»Du meinst, jemand versucht, alteingesessene Betriebe zu ruinieren, um sich die Ladengeschäfte samt Stammkundschaft unter den Nagel zu reißen?«

Fritz nickte. »Ähnlich skrupellose Praktiken sind sehr beliebt bei einer amerikanischen Kaffeekette. Eine dieser Ketten hat in Amerikas großen Städten die besten Standorte an sich gerissen, kleinere Cafés und Lokale gnadenlos verdrängt und überschwemmt den Markt seitdem mit extrem zuckerhaltigen Einheitsprodukten zu unverschämt hohen Preisen. Wer kann sagen, ob sie das nicht auch hierzulande versuchen?«

Iris hatte davon gehört. »Ich weiß, welcher Konzern das ist, über dessen Vorgehensweise gab es eine interessante Dokumentation im Fernsehen.«

»Diese Großunternehmen zerstören nicht nur ganze Infrastrukturen, sondern sind auch für die Vernichtung von Familienbetrieben verantwortlich«, schimpfte Fritz mit gedämpfter Stimme.

»Wasser auf meine Mühle.« Iris erinnerte sich an das Gespräch mit Annemarie über die Sturheit ihres Großvaters, der gegen jegliche Expansion gewesen war.

»Schön, dass wir einer Meinung sind, dann wirst du hoffentlich einverstanden sein, dass …«

Iris fiel ihm ins Wort: »Oh, oh, kommt jetzt der berühmte Satz: Ich mache Ihnen ein Angebot, das Sie nicht ablehnen können? Entweder ich zahle Schutzgeld, oder es wird mir leidtun?«

Fritz grinste siegessicher und hob sein Glas mit einer Geste, als beabsichtige er einen nicht ganz legalen Handel, doch dann wiegelte er ab: »Nein, nein, es geht um euer Einverständnis für einen Artikel, den ich zu diesem Thema schreiben möchte. Und ich würde die Betroffenen gern namentlich erwähnen. Für Fotos von den Läden wird bestimmt auch Platz sein. Das Thema ist ja von lokalem Interesse.«

Iris hatte diese Wendung nicht erwartet, und für einen Moment war sie sprachlos.

»Ich muss den Tortenhimmel nicht unbedingt namentlich nennen, wenn du glaubst, das könnte geschäftsschädigend sein«, sagte Fritz mit ruhiger Stimme. »Aber meiner Meinung nach wäre es von Vorteil, denn ich würde die positiven Gutachten selbstverständlich erwähnen. Damit wärt ihr in jeder Hinsicht rehabilitiert, und eurem anonymen Feind wird es eine Warnung sein, ein journalistischer Stinkefinger.«

»Ich muss das natürlich mit der Familie besprechen, aber was halten denn die anderen Betriebe von deinem Angebot?«, erkundigte sich Iris.

»Mein Kollege hat mit beiden Inhabern gesprochen, sie sind einverstanden, betrachten es als kostenlose Werbung.«

»Es hätte sicher einen positiven Effekt«, bestätigte Iris nachdenklich.

»Vor allem, wenn der Text suggeriert, dass die Polizei den Tätern bereits auf der Spur ist. Damit ist er oder sie gewarnt.«

»Du hast mich überzeugt.« Iris hob ihr Glas an. »Das Einverständnis der Familie muss ich trotzdem einholen.«

Fritz nahm sein Glas und stieß mit ihr an. »Natürlich, es hat Zeit bis morgen oder auch nächste Woche. Dann habe ich einen triftigen Grund, mich wieder bei dir zu melden.«

Iris schluckte. Eindeutiger konnte Fritz ihr nicht zu verstehen geben, dass er romantische Gefühle für sie hegte. Aber sie musste ihm deutlich zu verstehen geben, dass sie gebunden war. »Fritz«, begann sie, »ich finde es sehr schön, dass wir uns getroffen haben, und ich würde mich auch sehr freuen, wenn wir unsere alte Freundschaft wiederbeleben …«

»Ich weiß, was du mir sagen willst«, unterbrach Fritz ihren kleinen Vortrag. »Und ich habe nicht vergessen, dass du einen Ehemann hast. Aber wie du selbst gesagt hast, braucht ihr beide etwas Abstand voneinander, und wenn du erlaubst, werde ich mich als dein alter Freund in diese *Lücke* drängeln.«

Iris lächelte. Ihr gefiel die raffinierte Umschreibung seines Annäherungsversuchs. Sie und Fritz konnten sich wie alte Freunde treffen, daran war nichts Unmoralisches. Ein kleiner Flirt war auch nicht verboten, würde sie von ihrem Hauptproblem ablenken und ihrem Selbstwertgefühl schmeicheln. So etwas konnte doch eine Ehe nicht gefährden! Oder doch, überlegte sie, als ihr der Brief aus Großvaters Zigarrenkiste einfiel. Würden sie dazu jemals die Hintergründe erfahren?

»Iris, wenn ich mich zu weit vorgewagt habe, bitte ich um Verzeihung.«

»Nein, mein Schweigen hat nichts damit zu tun. Ich musste gerade an meinen Großvater denken …« Bei einem zweiten Glas Weinschorle erzählte sie Fritz von dem Geheimnis, das bis heute die gesamte Familie beschäftigte.

Fritz hatte aufmerksam zugehört. »Die Geschichte mit

den Mäusen fand ich ja schon sehr spannend, aber diese Story haut mich um.«

»Wir waren auch alle total überrascht. Unser Großvater ein Schwerenöter ... Wer weiß, was da noch alles ans Licht kommt – hoffentlich keine Tragödien, die uns zu schaffen machen.«

# Wien, Spätsommer 1954

Max zog die geliebte Frau enger an sich. Mit der freien Hand fuhr er zärtlich den Lichtschein auf ihren nackten Brüsten nach, den die Straßenlaterne durch einen schmalen Vorhangspalt hereinschickte. »Wenn es doch immer so sein könnte«, wünschte er sich, wohl wissend, dass sich dieser Wunsch niemals erfüllen würde.

»Psst, leise, sonst wecken wir am Ende noch den Lehrbuben auf.«

Max seufzte. Elfie musste ihn nicht daran erinnern, wo sie waren und dass sich ihre Situation seit dem Tag ihrer ersten Begegnung kein bisschen verändert hatte. Sie war immer noch die Frau von Georg Haas, lebte immer noch mit ihm zusammen, und nur wenn das Schicksal ihnen hold war, schickte es Georg auf eine kurze Reise. Nur wenn Georg zum Beispiel wie heute Morgen zu Verwandten an den Wolfgangsee fuhr, hatten er und Elfie zwei Nächte ganz für sich allein. Dass der Hansl das heimliche *Tête-à-Tête* bemerken konnte, verdrängte Max genauso wie die Tatsache, dass er mit Elfie im Ehebett lag; im Pensionszimmer bei der Witwe wären sie sofort aufgeflogen. »Ich liebe dich, ich will nicht mehr ohne dich leben, bitte werde meine Frau«, flüsterte Max ganz dicht an Elfies Ohr.

»Ich liebe dich auch, mein Maxi, sehr sogar, und ich würde dich sofort heiraten, aber …«

Max verschloss ihre Lippen mit einem leidenschaftlichen Kuss. Den Rest des Satzes wollte er gar nicht hören.

Er kannte dieses verdammte »Aber« nur allzu gut. Dieses kleine Wörtchen, das die Macht hatte, sie an Georg zu fesseln. Er hätte alles für ein dauerhaftes Glück mit Elfie geopfert, sogar seinen Gesellenbrief. Elfie jede Nacht in seinen Armen halten zu können und sich nicht mehr heimlich Blicke zuwerfen zu müssen, stellte er sich wie den Himmel auf Erden vor. Mit ihr gemeinsam eine kleine Konditorei zu führen, war sein großer Traum. Es hätte ihm auch nichts ausgemacht, mittellos dazustehen und bei null anfangen zu müssen. Aber es gab einen bestechenden Grund, warum Elfie sich nicht von Georg trennen wollte.

Im April 1945, während der Schlacht um Wien, hatte Elfie ihre Familie und ihr Zuhause verloren. Schutzlos war sie als damals Achtzehnjährige umhergeirrt und hatte genau wie Zehntausende Flüchtlinge nach etwas zu essen gesucht, nach Arbeit und nach einem Unterschlupf, wo sie vor den russischen Soldaten sicher war. Mädchen in ihrem Alter waren ständig in Gefahr, aufs Brutalste vergewaltigt und im schlimmsten Fall schwanger zu werden. Auch ihr wäre es so ergangen, wenn das Unglück nicht zufällig in der Nähe des Café Haas passiert wäre. Ein russischer Soldat hatte Elfie überfallen und sie in den Hausflur neben Georgs Café gezerrt, wo er sich an ihr vergehen wollte. Elfie hatte sich gewehrt, gekratzt und gebissen und laut um Hilfe geschrien. Georg hatte es gehört, sich von hinten auf den Russen gestürzt und Elfie tatsächlich befreien können. Er nahm sie bei sich auf und versorgte ihre Verletzungen. Als er erfuhr, dass sie nicht wusste, wohin, bot er ihr Arbeit im Café und ein Zimmer in seiner Wohnung an. Zuerst war es nur eine platonische Beziehung, die auf Dankbarkeit basierte, doch je länger Elfie bei Georg war, umso mehr lernte sie ihn schätzen; er bedrängte sie nie und forderte auch sonst keine Gefälligkeiten. Er umwarb sie mit kleinen Geschenken, führte sie zum Heurigen aus, und als er sie nach einem Jahr um ihre Hand bat, sagte sie Ja. Oft genug hatte Elfie Max erklärt: »Georg hat mich in letzter Sekunde gerettet. Vielleicht ist es nicht die große, leidenschaftliche Liebe zwischen uns. Aber ich verdanke ihm mein Leben, ich kann Georg nicht verlassen, schon gar nicht, seit seine rechte Hand steif geblieben ist. Deshalb muss ich mich jetzt um ihn kümmern. Ich würde mich für alle Zeiten schuldig fühlen, wenn ich mich scheiden ließe.« Natürlich verstand Max die Situation, er vermochte sich durchaus in Georgs Behinderung einzufühlen. Spaßeshalber hatte Max versucht, eine Stunde lang nur mit der linken Hand zu arbeiten – fast unmöglich. Zu lernen, mit einer Hand Eier aufzuschlagen oder gar zu trennen, noch dazu mit der linken Hand, wäre mit eisernem Willen vielleicht erlernbar. Aber es würde Wochen, vielleicht sogar Monate dauern, und man würde unzählige Eier dabei verschwenden. Ohne Lehrburschen und ohne Elfie konnte Georg seinen Beruf nur noch bedingt ausüben. Elfie war jetzt Georgs rechte Hand.

Und Max hatte kein anderes Argument als seine Liebe. Eine unsterbliche Liebe, da war er ganz sicher, denn noch nie hatte er eine Frau so brennend begehrt.

# 16

Iris wünschte sich vier Hände, oder jemanden, der wenigstens das Telefon bediente, während sie die neu angekommenen Gäste mit allen Informationen versorgte. Jetzt, im Juni, hatte die Hochsaison begonnen, nach und nach begannen auch die Schulferien in den einzelnen Bundesländern, und bis Mitte September gab es keine Pausen. Heute Morgen war sie um sechs in eine weiße Bluse und ein dunkelblaues Kostüm geschlüpft, um Rose an der Rezeption zu vertreten. Ihre Schwester hatte einen dringenden Zahnarzttermin und würde erst gegen elf wieder zurück sein. Bis dahin musste Iris allein zurechtkommen, und der Tag hatte Potenzial für einen dieser Chaostage. Ausgerechnet heute gab es sieben Abreisen und genauso viele Anreisen. Eine Aushilfskellnerin hatte sich ein Bein gebrochen und würde drei, vier Wochen ausfallen. Tante Annemarie servierte also im Terrassencafé und sauste zwischendurch mal in den Wäschekeller, um die Maschine zu befüllen. Annemaries Aufgaben als »Hausdrachen« erledigte Florence, und Iris hoffte inständig, dass alle den Tag ohne Arm- oder Beinbrüche überlebten, damit der Betrieb reibungslos verlief.

Wieder erklang die Telefonmelodie, die bei Iris leichten Stress auslöste, weil es vermutlich die nächste Anfrage nach einem freien Zimmer sein würde. »Es tut mir wirklich sehr leid, ich kann Ihnen frühestens Ende September wieder etwas anbieten«, musste sie erneut erklären. Sie bedauerte ehrlich, aus den zwanzig Zimmern keine vierzig machen zu können. Ein Jammer, wo sich die Gäste vermehrten wie die Algen im See in den 1950er-Jahren, als der Phosphatgehalt durch Waschmittel stark zunahm und den Algenwuchs begünstigte.

Dass die Pension dermaßen ausgebucht war, lag zum einen an den Sommerferien und zum anderen an dem Artikel in der regionalen Tageszeitung, den Fritz tatsächlich geschrieben und veröffentlicht hatte und der auch online verfügbar war. Seitdem war das Haus durchgehend belegt, auf der Terrasse musste man lange auf einen freien Tisch warten, und Viola hatte einen zweiten Gesellen eingestellt. Auch die Tortenbestellungen häuften sich, und die Überstunden für Viola wurden nicht weniger. Die Geschäfte liefen also auf Hochtouren, und die Familie hoffte, zum Ende der Saison die erheblichen Verluste aus den Komplettschließungen während der beiden Lockdowns ausgleichen zu können. Verglichen mit den Vorjahren waren die Einnahmen um fünfundsiebzig Prozent gesunken, und die Pension König hatte diese harte Zeit nur dank der Rücklagen und des Zusammenhalts der Familie überlebt.

Iris nahm einen Schluck vom Cappuccino, den Annemarie vor einer halben Stunde gebracht hatte. Doch erst jetzt kam sie dazu, ihn zu trinken. Bäh! Sie schüttelte sich. Wer auch immer auf die Idee verfallen war, dass kalter Kaffee schön machen würde, dessen Geschmacksnerven waren vermutlich tot. Ihrer Meinung nach war kalter Kaffee nur genießbar, wenn er mit einer Kugel Vanilleeis, einer dicken Sahnehaube und einem Keksröllchen verfeinert war.

Iris schob die Tasse zur Seite und begrüßte den eleganten Herrn, der soeben an den Tresen trat mit: »Herzlich willkommen!«. Sie musterte ihn unauffällig: groß, etwa um die fünfzig, einzelne graue Strähnen im dunklen, kurz geschnittenen Haar. Das hellgraue Jackett saß wie angegossen auf den breiten Schultern und überspielte gekonnt den Bauchansatz. Als er seine linke Hand auf den Tresen legte, entdeckte Iris einen goldenen Siegelring mit einem Wappen in dunkelblauem Stein am kleinen Finger. Ein Adeliger?

»Guten Tag, Steinbacher mein Name, Alexander Steinbacher, ich habe reserviert.«

»Herr Steinbacher, selbstverständlich«, beteuerte Iris, war aber überrascht. Allein wegen des Siegelrings hätte sie den Mann nicht zu ihrer Klientel gezählt. Aber im Hotelgewerbe erlebte man täglich Überraschungen, das liebte sie so an ihrem Beruf.

Iris checkte die Buchung: Alexander Steinbacher aus Frankfurt – kein »von« vor dem Namen – hatte das Balkonzimmer bereits im März reserviert, für eine Woche und zwei Personen, sah sie auf dem Monitor. Sollte sie ihn nach der Gattin fragen oder nicht? Iris entschied, sich vorerst nur nach dem Gepäck zu erkundigen. Denn sie hatte gesehen, dass er ohne irgendwelche Koffer oder Taschen hereinspaziert war.

»Mein Koffer ist noch im Wagen«, antwortete er auf ihre Frage und legte einen Schlüssel auf den Tresen. »Der silberne Mercedes auf dem Parkplatz vor dem Haus.«

Iris wusste auch ohne weitere Erklärung, dass Steinbacher annahm, es gäbe Personal für die Koffer. Wie in alten Zeiten oder in Luxushotels, wo heute noch Boys das edle Reisegepäck aus den großen Limousinen holten und ins Zimmer brachten. Beim nächsten Gedanken zuckte sie innerlich zusammen: War er etwa einer von diesen Testern, die Hotels, Pensionen und andere Unterkünfte für Reiseführer oder Reiseblogs ausprobierten und dann böse Bewertungen verfassten? Aber warum sollte er in einer netten, kleinen Pension als »feiner Pinkel« auftreten? Nein, seine

Welt waren Fünf-Sterne-Häuser und keine Pension Garni mit nur zwanzig Zimmern. Umso neugieriger war sie, weshalb er das Balkonzimmer für zwei gebucht hatte und dann doch allein anreiste. Oder saß die Gattin noch im Wagen? *Mon dieu, non,* würde ihre Mutter sagen, das entspräche nicht dem Stil dieses eleganten Herrn. Männer wie er benahmen sich stets formvollendet, öffneten einer Dame die Tür und halfen ihr selbstverständlich auch aus dem Wagen.

Iris stand vom Drehstuhl auf, griff nach dem Schlüssel für das Honeymoon-Zimmer im Fächerregal hinter ihr und legte ihn auf den Tresen. »Bitte schön, Zimmer eins im ersten Stock. Die Treppe rauf, dann gleich links. Sie können es gar nicht verfehlen«, sagte sie und versprach, sich um das Gepäck zu kümmern.

»Danke, ich kenne den Weg.« Im Umdrehen nickte er ihr kurz zu und schritt davon.

Iris schluckte einen Überraschungslaut hinunter. Nie im Leben wäre sie auf die Idee gekommen, dass er schon mal hier gewesen war. Allerdings musste es im Vor-Computer-Zeitalter gewesen sein, das Programm registrierte seither alle Buchungen.

Wegen des Gepäcks schickte sie Horst eine Nachricht auf sein Handy. Als er einen braunen Kunstlederkoffer mit gelben Designerlogos hereintrug, fühlte sich Iris umso mehr in ihrer Meinung bestätigt, dass Herr Steinbacher nur aus Versehen hier logierte. Wie dazu sein »Ich kenne den Weg« passte, war ein spannendes Rätsel, das sie in der Woche seines Aufenthalts zu lösen gedachte.

Ein Blick auf die Bildschirmuhr sagte ihr, dass die Frühstückszeit vorbei war. *Die* Gelegenheit für frischen Kaffee. Iris eilte zu Waltraud in der Küche, wo Herr Otto gerade ein Tablett mit Sandwiches entgegennahm.

»Hab ich schon gesagt, dass die Hochsaison meine Lieblingszeit ist? Die Gäste sind guter Dinge, geizen nicht mit den Trinkgeldern, und kein Tisch bleibt länger als fünf Minuten unbesetzt.« Herrn Ottos Augen leuchteten, als sein Blick über das ausgebuchte Café wanderte. Egal, wie voll es war, er hatte immer Zeit für ein, zwei freundliche Worte. »Und wie läuft es auf dem Chefposten?«

»Heute Morgen war's ziemlich stressig, Abreisen, Nachfragen und am Ende noch ein mysteriöser Herr aus Frankfurt.« Iris berichtete, warum sie sein Erscheinen so irritiert hatte.

»Sehr spannend«, fand der Oberkellner und erklärte, den geheimnisvollen Gast beim Frühstück besonders aufmerksam beäugen zu wollen. »Vielleicht erinnere ich mich an ihn. Scheint sich um einen spendablen Gast zu handeln, und die speichert mein fotografisches Gedächtnis bis in alle Ewigkeit.«

Zurück am Empfang wurde Iris von Horst erwartet.

»Alles in Ordnung?« Vorsichtig schlängelte sie sich mit ihrem Cappuccino hinter den Tresen.

»Haben wir eine schöne Blumenvase?«

»Was hast du vor?«

Horst legte einen Hunderteuroschein auf den Tresen. »Ich soll Rosen für die Eins besorgen, und zwar nicht irgendwelche …« Er zeigte ihr ein Foto auf seinem Handy. »Die Dinger heißen Sweet Bubbles, weiß mit blassrosa Blättern, fünfundzwanzig Stiele sollen es sein.«

Iris war lange genug im Geschäft, um sich nicht über Eigenheiten der Gäste zu wundern. Doch dieser Mann brachte sie immer mehr ins Grübeln. Nachdenklich wählte sie die Nummer des Blumenhändlers, bei dem sie schon häufig gekauft hatten. Leider führte er die beschriebene Sorte momentan nicht, aber er nannte ihr einen großen Händler in Konstanz, der ein umfangreiches Sortiment hatte.

»Hat Steinbacher gesagt, wann er die Blumen braucht?«

»So schnell wie möglich. Deshalb darf ich auch das Restgeld behalten.«

»Sehr nett von ihm, nur bist du kein Laufbursche für die Gäste, sondern *unser* Mann für alle Fälle, und ich hätte dich gern im Haus für weitere eventuelle Überraschungen. Also werde ich in Konstanz anrufen, nach den Rosen fragen und auch, ob sie liefern können.«

»Dann ist mein schönes Trinkgeld futsch«, grummelte Horst wenig begeistert.

»Ein Zehner wird schon übrig bleiben« tröstete Iris ihn und schickte ihn in den Wäschekeller, wo Blumenvasen aufbewahrt wurden. »Die stehen gut sichtbar in einem offenen Regal unter einem Fenster, du kannst sie gar nicht verfehlen.«

Am frühen Nachmittag, als Iris nach einer kurzen Mittagspause, in der ihre Mutter sie vertreten hatte, wieder zur Rezeption kam, wurde ein traumhafter Rosenstrauß geliefert, den Iris selbst ins Zimmer eins bringen wollte. Womöglich würde Steinbacher ihr verraten, ob das Bouquet als Willkommensgruß für die noch zu erwartende Gattin gedacht war.

Zimmer eins schien unbesetzt, jedenfalls antwortete niemand auf Iris' Klopfen. Seltsam, er hatte es mit den Blumen doch angeblich recht eilig gehabt! Sie hätte die Tür mit dem Universalschlüssel öffnen und die Rosen samt Vase auf den Tisch stellen können, doch dann war die Chance, etwas über den Anlass zu erfahren, vertan. Also brachte sie den Strauß vorerst ins Büro, wo es im Sommer relativ kühl war und die halb geöffneten Blütenköpfe nicht sofort aufgehen würden.

Steinbacher kam gegen Abend zurück.

Iris hätte ihren Dienst an der Rezeption längst beenden können, da Rose vom Zahnarzt zurückgekehrt war, aber sie war einfach zu neugierig und hatte ihrer Schwester einen freien Nachmittag verordnet. Rose hatte gern angenommen, die Behandlung sei anstrengend gewesen.

»Guten Abend, Herr Steinbacher«, grüßte Iris, als er an den Tresen kam und um seinen Schlüssel bat. »Der Rosenstrauß wurde geliefert, er steht hier im Büro. Möchten Sie ihn gleich mitnehmen?«

Steinbacher nickte mit schwachem Lächeln, äußerte sich aber nicht zu den Blumen. Iris hatte den Eindruck, als sei er völlig erschöpft wie nach einer stundenlangen Wanderung. Sein Gesicht glänzte, als habe er geschwitzt, seine Schultern hingen nach unten. Sogar das Jackett saß nicht mehr ordentlich.

»Ach, es ist sicher besser, wenn Horst Ihnen den Strauß hinaufbringt.« Iris überreichte Steinbacher den Zimmerschlüssel. »Falls Sie sonst noch etwas benötigen …«

»Danke«, murmelte er kaum hörbar und drehte sich um.

Iris musste sich beherrschen, ihn nicht direkt zu fragen, was ihn bedrückte.

Als Steinbacher langsam zur Treppe ging, sah Iris, dass er die Hosenbeine hochgeschlagen hatte, die Schuhe in den Händen hielt und barfuß war.

Offensichtlich war er am Seeufer entlangspaziert, hatte Socken und Schuhe ausgezogen, um sich vielleicht die Füße zu kühlen. Aber warum wirkte er derart abgekämpft? Iris fragte sich, ob es mit den Rosen zusammenhing. Ob er den Strauß für seine Frau bestellt hatte, mit der er vielleicht im Streit lag und die nun doch nicht anreisen wollte. Der Mann war ein einziges Rätsel. Für heute wollte sie es aber gut sein lassen, morgen war auch noch ein Tag.

An diesem Samstag fand sich die Familie seit Langem mal wieder im Salon zum Abendessen ein. In den letzten Tagen war es derart turbulent zugegangen, dass sich niemand Zeit für ausführliche Mahlzeiten genommen und alle oft nur eine Kleinigkeit gegessen hatten. Aber gestern hatte Florence von einem Biobauern Hühner geholt und ihr beliebtes *Poulet au cidre*, Hähnchen in Cider, gebraten, dazu gab es gemischten Salat und von Herbert frisch gebackenes Baguette.

Iris genoss die vertrauten Familienessen, die so ganz anders waren als die gemeinsamen Mahlzeiten in Köln mit den Schwiegereltern. Obwohl sie sich gut mit ihnen verstanden hatte und von Anfang an herzlich aufgenommen worden war. Aber drei Jahre waren vielleicht nicht genug, um so vertraut miteinander zu werden, wie sie es mit ihren Schwestern, den Eltern und auch mit Annemarie war. In dieser Runde konnte sie auch schweigend dasitzen, ohne gefragt zu werden, ob alles in Ordnung sei. War sie zu müde zum Reden, konnte sie ihren Gedanken nachhängen, wie heute zum Beispiel über Steinbacher, oder nur zuhören, welche Neuigkeiten verkündet wurden.

»Demnächst kommt mehr Fisch auf den Tisch«, sagte Herbert, während er ein Stück Hähnchenbrust auf die Gabel spießte.

»Schwiegervater Max war im Anglerverein, hat uns praktisch seinen Angelschein vererbt, und 'erbert will angeln gehen«, fügte ihre Mutter hinzu.

»Tolle Idee, Papa.« Iris freute sich auf frischen Fisch und damit auf weniger kalorienreiche Kost. Sie liebte die französischen Gerichte ihrer Mutter sehr, doch die gab gern ein extra Stückchen Butter dazu, um den Geschmack zu unterstreichen. Und seit Iris hier war, hatte sie trotz der morgendlichen Schwimmrunden bereits zwei Kilo zugenommen.

Viola streichelte über ihren Babybauch unter dem weiten Sommerkleid im Hippiestil. »Wir lieben Fisch.«

»Ich auch«, versicherte Rose, die heute Abend ihr blondes Haar nicht zu einem Knoten gebändigt hatte. »Vor allem die kleinen Fische wie den Seesaibling, die Seeforelle oder Felchen.«

Herbert leckte sich in Vorfreude über die Lippen. »In Butter gebraten eine Delikatesse.«

»Deine Portion werde ich in ganz wenig Butter braten, das bekommt dir besser, 'erbert.« Ihre Mutter beäugte mit leicht vorwurfsvollem Blick das große Stück Baguette, das er dick mit Butter bestrichen hatte.

Iris konnte sehen, wie ihr Vater lautlos seufzte. Seit seinem leichten Herzinfarkt achtete Florence sehr darauf, welche Fette er zu sich nahm, was ihm natürlich missfiel. Trotzdem hätte er das niemals zugegeben. Hätte seine geliebte Frau ihm eine wässrige Suppe vorgesetzt, wäre auch dies *Haute Cuisine* für ihn gewesen.

»Ich habe auch eine Neuigkeit zu verkünden«, wechselte Annemarie das Thema.

»Neues Turbowaschmittel entdeckt?«, scherzte Herbert.

Annemarie zuckte mit den Schultern. Sie war die Sticheleien ihres Bruders gewohnt, und sie perlten an ihr ab wie Wasser an Schwanenfedern. »Falsch geraten.« Sie warf ihm einen provokanten Blick zu. »Zwei Versuche hast du noch frei.«

»Ach, verrate es doch, liebstes Schwesterlein.« Herbert klatschte bittend die Hände zusammen.

Annemarie hob das mollige Kinn. »Ihr könnt mir zum ersten meiner drei Ladenlokale gratulieren.«

Inzwischen kannte jeder in der Familie Annemaries Traum von den drei Konditorei-Filialen. Doch dass sie ihn tatsächlich verwirklichen wollte, damit hatte wohl niemand gerechnet. Nach dieser überraschenden Neuigkeit ließen alle ihr Besteck sinken und starrten sie sekundenlang schweigend an.

»Da wird doch die süße Sahne sauer«, sagte Herbert schließlich vergnügt. »Meine Schwester will es auf ihre alten Tage noch mal wissen.«

»Die ›alten Tage‹ nimmst du zurück«, pflaumte Annemarie ihn an. »Der Rest stimmt auf den Punkt. Wenn ich es nämlich nicht versuche, bereue ich es eines Tages garantiert.«

»Und wenn du scheiterst?«, hakte er nach.

»Dann bin ich um eine Erfahrung reicher. Aber warte nicht auf meinen Misserfolg, denn das wird nicht passieren.«

Iris hatte ihren müden Punkt überwunden und richtete sich aus ihrer zusammengesunkenen Stellung auf. »Wo ist denn der Laden?«

Annemarie tupfte sich Salatsoße aus den Mundwinkeln. »In Konstanz, und zwar in der Nähe des Badenixen-Brunnens von Peter Lenk, der auch die Imperia gestaltet hat. Der Brunnen ist ein Touristenmagnet, allein deshalb werde ich Erfolg haben.« Herausfordernd schaute sie ihren Bruder an. »Und meine süße Nichte Viola ...«

»... liefert die Torten!«, vollendete die werdende Mama den Satz.

»Du solltest nicht so viel arbeiten, mehr auf dich achten, meine Kleine«, mahnte Herbert seine Jüngste mit liebevollem Blick.

»Keine Sorge, Papa, der neue Geselle ist hochmotiviert, mit ihm schaffen wir das locker. Er hat noch nie über zu viel Arbeit geklagt.«

»Rose«, wandte Florence sich ihrer Zweitältesten zu. »Du bist so schweigsam. Was hast du denn?«

Rose seufzte, als sei sie krank. »Leider habe ich keine freudige Überraschung und leider auch keine guten Neuigkeiten zu vermelden.«

»Bitte keine Rätsel«, sagte Iris. »Davon hatte ich heute schon reichlich.«

Rose runzelte die Stirn. »Wir haben oder hatten jemanden im Haus, der uns was anhängen will.«

Iris meinte, sich verhört zu haben. »Hast du anhängen gesagt?«

Rose nickte und sah dabei ziemlich unglücklich aus.

»Könnt ihr beide bitte aufhören mit Zwiegesprächen und deutlich werden«, mahnte Herbert. »Ich verstehe nämlich nur so viel, als würdet ihr unter Wasser blubbern.«

Rose straffte die Schultern und erklärte, die Pension habe auf diversen Online-Bewertungsportalen schlechte Noten bekommen.

»Schlechte Noten, was genau heißt das denn?«, hakte Herbert nach.

»Die Zimmer seien schmutzig, die Bettwäsche unsauber, die Matratzen alt und durchgelegen«, antwortete Rose.

Iris' erster Gedanke galt Steinbacher. Ob der ominöse Gast dahintersteckte? Ob er einer dieser Hoteltester war, die in den Vor-Computer-Zeiten für Reiseführer gearbeitet hatten und heute ihre Beurteilungen auf Onlineportalen einstellten – womöglich hatte er das gleich heute getan? Dazu würde passen, dass er den Weg ins Zimmer kannte. Aber wozu dann die Rosen? Wozu mit nackten Füßen am Seeufer entlanglaufen? Und warum das traurige Gesicht? Sicher nicht, weil das Wasser nass war. Irgendwie passte nichts zusammen, zumal er doch für eine falsche Beurteilung gar nicht erst hätte anreisen müssen. Trotzdem würde sie Steinbacher ab sofort noch aufmerksamer beobachten.

»Wer schreibt solche Unverschämtheiten?«, fragte Annemarie und fügte hinzu, dass solche Bewertungen unwichtig seien. »Zu uns kommen doch vorwiegend Stammgäste, die unser Haus seit Jahren, wenn nicht sogar Jahrzehnten, kennen.«

»Genau!« Herbert klopfte zur Bestätigung mit den Fingerknöcheln auf den Tisch. »Manche kamen schon mit ihren kleinen Kindern, heute sind sie Rentner und buchen immer noch bei uns. Die lesen so einen Unsinn doch gar nicht.«

Rose zählte einige Namen der Verfasser dieser Beurteilungen auf. »Aber das sind garantiert Pseudonyme. Und leider informieren sich heute neunzig Prozent aller Urlauber auf solchen Blogs.«

»Eine Frechheit, bei uns ist alles tipptopp!« Herbert lief rot an, auf seiner Stirn bildeten sich kleine Schweißperlen.

Florence warf ihm einen sorgenvollen Blick zu. »Bitte, 'erbert, reg dich nicht auf.«

»Da muss ich mich aber aufregen, wir haben doch erst komplett renoviert, als wir wegen dieser verdammten Pandemie schließen mussten. Wir sind sozusagen neuwertig!«

»Ich erinnere mich, höchstpersönlich mitgeholfen zu haben«, sagte Annemarie. »Wenn ich daran denke, wie wir alte Teppichböden rausgerissen, die Wände gestrichen, Badezimmer oder Duschen erneuert haben, spüre ich heute noch meinen Rücken.«

»Das war irre anstrengend«, seufzte Viola. »Lieber backe ich hundert Torten mit Füllung und Verzierung, als noch einmal diesen Renovierungsmarathon mitzumachen.«

»Es kann nur ein Spitzel der Konkurrenz gewesen sein«, mutmaßte Iris. »Anders ist es nicht zu erklären. Erst die Anzeige wegen der Mäuse und jetzt diese negativen Bewertungen. Da will uns jemand fertigmachen.«

»Das denke ich auch«, stimmte Rose ihr zu.

»Und ich kann bestätigen, dass wir in den letzten Wochen nur zufriedene Gäste und noch mehr Anfragen hatten«, ergänzte Iris. »Wir könnten doppelt so viele Zimmer belegen, das allein ist doch ein Qualitätsmerkmal.«

Zustimmendes Gemurmel füllte das private Wohnzimmer, doch der unsichtbare Feind ließ sich damit nicht vertreiben.

Als sich später alle auf Sofa und Sessel verteilt hatten und Florence eine leichte Zitronentarte zum Nachtisch aufschnitt, sagte Annemarie kampfeslustig: »Ich finde, wir sollten etwas gegen diese üble Nachrede tun.«

»Unbedingt«, stimmte Herbert seiner Schwester zu. »Aber was?«

Während Iris genüsslich das Stück Zitronentarte verspeiste, überlegte sie, was man dagegen unternehmen konnte. »Ich hätte da eine Idee ...«, erklärte sie schließlich. Es würde ungefähr ein, zwei Stunden Arbeit kosten, sei aber das einzige Mittel gegen diese Verleumdung – jedenfalls bis sie herausgefunden hatten, wer hinter diesen Gemeinheiten steckte.

# 17

Noch am selben Samstagabend machten sich Iris und Rose daran, den guten Ruf der Pension zu retten.

In dem Minibüro hinter der Rezeption fuhr Rose den Rechner hoch, und gemeinsam klickten sie sich durch die einschlägigen Bewertungsportale.

Iris traute ihren Augen kaum, was sie da zu lesen bekam. Rose hatte nicht übertrieben. Vernichtende Urteile, die dem Betrieb erheblich schaden konnten.

»Findest du nicht, dass es nach Sabotage riecht?«, fragte Rose.

»Verdächtig ist vor allem, dass es *ausschließlich* negative Texte sind. Nicht mal einer, der wenigstens ein bisschen zufrieden war. Aber was die Konkurrenz kann, das können die Schwestern vom See schon lange. Also, los geht's! Dann geben wir mal Kontra.« Iris rieb sich die Hände.

Lachend erfanden sie mehrere Pseudonyme, unter denen sie sich auf den Portalen anmeldeten. Emsig schrieben sie unterschiedlich lange Bewertungen und achteten darauf, dass es keine übertriebenen Lobeshymnen waren. Einige Texte formulierten sie in einfacher Sprache, inklusive Tippfehlern, damit es nicht so auffällig war.

Anschließend überprüften sie noch die eigene Homepage, auf der bereits einige Fotos der renovierten Zimmer hochgeladen waren.

»Sollen wir auch Aufnahmen von den Renovierungsarbeiten einstellen?«, überlegte Rose.

»Existieren die noch? Ich kann mich erinnern, du hast mir welche übers Handy geschickt, aber ich habe sie irgendwann gelöscht.«

Rose zog ihr Telefon aus der rückwärtigen Jeanstasche und zeigte ihr die Bilder. Iris erinnerte sich genau, wie lustig und realistisch sie waren, und wie sehr sie sich damals darüber amüsiert hatte. Herbert mit Papierschiffchen auf dem Kopf, bestieg gerade eine Leiter und wurde von der besorgt dreinblickenden Florence mit beiden Händen festgehalten. Rose und Viola auf Knien, offensichtlich laut lachend beim Einrollen eines blauen, abgetretenen Teppichbodens. Horst, braun gebrannt, in kurzen Hosen mit Trägershirt und einer alten Matratze in den Händen, die er aus dem Haus trug. Schwerstarbeit, wie man an den zusammengepressten Lippen und den Schweißperlen auf dem Gesicht erkennen konnte. Tante Annemarie beim Wändestreichen, wie gewohnt perfekt geschminkt mit Lidschatten und knallrotem Lippenstift, in einem weißen Maleroverall. Zahlreiche Farbkleckse auf Nase und Haaren zeugten von ihrem Eifer. Herr Otto, mit einem großen Tablett voller Kaffeetassen und Sandwiches, hatte ebenfalls weiße Farbe auf den dunkelgrauen Haaren abbekommen.

Dazu gab es noch unzählige Fotos von heruntergerissenen Tapeten, Bleistift-Lachgesichter auf noch unfertigen Wänden. Weiße Fußspuren auf braunem Teppichboden; jemand hatte seinen Schuh in den Farbeimer getaucht und die Schritte eines Tangos hinterlassen.

»Damit schinden wir mächtig Eindruck«, glaubte Iris, während sie die Fotos einstellten. »Niemand würde sich solche Mühe machen, nur um für ein paar Fotos dieses Chaos nachzustellen.«

Gegen Mitternacht hatten Iris und Rose es geschafft. Die Beweisbilder der Arbeiten waren unter dem extra

Menüpunkt »Renovierungen« hochgeladen und würden jeden überzeugen, der sich auf der Homepage der Pension König informieren wollte.

Rose streckte die Arme in die Luft und gähnte ausgiebig. »Puh, jetzt habe ich Sternchen vor den Augen. Aber ich bin froh, dass du mir dabei geholfen hast. Allein wäre das eine Arbeit von Tagen gewesen.«

Iris lächelte ihre Schwester liebevoll an. »Deshalb bin ich doch hier – um zu helfen.«

Die antike Standuhr im Wohnzimmer schlug Mitternacht.

»Erinnerst du dich an unseren mitternächtlichen Schwur vor drei Jahren?«

»Wie könnte ich nicht. Warte, ich glaube, er ging so: Wenn eine Schwester in Not gerät oder warum auch immer Hilfe benötigt, werden die anderen beiden alles tun, um ihr zu helfen.«

Iris erinnerte sich natürlich auch an dieses Versprechen, aber vor allem an die Aufregung vor der Hochzeit. In dieser Nacht hatte sie kaum geschlafen, sich das Leben an Christians Seite ausgemalt und von einer eigenen Familie mit Kindern geträumt. Und was war daraus geworden? Der Traum war geplatzt. Wenn Christian seine Meinung nicht ändern würde, dann … Iris konnte den Gedanken nicht zu Ende formulieren, sie fühlte einen dicken Kloß in ihrem Hals, den sie nur mühsam schlucken konnte.

Rose musterte sie besorgt. »Geht es dir nicht gut?«

Iris schüttelte schwach den Kopf und konnte nun ihre Tränen nicht mehr zurückhalten. »Ach … ich weiß … nicht«, stammelte sie unter Schluchzen. »In letzter Zeit habe ich mich mit Christian nur noch gestritten, und es ist weiterhin Funkstille.«

Rose rollte mit ihrem Schreibtischstuhl dicht an Iris

heran, nahm die Schwester in den Arm und drückte sie fest an sich.

Die innige Umarmung half Iris, ihren Kummer in den Griff zu bekommen. »Dieser Idiot bringt mich sogar zum Heulen, wenn er gar nicht hier ist«, fluchte sie leise und stand auf. »Ich hole uns was zu trinken. Was magst du?«

»Einen Gespritzten, wenn du auch einen trinkst.«

Iris kam mit je einer Flasche Wein und Wasser und mit zwei Gläsern zurück und schenkte ein.

»Eigentlich kapiere ich diese Typen nicht«, sagte Rose, als sie mit Iris »auf die Liebe« angestoßen hatte.

Iris wurde hellhörig. »Also gibt es auch bei dir jemanden? Ich frage mich nämlich schon seit einigen Wochen, warum du manchmal einfach weg bist, ohne zu sagen, wohin oder warum.«

»Hmm ... schon«, murmelte Rose mit einem versonnenen Blick auf ihren Arm.

Iris fiel auf, dass an Roses Handgelenk etwas fehlte. »Was ist denn mit dieser supermodischen Uhr passiert?« Neugierig musterte sie ihre Schwester.

Rose öffnete die Schreibtischschublade. »Hier.«

»Batterie leer?«

Rose lachte. »Die laufen doch über Akku, genau wie Handys.« Rose holte die Uhr heraus und legte sie auf den Schreibtisch. »Sie war ein Geschenk von dem Personal Trainer, hab ich dir ja schon erzählt.«

»Mach's nicht so spannend«, drängelte Iris.

»Also«, begann Rose, »es ist ein Gadget oder auch eine Fitnessuhr, die weitaus mehr kann, als die Zeit anzeigen ...«

»Zum Beispiel, dein ganzes Leben überwachen!« Iris nahm das Gerät in die Hand und betrachtete es eingehend. Sie wusste natürlich, wie diese kleinen Computer fürs Handgelenk funktionierten. Die Dinger reagierten auf Berührung, überwachten den Blutdruck und den Schlaf, zählten den Herzschlag und jede verbrannte Kalorie, gelaufene Schritte und Kilometer. Man konnte Radio hören, sich wecken und an Termine erinnern lassen, Telefonate führen und Nachrichten auf dem Display lesen. Fehlte nur noch, dass so ein Gerät zu sprechen begann oder sogar als Schwangerschaftstest taugte.

Rose grinste. »So schlimm ist es nicht, aber ich selbst hätte mir nie so ein Teil zugelegt«, entgegnete sie und begann zu erzählen. »Es war im März, kurz vor Großvaters Tod, da kam dieser unfassbar gut aussehende Typ in die Pension und stellte sich als Philip Rauscher, Personal Trainer, vor. Es war, als würde deine Prophezeiung wahr werden. Vielleicht weißt du es nicht mehr, aber ich musste sofort an deine Worte in der Nacht vor deiner Hochzeit denken. Eines Tages, hast du gesagt, würde mein Traummann direkt in die Pension marschieren.«

»Und ob ich das noch weiß, aber bitte mehr Einzelheiten.«

»Er fragte, ob er seine Visitenkarte an der Rezeption auslegen dürfe«, begann Rose zu erzählen.

»Das hast du schon erzählt, und auch, dass es eine rein berufliche Verbindung war. Wann hat sich das denn geändert?«

»Nicht sofort, so leicht bin ich schließlich nicht zu haben.« Rose hob selbstbewusst das Kinn. Sie zog die Schreibtischschublade erneut auf und kramte ein mit Gummiband umwickeltes Päckchen schwarzer Visitenkarten hervor. Sie nahm eine heraus und reichte sie Iris.

»Einzeltraining, Kleingruppen, Firmentraining, Street-Workout, Onlinecoaching ...«, las Iris laut. Sie ahnte, warum Rose so durchtrainiert aussah. »Dann ist er also vom freien Mitarbeiter zu *deinem* Personal Trainer aufgestiegen?«

Rose verdrehte sehnsüchtig die Augen. »Er hat mir eine Probestunde angeboten, um ihn ›auszuprobieren‹, wie er meinte. Ich sitze doch ständig am Rechner, was ziemlich ungesund ist, wie jeder weiß, und da ich sonst kaum Zeit habe, mich körperlich auszupowern, war das eine prima Gelegenheit …« Sie rollte die Schultern. »Wir zwei hocken doch jetzt auch schon ziemlich lange auf den Stühlen, ohne uns zwischendurch mal bewegt zu haben.«

»Ich gehe jeden Morgen schwimmen, wenn es nicht gerade in Strömen gießt«, verteidigte sich Iris und drängte Rose, weiterzuerzählen.

»Philip wurde auf meine Empfehlung tatsächlich von einigen Gästen gebucht, mit denen er an unserem Strand trainiert hat. Dadurch haben wir uns häufig gesehen, und so hat es angefangen. Wenn ich an die ersten Wochen denke, schlägt mein Herz sofort wieder schneller.« Rose stockte, griff nach ihrem Glas und leerte es in einem Zug. »Aber inzwischen … Ach, es hat ja doch keinen Sinn. Manchmal muss man die Tatsachen einfach akzeptieren.«

Jetzt nahm Iris die Schwester in den Arm und drückte sie. »Das wird schon wieder«, flüsterte sie, doch insgeheim fragte sie sich, ob ein Fluch über ihr und den Schwestern lag. Ihre Ehe war ein Desaster, Viola wusste nicht, warum der Vater ihres Kindes spurlos abgetaucht war, und jetzt hatte Rose auch noch Liebeskummer.

Rose schniefte, angelte ein Taschentuch aus der Schublade und schnäuzte sich kräftig. »Danke, geht schon.«

»Jetzt würde ich aber gern erfahren, welche ›Tatsachen‹ so schwer zu akzeptieren sind.«

»Philip ist« – Rose holte tief Luft – »verheiratet«.

Iris hatte mit einer der üblichen Geschichten von Betrug oder enttäuschten Erwartungen gerechnet, aber nicht mit einem betrügerischen Ehemann. Für einen Moment fehlten ihr die Worte, doch dann fragte sie, ob er denn keinen Ehering getragen hatte.

Traurig schüttelte Rose den Kopf. »Darauf habe ich natürlich geachtet, als er mir die Visitenkarten gab, doch da war nicht mal ein heller Streifen am Ringfinger, wie bei diesen Männern, die ihre Ringe schnell ausziehen, wenn sie als unverheiratet rüberkommen wollen. Tja, wenn ich mir nicht einen gemeinsamen Kurzurlaub gewünscht hätte, wäre ich vielleicht nie dahintergekommen. Ein Kurztrip war ja erst möglich geworden, nachdem du beschlossen hattest, länger zu bleiben ...«

»Wenn man es genau betrachtet, bin ich also nicht ganz unschuldig an deinem gebrochenen Herzen.«

»So ein Blödsinn«, protestierte Rose. »Ohne die Chance, auch mal verreisen zu können, um sich näher kennenzulernen, wäre die Geschichte sicher noch länger gelaufen, und ich hätte noch mehr Gefühle investiert. So gesehen bin ich dir zu Dank verpflichtet. Lieber ein Ende mit Schrecken, als irgendwann allein mit einem Kind dazustehen. Viola ist nicht gerade glücklich mit ihrer Situation.«

»Die arme Viola, sie tut mir so leid, aber sie ist ja nicht mit ihren Sorgen allein, und auch du hättest mit mir reden sollen. Wir haben uns doch versprochen, immer füreinander da zu sein.«

»Du hast genug eigene Probleme«, entgegnete Rose und klang wieder ganz gefasst. »Ich sehe doch, dass es dir nicht gut geht. Außerdem war ich unsicher, ob es mit Philip überhaupt etwas Ernstes wird. Mein Bauchgefühl hat immer wieder Alarm geschlagen. Er hatte selten Zeit für mich und jedes Mal eine neue Ausrede, wenn ich etwas mit ihm unternehmen wollte – zum Beispiel in Konstanz ins Kino oder essen gehen. Zuerst habe ich es verdrängt, bis ich schließlich wissen wollte, warum er mir immer ausweicht.

Erst dann gestand er, verheiratet zu sein, zwei Kinder zu haben und in Konstanz zu leben. Deshalb hatte er panische Angst, dort mit mir gesehen zu werden.«

»Zwei Kinder, das ist allerdings ein Knaller.«

»Zuerst dachte ich, er macht Witze, aber dann fühlte ich mich ausgenutzt. Er hat es natürlich abgestritten, behauptet, er fühle sich sehr zu mir hingezogen. Na, auf solche Komplimente verzichte ich gern. Zum Glück konnte ich bei der Arbeit etwas Abstand finden, die Beziehung, wenn es überhaupt eine war, überdenken. Zum Beispiel, warum ich mich in Philip verliebt habe, oder was uns verbindet. Und wenn ich ehrlich bin, das Ergebnis hat mir nicht gefallen.«

Iris staunte, wie ähnlich sie einander waren. Wie sie selbst hatte auch Rose sich in die Arbeit gestürzt. Sie war gespannt, was diesen Fitnesstrainer so unwiderstehlich gemacht hatte, und fragte ihre Schwester danach.

»Zuerst natürlich sein Aussehen, große athletische Figur, kurzes kastanienbraunes Haar, grüne Augen, lasziver Mund, attraktiv, aber kein Schönling ...« Rose seufzte. »Dann sein Lächeln, seine Ausstrahlung, seine charmante Art. Mit einem Wort: Charisma. Dazu ist er ein sehr talentierter Lehrer, zwei-, dreimal in der Woche habe ich mit ihm in der Mittagspause am Strand trainiert. Er hat mich angetrieben, und das Ergebnis ...« Sie hob den rechten Arm und spannte die Muskeln an. »Fühl mal.«

Iris drückte auf den Bizeps. »Beeindruckend. Wirklich toll, dass du so durchtrainiert bist.«

»Das war der positive Aspekt, den ich auch sehr genossen habe.«

Iris kannte dieses Gefühl nach ihren morgendlichen Runden im See. »Und der negative?«

»Es fing mit der Uhr an, natürlich habe ich mich gefreut

und war gerührt, wir kannten uns ja noch nicht lange. Bis mir klar wurde, dass Philip mich damit auch ›überwachen‹ kann und das ›sich selbst Überwachen‹ langsam zu einer Sucht wird. Philip machte auch laufend Vorschläge, wie ich mich selbst noch ›optimieren‹ könne: Gebäck, Torten und Zucker überhaupt – alles pures Gift. Der Tortenhimmel sei praktisch eine Giftküche. Er wollte nicht glauben, dass ich keine große Kuchenesserin bin.«

»Und deshalb hast du heute von Mamas Zitronentarte gleich zwei Stück verdrückt?«

Rose nickte lachend. »Das beste Mittel, um zu vergessen. Ich bin traurig, aber auch keine sechzehn mehr und nicht der Typ Frau, die wegen eines Mannes aus dem Fenster springt oder sonst irgendeinen Unsinn anstellt.«

Das konnte Iris nur bestätigen. Rose war mitfühlend und sensibel, aber nicht das zarte, hilflose Mädchen, als das Männer sie auf den ersten Blick sehen mochten. »Trotzdem tut es mir leid, und eine unglückliche Liebe schmerzt in jedem Alter«, philosophierte Iris.

»Weißt du, was ich glaube?«

»Nein, aber ich bin gespannt.«

»Schöne Männer können nicht treu sein. Sie brauchen doch nur mit den Fingern zu schnippen, und schon …« Rose biss sich auf die Lippen. »Entschuldige, Christian ist ja auch ein äußerst attraktiver Mann.«

»Schon gut.« Iris zuckte mit den Schultern. Sie war sich bewusst, dass sich die rosaroten Liebeswolken in ihrer Ehe in düstere Nebelschwaden verwandelt hatten, und in dunklen Momenten fürchtete sie, dass Christian eine andere hatte. Aber solange es keine Beweise gab, galt die Unschuldsvermutung.

»In Zukunft werde ich einen großen Bogen um diese gut aussehenden Verführer machen und mich auf die Kleinen,

Hässlichen konzentrieren.« Rose streckte sich und gähnte herzhaft. »Es ist spät geworden, wir sollten ins Bett gehen, wenn wir den morgigen Tag überstehen wollen.«

Lange nachdem Iris das Licht gelöscht hatte, dachte sie noch über das Gespräch mit Rose nach. Gab es für die Frauen ihrer Familie wirklich kein Glück in der Liebe? Waren sie mit einem Fluch belegt, wie Rose glaubte? Nicht nur sie und ihre Schwestern – auch Tante Annemarie hatte ja eine ähnliche Geschichte zu erzählen. Dagegen hatten die Männer ihre große Liebe gefunden und führten lange, glückliche Ehen. Oder war Großvaters Ehe mit Margarete eine reine Vernunftehe gewesen? Wenn Iris an den geheimnisvollen Brief dachte, musste es in Wien eine Frau gegeben haben, in die er unsterblich verliebt war. Ob sie jemals erfahren würden, warum er sie trotz des gemeinsamen Kindes nicht geheiratet hatte?

# Wien, Frühjahr 1955

Max umklammerte den Schneebesen, als wäre das Aufschlagen von süßer Sahne ein schweißtreibender Kampf. Eigentlich war es unnötig, denn inzwischen gab es automatische Sahnespender, die per Druckluft locker-leichten Schlagobers produzierten. Aber Max misstraute diesem neumodischen Zeug und setzte lieber auf seine bewährte Muskelkraft. Zudem versuchte er dadurch, einen übermächtigen Gegner zu besiegen. Den unerbittlichsten Feind, den ein Mann haben konnte: sich selbst! Er kämpfte gegen die Vorstellung, Elfies Ehemann zu »beseitigen«, und gleichzeitig gegen die Scham, solche Gedanken überhaupt zuzulassen. Georg war immer gut zu ihm gewesen, ihm auch nur in der Fantasie etwas anzutun, war infam. Nicht weniger hinterhältig war die Affäre mit Elfie.

»Sie, Herr Max, wenn S' noch ein bisserl weiterschlagen, dann ham'S kein Schlagobers, sondern einen dicken Klumpen Butter in der Schüssel.«

Es war die krächzende Stimme des Lehrburschen im Stimmbruch, der sich traute, den ranghöheren Gesellen zu kritisieren.

Max hielt inne. Der Bub hatte recht. Nur noch ein paar Minuten, und ein Liter Sahne wäre ruiniert. Ein gedankenloser, kostspieliger Fehler, der einem Gesellen nicht passieren durfte. Auch wenn es ihn vielleicht nicht die Stellung gekostet hätte, Verschwendung war ihm zuwider. Ein Betrieb musste Gewinne erwirtschaften, und das gelang nur, wenn Torten und Gebäck mit Blick auf die Ausgaben hergestellt wurden. Eine Regel, die jeder Geschäftsmann befolgte, und die er eines Tages in seinem eigenen Betrieb beherzigen würde. Doch in letzter Zeit fiel es ihm zunehmend schwerer, sich an diese oder andere Regeln zu halten. Er war nervös, konnte sich kaum konzentrieren, und wenn der Lehrbub nicht fürs Abwiegen der Zutaten verantwortlich gewesen wäre, wer weiß, wie oft er Backpulver vergessen oder die Rezepturen aus dem roten Buch verwechselt hätte.

Seit dem vergangenen Spätsommer, als Elfie ihm den ersten Kuss gegeben und bald darauf noch mehr erlaubt hatte, war Max nicht mehr Herr seiner Gedanken und Gefühle. Er träumte von einem Leben mit ihr, sah sie nackt im Bett liegen oder fühlte ihre Lippen auf den seinen. Sie hatte ihn verhext. Er war ihr mit Haut und Haaren verfallen, und es gab keine Rettung. Die einzige Möglichkeit wäre gewesen, seine Stellung im Café Haas zu kündigen und Österreich zu verlassen. Doch wie hätte er ohne Elfie weiterleben können? Auch wenn sie nicht die Seine war, so war er hier in ihrer Nähe, sie durften einander ansehen, sich heimlich berühren und manchmal lieben. »Damit müssen wir uns begnügen, Max«, hatte Elfie gesagt, als er sie wieder einmal anflehte, Georg zu verlassen. »Vielleicht hat das Schicksal irgendwann ein Einsehen und …« An der Stelle hatte Elfie geschluckt, und Max ahnte, dass sie genau wie er »verbotene« Gedanken hatte. Es tröstete ihn, dass auch Elfie sich nichts sehnlicher wünschte, als seine Frau zu werden. Aber sie würde Georg niemals verlassen, nachdem seine Hand nun vollkommen steif geworden war. Im Spital war sogar die Rede von Amputation gewesen.

Max wusste, dass Elfie ihn mehr liebte als ihren Ehemann, sich aber trotzdem nicht trennen wollte. Und das wollte sein Herz einfach nicht akzeptieren. Inzwischen hoffte er, dass Georg sie einmal in flagranti erwischte, dann wäre alles ganz einfach gewesen. Er hatte Elfie in Georgs Anwesenheit einige Male übertriebene Komplimente gemacht, um das Schicksal herauszufordern, doch der Chef hatte nur bestätigend gelächelt. Er schien seiner Frau vollkommen zu vertrauen.

Jeden Morgen, wenn Max allein und unglücklich in seinem schmalen Pensionsbett lag, wollte er aufspringen und alles kurz und klein schlagen. War er dann auf dem Weg ins Café Haas zu Elfie, dachte er nur noch an das Wiedersehen.

Heute Morgen war er auf dem Weg zur Arbeit an einer Straßenhändlerin vorbeispaziert, die Blumen aus Bauerngärten anbot. Die bunte Pracht hatte ihn an seine Heimat erinnert, und er hatte spontan einen riesigen Strauß für Elfie erworben. Erst danach war ihm bewusst geworden, dass er ihr die Blumen niemals würde überreichen können. Elfie hatte weder Geburtstag noch gab es einen anderen Anlass, der dies gerechtfertigt hätte. Obwohl, das war vielleicht auch eine Gelegenheit, die heimliche Liebe öffentlich werden zu lassen. Doch dann war er wie ein Rindvieh ohne Verstand vor dem Café gestanden, und hatte nach den passenden Formulierungen gesucht, warum er als Blumenkavalier unterwegs war.

Und während Max noch grübelte, kam Georg Haas in Anzug, Krawatte und Hut heraus, musterte den Strauß und sagte lachend: »Sehr aufmerksam, Herr Max, dass S' mir gleich mit Blumen gratulieren wollen!«

Max räusperte sich überrascht und sagte schnell: »Gratuliere herzlich«, auch wenn er keine Ahnung hatte, wozu, oder ob der Chef nur zum Scherzen aufgelegt war.

»Der Johann soll sie ins Wasser stellen.« Dann war Georg mit großen Schritten davongeeilt.

Max betrat das Café und beschloss, sich nach dem Oberkellner umzusehen, der garantiert wusste, was er selbst nicht mitbekommen hatte. Vorher ging er jedoch in die Backstube, wo Johann dabei war, den Arbeitstisch zu reinigen. Das wurde natürlich jeden Abend gründlich erledigt, aber Max war der Meinung, dass doppelt besser hielt, und eine Arbeitsfläche konnte niemals sauber genug sein.

Johann unterbrach seine Arbeit, wandte sich um und starrte den Strauß an. »Mei, san die schön!«

Max nickte nur und schickte den Burschen nach einem Eimer mit Wasser für die Blumen.

»Schon unterwegs.« Johann war sichtlich erleichtert, das ungeliebte Putzen unterbrechen zu können, und sauste davon.

Max fand den Oberkellner im Hinterhof, wo er wie jeden Morgen eine Zigarette rauchte, bevor die ersten Gäste kamen.

»Guten Morgen«, wünschte Max. »Der Chef hatte es ja heute sehr eilig, noch dazu in Anzug, Krawatte und Hut.«

Herr Franz blies eine Rauchwolke in den Herbstmorgen. »Na, ham S' es noch nicht gehört? Wir bekommen eine Filiale! Drüben, am Schottentor ...«

Max wusste nichts von den Plänen des Chefs, auch Elfie hatte kein Wort darüber verloren. »Soso, am Schottentor«, murmelte er verwundert und fragte, wie es dazu gekommen sei.

»Na, da ham wir einen Stammgast, den Sektionschef Hofer, der dort am Tor wohnt, aber jeden Tag zu uns zur Jause kommt«, berichtete Herr Franz. »Und wenn's Wetter gar zu schiach ist, dann schimpft er und wünscht sich ein Café Haas am Schottentor. Und nun hat der Herr Sektionschef von einem Caféhaus am Tor erzählt, wo der Wirt unlängst verstorben ist und die Wirtin es aufgeben möcht.«

Max wusste um die große Beliebtheit des Café Haas, was ihm selbst seinen Posten sicherte. Er wusste aber auch, was eine Filiale bedeutete: Georg Haas würde Personal einstellen, was viel Zeit kostete, und würde sich in den ersten Monaten intensiv um die Zweigstelle kümmern müssen. Und da niemand auf zwei Hochzeiten gleichzeitig tanzen konnte ... Max musste an sich halten, um Herrn Franz nicht zu umarmen. »So ein Glück für den Herrn Chef.« Herr Franz nickte zustimmend.

Ein paar Minuten hielt Max seine Nase in die frische Morgenluft und genoss die Vorfreude auf die unzähligen Stunden, die Georg Haas nicht im Haus sein würde. Die Aussicht, dann mit Elfie allein im Stammhaus zu sein, belebte ihn, als habe er einen wichtigen Konditoren-Wettbewerb gewonnen. Das Schicksal ist uns gnädig, dachte Max und konnte das nächste Schäferstündchen kaum erwarten. Er würde Elfie das Leben an seiner Seite in den schillerndsten Farben ausmalen und sie verwöhnen – und er wollte nicht mehr Max König heißen, wenn Elfie dann nicht seine Königin wurde.

## 18

Iris klopfte kräftig an die Tür von Zimmer eins. »House-keeping!«

Keine Antwort. Vermutlich war Alexander Steinbacher, der noch bis morgen in der Eins logierte, beim Frühstück. Iris öffnete mit dem Generalschlüssel, schnappte sich den Eimer mit den Putzmitteln, den sie neben sich abgestellt hatte, und betrat das Zimmer.

Wegen des Desasters mit den hinterhältigen Beurteilungen unterstützte Iris die Zimmermädchen bei der täglichen Reinigung. Solange sie nicht herausgefunden hatten, wer hinter den Schmähtexten steckte, war klinische Sauberkeit oberstes Gebot.

Konzentriert machte sie sich ans Werk: zuerst die Abfalleimer, den kleinen im Duschbad und den Papierkorb im Zimmer, in den mitgebrachten Plastiksack leeren. Der kleine Eimer im Duschbad war sauber, nicht mal ein Papierschnipsel. Der Papierkorb zwischen dem schmalen Konsolentisch, auf dem der Fernseher stand, und dem runden Couchtisch am Fenster war ebenfalls leer. Dennoch sprühte sie beide Abfallbehälter mit Desinfektionsmittel aus. Auf dem niedrigen Tisch neben den beiden Sesseln hatte gestern die Glasvase mit dem Rosenstrauß gestanden. Sie war auch heute noch da, aber – Iris traute ihren Augen kaum – die Rosen waren verschwunden. Genauer gesagt, standen nur noch die Stängel mit dem Blattwerk in der Vase. Steinbacher musste die Blütenköpfe abgeschnitten haben.

Iris fröstelte. Was für ein makabrer Anblick. Der Mann wurde ihr immer unheimlicher. War angeblich schon mal im Haus gewesen, hatte für zwei Personen gebucht, blieb aber allein. Orderte diese Rosen. Kam erschöpft und mit nackten Füßen von einem Spaziergang zurück. Drückte Herrn Otto hundert Euro in die Hand, damit er jeden Morgen an einem bestimmten Tisch am Fenster sitzen konnte. Das alles war exzentrisch und kam ihr total überspannt vor – war aber gleichzeitig gar nicht so ungewöhnlich. Iris wusste von berühmten Stars, die bei ihrer Ankunft ein bestimmtes Mineralwasser hatten vorfinden wollen, auf Kopfkissen mit norwegischen Eiderdaunen bestanden oder ihren eigenen Bodyguard vor den Türen postierten. Hotels und Pensionen waren riesige Schmelztiegel der unterschiedlichsten Charaktere, ein bunter Querschnitt aller Menschen und der Extreme. Aber wer bestellte sich einen teuren Rosenstrauß, um nach ein paar Tagen den schönsten Teil daran abzuschneiden? Sicher kein Spion, der schädliche Bewertungen schrieb. Hatte Steinbacher mit den Blüten etwas geschmückt? Sie irgendwo verstreut?

Iris fragte sich, ob sie die Stängel entsorgen oder stehen lassen sollte. Nun, im Zweifel immer an die Regeln halten: Was dem Gast gehört, wird nicht einmal angefasst, es sei denn, man musste es zum Zwecke der Reinigung anheben oder verschieben. Iris vermied es, die Vase direkt anzusehen, säuberte sie nur mit einem weichen Lappen und hob sie dann hoch, um den Tisch aus hellem Kirschholz abzustauben.

Der Rest war in Kürze erledigt, das Zimmer wirkte ansonsten fast unberührt. Das Bett war weder zerwühlt, noch die Bettwäsche mit Getränkeflecken verziert. Die Handtücher im Duschbad ordentlich aufgehängt, als Zeichen, dass er sie weiter benutzen wollte, und im Waschbecken waren keine Rasierstoppeln zu entdecken. Steinbacher mochte ein seltsames Verhältnis zu Rosen haben, aber er war geradezu penibel reinlich.

Auch Annemarie bestaunte bei ihrer Kontrollrunde mit großen Augen die traurigen Reste in der Vase. »Was für ein schrecklicher Anblick«, meinte sie, glaubte aber nicht an Zerstörungswut, sondern an eine tiefere Bedeutung.

»Nehmen wir an, du hast recht, dann bin ich wirklich neugierig, was für eine ›Bedeutung‹ das sein könnte«, sagte Iris.

»Ich auch«, stimmte Annemarie ihr zu. »Und du musst mir sofort berichten, wenn jemand etwas herausgefunden hat.«

Iris verstaute die Putzutensilien in der Kammer und eilte nach unten. Wenn Steinbacher noch im Wintergarten beim Frühstück saß, wollte sie sich an einen günstig gelegenen Tisch setzen, um ihn unauffällig zu beobachten.

Sie entdeckte ihn an dem für ihn reservierten Tisch nahe den bodentiefen Fenstern, von wo er den See gut überblicken konnte. Freundlich grüßend marschierte Iris an ihm vorbei und nickte auch den wenigen anderen Gästen zu, die um kurz vor zehn noch eine letzte Tasse Kaffee genossen. Sie steuerte die Küche an, um mit Sandwich und Milchkaffee eine kurze Pause einzulegen.

Zum Ende der Frühstückszeit waren die meisten Tische bereits abgedeckt und Herr Otto gerade dabei, das letzte Geschirr abzuräumen und die schmutzigen Tischdecken auszutauschen.

»Frau Iris, gut, dass Sie kommen«, raunte er ihr zu, als sie mit einem Tablett an ihm vorbeilief.

»Neuigkeiten?«, flüsterte sie zurück.

Herr Otto nickte. »Später«, murmelte er und strich mit der flachen Hand die frisch aufgelegte Tischdecke glatt.

Iris gelang es nach Herrn Ottos Andeutung nur mit äußerster Disziplin, Sandwich und Milchkaffee zu genießen. Doch sie kaute bewusst langsam, nippte an der Tasse und schaute dabei unauffällig zu Steinbacher. Er trug einen dunklen Anzug mit weißem Hemd und schwarzer Krawatte, als wolle er zu einer Beerdigung. Das Frühstück hatte der mysteriöse Frankfurter inzwischen beendet, zumindest war das quer auf dem Teller liegende Besteck ein Indiz dafür. Weniger aufschlussreich war die leicht gekrümmte Körperhaltung, die nervös mit etwas Undefinierbarem spielenden Hände und der müde Blick über den von heftigen Windböen aufgewühlten Bodensee. Steinbacher wirkte, als würde er trauern.

»Steinbacher trauert!«, sagte auch der Oberkellner, als er sich mit einem großen Glas Apfelsaft zu Iris an den Tisch setzte. Der Wintergarten hatte sich geleert, und auch Steinbacher war vor wenigen Minuten gegangen.

»Sein dunkler Anzug hatte mich auch darauf tippen lassen«, erwiderte Iris.

»Es ist viel mehr als das, es ist ein Melodram, wie es sich kein Schriftsteller tragischer hätte ausdenken können.« Herr Otto erzählte, dass er sich gestern endlich an den Gast erinnert hatte. »Und zwar durch Steinbachers Siegelring, den er auch damals schon am kleinen Finger getragen hatte. Ich habe mir erlaubt, ihn darauf anzusprechen, und es schien, als habe der Mann nur darauf gewartet, sich jemandem anzuvertrauen und sein Herz auszuschütten.«

»Das klingt ziemlich dramatisch.«

»Oh, das ist es auch.« Herr Otto seufzte theatralisch, wie meist, wenn es sich um Tragödien handelte, die er über alles liebte. »Und dabei hat es vor fünfundzwanzig Jahren fröhlich begonnen, als er nämlich mit seiner frisch angetrauten Ehefrau hier die Hochzeitsnacht verbracht hat. Sie waren beide noch arme Medizinstudenten und konnten sich keine Hochzeitsreise leisten. Aber sie wollten wenigstens die Nacht nicht in ihrer Studentenbude verbringen.«

»Ach, deshalb kannte Steinbacher den Weg in das Zimmer«, warf Iris ein und ahnte, warum er für zwei Personen gebucht hatte.

»Das Paar hatte schon lange geplant, die Silberhochzeit wieder in diesem Zimmer zu verbringen, doch leider ist die arme Frau vor zwei Wochen verstorben.« In Herrn Ottos Augen schimmerten Tränen.

Iris merkte, wie auch ihre Augen feucht wurden. Annemarie hatte ja auch schon so etwas geahnt.

»Aber das ist noch nicht die ganze Geschichte …« Herr Otto trank einen großen Schluck Apfelsaft, bevor er weiterredete. »Frau Steinbacher bekam Brustkrebs, und obwohl er ein renommierter Kardiologe ist, konnte er sie nicht retten. Auf ihrem Sterbebett hat er ihr versprochen …« – Herr Otto stockte, griff nach der Papierserviette, die noch auf dem Tisch lag, und putzte sich umständlich die Nase – »… den Tag der Silberhochzeit hier in der Pension zu verbringen, wie sie es geplant hatten. Deshalb auch der Tisch, an dem sie nach ihrer Hochzeitsnacht gefrühstückt hatten. Ist das nicht romantisch?«

Iris schluckte. Sie war zu erschüttert, um zu antworten. Und auch ohne dass der Oberkellner die fünfundzwanzig Rosenköpfe erwähnte, wusste Iris, dass Steinbacher sie in den See geworfen hatte. Kein makabres Ritual, sondern die romantischste Geste, die sie sich vorstellen konnte. Wahre Liebe über den Tod hinaus.

»Das ist einfach nur unendlich traurig …« Herr Otto entschuldigte sich. »Ich muss mich mit einem Schluck Hochprozentigen beruhigen.«

Iris brachte ein Lächeln zustande und verabschiedete

sich. Nachdenklich verließ sie den Wintergarten, ging hinunter ans Seeufer und starrte in die aufgewühlte Wasseroberfläche. Genauso sah es in ihrem Inneren aus; die traurige Geschichte hatte ihr bewusst gemacht, dass es in ihrer Ehe keine Romantik mehr gab. Wie hatte es nur so weit kommen können? Nach nur drei Jahren. Iris versuchte sich zu erinnern, wann Christian ihr das letzte Mal spontan eine Liebeserklärung gemacht hatte. In den ersten Monaten hatte er ihr täglich liebe Worte zugeflüstert, ihr gesagt, wie sehr er sie liebte. Das letzte Mal musste lange her sein, denn es fiel ihr nicht ein. Auch nicht, wann sie zuletzt heißen Sex gehabt hatten. War es ihre Schuld? Hatte ihre Sehnsucht nach einem Kind alles zerstört? Hatte ihre Liebe das nicht ausgehalten?

Ein greller Blitz leuchtete am Horizont auf. Sekunden später hörte Iris in der Ferne Donnergrollen. Kreischende Möwen flatterten aufgeregt Richtung Land. Der zum Sturm angewachsene Wind trieb ein kleines Segelboot vor sich her, als wolle er damit spielen. Erste dicke Regentropfen platschten ins Wasser, hinterließen kaum sichtbare Wirbel in der aufgepeitschten See.

Iris starrte auf das schwankende Boot, aber es war zu weit weg, als dass sie Einzelheiten erkennen konnte. Vermutlich kämpften ein oder zwei Segler darum, das Schiff wohlbehalten nach Hause zu manövrieren.

Mir geht es ähnlich, dachte Iris. Seit sie in Auerbach war, kämpfte sie darum, »in den Hafen der Ehe« zurückzufinden. Aber sie trieb immer weiter auf die offene See hinaus. Nicht verwunderlich, wie sollte es auch funktionieren, wenn sie hier und Christian in Köln war?

Seit dem Telefonat an ihrem Geburtstag hatten sie nicht mehr miteinander gesprochen. Das war Ende Mai gewesen, und jetzt war er bereits weit im Juni. Iris erschrak. Keine Ehe

hält solch eine lange Schweigsamkeit aus. Sollte sie zurückfahren? Sich mit Christian versöhnen und ihren Traum von
einer Familie mit Kindern aufgeben? Wie wunderschön
wäre es, nachts wieder in seinen Armen zu liegen, sich mit
Zärtlichkeiten zu verwöhnen, sich der Leidenschaft hinzu-
geben. Genau in diesem Moment spürte sie, wie sehr sie ihn
vermisste. Sein heiseres »Hallo, du da« nach dem Aufwachen,
wenn er sie verschlafen anblinzelte. Den frischen Duft seines
Eau de Toilette im Badezimmer. Sie vermisste sogar seine
T-Shirts, die er im Spaß gern als Wurfgeschosse benutzte.

Iris versuchte sich vorzustellen, wie ihr Leben in Köln
aussehen würde, wenn sie Christian zuliebe auf Kinder ver-
zichtete: An erster Stelle stünde das Hotel im Belgischen
Viertel, Christians Erbe, das sie zusammen leiten würden.
Die Arbeit in dem gut eingeführten Haus der Schwiegereltern hatte sie stets mit Freude erfüllt. Das Kommen und
Gehen der internationalen Gäste war spannend und die
Zusammenarbeit mit dem Personal nur selten von Problemen gestört. Könnte das Personal eine Ersatzfamilie sein?
Die gleichaltrige Olga aus der Buchhaltung war ihr in den
drei Jahren fast eine Schwester geworden. Mit Olga hatte
sie Einkaufsbummel unternommen und sich in Cafés gesetzt und einmal nicht über die Wünsche von Hotelgästen,
sondern nur über die eigenen geredet. Oder Patrick, der
Housekeeper, der homosexuell war und darauf bestand, als
»Hausdame« bezeichnet zu werden. Der es liebte, über die
Eigenheiten seines Ehemannes zu philosophieren oder en-
thusiastisch über Kochrezepte zu plaudern. Der wie ein
Bruder war, den sie sich als Teenager gewünscht hatte. Nicht
zuletzt ihre Schwiegermutter Beate, Chefin an der Rezeption, die aus Zürich stammte und vier Sprachen fließend
beherrschte. Beate war ihr eine liebevolle Ersatzmutter,
an die sie sich mit allen Sorgen wenden konnte. Nur über

Christians mutmaßliche Zeugungsunfähigkeit hatte sie nicht mit Beate gesprochen. Eine intuitive Entscheidung. Er wäre sicher wenig begeistert gewesen, hätte sie so eine intime Frage mit seiner Mutter besprochen. Bei all diesen Überlegungen blieb die Frage, ob sie genauso weiterleben wollte wie in den drei Jahren an seiner Seite. Als kinderlose Frau, die sich eines Tages einen kleinen Schoßhund zum Schmusen anschaffen würde. Und in zwanzig oder fünfundzwanzig Jahren immer noch Hunde an der Leine ausführte, statt mit einem Enkelkind spazieren zu fahren. Würde sie bereuen, bei Christian geblieben zu sein? Niemand konnte ihr diese Frage beantworten. Niemand konnte in die Zukunft blicken. Doch bei dem Gedanken an das Lachen, die ersten Worte oder die erste Schritte des eigenen Kindes, an alles, was sie versäumen würde, liefen Tränen über ihre Wangen und vermischten sich mit dem Regen.

Nach einer unruhigen Nacht beriet sie sich mit ihren Schwestern.

»Mach deiner Qual ein Ende und setze dich in einen Zug nach Köln«, sagte Rose.

»Ich würde auch fahren, Christian wird vermutlich nicht hierherkommen, sonst hätte er es längst getan«, befand Viola.

»Gut, ich fahre, um herauszufinden, wie es um meine Ehe steht«, nahm Iris den Rat ihrer Schwestern an.

»Klingt wenig begeistert«, stellte Rose fest.

»Bin ich auch nicht.« Iris spürte einen dicken Kloß im Hals, lächelte ihre Schwestern aber tapfer an. »Dann wäre ich wieder ohne euch, und ihr müsstet ohne mich zurechtkommen. Es ist so viel zu tun …«

»Mach dir um uns mal keine Sorgen«, unterbrach Rose sie. »›Viel zu tun‹ ist doch die Normalität, und es hat drei Jahre lang ganz gut ohne dich geklappt.«

»Obwohl wir es natürlich lieben, wenn du bei uns bist«, schloss Viola sich an.

Rose nickte heftig. »Aber du bist nun mal mit Christian verheiratet, und wenn du deiner Ehe noch eine Chance geben willst, wird das von hier aus nichts.« Iris resignierte. »Ihr habt recht, ich muss persönlich mit Christian reden. Ich habe bereits viel zu lange gewartet.«

»Gute Entscheidung«, lobte Rose, die nach ihrem Handy griff und Horst die Nachricht schickte, dass er Iris in den nächsten ein, zwei Stunden nach Konstanz zum Bahnhof fahren müsse.

Während Iris packte, fiel ihr ein, dass sie Fritz anrufen, sich bei ihm bedanken und ihm die Wahrheit sagen sollte. Er war so freundlich gewesen, hatte in der Mäusesache geholfen und eindeutig Interesse an ihr signalisiert. Es wäre gemein, ihn mit Hoffnungen zurückzulassen.

»Dann liebt ihr euch noch?«, fragte Fritz mit hörbar belegter Stimme, nachdem sie ihm erklärt hatte, dass sie nach Köln fahren würde.

»Ich denke schon, aber ob es genügt, um bei Christian zu bleiben, muss ich erst herausfinden.«

»Ich verstehe«, entgegnete Fritz und fügte nach einer kurzen Atempause launig hinzu: »Schreib doch mal eine Ansichtskarte mit einer besonderen Briefmarke. Ich bin Sammler, und wenn du irgendwann wiederkommst, zeige ich dir meine Briefmarkensammlung.«

»Wird gemacht«, sagte Iris lachend.

Als sie sich von ihrer Familie verabschiedete, überreichte Viola ihr ein Päckchen. »Wiener Schnitten für Christian, die hatten ihm doch bei Großvaters Gedenkkaffee so geschmeckt«, erklärte sie.

Iris bedankte sich mit einem wehmütigen Lächeln. »Damit kann ich ihn zumindest kulinarisch verführen.«

# Wien, Herbst 1955

Vergnügt setzte Max das frisch geschärfte Messer an und teilte mit einem konzentrierten Schnitt den frisch gebackenen Schokoladenbiskuit. Welche Fantasien ihm dabei durch den Kopf schossen, trieb ihm entsetzt die Röte ins Gesicht. Sollte Georg Haas zufällig etwas passieren, würde man vielleicht herausfinden, dass der Geselle eine Liebesgeschichte mit Frau Haas hatte, ihn verdächtigen, dann verhaften und am Ende zur Höchststrafe verurteilen. Bis vor wenigen Jahren war man für solch schändliche Taten noch zum Würgegalgen verurteilt worden, wie im März 1950 ein Frauenmörder.

Aber Max würde selbstverständlich nie etwas Ungesetzliches tun, die Gefahr, seine Elfie dann niemals wiedersehen zu dürfen, hielt ihn von jeglicher Untat ab. Außerdem verabscheute er Gewalt, er schaffte es ja nicht einmal, ein kleines Insekt zu zertreten. Seine Großeltern hatten einen Bauernhof, auf dem er als Kind oft die Ferien verbracht und wo er gelernt hatte, dass jedes Lebewesen wichtig für eine intakte Natur war. Auch Georg Haas war ein wichtiges Mitglied für die Gesellschaft, ganz besonders für seine zwei Betriebe. Obgleich Max gut auch ohne den Chef zurechtkam, wie momentan jeden Nachmittag.

Die Eröffnung der Filiale am Schottentor hatte im Sommer stattgefunden, und gerade in den ersten Wochen war die Anwesenheit des Herrn Chef von großer Bedeutung gewesen. Max hatte ihm, nicht ganz uneigennützig, zugeredet. »Konkurrenz belebt das Geschäft, und mit einer Filiale macht man sich sozusagen selbst Konkurrenz, bevor es ein anderer tut«, hatte er Georg Haas versichert, und dass er Frau Elfie bei ihrer Arbeit an der Theke jederzeit tatkräftig unterstützen würde. Um das Stammcafé musste der Chef sich ohnehin nicht sorgen, das hatte Herr Franz, der Oberkellner, vollständig im Griff.

Seither pendelte Georg Haas beruhigt zwischen seinen beiden Kaffeehäusern hin und her. Die Vormittage verbrachte er in der Herrengasse, die Nachmittage am Schottentor, wohin er nach dem Mittagessen zu Fuß marschierte. Hatte er für die Filiale Gebäck oder Torten zu transportieren, stieg er in einen Fiaker, oder Johann half ihm tragen. Nur selten kam der Chef vor zehn Uhr am Abend zurück. Und bis dahin hatten Max und Elfie ihre gemeinsame Zeit; der Chef dachte natürlich, dass er nach Dienstschluss in seiner Pension und Elfie am Ausschank im Café beschäftigt wäre.

Max legte die obere Hälfte des rechteckigen Biskuits zur Seite. »Hansl, sind die Kirschen abgekühlt?«, wandte er sich an den Lehrburschen, der mit gleichmäßigen Bewegungen in der Schüssel mit den eingedickten Schattenmorellen rührte.

»I glaub scho, Herr Max.«

»Glauben is was für die Kirch«, maßregelte Max den Burschen. »Wir machen eine Gelierprobe.«

»Jawollja.« Johann nickte beflissen und ließ einen Klecks der rot glänzenden Masse auf den Porzellanteller tropfen, der zu diesem Zweck auf der Arbeitsplatte bereitstand. »Des passt.«

»Gut gemacht«, lobte Max. »Dann darfst du heute den Boden damit bestreichen.«

Johann strahlte bis zu den rot angelaufenen Ohren.

Max beaufsichtigte seine Arbeit, und als er sie zu seiner Zufriedenheit ausgeführt hatte, erlaubt er ihm, auch die französische Sahnebuttercreme mit der Winkelpalette auf die Kirschfüllung zu streichen. Auf die Creme wurde dann die zweite Hälfte des Schokoladenbiskuits gelegt. Darüber eine Schicht Fondant, bevor das Ganze mit Schokoladenzuckerguss überzogen wurde.

Johann war mit Eifer am Werk, und nachdem er fertig war, schaute er Max mit großen Augen an. »Darf ich ab jetzt immer mal was wieder allein machen?«

Max überlegte, ob der Hansl am Ende des ersten Lehrjahres tatsächlich schon so weit war, dass er ihn eine Zeit lang allein werkeln lassen konnte, um Elfie zu umarmen, zu küssen, ihr Liebeserklärungen zuzuflüstern. »Du glaubst also, dass du meine Arbeit übernehmen kannst?«

Johanns rundes Gesicht glühte vor Aufregung bis zu den abstehenden Ohren. Begeistert strahlte er Max an. »Ja, weil ich immer gut aufpasst hab und es halt einmal allein probier'n möcht.«

»So is es recht. Praxis ist allemal g'scheiter als langweilige Theorie. Aber dennoch sagst mir jetzt zuerst die Zutaten und die Zubereitung für den Schokoladenbiskuit.«

Johann holte Luft und sprudelte los: »Bevor man loslegt, sollte man das Blech einfetten, weil der Biskuit, der hat's immer pressant, in den Backofen zu kommen. Aber man darf nur den Blechboden fetten, nicht den Rand, weil sonst alles z'amfallt.«

»Bravo! Damit hast du schon eine ganz wichtige Regel beherzigt.«

Johann straffte die Schultern und drückte die Brust raus. »Wir brauchen: sechs Eier, zwanzig Dekagramm Staubzucker, zwanzig glattes Mehl, fünf Speisestärke, fünf Kakao und zwei Teelöffel Backpulver.«

Max hatte sich noch immer nicht an die österreichischen Gewichtsmaße gewöhnt. »Und jetzt sag mir noch mal, wie viel zwanzig Deka in Gramm sind, damit du dich auch auf eine Anstellung außerhalb Österreichs bewerben kannst. Vielleicht magst ja eines Tages auf Wanderschaft gehen.«

Johanns Augen wurden größer, als schnüre er in Gedanken bereits sein Bündel. »Zwanzig Deka sind … ähm …« Grübelnd starrte er ins Leere. »Zweihundert Gramm?«, antwortete er dann unsicher.

»Stimmt!«

Johann strahlte und wuchs noch einmal um einen Zentimeter.

»Wie geht es weiter?«

»Mehl, Speisestärke, Backpulver und Kakao in einer Schüssel gut vermischen und zur Seite stellen.«

»Genau so«, lobte Max.

»Eier trennen, Eiweiß aufschlagen, dabei den Zucker langsam zugeben und weiterschlagen, bis es ganz steif ist. Dann die Eidotter unterrühren, bis alles eine homogene Masse ist.«

Max war sprachlos. Der Hansl hatte sich gut entwickelt. Als Max eingestellt worden war, hatte der Bub gerade mal Eier trennen können, jetzt hatte er die gesamte Zubereitung fehlerfrei aufgesagt. »Bis hierher war alles richtig«, bestätigte er. »Aber noch ist der Teig nicht fertig, oder?«

»Nein, nein, denn jetzt gebe ich die Mehlmischung zu der sonnengelben Eiermasse. Schön langsam durch ein Sieb, damit sich auf keinen Fall Klümpchen bilden, und vorsichtig mit dem Schlagbesen unterheben. Nicht wild umeinanderwirbeln, sonst fällt alles z'am.«

Meine Schule, dachte Max voller Stolz und klopfte dem Lehrbuben auf die Schulter. »Dann fehlt nur noch eines, und zwar …«

»Backen!«

»Unbedingt«, schmunzelte Max. »Weil ein roher Teig noch keinen Kuchen macht.«

Die Tür zur Backstube wurde schwungvoll aufgestoßen.

»Wie geht's meinen Schnitten?«, erkundigte sich Georg Haas.

»Fertig, nur noch der Guss«, verkündete Johann voller Eifer.

»Also halb fertig«, korrigierte Georg Haas mit strenger Miene und wandte sich an Max. »Bis Mittag müssen sie so weit sein, dass ich sie mitnehmen kann. Sie sind nämlich sehr beliebt bei den Gästen.«

»Selbstverständlich, aber bis Mittag sind es ja noch vier Stunden«, entgegnete Max und sah großzügig darüber hinweg, dass der arme Mann die Wiener Schnitten als seine Kreation vereinnahmte. Seit die verletzte Hand praktisch unbrauchbar an Georgs Arm hing, war er oft schlecht gelaunt.

»Dann komm ich nach der Mittagsjause«, verabschiedete sich Georg Haas und verließ die Backstube.

Max schickte ihm ein freundliches »Sehr wohl, Herr Chef« hinterher und kümmerte sich um den Schokoladenzuckerguss.

Den diffizilen Guss, der aus Zuckersirup und feiner Schokolade gekocht wurde, bereitete er lieber selbst zu. Eine Minute zu kurz oder zu lange gekocht, und alles war ruiniert.

Nachdem die zuckrige Schokoladenmasse die richtige Konsistenz hatte, wurde der auf einer Platte bereitstehende Kuchen großzügig damit übergossen. Dann musste man die Platte jeweils an den Ecken etwas anheben, damit der Guss gleichmäßig verlief. Noch ein, zwei Stunden kalt stellen, danach die Schnitten in längliche Form schneiden, und sie waren bereit für die Filiale.

Max wies den Lehrburschen an, die Platte zum Auskühlen in die extra dafür eingerichtete Kammer zu bringen, in der ganzjährig Wintertemperaturen herrschten.

Anschließend stand die Zubereitung zweier Klassiker auf der Liste: zweimal Apfelstrudel und zweimal Kaisergugelhupf nach Rezepten aus dem roten Buch des Chefs, davon je einer für die Filiale.

Max war nach Wien gekommen, um die österreichischen Konditorgeheimnisse zu ergründen, aber das Apfelstrudel-Rezept unterschied sich kaum von seinem eigenen. Doch die Zubereitung des kaiserlichen Gugelhupfs war neu für ihn. Der deutsche Gugelhupf, auch als Marmor- oder Napfkuchen bekannt, war ein schneller Rührkuchen, bei dem die Zutaten nach und nach zusammengerührt wurden. Der Kaisergugelhupf dagegen war sehr zeitaufwendig herzustellen. Der Teig wurde mit Hefe, die hier Germ hieß, und Sahne angesetzt. Nach dem Aufgehen dieses Vorteigs kamen reichlich Butter, Eier und das Mehl dazu, was alles zusammen wieder aufgehen musste. Dann wurde der Teig zu einem Rechteck ausgewalkt, dick mit zerlassener Butter bestrichen, in Rum eingelegte Rosinen darauf verteilt und zu einer Rolle gewickelt. Diese wurde in eine mit Butter und Mandeln ausgestrichene Gugelhupfform gelegt und nach einer weiteren Gehzeit gebacken. Das Ergebnis, dick mit Staubzucker bestreut, war nicht nur sehr gehaltvoll, sondern auch besonders köstlich und schmeckte frisch aus dem Backrohr einfach himmlisch. Manche Gäste waren so verrückt danach, dass der Oberkellner sie nur die »Gugelhupfer« nannte.

Nachmittags, wenn der Chef und heute auch der Hansl außer Haus waren, fand Max tausend Gründe, Elfie frisches Gebäck an die Theke zu bringen. Oder sie kam zu ihm, um den noch warmen Kaisergugelhupf abzuholen.

Für Max war das der schönste Moment des Tages; wenn Elfie, wie jetzt, durch die Tür trat und ihn anlächelte. Mit ihr ging die Sonne in seinem Leben auf, ihr Lächeln wärmte ihn mehr als der heißeste Backofen, und ihre Küsse verbrannten ihn. Fiel sein Blick dann auf ihren Ehering, flammte die Eifersucht wieder auf, weil sie einem anderen Mann gehörte.

»Der ist heute aber besonders gut gelungen, Herr Max«, sagte Elfie anerkennend.

»Mit Liebe gebacken, Frau Elfie«, entgegnete Max mit Betonung ihres Namens. Offiziell siezten sie sich, denn auch wenn nicht damit zu rechnen war, dass sie vom Kellner überrascht wurden, blieben sie vorsichtig.

Elfie lehnte sich an den Arbeitstisch und sah ihn zärtlich an. »Habe ich Ihnen schon mal erzählt, wie es zu dem Namen Kaisergugelhupf kam?«

»Nein, aber ich würde die Geschichte gern hören, und bitte, lassen Sie nichts aus. Ich möchte jede Einzelheit wissen.« Max hoffte auf eine sehr lange Geschichte, um Elfie möglichst lange betrachten zu können. Sich vorzustellen, ihre Lippen lägen auf den seinen, ihre wohlgeformten, schmalen Hände würden statt der Tortenplatte seinen Hals umfassen, ihr Körper wäre nicht in ein schwarzes Kleid aus feinem Georgette gehüllt, sondern nackt. Und sie würde ihren Schoß nicht gegen die Arbeitsfläche, sondern in wilder Leidenschaft gegen seinen pressen.

»Es ist eine Liebesgeschichte.« Elfie schaute Max direkt in die Augen. »Angeblich steckt dahinter die heimliche Liebschaft zwischen der Burgschauspielerin Katharina Schratt und Kaiser Franz Joseph, die Kaiserin Elisabeth eingefädelt haben soll. Damit der Kaiser Gesellschaft hat, weil die Kaiserin doch so viel auf Reisen war.«

»Das nennt man eine Liaison, oder?«

»Offiziell war es eine platonische Freundschaft, die beiden sollen sich gut verstanden haben«, erzählte Elfie. »Vielleicht war der Grund dafür der Gugelhupf, den die Schratt für Franz Joseph nach einem Rezept ihrer Mutter buk. Jeden Nachmittag besuchte der Kaiser die Schauspielerin zur Nachmittagsjause, um bei ihr ein Stück von dem ofenwarmen Gugelhupf zu verspeisen. Und das sind keine Gerüchte, sondern wurde von Zeitzeugen kolportiert.«

»Wahrheit oder Legende – Liebe geht eben durch den Magen, und wenn es sich um Gebäck handelt, trifft das doppelt zu«, sagte Max und bedauerte, dass seine Torten nicht dazu taugten, Elfie für immer zu gewinnen.

# 19

Aufatmend stieg Iris aus dem Intercity. Die Fahrt war anstrengend und die Klimaanlage zu schwach gegen die unbarmherzig durchs Zugfenster lachende Sommersonne gewesen. Doch wenn sie ehrlich war, nicht die lange Zugfahrt war der tatsächliche Grund für ihr leichtes Zittern, sondern die Aussicht auf das baldige Zusammentreffen mit Christian. War es wirklich klug, unangekündigt aufzutauchen? Ihn nach so langem Schweigen einfach zu überraschen? Würde er ihr plötzliches Erscheinen nicht als Überfall empfinden?

Aber nun war sie hier, sofort wieder umzukehren, wäre feige gewesen. Iris überlegte, Christian vom Bahnhof aus anzurufen, entschied sich aber dagegen. Ihr Anruf würde ihn zwar auch verblüffen, hätte aber den großen Nachteil, dass sie nicht sehen konnte, mit welchem Gesicht er auf ihr plötzliches Auftauchen reagierte. Ob er sich freute. Ob er sie vermisst hatte. Ob er sie noch liebte. Das alles, so hoffte sie, würde er ihr mit einer freudig-überraschten Miene zeigen, und nur dann würde es eine gemeinsame Zukunft geben. Auch wenn sie noch nicht wusste, wie die aussehen konnte.

Zielstrebig schlängelte sich Iris durch die Masse der Reisenden, die zu den Zügen oder wie sie zum Taxistand eilten. Sie musste an Horst denken, der so viel über Köln hatte wissen wollen. Nächstes Mal, beschloss sie, erzähle ich ihm von dem penetranten Geruchscocktail aus Bratwürsten, Kaffee und Pommes, der einem entgegenwehte.

Am Taxistand wartete eine Schlange aus acht Menschen. Bis Iris an der Reihe war und in einen der Wagen steigen konnte, vergingen gute zehn Minuten, in denen sie überlegte, wie sie ihre Rückkehr begründen sollte. Aber wozu brauchte sie überhaupt einen Anlass? Dass sie Christian noch liebte, hatte sie nach der Geschichte von Steinbacher gespürt, und das war Grund genug.

Der Feierabendverkehr zwang den Taxifahrer zu Stop-and-go. Iris hatte sich in den Fond gesetzt, um eine Unterhaltung zu vermeiden. Sie war viel zu nervös, um ein höfliches Gespräch zu führen.

Unruhig blickte sie aus dem Fenster, rieb unablässig über ihren Ehering. Dann wieder zählte sie Hunde, um sich abzulenken, wie sie und ihre Schwestern es als Kinder getan hatten, wenn sie das Ende einer Autofahrt nicht erwarten konnten. Als der Fahrer in die Händelstraße einbog und an dem japanischen Restaurant vorbeifuhr, wurde sie von Erinnerungen überwältigt. In den ersten Monaten ihrer Ehe hatte Christian hier oft zwei Portionen von dem ausgezeichneten Sushi geholt, und sie hatten einen gemütlichen Abend auf der Couch verbracht. Nach dem Essen hatten sie sich eng umschlungen einen Film angesehen, sich einfach nur unterhalten oder gekuschelt. Meist war es nicht dabei geblieben, und sie waren schnell im Bett gelandet. Wehmütig dachte Iris an die leidenschaftlichen Stunden zurück und spürte ein Ziehen im Bauch. Wie sehr sie seine Zärtlichkeiten vermisste!

»Macht zwanzig fünfzig ...«

Die brummige Stimme des Taxifahrers drang in ihre Gedanken. Der Wagen hatte vor dem Hotel ihrer Schwiegereltern angehalten, sie war zu Hause.

Iris bezahlte, stieg aus und nahm ihren Koffer in Empfang.

Nachdenklich blickte sie hinauf zum Dachgeschoss, wo sich ihr privates Reich befand. War sie zu lange fort gewesen? Würde sich Köln wieder wie ihr Zuhause anfühlen? Oder würde sie ihre Schwestern, die Familie und den Bodensee doch zu sehr vermissen? Wenn sie ehrlich war, hatte sie den Aufenthalt in der alten Heimat über alle Maßen genossen. Aber jetzt, da sie vor dem Anwesen stand, das Christian einmal erben würde, sollte sie ihre Zweifel schnellstens überwinden. Ein Leben mit ihm war nur in Köln möglich, das hatte er ihr von Anfang an erklärt. Und sie hatte mit Freuden Ja dazu gesagt.

Iris lief über die ersten beiden Stufen zum Eingang und trat auf den roten Schmutzfangteppich. Mit leisem Schnurren öffnete sich die Glastür. Ein roter Läufer führte über dunkelgraue Steinfliesen zum Empfang. Ihr Herz klopfte schneller, die Vorfreude auf ein Wiedersehen und auf die Versöhnung stieg wie prickelnde Champagnerperlen in ihr hoch.

In der Lobby herrschte am frühen Abend das übliche Treiben, allerdings ohne die Hektik, die tagsüber durch An- und Abreisen verbreitet wurde. Iris hatte die Zeit zwischen 18 und 20 Uhr immer besonders geliebt. Die Gäste waren nicht mehr in Zeitnot, wollten essen gehen, vielleicht noch eine Kleinigkeit einkaufen und sich amüsieren. Ausgehtipps fanden sich natürlich im Internet, doch sie und Christian hatten gleich nach ihrer Hochzeitsreise eine eigene Broschüre zusammengestellt. Darin verriet jeder Angestellte des Hotels sein Lieblingslokal oder gab andere Tipps. So waren die unterschiedlichsten Empfehlungen für Bars, Kinos, Galerien, Restaurants oder Theater im Belgischen Viertel verzeichnet und für jeden Geschmack etwas dabei.

Iris entdeckte Beate, ihre Schwiegermutter, in der kleidsamen roten Uniformjacke. Vor zwei Jahren hatten sie die düstere schwarze Einheitskleidung gegen rote getauscht und dunkelblaue für das männliche Personal gewählt. Beate unterhielt sich am Empfang mit einem Paar, also würde Iris ihr die große Packung hauseigener Pralinen aus dem Tortenhimmel, die sie als Dankeschön mitgebracht hatte, später überreichen.

Die Frau war klein und zierlich. Langes, dunkles Haar fiel auf schmale Schultern, die von einem bunt gemusterten Kleid umhüllt wurden, das fast bis zum Boden reichte. Der groß gewachsene Mann hatte längeres blondes Haar, und seine breiten Schultern erinnerten sie an ... Christian! Wegen des ungewohnt dunklen Anzugs hatte sie ihn nicht auf Anhieb erkannt.

Iris ergriff den Rollkoffer. In dem Moment drehte Christian sich um. Iris blieb stehen, lächelte ihn an.

Er musterte sie verwundert, als wäre sie eine flüchtige Bekannte, von der er niemals erwartet hätte, sie ausgerechnet hier zu treffen. Schließlich kam er auf sie zu. »Iris, was machst du denn hier?«

Iris schluckte. Ihm nach den langen Wochen tatsächlich gegenüberzustehen, festzustellen, wie attraktiv er war, wie das Graugrün seiner Augen im künstlichen Licht noch intensiver wirkte, machte sie sprachlos. Auch der edle Anzug, dazu das schwarze Hemd und die dunkle, gemusterte Krawatte standen ihm ausgezeichnet. Gleichzeitig suchte sie nach einer erfreuten Reaktion in seinen Gesichtszügen. »Ich ... ich wollte dich überraschen ...« Sie kam sich dumm vor, wäre am liebsten weggelaufen oder ihm einfach um den Hals gefallen, doch seine Worte hielten sie zurück wie eine unsichtbare Mauer.

»Das ist dir gelungen.« Er trat an sie heran und küsste sie flüchtig auf die Wangen. »Warum hast du nicht angerufen? Ich hätte dich doch vom Bahnhof abgeholt.«

»Ach …« Iris holte Luft, versuchte, trotz der spürbaren Anspannung zwischen ihnen locker zu bleiben. »Es war eine spontane Entscheidung, aus dem Bauch heraus, ich dachte …« Eigentlich hatte sie ihm von Steinbacher erzählen wollen, von diesem traurig-romantischen Ritual, das der Mann zu Ehren seiner Frau abgehalten hatte. Dass sie sich an ihr Eheversprechen erinnert und gefragt hatte, ob ihre Liebe genauso stark war. Ob sie einander noch liebten. Ob es sich lohnte, für ihre Ehe zu kämpfen. Stattdessen hatte sie das Gefühl, jede Sekunde in Tränen auszubrechen.

»Chris, wir müssen los …«

Die dunkelhaarige Frau tauchte plötzlich neben Christian auf und lächelte künstlich.

Chris? Wer war dieses holde Wesen, das ihren Mann so vertraut ansprach und dabei wirkte, als suche sie männlichen Schutz, weil der leiseste Lufthauch, ausgelöst durch die automatische Öffnung der Glastür, sie umpusten könnte?

»Entschuldige … darf ich bekannt machen?«

Nein!, wollte Iris brüllen. Es interessierte sie nicht, wer *sie* war. Stattdessen lächelte sie verbindlich, wie sie es gegenüber jedem Hotelgast tun würde. Und schüttelte das grazile Händchen mit den langen roten Fingernägeln von Frau Amanda Schlosser, als die Christian sie ihr vorstellte. »Und wohin müsst ihr *los?*«

»Amanda ist Malerin, oder eher Künstlerin, sie möchte gern eine Ausstellung hier im Foyer veranstalten, und ich wollte mir ihre Werke ansehen …«, erklärte Christian leicht stockend.

Amanda? Er duzte sie! Iris glaubte ihm kein Wort. »Eine Ausstellung, wie aufregend.« Iris starrte auf Amandas lange Nägel und fragte sich, ob sie damit überhaupt einen Pinsel halten konnte, und was »eher Künstlerin« bedeutete.

»Magst du uns begleiten? Amanda macht Digitalkunst, einfach wunderschön, würde dir gefallen. Vielleicht hast du schon von der innovativen Kunstrichtung gehört. *Der* Hype auf dem Kunstmarkt, total angesagt.«

Iris erstarrte innerlich. Alles, was sie vernommen hatte, war, dass er von sich und dieser Frau als *uns* sprach. Ich bin deine Ehefrau, wollte sie ihn anbrüllen, du und ich, das ist ein »Uns«, ein »Wir«. Aber sie beherrschte sich erneut. In der Öffentlichkeit ausfallend zu werden, war die Garantie dafür, sich lächerlich zu machen. Mit äußerster Willenskraft gelang es ihr, den Mund zu einem schwachen Lächeln zu verziehen. »Wie überaus freundlich«, entgegnete sie ironisch. »Aber nach der langen Zugfahrt würde ich mich lieber etwas in *unseren* Privaträumen ausruhen.«

»Das verstehe ich …« Christian nickte, und Iris meinte, er habe erleichtert aufgeatmet. »Soll ich dich nach oben bringen?«

Iris umklammerte den Griff ihres Rollkoffers, sagte: »Nein danke, ich bin ja hier zu Hause und kenne den Weg«, und dreht sich ohne weitere Erklärung Richtung Empfang, um Beate zu begrüßen.

Auch ihre Schwiegermutter schaute sie verwundert an, aber ihr war deutlich anzusehen, dass sie sich freute, und das drückte sie auch mit Worten aus. »Iris, wie schön, dass du wieder da bist! Wir haben dich sehr vermisst. Du warst lange weg, oft habe ich mich gefragt, ob du überhaupt wieder zurückkommst.« Prüfend musterte sie Iris, als wolle sie klären, ob es nur ein kurzer Besuch war oder ob sie für immer bleiben würde.

»Ich habe euch auch vermisst«, sagte Iris ausweichend, meinte es aber ehrlich.

»Ich kann hier leider nicht weg, sonst würde ich dich

nach oben bringen und dir beim Auspacken helfen«, entschuldigte sich Beate mit bekümmerter Miene.

»Das macht nichts«, versicherte Iris. »Ich bin ohnehin zu müde zum Reden, die Fahrt war ziemlich anstrengend. Will nur kurz unter die Dusche und mich dann hinlegen. Wir können uns morgen unterhalten.« Damit hatte sie zumindest kundgetan, dass sie über Nacht bleiben würde. Wie es morgen weiterging, hing ganz von Christian ab.

Der Aufzug brachte Iris in den siebten Stock. Verwirrt durch den seltsamen Empfang, lehnte sie sich an die Spiegelwand und schluckte ihre Enttäuschung hinunter. Doch als sie das Loft betrat, vermochte sie ihre Tränen nicht mehr zurückzuhalten. So hatte sie sich das Wiedersehen nicht vorgestellt! Christians abweisende Haltung und dann auch noch diese fremde Frau an seiner Seite ... Sie fühlte sich, als wäre sie bereits die Exfrau, die ihn mit einem Überraschungsbesuch nervte. Und jetzt allein in ihrer gemeinsamen Wohnung zu stehen, war wie eine Reise in die Vergangenheit und verstärkte noch das Gefühl der Einsamkeit.

Auch bei ihrer Abreise war der Himmel wolkenverhangen gewesen. Auch damals hatte sie keinen Blick für das einzigartige Panorama übrig gehabt, das ihr durch die Fensterfront geboten wurde. Und auch damals waren Tränen über ihre Wangen gelaufen.

Iris schloss die Tür und schaute sich argwöhnisch um. Alles sah extrem ordentlich und irgendwie anders aus. Es dauerte einige Sekunden, bis sie wahrnahm, was sich verändert hatte. Die bunten Kissen auf dem weichen Sofa fehlten, der niedrige Couchtisch aus hellem Birkenholz aus den 1960er-Jahren war gegen einen kalt wirkenden Glastisch ausgetauscht, und vom Sideboard waren alle Bilder entfernt worden. Der weitaus schmerzhafteste Anblick war das Bett, auf dem nur noch ein Kopfkissen und eine Bettdecke lagen.

Iris stöhnte auf. Christian hatte alles weggeräumt, was ihn an sie erinnerte. Die Sofakissen und den Birkenholztisch hatte sie ausgesucht, die Bilder von der Hochzeit, die von ihrer Familie und eine zweite Bettgarnitur waren der Beweis gewesen, dass hier ein Paar lebte. Offensichtlich hatte er ihre Ehe »entsorgt« und sich bereits als Single eingerichtet. Sich innerlich so weit von ihr entfernt, dass es keine Versöhnung geben konnte? Und war diese Amanda wirklich nur eine aufstrebende Künstlerin, die ihre Pixelkunstwerke verkaufen wollte, oder hatte sie eben ihrer Nachfolgerin die Hand gedrückt?

Ein kurzes Klopfen ließ sie zusammenzucken, gleich darauf wurde die Tür geöffnet.

»Iris …«, hörte sie Christians Stimme.

Sie drehte sich um. Er war zurückgekommen. Eilig wischte sie sich die Tränen von den Wangen.

»Es tut mir leid. Das eben in der Lobby war eine total blöde Situation …« Er verzog den Mund zu einem schiefen Lächeln. »Ich konnte Amanda aber nicht einfach stehen lassen, musste ihr zumindest die Situation erklären und einen neuen Termin vereinbaren.«

»Ich hätte anrufen sollen.« Iris schniefte, sie brauchte dringend ein Taschentuch, doch auch die Papiertücher-Box, die früher einmal auf dem Couchtisch gestanden hatte, war verschwunden.

»Pssst …« Er trat auf sie zu, nahm sie in den Arm und flüsterte zärtlich: »Du bist meine Frau, du musst dich nicht entschuldigen. Wenn sich einer entschuldigen muss, dann bin ich das. Es tut mir sehr leid, Iris, aber die Situation war einfach total unglücklich, und ich habe mich rüpelhaft benommen. Verzeihst du mir?«

»Ja, es ist alles wieder gut.« Glücklich schmiegte sich Iris an seine Schulter. Er liebte sie noch. Alles war in Ordnung. Sie hatte sich völlig unnötig Sorgen gemacht.

Doch schon beim nächsten Atemzug kehrten die Zweifel wieder. Sie wand sich aus seiner Umarmung, trat einen halben Schritt zurück und schaute ihn ernst an. »Ist Amanda wirklich eine Künstlerin?«

Christian zog sein Jackett aus, warf es schwungvoll auf das Sofa und lockerte seine Krawatte. »Ich verstehe nicht …?«

»Sie sieht eher wie ein Fotomodell aus, nicht wie eine Künstlerin. Und dieses vertraute ›Chris‹ fand ich ziemlich irritierend. Ich war lange weg, tauche unangekündigt auf und treffe dich mit einer attraktiven Frau an. Da kommen einem die absurdesten Ideen.« Iris hatte sich vorgenommen, ehrlich zu sein, keine albernen Spielchen zu spielen, die alles nur verkomplizierten.

»Es ist wirklich nur ein geschäftlicher Kontakt«, versicherte Christian. »Als ich Amanda zum ersten Mal begegnet bin, habe ich auch auf alles Mögliche getippt, nur nicht auf Künstlerin. Aber diese hippen jungen Menschen von heute passen doch in keine Schublade mehr. Da fühlt man sich als fast Vierzigjähriger richtig alt. Warte, ich suche ihre Website …« Er ging zum Bett, griff nach dem Laptop, das auf dem Nachttisch lag, und legte es auf seine Oberschenkel.

Iris war noch nicht endgültig überzeugt, trotz seines arglosen Tonfalls, aber sehr gespannt, was sie zu sehen bekam. Sie setzte sich neben ihn auf den Rand des Bettes.

Er hatte das Gesuchte schnell gefunden. »Hier … das ist sie.« Er drehte den Laptop in ihre Richtung.

Es war eine von diesen Websites zum Selberbasteln, in grellbunten Farben. AmazingAmanda, wie sie sich nannte –

übersetzt: die erstaunliche Amanda –, blickte den Besucher mit einem betörenden Lächeln an.

»Sie ist wirklich sehr fotogen, bei einer dieser Castingshows würde sie vermutlich gewinnen.« Iris bemühte sich, nicht abfällig zu klingen.

Christian reagierte nicht auf ihren Kommentar und klickte auf den Menüpunkt »Galerie«.

Schön bunt, war Iris' erster Gedanke, als sie die Bilder, oder wie immer diese Werke genannt wurden, betrachtete. Was an diesen leicht verschwommenen, verzerrten Blumenbildern oder Ansichten von Natur so neu sein sollte, vermochte sie nicht zu erkennen. Doch bis zur Begegnung mit AmazingAmanda hatte sie sich auch noch nie mit digitaler Kunst beschäftigt. »Ich verstehe ja nichts von Kunst, aber auf alle Fälle wirkt das alles mächtig dekorativ.«

»Unbedingt. Aber das ist doch nicht unser Thema.« Christian klappte den Laptop zu und legte ihn auf dem Nachttisch ab. »Es ist nichts zwischen Amanda und mir, das möchte ich dir versichern. Ich hoffe, du vertraust mir. Sie wäre mir auch ehrlich gesagt zu dürr.« Zärtlich streichelte er über ihren rundlich gewordenen Bauch. »Ich mag Frauen, die gern essen und genießen, was man auch sehen darf.«

Iris seufzte erleichtert. »Was sollte ich denn anderes denken, wenn ich nach Hause komme und dich mit einer fremden Frau …«

»Ich habe dich nicht betrogen«, unterbrach er sie sofort, zog sie mit beiden Händen an sich und küsste sie sanft auf den Hals. »Du warst viel zu lange fort, ich hab dich vermisst.«

»Ich hab dich auch vermisst«, flüsterte Iris und sog den frischen Duft seines Eau de Toilette ein, den sie so liebte.

Seine Lippen wanderten hinauf zu ihrem Kinn, zu

ihrem Mund, und mit einem leidenschaftlichen Kuss sanken sie zurück. Iris fühlte sich wie auf einer Glückswelle. Ihre Liebe hatte die Trennung überstanden. Vielleicht würden sie etwas Zeit brauchen, sich wieder aneinander zu gewöhnen, zur alten Vertrautheit zurückzufinden, aber an ihr sollte es nicht liegen. Sie war bereit, alles dafür zu tun.

Unter Küssen zogen sie einander aus, hielten sich lange Zeit nackt in den Armen, streichelten sich zärtlich, ganz ohne Eile.

Iris überließ sich seiner Führung, Christian kannte ihre empfindlichen Stellen, wusste, was sie zum Höhepunkt brachte. Ihr Sexleben war mit den Jahren zwar sporadischer, aber nicht langweilig geworden. Doch dieses Mal war es intensiver als jemals zuvor. Ihr ganzer Körper bebte, ein berauschendes Kribbeln lief über ihren Rücken bis in ihren Unterleib. Sie hatte das Gefühl zu fliegen.

»Du zitterst ja, ist dir kalt?«

»Nein, es ist nur … bitte nicht aufhören …«

Seine Hand wanderte zu ihren nackten Brüsten, über den Bauch zwischen ihre Schenkel. Zärtlich begann er sie an ihrer empfindlichsten Stelle zu streicheln. Iris spreizte die Beine und stöhnte auf, als Christian in sie eindrang. Jetzt, schoss es ihr durch den Kopf, genau in diesem Moment geschieht ein Wunder, und wir zeugen ein Baby.

Später lagen sie eng umschlugen in den Kissen, lauschten ihrem Atem und den schweren Regentropfen, die inzwischen gegen die schrägen Dachfenster hämmerten.

»Ich liebe es, in deinen Armen zu liegen und dem Regen zuzuhören«, flüsterte Iris. »Es fühlt sich so geborgen an, als gäbe es keine Probleme, keine Sorgen und keine Ungerechtigkeit.«

Christian küsste sie zärtlich auf die Schläfe. »Ich weiß, was du meinst. Es wäre wirklich magisch, wenn der Regen alles Leid wegspülen könnte, doch leider wird das für alle Ewigkeit ein Wunschtraum bleiben. Aber wenigstens ist zwischen uns jetzt wieder alles in Ordnung, oder?«

»Ja«, flüsterte Iris, zutiefst erleichtert, dass sie mit ihrer Überraschungsreise das Richtige getan hatte. Alles würde wieder so werden wie früher. Nachdem sie sich geliebt hatten, fühlte sich auch das Loft nicht mehr fremd an. Der verschwundene Couchtisch und die fehlenden Sofakissen waren vergessen. Für das Entfernen der Bilderrahmen und der zweiten Bettgarnitur gab es sicher eine logische Erklärung. Und Christian zuliebe war sie bereit, ihren Traum von einer Familie mit Kindern aufzugeben, auch wenn sie vor wenigen Minuten einen kurzen Rückfall gehabt hatte. Eine kleine Schwäche im Rausch der Emotionen. Ein letztes Mal das Unmögliche träumen – um sich dann endgültig der Zukunft zuzuwenden.

»Und du bist wirklich zurückgekommen, um zu bleiben?«

Iris entging der leise Zweifel in Christians Stimme nicht.

»Wenn du mich noch willst?«, entgegnete sie provozierend.

Sie hatte gespürt, wie sehr er sie begehrte, dass ihre Körper noch genauso harmonierten wie in den Anfangszeiten, als sie die Hände nicht voneinander lassen konnten. Als sie einmal sogar im Auto übereinander hergefallen waren wie Teenager, die noch bei den Eltern lebten. Aber sie sehnte sich nach einer romantischen Geste, danach, dass er seine Liebe in Worte fasste.

»Du hast ja keine Ahnung, wie sehr ich auf deine Rückkehr gehofft habe, und darauf, dass wir unseren ewigen Streit vergessen können.« Er küsste sie noch einmal zärtlich. »Ist er denn vergessen?«

Iris wusste, wenn sie es jetzt aussprach, musste sie sich

daran halten, oder ihre Ehe würde zerbrechen. Sie besann sich auf das Versprechen, das sie sich selbst gegeben hatte, und sagte mit fester Stimme: »Ja, für immer vergessen. Wir wollen kein Wort mehr darüber verlieren.«

Stürmisch riss er sie in seine Arme. »Mein Liebling, ich bin so glücklich! Du ahnst ja nicht, was mir für ein Stein vom Herzen fällt. Ich hatte solche Angst, dass uns dieses dumme Thema in die totale Katastrophe führt. Aber jetzt wird alles gut.«

Wie glücklich er war, spürte Iris, als er sie erneut mit Küssen liebkoste und mit geradezu schmerzhafter Zärtlichkeit liebte.

Lange Zeit lag Iris dann in seinem Arm, lauschte seinem Herzschlag und war einfach nur glücklich.

Es war bereits dunkel, als Christian vorsichtig den Arm wegzog und sich zur Seite rollte. »Magst du was trinken? Vielleicht ein Glas Wein?« Ohne sich etwas anzuziehen, ging er zum Sideboard, wo ein Kühlschrank integriert war. »Oder was Edleres, zur Feier unserer Versöhnung? Hier wäre ein Piccolo, der reicht für zwei Gläser.«

»Ja, warum nicht? Aber dann würde ich auch gern etwas essen, ich habe Hunger.«

»Und ich erst. Seit ich nicht mehr rauche, macht Sex noch mehr Appetit, und wenn wir uns gestärkt haben ...« Er grinste sie an.

Iris lachte, sie hatte seinen »Hunger« immer genossen, und genau deshalb war sie oft so traurig gewesen, dass sein Appetit nie Folgen ... Nein, nicht schon wieder daran denken, schalt sie sich im Stillen. Sie hatte sich entschlossen, ihren Traum zu begraben, und daran würde sie sich halten.

Christian bestellte zwei große Portionen Sushi beim Japaner, die wenig später von einem Hotelangestellten nach oben gebracht wurden.

Iris genoss es, halb nackt im Bett zu sitzen, ein leichtes Abendessen zu verspeisen, sich danach wieder in Christians Arme zu kuscheln und von Steinbacher zu erzählen.

»Der arme Mann – ein erfolgreicher Kardiologe, aber kann seine Frau nicht retten. Er muss sich wie der letzte Loser vorkommen«, stellte Christian fest.

Iris hatte niemals darüber nachgedacht, ob Steinbacher den Tod seiner Frau auch aus dieser Perspektive betrachtet hatte. Sie war der festen Überzeugung, Steinbacher habe um die Liebe seines Lebens geweint. »Wie lange würdest du um mich trauern?«, fragte sie leise.

Christian richtete sich auf, starrte sie entsetzt an und klang beinahe panisch, als er wissen wollte: »Bist du krank?«

»Nein, nein …« Sie lächelte ihn liebevoll an. Er hatte Angst um sie, und das fühlte sich wunderschön an. »Es war nur eine hypothetische Frage.«

Er atmete theatralisch laut und presste sie dann fest an sich. »Du darfst mich nie wieder so erschrecken. Aber wenn du nicht krank bist, erübrigt sich die Frage – zum Glück.«

»Hm«, murmelte Iris nachdenklich. Sie fragte sich, warum er auf so eine einfache Frage ausweichend antwortete. Warum er nicht einfach »Mein Leben lang« sagen konnte. Oder erwartete sie zu viel? War sie zu ungeduldig? War es nach so langer Trennung leicht für Christian, sie körperlich zu lieben, aber schwierig, seine Gefühle auszusprechen?

»Ist dir eigentlich nichts aufgefallen?«, wechselte Christian unvermittelt das Thema.

»Was meinst du?«

»Hier …« Er deutete mit ausgestrecktem Arm in den Raum.

»Doch, du hast umdekoriert«, antwortete Iris diplomatisch.

Christian lachte. »So kann man es auch nennen. Ich war so unheimlich wütend nach unserem letzten Streit ...«

»Oh, ich auch, und das hat mir meinen Geburtstag ziemlich vermiest.« Iris gestand, an dem Abend mehr getrunken zu haben, als sie vertrug.

»Ich habe auch unseren Kühlschrank geleert, und dann kam plötzlich der Stanley Kowalski in mir zum Vorschein.«

»Welcher Stanley?«

»Der aus ›Endstation Sehnsucht‹, den Marlon Brando gespielt hat.«

Iris hatte den Film als Teenager mal im Fernsehen gesehen und erinnerte sich, dass dieser Kowalski ein ziemlich brutaler Kerl war. Doch Christian hatte sich noch nie wie ein Macho benommen, und grobe Charakterzüge waren ihr auch nie aufgefallen. Im Gegenteil, auf ihn passte eher die Bezeichnung Softie. Sie war irritiert. »Du und gewalttätig?«

»Na ja, eigentlich war es eher ein Unglück im Affekt. Nach unserem Telefonat bin ich in Aktionismus verfallen. Zuerst hab ich die Bilder vom Sideboard entfernt, dann unter dem Vorwand, das Bettzeug und die Sofakissen seien schmutzig, alles vom Wäschedienst abholen lassen. Als mein Zorn danach immer noch nicht verraucht war, hab ich meine Wut an dem Couchtisch ausgelassen. Ich bin wohl nicht der Typ für stille Trauer wie dieser Kardiologe, sondern einer, der seinen Schmerz herausbrüllt und alles kurz und klein schlägt.«

Sein ungewöhnliches Geständnis war für Iris eine romantische Liebeserklärung auf ganz eigene Art. »Ich dachte, du hast den Tisch entfernt, weil *ich* ihn damals ausgesucht habe. Du hast ihn ja nie sonderlich gemocht.«

»Nein, nein, er stand im Verhältnis zu meiner Stimmung einfach ungünstig ...«, wiegelte Christian ab. »Aber was hältst du davon, wenn wir uns einen neuen Tisch anschaffen? Einen, der uns beiden gefällt.«

Iris lehnte sich wieder an seine Brust. »Das sollten wir tun«, stimmte sie ihm zu. Ein solider Tisch war durchaus als Symbol für einen neuen Anfang geeignet, dachte sie und hoffte sehr, sie fanden einen passenden. Ihr Geschmack war doch sehr unterschiedlich.

## 20

Iris schwebte wie auf Wolken. Seit ihrer Rückkehr fühlte sie sich, als durchlebte sie zweite Flitterwochen. Christian war aufmerksam und liebevoll und verwöhnte sie jeden Morgen mit Frühstück ans Bett, stellte Blumensträuße auf ihren Nachttisch und überraschte sie nachträglich zum Geburtstag mit einem verlängerten Wochenende auf dem fünfhundert Jahre alten Schloss Loersfeld. Sie gönnten sich drei erholsame Verwöhntage, genossen asiatische Massagen, schwitzten in der Sauna und schwammen im Hallenbad um die Wette. Und jede Nacht belebten sie ihre Liebe aufs Neue.

Nach diesen Tagen waren alle Zweifel, die Iris jemals gehabt hatte, wie weggewischt. Sie waren verliebt wie in ihren Anfangszeiten, spazierten Hand in Hand durch den Tag, und wer immer sie beobachtete, wäre niemals auf die Idee gekommen, dass sie bis vor Kurzem noch zutiefst zerstritten gewesen waren. Dass Iris sogar über eine Trennung nachgedacht hatte.

Doch auch ihr zweiter Honeymoon war endlich, und sie mussten in den Alltag zurückkehren. Iris löste Beate an der Rezeption ab, die während ihrer langen Abwesenheit die Stellung gehalten hatte.

Die vertrauten Aufgaben, die Begegnungen mit den internationalen Gästen und das aufgefrischte Liebesleben halfen Iris, sich rasch wieder in Köln einzuleben und die quirlige Großstadt mit all ihren Vorteilen zu genießen. Und Christian hielt sein Versprechen, ihr gemeinsames

Privatleben diesmal nicht zu vernachlässigen wie nach den Flitterwochen. Damals hatte sich Christian mit Feuereifer in die Arbeit gestürzt und für andere Aktivitäten kein Interesse mehr gehabt. Selbst wenn die Zeit jetzt nur für Kinobesuche, Ausflüge in die nähere Umgebung oder ein Essen in einem kleinen Restaurant reichte – Iris war es wichtig, dass er sich nicht wieder komplett vom Hotelbetrieb vereinnahmen ließ. Dass sie eine Liebesbeziehung hatten, nicht nur ein Arbeitsverhältnis.

Anfang September zeigte Christian ihr eine E-Mail auf seinem Handy. »Würde dich eine digitale Nacht interessieren?« Es war die Einladung zu einer Vernissage von AmazingAmanda.

Iris las den Text der Mail. »›Donnerstag nächster Woche im E-Werk in Köln-Mülheim. Außer den digitalen Kunstwerken wird auch digitale Musik geboten, und die geschätzten Gäste werden von digitalem Personal bedient.‹ Klingt spannend, am Ende ist alles nur eine einzige Imagination. Erscheinen soll man aber doch persönlich, quasi analog, oder?«

Gleichgültig zuckte Christian mit den Schultern. »Wir müssen dort nicht hin, wenn du keine Lust hast. Ich finde einen triftigen Grund, damit Amanda nicht verärgert ist.«

Warum sollte Amanda verärgert sein?, überlegte Iris. Absagen sind doch völlig legitim. Wollte er etwa eine nochmalige Begegnung vermeiden? Hatte sich doch eine zarte Verbindung zwischen ihm und der Digitalkünstlerin entwickelt? »Nein, nein, ich würde gern hingehen«, versicherte Iris. »Dann kann ich auch das Kleid anziehen, das du mir geschenkt hast. Ich hatte noch gar keine Gelegenheit, es auszuführen. Und wenn mit ›digitalem Personal‹ Roboter gemeint sind, dann will ich unbedingt dabei sein.«

Wieder hob Christian gelangweilt die Schultern. »Na gut, wenn du möchtest, sage ich zu.«

Iris fand Christians Desinteresse irritierend. Wenn er Amandas Werke irgendwann im Hotel präsentieren wollte, musste ihn doch brennend interessieren, wie Digitalkunst bei einem Publikum ankam. Sie selbst war jedenfalls sehr gespannt, wie eine digitale Nacht verlief.

Am Tag der Vernissage gönnte sich Iris einen Friseurbesuch. Ihr kastanienbraunes Haar musste nachgeschnitten werden, und während der Prozedur ließ sie sich die Fingernägel maniküren und leuchtend rot lackieren. Abends gab sie sich große Mühe mit dem Augen-Make-up, betonte ihre goldbraunen Augen mit bronzefarbenem Lidschatten und schwarzer Wimperntusche, denn sie würden Masken tragen müssen, in geschlossenen Räumen war das immer noch Vorschrift. Dann schlüpfte sie in das knielange schwarze Hemdblusenkleid mit dem kleinen weißen Muster und in die roten Pumps. Ein letzter Blick in den Spiegel – der Aufwand hatte sich gelohnt: Mit der frech gestylten Frisur und dem modischen Designerkleid würde sie neben der Künstlerin bestehen können. Sie war bereit, sich in die digitale Nacht zu stürzen.

Als Christian sie dann mit glänzenden Augen betrachtete und »Du siehst atemberaubend aus« sagte, freute sie sich noch mehr auf den Abend.

Damit keiner nur Saft oder Wasser trinken musste, fuhren sie mit dem Taxi zum E-Werk. Am Veranstaltungsort wurden die Gäste vom gleißenden Licht zweier Scheinwerfer auf Stativen empfangen. Ein dunkelroter Sisalteppich führte durch die große Halle in eine kleinere.

»Man fühlt sich sofort wichtig«, stellte Iris gut gelaunt fest, als sie über den roten Teppich liefen.

»Genau deshalb liegt auch bei uns in der Lobby ein roter

Läufer«, murmelte Christian und nahm ihre Hand, als sie die beiden muskelbepackten Türsteher am Durchgang passierten.

Der Eintritt in die Digitale Nacht führte also doch an lebenden Menschen vorbei, dachte Iris amüsiert. Wenn schon digital, dann wären Roboter weitaus stilvoller gewesen und vom pandemischen Standpunkt aus gesehen auch sinnvoller.

In der kleineren Halle drängte sich das Publikum nicht dicht an dicht, wie AmazingAmanda es sicher erhofft hatte. Höchstens fünfzig Gäste schlenderten umher. Dafür war es laut wie auf einem belebten Großstadtbahnhof, offensichtlich kam Stimmengewirr durch eine Lautsprecheranlage. Gleichzeitig drangen unangenehm hohe Töne in Iris' Ohr, die sich wie Nadelstiche anfühlten. Wenn das digitale Musik war, konnte sie nichts damit anfangen.

Suchend schaute sie sich um. »Wo sind denn Amandas Werke und das digitale Personal?«, wandte sie sich an Christian, der sich ebenfalls umblickte. Eine Vernissage ohne Bilder war genauso seltsam wie die schmerzhafte Musik, aber vermutlich war sie mit vierunddreißig Jahren schon zu alt, um die Kunstwelt der Zukunft zu verstehen. Vielleicht hatte sie auch die Ankündigung, von digitalem Personal bedient zu werden, falsch verstanden. In ihrer Fantasie waren es nämlich glänzende weiße Roboterfiguren, die in ihren Greifzangen Tabletts mit Häppchen hielten und auf Rollen durch die Menge glitten.

»Ich habe weder Kunstwerke noch Roboter gesehen«, antwortete Christian, der im Vorbeigehen einen Bekannten mit »Hallo, wie geht's?« begrüßte.

Iris nickte dem ihr unbekannten Mann lächelnd zu. Christian war in Köln geboren, hier aufgewachsen, zur Schule gegangen und als Erbe eines etablierten Hotels eine stadtbekannte Persönlichkeit.

»Da, am Ende der Halle scheint etwas mehr los zu sein!«

Iris reckte den Kopf, war aber zu klein, um mehr von AmazingAmanda zu sehen als dunkles Haar, das auf dem Oberkopf zu einem Knoten gebunden und mit einem Blumenkranz geschmückt war.

Während Christian sie an der Hand nach vorne führte, schaute Iris sich nach dem digitalen Personal um, das sie aber nirgendwo entdecken konnte. Entweder existierte keines, oder es war zum Schutz vor den Massen in Sicherheit gebracht worden. Am Ende schien der analoge Mensch mit Tablett und Getränken doch die billigere Arbeitskraft zu sein. An die Stirnseite der Halle waren schwarze Stellwände ohne ersichtlichen Plan verteilt worden. Darauf sah man rahmenlose Bilder, oder wie immer digitale Kunst bezeichnet wurde.

Um die Künstlerin begrüßen zu können, hätten sie sich hinter den Presseleuten anstellen müssen, die Amazing-Amanda Kameras und Mikrofone vor die zierliche Nase hielten.

»Sie scheint bereits ein Star zu sein«, bemerkte Iris voller Bewunderung. »Hast du das gewusst?«

Christian verneinte. »Auf ihrer Website gibt es zwar einen Link zu Pressemeldungen, aber ich hatte keine Zeit, mir die anzusehen, beziehungsweise habe ich nicht damit gerechnet, dort irgendeine interessante Meldung zu finden.«

»Lass uns die Bilder anschauen«, schlug Iris vor. »Eigentlich sind wir doch deshalb gekommen.«

Auch vor den Kunstwerken herrschte kein Andrang. Iris stand zum ersten Mal in ihrem Leben vor sogenannter Digitalkunst, die sich ihrer Meinung nach auf den ersten Blick nicht von poppigen Postern unterschied. Groß- und kleinformatige, unterschiedlich bunte Blumensujets auf

Leinwand. Manche bis zur Unkenntlichkeit verzerrt. Sie glaubte Blumensträuße in Glasvasen zu erkennen. Insekten in Blütenkelchen. Eine in Wellenformation verfremdete Blumenwiese.

»Die Basis ist meist ein Foto, das scannst du ein und bearbeitest es mit Photoshop«, hörte sie eine helle Stimme neben sich. »Durch digitale Manipulation transformierst du das Bild in eine neue Form.«

Iris wagte einen Seitenblick. Zwei Männer, beide ganz in schwarzen, langen Mänteln, mit schwarzen Masken vor Mund und Nase, dunklen Sonnenbrillen und weißen Seidenschals unterm Mantelkragen, standen mit verschränkten Armen vor den Kunstwerken. Zwei Außerirdische mit Ahnung von digitaler Kunst.

»Echt *easy*«, entgegnete der andere.

»Ja, cool, Mann. Am Ende kannst du das auf Leinwand drucken lassen, und wenn du irre wild drauf bist, noch mit echter Farbe drübermalen – *analog meets digital,* verstehste?«

»Klar, Mann, der Wahnsinn! Aber der Oberhammer ist doch die Kohle, die man damit verdienen kann.«

»Megakrasse Kohle. Bei Christie's wurde kürzlich ein Pixelkunstwerk für 69 Millionen versteigert. Gib dir das mal, fast 70 Millionen ...« Er seufzte sehnsüchtig. »Damit würde ich mir in New York ein Loft kaufen, einen auf Andy Warhol machen und internationalen Ruhm abschöpfen.«

»Ey, und das läuft alles ohne Kunsthochschule! Mega!« Sie hoben ihre Hände und klatschten laut lachend ab.

Vergnügt hatte Iris zugehört. Sie fand es auch ziemlich verrückt, was in der Computerwelt »ohne Studium« alles möglich war, und wie sich die Kunstwelt dadurch veränderte. Da wurde Millionen schwere Kunst am PC kreiert, Prothesen mit dem 3-D-Drucker ausgedruckt, und alle elf Sekunden verliebte sich ein Single übers Handy. Nur die

Kinder, die wurden größtenteils noch selbst gezeugt und geboren. Ein schmerzhafter Stich durchfuhr sie, als ihr klar wurde, dass ihr Unterbewusstsein mal wieder selbstständig agierte. Es wollte sich ihrem eisernen Willen einfach nicht beugen.

Instinktiv drehte sie sich nach Christian um. Er war verschwunden. Zufall?, fragte Iris sich. Ihr Kinderwunsch drängte aus dem Tiefen ihres Seins nach oben, während Christian sich aus dem Staub gemacht hatte. Sie ließ ihren Blick über die wenigen Köpfe wandern und entdeckte ihn schließlich zwischen den Presseleuten. »Du kannst mich doch nicht einfach so stehen lassen!«, flüsterte sie, als sie neben ihm stand.

Er legte den Arm um ihre Schultern, küsste sie auf die Schläfe und sagte: »Entschuldige, Liebling, soll nicht wieder vorkommen. Ich wollte nur den Interviews zuhören ... vielleicht hilft mir das bei der Entscheidung, ob es überhaupt sinnvoll wäre, in unserem Haus eine derartig abgedrehte Ausstellung zu veranstalten, oder nicht.«

Iris überlegte stattdessen, warum eine bereits erfolgreiche Künstlerin, die unter normalen Umständen auch eine Halle füllen konnte, in einem kleinen Hotel ausstellen wollte. Das war doch gar nicht Amandas Liga. Ob nicht doch Christian der Grund für Amandas Interesse war? Die Frage würde er ihr bestimmt nicht ehrlich beantworten. Vielleicht wurde sie aus den Interviews schlauer.

Sie musste sich sehr konzentrieren, um die nervtötende Musik möglichst auszublenden, aus dem Stimmengewirr klare Sätze herauszufiltern und zu verstehen, welche Fragen die hektischen Presseleute stellten. Soweit sie begriff, ging es um den immensen $CO_2$-Verbrauch, den Digitalkunst offensichtlich verursachte.

Eine ältere Dame mit grauen, raspelkurzen Haaren hielt

Amanda ein Mikrofon dicht vor die Nase. »Amazing-Amanda, was werden Sie Ihren Kindern sagen, wenn sie Ihnen eines Tages vorwerfen, an der Erderwärmung mitschuldig zu sein? Wobei man da wohl erst einmal fragen müsste, ob Sie überhaupt Kinder haben wollen.«

Amanda schien zu schlucken, die Frage hatte sie wohl nicht erwartet. Doch sie hatte sich schnell in Griff, lächelte und sagte mit kräftiger Stimme: »Ursprünglich wollte ich auf Kinder verzichten, denn im Grunde ist jedes Kind eine $CO_2$-Bombe, so hässlich das auch klingt. Die Welt ächzt bereits unter der Überbevölkerung, und deshalb habe ich mich schon vor langer Zeit gefragt, ob es nicht unverantwortlich wäre, noch mehr Kinder in die Welt zu setzen. Aber …« Amanda legte eine Atempause ein und lächelte süßlich, bevor sie verkündete: »Ja, ich möchte Mutter werden und mindestens drei Kinder bekommen, denn ohne Kinder haben wir überhaupt keine Zukunft.«

Iris meinte, Amanda habe Christian einen Blick zugeworfen, und schaute vorsichtig zu ihm auf. Doch seine Miene war unbeweglich, ohne erkennbare Gefühlsregung.

»Aber jede Stunde am Rechner verbraucht Massen an $CO_2$, und damit ist Digitalkunst unverantwortlich«, wandte sich ein jüngerer Mann an die Künstlerin.

Amanda nickte. »Richtig, aber ist es nicht so, dass jedes Lebewesen die Erde belastet?« Nach Bestätigung suchend, schaute sie ins Publikum, und erst als der Beifall ausblieb, redete sie weiter. »Deshalb bin ich Veganerin, habe kein Auto und spende die Hälfte meiner Einkünfte einem Projekt, das Bäume pflanzt …«

»Heuchlerin!«, schrie jemand aus dem Publikum, und lautes Lachen erschallte. Die Widersprüchlichkeit ihrer Statements war ihr offensichtlich entgangen, dachte Iris amüsiert.

Es folgten ähnlich provokante Fragen, die Amanda meist lässig abschmetterte.

»Was wohl das Publikum dazu meint?«, sagte einer der Presseleute, drehte sich um, erkannte Christian und hielt ihm das Mikrofon hin. »Herr Bonhoff, wie wir wissen, sind Sie verheiratet, aber kinderlos, was sagen Sie und Ihre reizende Frau« – der Mann schenkte ihr ein freundliches Lächeln – »zu der These, dass Kinder in die Welt setzen unverantwortlich wäre?«

Iris presste die Lippen aufeinander, um den Journalisten nicht anzupöbeln. Was fiel ihm ein, solch eine persönliche Frage zu stellen? Gespannt blickte sie Christian an. Er schluckte heftig, seine Unterlippe zitterte leicht. Doch dann lächelte er souverän, sagte: »Das ist eine sehr interessante Frage«, drehte sich abrupt um und zog Iris Richtung Ausgang. »Was für eine seltsame Veranstaltung«, schnaufte er genervt, als sie allein vor dem Fabrikgebäude standen.

»Ja, sehr seltsam, und dann auch noch unverschämte Presseleute, die hinterhältige Fragen stellen«, erwiderte Iris in vollem Bewusstsein, Christian zu provozieren und dadurch inkonsequent zu sein. Sie hatte sich selbst versprochen, das heikle Thema nie wieder anzusprechen. Aber es war einfach zu verlockend.

»Mir brummt der Schädel von der grässlichen Beschallung, und Hunger habe ich außerdem«, wechselte Christian das Thema und schlug vor, essen zu gehen.

»Ich könnte auch eine Kleinigkeit vertragen«, sagte Iris, enttäuscht von seiner Reaktion.

Während des Essens unterhielten sie sich über Amandas Kunstwerke. Trotz Christians anfänglicher Begeisterung wollte er nun doch keine Ausstellung mit ihren Werken im Hotel veranstalten. Der Stil passe einfach nicht ins Haus.

## 21

In den nächsten Tagen war Christian rührend um Iris besorgt, versicherte ihr täglich, wie sehr er sie liebte und wie glücklich er sei. Und er schien zu ahnen, wie schwer es ihr gefallen war, ihm zuliebe ihren Traum von einem Kind aufzugeben. Kam ihnen unterwegs ein Kinderwagen entgegen, zog er sie eilig auf die andere Straßenseite, wo er ihr angeblich etwas zeigen wollte.

Iris war überrascht von Christians sensibler Art – eine ganz neue Seite an ihm – und nahm sich fest vor, die Worte »Baby« und »Kinder« nicht einmal mehr zu denken. Aber es war genauso, wie wenn jemand sagte: »Denken Sie jetzt nicht an einen rosa Elefanten.« Es funktionierte einfach nicht.

Oft hatte Iris das Gefühl, auf der Flucht vor sich selbst zu sein. Endlos, ohne Ausweg. Dann beruhigte sie sich mit der Gewissheit, dass sie in fünfzehn Jahren fünfzig sein und um diese Zeit auch bei ihr die Menopause einsetzen würde. Von da an wäre es vorbei mit der Fruchtbarkeit. Sie musste nur noch ein paar Jahre durchhalten, dann würde ihre biologische Uhr endgültig aufhören zu ticken. Dann würde es sinnlos werden, über eigene Kinder nachzudenken.

Doch spätestens wenn sie an Viola dachte, die demnächst ihr Baby bekam, oder ein junges Paar mit Kindern an der Rezeption stand, musste Iris ihre Sehnsucht mit aller Macht unterdrücken. Musste sich daran erinnern, dass sie ihre Ehe gerettet hatte und Christian sich große Mühe gab, ihr jeden Wunsch von den Augen abzulesen. Dass er sein

Versprechen einhielt und sich an den meisten Wochenenden Zeit für sie nahm. Dass sie glücklich miteinander waren. Und dass sie in einem Laden für englische Antiquitäten einen Couchtisch gefunden hatten, der ihnen beiden auf Anhieb gefallen hatte.

Gegen Ende September erhielt Iris auf ihrem Handy eine Nachricht von Rose. *Melde dich, sobald du Zeit hast.* Harmlose Worte, doch Iris war sofort alarmiert und dachte an ihren Vater. Sein Herz war durch den leichten Herzinfarkt sicher angegriffen, wie schnell konnte sich das wiederholen! Mit einem diffusen Gefühl der Angst tippte sie auf Roses Nummer in ihren Kontakten. Während das Freizeichen ertönte, beruhigte sie sich mit dem Gedanken, dass es sich nur um eine Kleinigkeit handeln konnte, sonst hätte Rose keine Nachricht geschickt, sondern sofort angerufen.

»Was ist los?«, fragte sie, sobald Rose sich meldete, ohne sich mit höflichem Geplauder aufzuhalten.

»Viola hatte vorzeitige Wehen, sie musste in die Klinik zur Beobachtung«, antwortete Rose ebenso direkt. »Sie ist ja erst in der sechsunddreißigsten Woche, aber es kann sein, dass die Geburt eingeleitet werden muss. Endgültig ist noch nichts entschieden, ich wollte dir nur direkt Bescheid geben.«

Iris starrte mit brennenden Augen auf den Packen Lesestoff, den sie noch schnell am Bahnhofskiosk in Köln für die Zugfahrt an den Bodensee gekauft hatte. Ein paar Zeitschriften mit Kürbisrezepten und einen historischen Roman, der im frivolen Berliner Milieu der 1920er-Jahre spielte. Hoffentlich war die Lektüre spannend genug, um sie während der fünf Stunden langen Fahrt abzulenken! Von der Sorge um Viola und das ungeborene Baby, aber auch vom Streit mit Christian, der mal wieder nur an sich gedacht hatte und ihre Abreise absolut nicht akzeptieren wollte.

»Ist es nicht ein wenig übereilt, sofort in den Zug zu steigen? Viola ist doch nicht allein auf der Welt. Eure Eltern, Tante Annemarie und deine Schwester sind doch auch noch da«, hatte er argumentiert. »Und wenn Viola wirklich in Lebensgefahr schwebt, sind ohnehin nur die behandelnden Ärzte in der Lage, ihr zu helfen. Du kannst eigentlich nichts tun.«

»Ich kann sie wissen lassen, dass ich in der Nähe bin, und das allein wird helfen«, hatte Iris anfangs noch ruhig widersprochen. Innerlich war sie zutiefst schockiert gewesen, wie wenig Verständnis Christian aufbrachte.

»Du willst also fünf Stunden Zugfahrt auf dich nehmen, um dann im Krankenhausflur herumzusitzen? Absoluter Unsinn.«

»Kann es sein, dass du als Einzelkind diese geschwisterliche Verbindung nicht nachvollziehen kannst?«, hatte sie gefragt. »Es ist ein unsichtbares, aber starkes Band, das niemals reißt. Und vor meiner Heirat haben wir einander versprochen, uns in allen Notlagen beizustehen.«

»Ich finde es trotzdem übertrieben«, hatte er mürrisch wie ein kleiner Junge gemault. »Und ich möchte dich daran erinnern, dass du auch mir am Altar etwas versprochen hast.«

Ein Argument, bei dem Iris endgültig die Geduld gerissen und sie laut geworden war. »Ich verlasse dich ja nicht, sondern fahre lediglich für ein paar Tage nach Auerbach! Der Geburtstermin ist ja erst in ein paar Wochen, und sobald Viola wieder entlassen wird, komme ich sofort zurück.«

Mit diesem Versprechen hatte sich Iris auch von den Gedanken an Violas kritischen Zustand ablenken wollen. Was nur teilweise gelang. Sie hatte Angst um ihre Schwester und das Baby, und es gelang ihr nicht, dieses Gefühl zu verdrängen. Immer wieder ließ sie das Buch sinken, weil der Text vor ihren Augen verschwamm, blätterte dann in einer der Zeitschriften oder blickte aus dem Fenster in die vorbeifliegende Landschaft.

In ihrer Kindheit hatten Zugfahrten etwas unwiderstehlich Magisches gehabt. Jedes Jahr in den großen Ferien hatte sie sich sehnlichst gewünscht, die Eltern würden mit ihr und den Schwestern verreisen, wie andere Familien es taten. Aber Urlaube waren bis auf kleine Ausflüge mit Großvater oder Tante Annemarie immer ein Traum geblieben. Iris erinnerte sich noch ganz genau an die Erklärung der Eltern: »Gastwirte können es sich nicht leisten, den Betrieb allein zu lassen, schon gar nicht in der Hochsaison.« Und Hochsaison war dank des mediterranen Klimas am Bodensee mindestens von April bis Oktober.

Allein gelassen war auch die arme Viola in der Klinik, die sicher Angst hatte, weil sie die Geburt ohne den Vater des Kindes durchstehen musste. Der sie doch eigentlich in ihrem Schmerz trösten und mit ihr leiden sollte. Gäbe es Gerechtigkeit, würde dieser Timo, der aussah wie der junge George Clooney, genau jetzt auftauchen. Aber Iris war nicht so naiv, daran zu glauben, das Schicksal sei einmal gerecht.

Hoffentlich gibt es keine Komplikationen, hoffentlich hören die Wehen wieder auf, hoffentlich wird alles gut werden, dachte sie beschwörend. Dann wieder wünschte sie sich, an Violas Stelle zu sein. Um solch ein kleines Wesen in den Armen halten zu können, hätte sie freudig alle Schmerzen ertragen. Doch alles, was sie für Viola tun konnte, war, ihre Hand zu halten, ihr den Schweiß von der Stirn zu wischen und ihr beizustehen, solange die Ärzte oder die Hebamme es zuließen.

Kurz vor Stuttgart packte Iris ihre Sachen zusammen. Hier musste sie umsteigen, was auf dem Stuttgarter Kopfbahnhof stressfrei war, da sich alle Gleise auf einer Ebene befanden.

Nachdem ihr ein freundlicher Mitreisender mit dem Gepäckstück geholfen hatte und sie unfallfrei auf dem Bahnsteig gelandet war, meldete sich ihr Magen. Leider war die historische Bahnhofshalle momentan eine einzige Baustelle, und sämtliche Kioske waren verschwunden, hier gab es nicht mal ein pappiges Sandwich. Nach dem Telefonat mit Rose und dem Gespräch mit Christian hatte sie so schnell wie noch nie in ihrem Leben den großen Koffer gepackt und war in ein Taxi gesprungen. Christian hatte es angeblich nicht einrichten können, sie zum Bahnhof zu fahren. Sich in der Küche ein Sandwich einpacken zu lassen, daran hatte sie in der Hektik überhaupt nicht gedacht. Doch erst im Zug nach Konstanz schob eine Servicekraft einen Imbisswagen durch den Waggon, und Iris erstand ein in Folie gewickeltes Käsesandwich, einen Becher Kaffee und eine Flasche Mineralwasser.

Ausgehungert verspeiste sie den geschmacksneutralen Deutsche-Bahn-Imbiss und musste an AmazingAmanda denken. Die vegan lebende Künstlerin hätte sie für so ein $CO_2$-schädliches Essen garantiert mit bösen Blicken gestraft. Aber sie erinnerte sich auch an den Blick, den Amanda Christian zugeworfen hatte, und an seine Reaktion auf die Frage des Journalisten. Ob sie jemals erfahren würde, warum er beinahe panisch davongerannt war? Sie hatte wie versprochen das Thema nie wieder erwähnt und würde sich auch in Zukunft daran halten. Neugierig war sie dennoch.

Ihr Handy schrillte in ihre Gedanken. Erschrocken kramte sie es aus der kleinen Handtasche, die auf ihrem Schoß unter den Zeitschriften lag. Als sie auf dem Display sah, wer sie anrief, meldete sie sich mit einem Lächeln.

»Hier ist der Briefmarkensammler vom Bodensee, vielleicht erinnerst du dich«, begrüßte Fritz Kreuzer sie gut gelaunt. »Störe ich?«

»Nein, überhaupt nicht, ich freue mich über deinen Anruf.«

»Den Geräuschen nach bist du gerade unterwegs.«

»Gut getippt«, sagte Iris und erklärte, wo sie sich aufhielt und warum.

»Das tut mir sehr leid, hoffentlich geht bei Viola alles gut.«

Gerührt bedankte sich Iris. Ein Freund aus Jugendtagen, mit dem sie kürzlich erst den Kontakt aufgefrischt hatte, brachte mehr Verständnis für die Beziehung zu ihren Schwestern auf als ihr Mann. Kein besonders gutes Zeugnis für ihre Ehe.

»Eigentlich wollte ich dich zu einem Kaffee einladen, aber daraus wird wohl nichts werden, oder?«

»Kaffee steht bereits vor mir, und bis Konstanz sind es noch fast zwei Stunden …«

»Dann habe ich ja einen günstigen Moment erwischt.«

»Sozusagen perfektes Timing«, erwiderte Iris und fragte, wie es ihm in letzter Zeit ergangen war.

»Chaos, Stress und der ganze Rest, wie üblich … aber deshalb rufe ich nicht an. Es gibt nämlich gute Neuigkeiten.«

»Oh, gute Nachrichten brauche ich dringend.« Iris freute sich jetzt noch mehr über den Anruf von Fritz und hörte gespannt zu, was er zu berichten hatte.

Die anonyme Anzeigenserie wegen der Mäuse in den

Schaufenstern von Konditoreien war aufgeklärt worden. Der Mitarbeiter einer Backwarenkette hatte die angeblichen Schädlinge gemeldet, dafür eine Prämie von seinem Arbeitgeber und jetzt eine Anzeige kassiert.

»Unglaublich, wie skrupellos große Konzerne vorgehen, um ihre Umsätze zu steigern«, seufzte Iris geschockt, war aber dennoch erleichtert. »Wenn ich solche Storys höre, frage ich mich immer, ob die Welt bald nur noch von Konzernen beherrscht wird und kleine Familienbetriebe ein Auslaufmodell sind.«

»Wer vermag schon in die Zukunft zu blicken?«, entgegnete Fritz nachdenklich. »Aber die Pension König ohne den Tortenhimmel kann ich mir nicht vorstellen. Ihr seid doch eine Institution, Auerbach und der halbe Bodensee sind ohne euch gar nicht denkbar.«

»Danke, das hast du schön gesagt, und ich hoffe auch, dass wir uns keine Sorgen machen müssen«, erwiderte Iris. »Viola ist sehr erfolgreich mit ihren Tortenkreationen, warum sollte sie ihre geliebte Konditorei aufgeben? Im Gegenteil, sie hat große Pläne, träumt von einem eigenen Backbuch, und wenn sich mit dem Baby erst mal alles eingespielt hat, wird sie das bestimmt angehen.«

»Und auch das wird ein Erfolg werden, genau wie die Konditorei«, glaubte Fritz und bedauerte, sich wegen einer Themenkonferenz verabschieden zu müssen. »War schön, mit dir zu plaudern. Ich drücke die Daumen, dass Viola bald nach Hause kann. Und falls du zwischendurch mal Zeit für einen Kaffee am See hast, ich würde mich freuen.«

Iris bedankte sich und versprach, sich zu melden, sobald die ganze Aufregung vorbei war.

Nachdem sie das Handy zurück in die Tasche gesteckt hatte, merkte sie, wie sich ihre Stimmung durch das Gespräch aufgehellt hatte. Die erfreulichen Nachrichten wegen der Mäuse und das Gespräch mit einem verständnisvollen Menschen hatten ihr geholfen, nicht mehr ganz so schwarzzusehen.

Endlich fuhr der Zug in Konstanz ein. Iris stand bereits mit dem großen Koffer an der Waggontür. In der Aufregung hatte sie übertrieben viel eingepackt, als wolle sie für immer bleiben. Sogar einen dick wattierten Mantel, obwohl es am Bodensee selten winterlich kalt wurde. Im Winter gab der See die im Sommer gespeicherte Wärme wieder ab und wirkte über die kalten Monate wie eine Heizung. Frosttage gab es kaum, nur manchmal froren kleine Teile des Untersees zu, und zur Freude der Kinder war die Eisdecke dann auch dick genug zum Schlittschuhlaufen. Dass der See komplett von einer Eisschicht bedeckt war, kam statistisch gesehen nur alle Jubeljahre vor, zuletzt war das 1963 geschehen, lange vor ihrer Geburt.

Ob es wieder so ein Ausnahmejahr werden würde, fragte sich Iris, als sie auf dem Bahnsteig von einer herbstlichkühlen Windböe gepackt wurde, während sie sich nach Horst umschaute. Als er ihr dann entgegenkam, wirkte er nicht so fröhlich wie bei ihrer letzten Ankunft.

»Willkommen zurück«, sagte er niedergedrückt, schnappte sich den Koffer und wuchtete ihn kommentarlos auf die Ladefläche.

Schweigend fuhren sie durch eine von aufsteigendem Dunst umhüllte Landschaft, die sich, wie es Iris erschien, hinter einem Trauerschleier verstecken wollte.

# Wien, Dezember 1955

Wie an jedem freien Sonntag schlenderte Max gemächlich durch die Wiener Innenstadt. Zehn Jahre nach Kriegsende waren alle Schäden beseitigt, nur vereinzelt klafften zwischen den prächtigen Gebäuden noch Lücken, die mit Bretterzäunen abgesichert waren. Sehr zur Freude der Plakate-Kleber, die darauf ihre bunten Werbebotschaften anbringen konnten und diese Möglichkeit auch reichlich nutzten. Max verweilte gern davor und genoss den Anblick schöner Frauen, die mit roten Mündern für Lippenstifte warben. Oder er verglich seinen eigenen vollen Haarschopf mit dem der Männer, deren perfekter Haarschnitt mit glänzender Frisiercreme noch eindrucksvoller zur Geltung kam. Eines der Plakate betrachtete Max besonders gern: zwei perfekt geformte Frauenbeine, gehüllt in Nylonstrümpfe, die ihn an Elfies verführerische Beine erinnerten. Die ihn aber auch daran erinnerten, dass sie einem andern gehörte und er seine Sonntage allein verbringen musste.

Doch er war noch immer nicht bereit, seine Hoffnung auf ein gemeinsames Leben mit Elfie aufzugeben. Er musste nur einen Weg finden, sie davon zu überzeugen, dass sie an seiner Seite glücklicher sein würde als mit Georg. Musste ein überzeugendes Argument finden, damit sie ihren Mann verließ. Darüber zermarterte er sich unablässig den Kopf auf seinen Streifzügen durch die Kärntner Straße, den Kohlmarkt oder rund um den Stephansdom, wo die eleganten Geschäfte angesiedelt waren. Wo das Wirtschaftswunder die Schaufenster jetzt im Dezember mit Weihnachtsgeschenken füllte. Wo prächtige Nerzmäntel an Puppen ausgestellt waren, Schuhgeschäfte die schicksten Modelle für große und kleine Füße präsentierten. Oder Juweliere jedes Frauenherz höher schlagen ließen. Aber auch Max betrachtete die Auslagen jedes Mal aufs Neue mit glänzenden Augen. Wie magisch angezogen starrte er auf das zwischen Christbaumkugeln dekorierte Geschmeide, vermochte sich kaum sattzusehen an den goldenen Armbändern, Ketten mit tropfenförmigen Anhängern aus Edelsteinen, silbernen Ohrringen, zierlichen Uhren speziell für Damen oder Ringen, mit Diamanten verziert. Kunstwerke für die zarten Frauenhände. Geschenke, um eine große Liebe zu besiegeln.

Seit einigen Tagen war Max auf der Suche nach einem passenden Weihnachtsgeschenk für die große Liebe seines Lebens. Wäre Elfie unverheiratet gewesen, wäre *er* durchaus in der Lage gewesen, ihr einen Diamantring an den Finger zu stecken; auch wenn seine Taschen nicht so prall gefüllt waren wie die so mancher Männer, die in großen Limousinen durch die Wiener Prachtstraßen fuhren. Deren Gattinnen in dicke Pelzmäntel gehüllt waren und vermutlich genau solche glitzernden Juwelen trugen. Max würde vielleicht niemals so reich werden, dass er Elfie mit Geschmeide überhäufen konnte, doch der Großteil seines Lohns, den er in den eineinhalb Jahren im Café Haas verdient hatte, lag auf einem Sparbüchlein und vermehrte sich ganz von allein. Georg Haas bezahlte ihn gut, hatte ihm das Salär nach der Eröffnung der Zweigstelle sogar erhöht, damit Max nicht etwa auf die Idee käme, den Arbeitgeber zu wechseln. Die Kaffeehäuser erfreuten sich nicht zuletzt wegen Max' Konditorkünsten großer Beliebtheit. Unlängst noch hatte der Chef ihm kumpelhaft auf die Schultern geklopft und ihn für seine Tortenkreationen gelobt. »Ohne dich, lieber Max, hätte ich die Dependance niemals eröffnen können.« Selbstverständlich hatte Max sich gefreut, doch er hätte sofort auf jede noch so renommierte Auszeichnung verzichtet, wenn er Elfie hätte gewinnen können.

Um die Mittagszeit spazierte Max Richtung Albertinaplatz, wo er, die Oper im Rücken, genau auf das Sacher blicken konnte. Wie jeden Sonntag verweilte er einige Minuten davor, bedankte sich im Stillen dafür, dass er damals abgewiesen worden war und nur deshalb Elfie kennengelernt hatte. Und genau aus diesem Grund war Max auch überzeugt, dass er und Elfie füreinander bestimmt waren. Warum sonst hätte das Schicksal ihn zuerst zu der Witwe und dann ins Café Haas geführt? Das war kein Zufall, das war seine Bestimmung.

Nach der kurzen »Andacht« vor dem Sacher wanderte Max weiter in die Dorotheergasse, um im Café Hawelka ein sonntägliches Gulasch zu sich zu nehmen. Er hätte auch in der Pension zu Mittag speisen können, Frau Swoboda hatte ihn wie so oft dazu eingeladen. Doch er hatte auch heute dankend abgelehnt und behauptet, einen Kollegen zu treffen, um neueste Rezepte auszutauschen.

Die Witwe versuchte mit allen Mitteln, ihn einzufangen. Mal war es ein offener Knopf am Kleid, um ihm ihre vollen Brüste zu präsentieren, dann wieder leckte sie sich über die Lippen und schaute ihm dabei in die Augen. Beim Frühstück berührte sie ganz zufällig seine Hand, wenn sie den Brotkorb oder die Kaffeekanne auf den Tisch stellte. Sie passte ihn im Flur ab, wenn er abends nach Hause kam, und lud ihn zu einem Glaserl Wein ein. Die frisch gewaschene Wäsche brachte sie genau in dem Moment, wenn er sich umzog und halb nackt war. Anfangs hatte er an Zufälle geglaubt, bis ihm klar geworden war, dass sie ihn durchs Schlüsselloch beobachtete. Danach hatte er ein Hemd über die Türklinke gehängt. Außerdem hatte er sich diese neuartigen, pflegeleichten Nyltest-Hemden angeschafft. Die waren bügelfrei, mussten nur gewaschen und auf einem Kleiderbügel getrocknet werden. Deshalb fühlte er sich der Witwe nicht mehr so verpflichtet, sie wollte nämlich partout keinen einzigen Schilling fürs Wäschewaschen nehmen. »Das ist doch eine Kleinigkeit, Herr Max«, hatte sie wiederholt versichert und ihm dabei ihre Hand auf den Unterarm gelegt. Max hatte schon überlegt, sich eine neue Unterkunft zu suchen, aber ihm war noch keine plausible Erklärung für einen Umzug eingefallen. Ohne triftigen Grund wollte er die Pension nicht wechseln, das wäre beleidigend gewesen, und das hatte die Witwe nicht verdient. Sie war halt einsam – wer wollte ihr einen Vorwurf daraus machen, dass sie ein Auge auf ihn geworfen hatte?

Auch Max fühlte sich an seinen freien Sonntagen ein wenig einsam, aber mit der Zeit war das Café Hawelka wie ein familiäres Wohnzimmer geworden. Oft verbrachte er den ganzen Nachmittag in dem von einem Ehepaar geführten Kaffeehaus in der Dorotheergasse.

An kleinen Tischen mit Bugholzstühlen versammelten sich vorwiegend Künstler und Lebenskünstler, mit denen man leicht ins Gespräch kam. Bei Kaffee und Zigarette konnte man herrlich über das Leben philosophieren. Über die Unberechenbarkeit der Liebe, die das Leben auf eine Weise zu verändern mochte, wie man es sich nie hätte träumen lassen. Dieser Hypothese stimmte Max im Stillen zu, immer auf der Hut, nur ja keine eigenen Erfahrungen beizusteuern. Zu groß war die Gefahr, in einer hitzigen Debatte einen Namen zu nennen, und das konnte Elfie in große Schwierigkeiten bringen.

Nach zwei, drei Stunden begab sich Max dann auf den Heimweg, auf dem er nochmals an den Werbebotschaften vorbeikam. Das Plakat mit den verführerischen Beinen brachte ihn heute endlich auf die Idee, was er Elfie schenken konnte: ein Paar Nylonstrümpfe. Ein fantastisches Geschenk im doppelten Sinn. Elfie konnte sie jeden Tag tragen, ohne dass Georg fragen würde, woher die Strümpfe kamen. Und er konnte sich vorstellen, es seien seine Hände, die Elfies Schenkel in diesen Strümpfen umschlangen.

Gleich morgen wollte er in der Mittagspause loslaufen und ein Paar von besonders exklusiver Qualität erstehen.

# 22

In Auerbach angekommen, erinnerte Iris der geschmückte Herbstkranz an der Eingangstür daran, wie schnell ein Jahr vorbeiging, und kaum drehte man sich dreimal um, war schon wieder Weihnachten. Horst hatte den Koffer an der Rezeption abgestellt und verabschiedete sich eilig, als fürchtete er, traurige Nachrichten mit anhören zu müssen.

*La réception* war verwaist. Iris konnte weder Rose noch Annemarie als Vertretung hinterm Tresen entdecken. Ein beängstigendes Zeichen? Doch dann erinnerte sie der leise an den Fensterläden rüttelnde Wind daran, dass es ab Ende September meist ruhiger wurde.

Etwas entfernt hörte Iris Stimmen. Wenn sie sich nicht irrte, kamen die aus dem Wohnzimmer. Sie schob den Koffer hinter den Tresen und lief über den schmalen Flur in den privaten Salon.

Vorsichtig drückte sie die Klinke. Langsam öffnete sie die Tür, und als sie ihre Familie erblickte, seufzte sie erleichtert. »Da seid ihr ja!«

Ihre Eltern, Rose und Tante Annemarie saßen am Esstisch beim Abendbrot, als wäre nichts geschehen. Wie gewöhnlich mit dem Service, das Streublümchen zierte. Auf einer Platte waren Waltrauds appetitlich belegten Brote angerichtet, in einer Schale frische Gurken und Karotten in längliche Stücke geschnitten, dazu Mineralwasser, Apfelsaft, Gläser und eine Kanne Tee. Der vertraute Anblick vermittelte eine beruhigende Normalität, die Iris zu Tränen rührte. Alles war an seinem Platz, alles war normal, nichts, worüber sie sich Sorgen machen musste. Annemarie, farbenfroh wie immer, in einer roten Kordsamthose und einem bunt bestickten silbernen Wollpulli, die Augen geschminkt und das kurze graue Haar mit Gel zu einer stacheligen Frisur gestylt. Ihre Eltern dicht nebeneinander, sie wirkten glücklich wie eh und je. Und Rose, die ihr blondes Haar nicht wie sonst zu einem Knoten gebunden hatte, sondern es offen auf die Schultern fallen ließ, sah aus wie ein Schulmädchen.

In dieser Sekunde wurde Iris bewusst, wie sehr sie ihre Familie liebte und wie sehr sie sich hier geborgen fühlte. Die Stimmung schien zwar gedämpft, aber nicht so traurig, dass sie mit dem Schlimmsten hätte rechnen müssen.

»Iris, Kind!«, rief ihre Mutter erfreut aus und war mit zwei Schritten bei ihr. Nach einer innigen Umarmung half sie ihr aus dem Mantel und legte ihn auf dem Sofa ab. »Und bevor du fragst, es gibt keine Neuigkeiten aus dem Kranken'aus.«

Relativ erleichtert – *keine* Nachrichten waren zumindest keine schlechten Nachrichten – begrüßte Iris ihren Vater mit Küsschen auf die Wangen.

Herbert strahlte sie an. »Schön, dass du da bist, meine Große. Ist ein gutes Gefühl, die Familie beisammen zu haben.«

Rose schob ihren Stuhl zurück und fiel ihr um den Hals. »Du hast es tatsächlich im Zeitraffer geschafft, Schwesterherz.«

Auch Tante Annemarie erhob sich, umarmte sie fest, holte ein Gedeck aus der Anrichte und stellte es auf Iris' angestammten Platz neben Rose.

Die ersten Minuten vergingen mit Fragen nach Christian, der Reise und ob sie hungrig sei.

»Christian geht es gut«, antwortete Iris ausweichend, um den unangenehmen Streit vor der Abreise nicht erwähnen zu müssen. Niemand hätte verstanden, dass er sie nicht zum Bahnhof gebracht hatte. Dafür berichtete sie umso ausführlicher von dem pappigen Imbiss, den sie im Zug gegessen und dass sie sich bei jedem Bissen nach Waltrauds köstlichen belegten Broten gesehnt hatte.

Florence deutete auf den ovalen Teller, auf dem noch reichlich Auswahl vorhanden war. »Dann greif ordentlich zu, *ma chérie*. Und nimm dir Tee. Ist Earl Grey, den du so gern magst.«

Iris schenkte sich Tee ein und nahm ein Brot mit Camembert, Avocado und Tomaten. Es war jedes Mal wieder ein Hochgenuss. Doch das Besondere daran war die ganz spezielle Soße aus hausgemachter Mayonnaise und verschiedenen Gewürzen, deren Rezeptur Waltraud streng geheim hielt. Während Iris die Stulle mit Genuss verspeiste, erzählte sie von den Neuigkeiten, die sie von Fritz erfahren hatte.

»Fritz hat mich auch angerufen«, sagte Rose. »Ist doch super, jetzt können wir aufatmen, auch was die negativen Bewertungen der Pension auf diesen Websites anbelangt.

»Darüber haben wir ja neulich am Telefon gesprochen. Hat sich seitdem noch etwas getan?«

Rose strich sich eine Strähne hinters Ohr. »Nein, ich kontrolliere diese Websites täglich und bin jedes Mal erleichtert, wenn ich keine neuen schlechten Bewertungen finde.«

»Liegt vermutlich an der Jahreszeit, demnächst sind eher Skireisen angesagt. Kann uns nur zugutekommen.«

»Genug vom Geschäft, jetzt gibt's Nachtisch«, wechselte Florence das Thema.

Herbert wischte sich mit der Serviette über den Mund. »Immer bereit fürs Betthupferl!«

Florence lachte so fröhlich auf, dass Iris meinte, sie freue sich über die Doppeldeutigkeit. »*Oui,* 'erbert, aber nur eine 'albe Portion für dich.« Liebevoll strich sie ihrem Mann über den Unterarm.

»Die andere Hälfte nehme ich dann, wäre ja schade, sie verkommen zu lassen«, versprach Annemarie, als wäre das ein großes Opfer.

Iris musste schlucken. Wie ihre Mutter stets auf die Gesundheit des Vaters achtete und er sich nie dagegen auflehnte, Annemarie keine Gelegenheit versäumte, um ihren Bruder zu necken, und das tägliche »Betthupferl« – es waren nur drei Gründe, warum sich jetzt eine wohlige Wärme in ihrem Inneren ausbreitete. Das heimelige Gefühl, in der Familie geborgen zu sein, egal, wie lange sie fort gewesen war. Doch sie spürte auch ganz deutlich, dass sich alle um Viola sorgten und die lockere Unterhaltung nicht darüber hinwegtäuschen konnte. Am meisten bewunderte Iris ihre Mutter, die völlig ruhig wirkte, obwohl sie bestimmt umkam vor Kummer um ihre jüngste Tochter, was an den dunklen Ringen unter ihren goldbraunen Augen zu erkennen war.

»Fahren wir denn heute noch in die Klinik?«, fragte Iris, als Annemarie und Rose das benutzte Geschirr zusammenstellten und in die Küche trugen.

»Nein, wir waren den ganzen Tag dort und wurden am Nachmittag nach 'ause geschickt, weil Violas Zustand unverändert war«, antwortete ihre Mutter, und Iris konnte an der betont deutlichen Aussprache erkennen, wie sehr sie sich bemühte, ruhig zu bleiben.

Rose brachte eine Platte mit verlockend aussehendem Gebäck herein, gefüllt mit rosa Creme, überzogen von rosa glänzendem Zuckerguss.

»Viola hatte also vorzeitig Wehen, und was wurde dann

im Krankenhaus unternommen?«, hakte Iris nach, weil sie endlich Genaueres erfahren wollte.

»Sie wurde gründlich untersucht, aber es stellte sich heraus, dass es keine vorzeitigen Wehen, sondern Schmerzen im Oberbauch waren. Außerdem war ihr Blutdruck ungewöhnlich hoch. Dazu hatte sie auch starke Kopfschmerzen und extreme Wassereinlagerungen in den Beinen, deshalb muss sie zur Beobachtung dortbleiben. Sie bekommt Medikamente, unter anderem auch Magnesium, das in solchen Fällen helfen soll, und sie wird natürlich überwacht«, erklärte ihre Mutter.

Rose stellte die Platte auf den Tisch. »Und der Herzschlag des Babys wird ebenfalls kontrolliert.«

»Die Kleine und das noch Kleinere sind also in den allerbesten Händen, und wir können uns entspannen. Alles wird gut, das sagen mir meine Hühneraugen«, plapperte Annemarie, während sie aus der Anrichte Kuchengabeln, die Gebäckzange sowie einen Stapel Dessertteller holte und sie verteilte. Auch die Tante war auf eine Art fröhlich, die Iris als unnatürlich empfand.

»Dann lasst euch Violas köstliche neue Kreation schmecken, die hat sie nämlich erst heute Morgen gezaubert, bevor sie die Schmerzen bekam«, sagte ihr Vater voller Stolz und gab auch gleich das Rezept bekannt. »Viola hat die letzten roten Rosen aus unserem Garten verwendet; wie ihr wisst, sind die ungespritzt und frei von jeglichen Pestiziden, also reinste Biorosen. Die frischen Blütenblätter wurden mit Kristallzucker im Mörser zu einer feinen Paste zermahlen, dann unter französische Buttercreme gemischt. Diese wurde mit ein wenig Rosenwasser parfümiert und in das Gebäck aus Brandteig gefüllt. Allgemein werden sie ja Eclairs genannt, ich finde Liebesknochen viel treffender. Nicht wahr, Flora, mein Schatz?« Dabei lächelte er ihr verschmitzt zu.

»Liebesknochen ist sehr 'übsch, 'erbert ...«

Iris hatte der ausführlichen Beschreibung der Rezeptur nur unkonzentriert zugehört, denn der erste Bissen des Eclairs war ein unvergleichlicher Genuss. Der leichte Duft nach Rosen, die zart schmelzende Creme und der buttrige Brandteig schmeckten nach Sommer, wenn das Leben leicht wie ein Windhauch und die Luft voller Blütenduft war.

Es schien, als empfanden auch die Eltern, Rose und Annemarie das Gleiche. Denn alle widmeten sich zufrieden ihrem Nachtisch, als hätte Viola alles längst überstanden.

Iris durchbrach die Stille schließlich mit der Frage, ob sie denn gar nichts für Viola tun konnten. »Ich meine, untätig herumsitzen macht mich nervös.«

»Du kannst uns beim Umbau des neuen Zimmers für Viola und das Baby helfen«, antwortete Annemarie, die genau wie ihr Bruder das halbe Eclair längst vertilgt hatte. »Heute Morgen wurde beschlossen, Großvaters immer noch ungenutzten Raum für die junge Mutter und das Neugeborene herzurichten.«

»Du weißt, wie beengt unsere Stübchen sind, da wäre weder Platz für eine Wickelkommode noch für eine Wiege«, ergänzte Rose.

»Tolle Idee, Großvater hätte es sicher gefallen«, freute sich Iris und wollte am liebsten sofort anfangen.

»Wir müssen leider bis morgen warten«, dämpfte Rose ihren Eifer. »Wir haben vier belegte Zimmer und können so spät am Abend keinen Lärm mehr veranstalten.«

Das Möbelrücken war also auf den nächsten Tag verschoben, aber Großvaters Zimmer zu begutachten und Pläne zu machen, war geräuschlos und konnte sofort angegangen werden.

Nachdem alle »Betthupferl« verspeist waren und Herbert von der Kuchenplatte noch einen letzten Fondantbrösel mit den Fingern aufgestippt hatte, räumte Iris mit Rose die Dessertteller ab und das benutzte Geschirr in die Spülmaschine.

Herbert konnte auch Florence' Protest nicht davon abhalten, Iris' schweren Koffer nach oben zu schleppen. »Wenn ich das nicht mehr schaffe, bin ich reif fürs Heim«, meinte er launig und erkundigte sich beim Anheben verwundert: »Hast du Christian verlassen und deine gesamte Habe mitgebracht, meine Große?«

»Nein, nein, in der Hektik wurden es zwei, drei Pullis mehr, aber notfalls kann ich tatsächlich auch ein paar Tage länger bleiben«, antwortete Iris und hoffte im Stillen, dass Viola bald wieder aus der Klinik entlassen und ihre Hilfe nicht mehr benötigt wurde.


Aus Großvaters Wohnraum waren bisher nur die Matratze und das Bettzeug weggeräumt worden. Der moderne Fernsehsessel und das restliche Mobiliar, das Max und Margarete nach der Heirat Anfang der 1960er-Jahre angeschafft hatten, stand noch an Ort und Stelle, als käme er bald zurück.

»Was machen wir mit den Möbeln?«, fragte Annemarie, während sie die dunkelgrünen Vorhänge zurückzog und die Fenster öffnete. »Für den Sperrmüll sind sie viel zu schade.«

»Verkaufen«, schlug Iris vor. »Diese geradlinigen Möbel aus hellem Birkenholz gehören zum momentan total angesagten Midcentury-Stil, nach dem manche junge Leute ganz wild sind.«

Ein kalter Windstoß fegte in den Raum, bauschte die Vorhänge und ließ alle frösteln.

»Das war Vater auf einer Windböe, der will nicht, dass wir verkaufen«, glaubte Herbert und forderte von seiner Schwester, das Fenster wieder zuzumachen.

»Du hast ja 'ne Meise«, stänkerte Annemarie kichernd, kam seinem Wunsch aber nach.

»Egal, was mit den Möbeln geschieht, ausräumen müssen wir den Schrank und die Kommode auf jeden Fall, und dafür brauchen wir Kartons«, bestimmte Florence.

Stabile Kartons, in denen diverse Zutaten für die Pralinenherstellung geliefert wurden, fanden sich in der Konditorei. Die noch gut erhaltenen Kleidungsstücke und Schuhe von Großvater hatte Annemarie bereits zur Caritas nach Konstanz gebracht. Der Schrank war also schon fast geleert, doch in den Schubladen der Kommode fand sich eine Ansammlung an getragener Unterwäsche und Socken.

»Mama hat früher aus alten Unterhemden Putzlumpen gemacht«, sagte Herbert mit leiser Wehmut in der Stimme.

Annemarie lachte auf. »Ich stelle mir gerade vor, wie ich Marcella und Antonella Großvaters Unterhemden zum Putzen überreiche. Die würden mich für komplett durchgedreht halten.«

»War ja nur eine Erinnerung an Mama«, verteidigte sich Herbert.

»Vielleicht kontrollieren wir doch die Socken, womöglich sind einige Paare noch brauchbar«, mischte Florence sich ein. »Würdest du sie denn anziehen, 'erbert?«

Herbert strahlte seine Frau an, ganz augenscheinlich freute er sich über die Frage. »Würde ich.«

»Unser Vater hatte offensichtlich einen Sockentick, das sind doch mindestens fünfzig Paar, und etliche noch unbenutzt«, stellte Annemarie beim Anblick der prallvollen Schublade fest.

Die Familie war gute zwanzig Minuten damit beschäftigt, die Strumpfpaare auseinanderzunehmen und auf Löcher zu kontrollieren.

Rose befühlte ein braunes Paar neuwertig aussehender

Socken. »Da ist was eingewickelt«, stellte sie fest und hatte gleich darauf ein kleines dunkelgrünes Fläschchen mit der goldenen Aufschrift Uralt Lavendel in der Hand.

Iris zog gerade ein Paar dunkelgraue, offensichtlich selbst gestrickte Wollsocken auseinander, als etwas auf den Teppichboden fiel. Ein kleines Kästchen, überzogen mit dunkelblauem Stoff, auf dessen halbrundem Deckel eine goldene Krone eingeprägt war.

»Ah, wie 'übsch, ein Etui für Ringe«, sagte Florence und hob es auf.

Die Überraschung war noch größer, als Florence das Kästchen öffnete und darin zwei schlichte goldene Ringe steckten.

»Ich werd verrückt, noch ein Geheimnis«, japste Anne-marie.

Florence nahm den größeren der beiden Ringe heraus und begutachtete die Innenseite. »Da sind Namen eingraviert ... Max und Elfie, Wien 1956 ...«

Einige Sekunden lang herrschte verblüfftes Schweigen.

»Seltsam, warum hat unser Vater so ein Oma-Parfüm in den Socken versteckt?«, fragte Annemarie schließlich.

»Elfie? Das muss der Name der österreichischen Affäre sein, unsere Mutter hieß, wie wir alle wissen, Margarete«, war Herberts Stimme zu hören.

»Ob Großvater vor seiner Heirat schon mal verlobt war und aus der Heirat dann nichts geworden ist?«, überlegte Iris. »Warum auch immer er das Fläschchen und die Ringe behalten hat, dieses Geheimnis hat er auch mit ins Grab genommen.«

Rose lächelte verträumt. »Ist doch logisch, warum jemand solche Dinge behält. Natürlich um sie hin und wieder anzuschauen und sich an einen ganz bestimmten Menschen zu erinnern. Vielleicht hat er abends, wenn er allein war, darüber nachgedacht, was gewesen wäre, wenn man andere Entscheidungen getroffen hätte.«

Herbert sank in den Fernsehsessel. »Hoffentlich waren das jetzt alle Geheimnisse. Erst der Brief und das Foto unter der Matratze und nun auch noch Ringe, die nach Eheringen aussehen. Das ist ja kaum noch auszuhalten.« Nachdenklich kratzte er sich am Hinterkopf. »Ich bin wirklich neugierig, was das für eine Geschichte war.«

»Wir auch, aber erfahren werden wir es wohl nie«, kam die einstimmige Einschätzung von Florence, Annemarie, Rose und Iris.

# Wien, Januar 1956

Max war abgelenkt. Vor einer Stunde hatte er vergessen, die geriebenen Mandeln unter die Sahnecreme für die Malakoff-Torte zu mischen. Johann hatte zum Glück aufgepasst. Und jetzt vermochte sich Max nur mühsam auf das Ausrollen des Strudelteigs zu konzentrieren. Dabei pressierte es mächtig, es war schon elf Uhr, und in zwei Stunden wollte der Chef den fertigen Apfelstrudel ins Kaffeehaus am Schottentor mitnehmen. Schuld an Max' Unruhe war das kleine Schmuckkästchen in seiner Hosentasche, das ihm quasi ein Loch in die Tasche brannte. Denn der Inhalt des Kästchens, so hoffte er, würde sein Leben verändern.

Nach Weihnachten hatte er Elfie einmal mehr seine Liebe erklärt und sie auf Knien angefleht, sich endlich scheiden zu lassen. Mit ihm nach Deutschland an den Bodensee zu gehen, wo sie heiraten und gemeinsam das Café König mit einer Konditorei eröffnen würden. Sie hatte diesmal tatsächlich versprochen, es sich zu überlegen. Max konnte sein Glück noch gar nicht so recht fassen. Natürlich war es kein eindeutiges Ja gewesen, aber ein Vielleicht, und das war mehr, als Elfie ihm bisher gewährt hatte. Um dem Schicksal ein wenig auf die Sprünge zu helfen, hatte er goldene Ringe gekauft und ihrer beider Namen mit der Jahreszahl eingravieren lassen. Als Beweis, wie ernst seine Absichten waren. Und Elfie würde ihre letzten Bedenken vergessen, sobald sie die Ringe sah.

Max wusste, dass es für Elfie ein schwerer Akt werden

würde, Georg von ihrer Liebe zu ihm zu erzählen. Er ahnte auch, wie demütigend es für den Chef sein würde, zu erfahren, dass er von seinem eigenen Angestellten mit seiner Ehefrau betrogen wurde. Was für eine Schmach, dem Nebenbuhler Lohn zu zahlen! Nicht zu vergessen, dass Georg sich wegen seiner Behinderung vermutlich nicht wie ein vollwertiger Mann fühlte.

Max hätte dem Chef gern versichert, dass er sich nicht leichtfertig in Elfie verliebt hatte. Es war einfach geschehen, und gegen die Liebe war man machtlos.

»Herr Max, ich wär dann fertig mit Äpfel schälen und schneiden … und … ähm … der Strudelteig …«

Max schreckte aus seinen Gedanken. »Was ist mit dem Strudelteig, Hansl?«

»I glaub, es langt mit dem Ziehen.« Der Lehrbursche presste seine Lippen aufeinander, scheinbar musste er sich ein Lachen verkneifen.

Verärgert starrte Max auf den Teig – in der Mitte tat sich ein großes Loch auf. Wie ein blutiger Anfänger hatte er den Strudelteig unkontrolliert auseinandergezogen und ruiniert. Er warf den Teigfetzen auf den Tisch. »Dann zeig mal, was du draufhast, Hansl.« Der Lehrbursche hatte sich unter seiner Führung gut gemacht, und Max förderte ihn nach Kräften, nicht ganz ohne Hintergedanken: Wenn er und Elfie das Kaffeehaus verließen, würde der Chef sofort eine kompetente Hilfe benötigen, und der Hansl war zumindest so weit, dass er ein, zwei Tage allein schalten und walten konnte.

»Sie meinen, Herr Max … dass ich …«

»Genau das meine ich; du darfst beweisen, ob du Strudelteig ziehen kannst.«

Johanns Ohren liefen glutrot an, als er die Teigfetzen mit ein wenig Mehl zu einer Kugel knetete, dann mit dem Ausrollen begann und zu guter Letzt den Teig mit den Händen papierdünn auseinanderzog.

Max beobachtete den Buben. »Wann ist der Strudelteig dünn genug?«, fragte er, als Johann denselben auf ein großes, bemehltes Tuch legte.

»Wenn man das Muster vom Geschirrtuch sehen kann.«

»Sehr brav«, sagte Max anerkennend. »Und jetzt darfst auch den Rest noch machen. Sagst mir aber jeweils, was der nächste Schritt ist.«

Johanns Augen leuchteten. »Jawohl, Herr Max.«

»Also dann!«

»Den Teig mit zerlassener Butter einpinseln …«

Max nickte zustimmend und beobachtete, wie Johann die flüssige Butter ordentlich mit dem Pinsel auf der gesamten Teigfläche verteilte.

»Dann die Nussbrösel drauf verteilen …«

»Sehr gut. Und?«

»Aufpassen, dass es gleichmäßig wird«, antwortete Johann.

»Genau. Und warum?«

Johann holte Luft. »Die vorher abgewogenen Brösel sollen für den ganzen Strudel ausreichen.«

»Richtig. Dann geht es wie weiter?«

»Hernach die Äpfel über die Nussbrösel verteilen, an den Rändern ein Stückerl frei lassen.«

»Jawohl!«

»Zum Schluss noch die in Rum eingelegten Weinbeerle drüberstreuen, aber …« Johann stockte und überlegte sichtlich, ob er etwas vergessen hatte. Dann grinste er. »Vorher gut abtropfen lassen. Weil's sonst kein Apfelstrudel, sondern ein Rumstrudel werden tät.«

Max klatschte kurz in die Hände. »Bravo! Jetzt an den kurzen Seiten die Teigränder nach innen über die Füllung einschlagen, dann mithilfe des Tuchs alles einrollen, die Oberfläche noch mit flüssiger Butter bestreichen und ab auf's Blech damit. Und bei allem, was du tust, ruhig bleiben, nicht nervös werden, dann kann auch nichts schiefgehen.«

Beflissen kam Johann der Anweisung nach und stellte sich äußerst geschickt an. Aber ein wenig nervös schien er trotz der Ermahnung zu sein, wie die Schweißperlen auf seiner Stirn deutlich zeigten.

»Jetzt sagst mir noch die Backzeit«, verlangte Max, als Johann das Blech in das vorgeheizte Backrohr schob.

»Etwa vierzig Minuten bei zweihundert Grad«, antwortete Johann, klappte die Tür des Backrohrs lässig mit dem Fuß zu und ergänzte mit stolzem Grinsen: »Nach dem Backen den Strudel noch dick mit Staubzucker bestreuen.«

»Bravo, Johann! Das war fehlerfrei. Und jetzt eine Frage: Würde es dir gefallen, mal einen Tag lang der Chef in der Backstube zu sein?«

Ungläubig riss Johann die Augen auf. »Sie meinen, ich soll ohne Sie …«

Max trat zu dem Lehrburschen und klopfte ihm anerkennend auf die schmächtigen Schultern. »Genau das meine ich. Und ich denke, dass du gut zurechtkämst, oder?«

»G'wiss, ganz gut!« Breit grinsend rieb sich Johann die Hände. »Und wann ist dieser Tag?«

»Bald, sehr bald«, versprach Max und hoffte, heute Abend, wenn er Elfie traf, endlich die entscheidende Antwort zu erhalten. Dann wollte er einen Tag lang nur mit ihr allein sein, etwas unternehmen, sich als Paar fühlen, von einer gemeinsamen Zukunft träumen. Für Georg würde ihnen bestimmt eine glaubwürdige Erklärung einfallen.

Max hatte die Privatwohnung seines Chefs schon oft betreten, aber jedes Mal wieder zögerte er, auf die Klingel zu drücken. Wenn Elfie dann öffnete, blieb er kurz auf der Schwelle und schaute sich unsicher um, als könne der Chef aus dem Dunkel des Flurs auftauchen wie ein Geist.

»Komm rein, Georg ist nicht da.« Elfie trat einen Schritt von der Tür zurück. »Du weißt doch, dass er mindestens bis zehn am Schottentor bleibt und vor halb elf nicht zurückkommt. Wie haben also gute drei Stunden ganz für uns.«

Max trat in den Flur, und als Elfie die Tür geschlossen hatte, umarmte er sie stürmisch. »Ich wünsche mir so sehr, dass es die Tür zu unserer Wohnung ist, die du mir öffnest.«

»Das wäre wunderschön.« Elfie schob ihn sanft von sich weg. »Ich muss gerade noch das Gulasch ansetzen ...«

»Tut mir leid, aber ich hab mich den ganzen Tag so auf heute Abend gefreut«, flüsterte Max und folgte ihr in die Küche.

Es war nicht das erste Mal, dass sie gemeinsam am Herd standen, Zwiebeln und Fleisch anbrieten und sich dabei unterhielten. Elfie goss jetzt Fleischbrühe dazu, Max stand hinter ihr und küsste sie auf das Stückchen freien Hals zwischen den hochgesteckten Haaren und dem weißen Kleiderkragen. Wieder einmal stellte er sich sein Leben mit Elfie vor: Sie würden zusammen etwas aufbauen, Kinder bekommen und ein glückliches Leben führen.

Als sie eine halbe Stunde später eng umschlungen im Ehebett lagen, überlegte Max, wie er es am besten anfangen sollte.

Sie hatten sich so leidenschaftlich geliebt wie noch nie zuvor. Inzwischen störte es Max auch nicht mehr sonderlich, dass Elfie in diesem Bett jede Nacht neben Georg schlief. Doch er wusste, dass Georg als Ehemann Rechte hatte, die er einfordern konnte. Und dann fragte er sich, ob Elfie sich auch auf Georgs Schoß setzte, wie sie es heute bei ihm getan hatte. Ob Georg seine Hände an ihre Hüften legte und sie an sich drückte, damit sie ihn noch besser spürte.

Doch jetzt waren diese düsteren Bilder verschwunden, Elfie lag auf seinem Bauch, Max spürte ihre feuchte Haut, lauschte ihrem schweren Atem und wollte sie nie wieder loslassen. »Weißt du, was ich heute ausprobiert habe?«, flüsterte er ihr ins Ohr.

»Ein neues Rezept?«

»So ähnlich. Ich hab den Apfelstrudel vom Hansl machen lassen, um zu sehen, ob er schon so weit ist.«

»Steht eine Prüfung an?«

»Du liebes Tschapperl«, neckte Max sie.

Sie rollte sich zur Seite, als interessiere es sie nicht weiter.

»Ich wollt ausprobieren, ob der Hansl allein zurechtkommen tät. Neulich hat er die Wiener Schnitten auch schon selbst zubereitet. Er stellt sich geschickt an.«

Elfie drehte ihr Gesicht zu ihm. »Warum soll der Hansl denn allein arbeiten?«

Max betrachtete die Frau, die er über alles liebte. Sie hatten keine Lampe angemacht, durch die offenen Vorhänge fiel das Licht der Straßenlaternen auf ihre helle Haut, modellierte ihren rundlichen Leib und warf Streifen auf ihr dunkles Haar, das feucht an ihren Schläfen klebte. »Ich will mit dir weg, das weißt du doch. Endlich ein gemeinsames Leben anfangen, wenn du nur endlich Ja sagst.«

»Oh, Maxi, mein lieber, lieber Maxi.« Sie hob den Kopf und küsste ihn zärtlich. »Du weißt, dass es nicht so einfach ist.«

»Weiß ich alles«, entgegnete Max, stand auf und griff nach seiner Hose, die er über das Fußteil des Bettes gelegt hatte.

»Bist' mir bös?«, fragte Elfie verunsichert und zog die dicke Bettdecke über ihren nackten Leib.

»Ach wo, ich will dir nur was zeigen.« Er holte das Etui mit den Ringen aus der Hosentasche und setzte sich wieder zu ihr ins Bett. »Meine süße, süße Elfie, ich liebe dich mehr als mein eigenes Leben«, begann er und klappte das Kästchen vor ihr auf.

Elfie schaute einen Atemzug lang auf die Ringe und presste dann die Hand vor den Mund, als wollte sie einen Schrei ersticken.

»Das sind unsere Verlobungsringe. Gefallen sie dir nicht?«

Elfie nickte schwach. »Doch, sie sind wunderschön ...«

Max vernahm die Pause genau. Gleich würde Elfie »aber« sagen. Doch er wollte es nicht hören. »Ich kann warten, bis der richtige Moment gekommen ist, um mit Georg zu reden.«

Elfie nahm das Schmucketui in die Hand, betrachtete die Ringe mit einem Lächeln, klappte das Kästchen aber schnell wieder zu und gab es ihm zurück. »Weißt du eigentlich, dass wir beide im Gefängnis landen könnten?«

Max war geschockt. »Elfie, um Himmels willen, wir wollen Georg doch nichts antun.«

»Was hast du nur für narrische Ideen? Natürlich nicht, aber Ehebruch ist strafbar, und wenn ich mich scheiden lassen will, wird Georg wissen wollen, warum. Und dann wird er uns beide anzeigen.«

Max musterte Elfie fassungslos. Er hatte nie über Scheidungsgesetze nachgedacht. »Das wusste ich nicht«, gestand er kleinlaut.

»Ich hatte auch keine Ahnung von diesen juristischen Dingen, aber ich weiß es von einer Kundschaft, die sich von ihrem Mann hat trennen wollen, aber dann haben sich die beiden doch lieber wieder versöhnt.«

»Meine süße Elfie ...« Max zog sie in seine Arme. »Was machen wir denn jetzt?«

»Abgesehen davon, dass eine Scheidung fast unmöglich ist … es hat sich etwas verändert, das mir leider keine Wahl lässt.«

Max erschrak. Elfie hatte noch nie so traurig ausgesehen. Er legte die Ringe zur Seite, zog sie in seine Arme und drückte sie fest an sich. »Was ist geschehen? Du kannst mir alles sagen, mein Liebling.«

»Ich … ich bekomme ein Kind.«

## 23

Vorsichtig betrat Iris das ehemalige Reich von Max König. Vor vier Tagen hatten sie gemeinsam das Zimmer leer geräumt, die Holzdielen waren vor zwei Tagen abgeschliffen und mit einem biologischen Mittel versiegelt worden. Ein leichter Duft nach Wachs hing noch in der Luft. Die Möbel waren alle verkauft worden, bis auf den Fernsehsessel, den Herbert übernommen hatte. Nur zwei kleine Teppiche mit starken Abnutzungsspuren waren auf dem Sperrmüll gelandet. Dennoch fühlte sich der Raum nicht leer an. Iris' Blick wanderte über die moosgrüne Wand. Dunkle Spuren deuteten darauf hin, dass dort ein Fernseher montiert gewesen war und darunter eine Kommode gestanden hatte. Auf der anderen Zimmerseite steckte noch ein Haken in der Wand, an dem über dem Doppelbett ein Gemälde gehangen hatte; eine »Landschaft in Essig und Öl«, Großvaters Lieblingswitz.

Über vierzig Jahre waren die Großeltern in diesem Raum glücklich gewesen. Nach ihrer Heirat Ende der 1950er-Jahre war zuerst das Wohnzimmer hinter der Rezeption ihr privates Wohn- und Schlafzimmer gewesen. Später, als Annemarie und Herbert größer geworden waren, hatten die Großeltern begonnen, den riesigen Dachboden auszubauen. Nun würde Viola mit dem Baby hier einziehen. Wie nahe doch Tod und Geburt beieinanderliegen, dachte Iris, während sie das breite Fenster öffnete, um frische Luft hereinzulassen. Es war noch früh am Morgen, aber schon jetzt sah es nach einem dieser sommerlich-warmen Herbsttage aus, die von den Meteorologen als Altweibersommer bezeichnet wurden.

Iris erinnerte sich, Großvater gefragt zu haben, ob es auch einen Altmännersommer gäbe, alte Männer säßen doch auch gern in der milden Herbstsonne. »Es hat überhaupt nichts mit alten Weibern zu tun, die vor dem Haus in der Sonne sitzen«, hatte er ihr erklärt, »sondern mit jungen Spinnen, die im Herbst ihre ersten zarten Spinnfäden weben, welche dann auf niedrigen Büschen liegen bleiben. In kühlen Herbstnächten benetzt der Tau die zarten Spinnweben, die später in der Morgensonne glitzern. Das erinnerte die Menschen früher an das silberne Haar alter Frauen, und so kam es zu dem Begriff.«

Wie sehr sie Großvater vermisste, spürte Iris bei diesen Gedanken. Dass er nicht immer der alte Mann gewesen war, für den sie und ihre Schwestern ihn gehalten hatten, war ihnen allen bewusst geworden, als sie das Parfümfläschchen und das Schmucketui gefunden hatten. Max König hatte offensichtlich eine sehr romantische Ader gehabt, einer unglücklichen Liebe nachgetrauert und erst sehr viel später erfahren, dass daraus ein Kind entstanden war. Viel zu spät, wie er in diesem Brief angedeutet hatte. Iris wünschte sich sehr, dass sein Geheimnis eines Tages ans Licht käme, doch das war nur möglich, wenn dieses uneheliche Kind auftauchen würde.

Iris hörte leise Stimmen auf dem Flur. Es waren Horst und Tante Annemarie, die gleich darauf ins Zimmer traten. Horst mit einer Klappleiter aus Aluminium auf der Schulter und einem Eimer Wandfarbe in der anderen Hand. Annemarie mit einem leeren Farbeimer, in dem Farbrollen, Pinsel, Material zum Abkleben und Abdecken steckten.

»Ah, Tante Iris, auch schon wach«, scherzte Annemarie.

»Stimmt, ich werde bald Tante, daran habe ich überhaupt noch nicht gedacht.« Iris wurde in diesem Moment bewusst, was das Baby für sie bedeutete.

»Und mir ist gestern Abend aufgegangen, dass ich dann Großtante werde. Klingt das nicht furchtbar alt? Ich werde mir noch grellere Lippenstifte anschaffen, damit keiner auf die Idee kommt, ich bräuchte demnächst einen Rollator.«

»Da musst du dir keine Sorgen machen.« Iris bewunderte »Großtante Annemarie«, die mit den abgeschnittenen, farbverschmierten Jeans beinahe jugendlich wirkte. Nicht zu vergessen ihr weißes T-Shirt mit der berühmten Rolling-Stones-Zunge.

»Wenn du uns beim Wändestreichen helfen magst, Iris, würde ich vorschlagen, du ziehst dir auch ein paar olle Sachen an«, sagte Annemarie. »Wäre doch schade um das schöne schwarze Nachthemd.«

»Das sollte ich wohl.« Iris war froh, ausreichend Klamotten eingepackt zu haben. Irgendetwas davon würde für die Streichaktion passen.

Während sie eine an den Knien schon dünn gewordene Jeans aus dem Schrank nahm, klingelte ihr Handy.

Christian.

Am Abend ihrer Ankunft hatte sie ihm die kurze Nachricht geschickt, dass sie gut angekommen war und Viola zur Beobachtung in der Klinik läge, aber seither nichts von ihm gehört.

»Wie geht es dir, und wie geht es Viola?« Seine Stimme klang nicht besonders interessiert, eher geschäftlich.

»Leider hat sich Violas Zustand nicht zum Positiven verändert.« Iris berichtete, dass sie die Schwester jeden Tag besuche, aber im Moment nicht viel für sie tun könne.

»Hab ich das nicht gleich gesagt?«

Blödmann, dachte Iris, und nur mit äußerster Anstrengung gelang es ihr, mit einem gemurmelten »Hm« zu antworten.

»Und wann kommst du zurück?«, lautete die nächste Frage.

Iris ärgerte sich über Christians mangelndes Mitgefühl und dass er mal wieder nur an sich dachte. Dass er sie lieber in Köln an der Rezeption sah, musste er nicht erwähnen. Dennoch hatte sie mehr Verständnis erwartet. »Sobald das Baby auf der Welt ist.«

»Das kann ja noch ewig dauern.«

»Nein, es kann jeden Tag so weit sein«, widersprach Iris mit scharfem Unterton. »Wenn sich Violas Zustand nämlich verschlechtert, muss die Geburt eingeleitet werden. Aber das möchten die Ärzte vermeiden, weil es noch ein wenig zu früh und nicht gut fürs Baby ist.«

»Na, dann kann man ja nur alles Gute wünschen«, murmelte Christian ungehalten und verabschiedete sich.

»Ich melde mich, sobald es Neuigkeiten gibt.«

Wütend schleuderte Iris das Handy aufs Bett. Das Gespräch hatte ihre Laune nicht gerade verbessert. Sie hatte sich beherrschen müssen, Christian nicht anzuschreien, und jetzt musste sie dringend ihre negative Energie loswerden. Eilig schlüpfte sie in die abgewetzte Jeans und wählte ein T-Shirt aus, um das es nicht schade war, wenn es durch Farbkleckse ruiniert wurde.

Annemarie und Horst waren noch mit dem Abkleben der Fenster- und Türrahmen beschäftigt. Iris übernahm das Abdecken der Holzdielen mit Malervlies. Dann konnten sie loslegen. Viola hatte sich Vanillegelb gewünscht, und am späten Nachmittag erstrahlte der Raum in einem zarten Gelbton, der eine sonnige Stimmung verbreitete.

»Wunderschön, und egal, ob es ein Junge oder ein Mädchen wird, es passt für beide«, urteilte Iris. Sie hatte ihre schlechte Laune überwunden, war verschwitzt und freute sich auf eine Dusche und ein kräftiges Abendessen, das ihre Mutter versprochen hatte.

Die Familie hatte gerade am Esstisch Platz genommen, und Florence servierte ein französisches Gericht ähnlich der deutschen Linsensuppe, als ihr Handy klingelte.

Das Gespräch dauerte nur Sekunden, und Florence sagte wenig mehr als »ja« oder »verstehe« und am Ende »vielen Dank«. Mit einer müden Geste ließ sie ihr Telefon sinken, und jeder am Tisch ahnte, dass der geschockte Ausdruck in ihren Augen keine frohe Botschaft bedeutete.

»Was ist los?«, fragte Iris.

»Viola geht es leider nicht besser, vermutlich wird ein Kaiserschnitt nötig werden.«

Niemand hatte mehr Appetit auf den Linsentopf. Alle sprangen auf, eilten nach Mantel oder Jacke, und kurz darauf stiegen alle in Herberts viertürige Limousine. Florence lenkte den Wagen, Herbert war zu nervös und saß auf dem Nebensitz.

Iris hatte das Gefühl, als würden sie niemals ankommen, so endlos erschien ihr die Strecke diesmal. Vielleicht war auch das allgemeine Schweigen der Grund, warum ihre Angst mit jeder Minute stärker wurde.

»Hat der Arzt keine genaueren Angaben gemacht?«, fragte sie schließlich, obwohl sie das Sekundengespräch mitgehört hatte, einfach nur, um die Stille zu durchbrechen.

»Die sagen doch nie was am Telefon«, antwortete Annemarie. »Sie wissen ja oft selbst nicht, was eigentlich los ist. Zugeben würden sie das natürlich niemals.«

»Hör auf, so dummes Zeug zu reden«, fuhr Herbert seine Schwester an.

»Ist doch wahr! Wie oft werden Fehldiagnosen gestellt …«

»Es langt, Annemarie«, brauste Herbert erneut auf. »Bei einer Schwangeren ist die Diagnose wohl eindeutig.«

»Bitte, ’erbert, bleib ruhig. Hast du deine Pillen genommen?«

»Hm«, brummte Herbert. »Bei so viel Blödsinn muss ich mich doch aufregen.«

»Schon gut, ich sag kein einziges Wort mehr«, maulte Annemarie zurück, drehte sich zur Seite und blickte demonstrativ aus dem Fenster.

Iris hasste Streit, aber heute hatte sie den Disput geradezu genossen, weil er sie ihre Angst für ein paar Minuten hatte vergessen lassen.

Gemeinsam hetzten sie kurz darauf durch die langen Klinikgänge, bis sie endlich den Eingang zum Kreißsaal erreicht hatten.

Zutritt nur für eine Person!

Iris hätte Viola gern die Hand gehalten, aber die kleine Schwester hatte Florence gebeten, ihr während der Geburt beizustehen.


Kritisch musterte Iris das leere Wartezimmer, das für Angehörige von Gebärenden bestimmt war – die bequemen Stühle, die niedrigen Tische, das kleine Bücherregal mit diversem Lesestoff und die künstliche Pflanze, die sich bemühte, eine wohnliche Atmosphäre zu verbreiten.

»Dann warten wir halt«, seufzte Herbert und schleppte sich zu einem Armlehnstuhl am Fenster.

Annemarie blieb am Eingang stehen. »Soll ich was zu trinken organisieren? Irgendwo gibt’s bestimmt einen Automaten.«

Herbert zerrte an seinem Hemdkragen, er schien unter Atemnot zu leiden. »Ich könnte einen Doppelten vertragen, oder noch besser einen Vierfachen.«

»Schnaps verträgt sich nicht mit deinen Herztabletten. Ich bring dir einen Kamillentee.« Annemarie rollte mit den Augen. Ein sicheres Zeichen, dass ihr Bruder sie nervte.

»Danke, für mich nichts.« Iris war so nervös, dass ihre Hände zitterten. Sie hätte garantiert alles verschüttet, obwohl sie einen starken Drink hätte vertragen können, um ihre Angst zu besänftigen. Aber Alkohol wurde sicher in keiner Klinik angeboten. Also blieb ihr nur, im Wartezimmer umherzulaufen.

Rose und Annemarie machten sich schließlich auf den Weg, um Getränke aufzutreiben.

»Iris, du machst mich ganz nervös mit deiner Rennerei«, brauste Herbert plötzlich auf.

»Entschuldige, Papa, aber das Warten macht *mich* total kribbelig.«

»Hm ... mich auch«, murmelte ihr Vater, stützte die Ellbogen auf den Oberschenkeln ab und legte den Kopf in beide Hände.

Iris setzte die leidige Maske auf und verließ das Wartezimmer, um sich auf dem Flur auszutoben, wo sie niemanden stören würde. Es war bereits nach zwanzig Uhr, die normale Besuchszeit längst vorbei, aber die Stille wirkte sich leider nicht beruhigend auf sie aus.

In der künstlichen Beleuchtung des fensterlosen Klinikgangs fühlte sich das Umherlaufen noch unwirklicher an. Iris musste an Viola denken, die bestimmt Schmerzen hatte, und es war ihr schier unmöglich, die beängstigende Vorstellung einer Geburt zu verdrängen, die vor ihrem inneren Auge auftauchte. Schreiende, schweißgebadete Frauen, die sich unter Wehenschmerzen krümmten, in die Hand ihres Mannes bissen oder ihn dafür anbrüllten, dass er sie in diese Lage gebracht hatte, ihn verfluchten und zum Teufel wünschten. Bilder von Hebammen, die mit gelassener

Stimme auf die Gebärenden einredeten, ihnen Kommandos zum Hecheln, Durchatmen oder Pressen gaben. Ärzte, die verkündeten, es sei gleich geschafft, nur noch eine Presswehe, und sie könnten ihr Baby in den Armen halten. Verstörende Bilder, die Iris in Filmen oder im Fernsehen gesehen hatte. Sie hoffte inständig, dass Viola nicht so leiden musste. Dass Mama ihr Hilfe und Trost war. Und am meisten wünschte sie ihrer Schwester, dass sie den Kaiserschnitt gut überstand. Dass sie bald nach Hause kommen konnte, in das hübsche Zimmer, das bis zu ihrer Heimkehr fertig eingerichtet sein würde.

Eine Stunde mochte vergangen sein, als schnelle Schritte durch den menschenleeren Flur hallten.

Erschrocken drehte Iris sich um. Eine dunkle Gestalt kam ihr entgegen, Sekunden später stand ihre Mutter vor ihr. Tränen schimmerten in ihren Augen, und ihr Gesichtsausdruck wirkte überanstrengt.

»Ist das Baby da?«

Müde schüttelte ihre Mutter den Kopf. »Es wurde von Komplikationen geredet, aber ich solle mir keine Sorgen machen. Ich musste trotzdem rausgehen, weil Viola nun doch operiert wird.«

Iris hakte ihre Mutter unter. »Dann setzen wir uns zu den anderen ins Wartezimmer, Annemarie wollte was zu trinken organisieren.«

»Ich hätte jetzt gern einen Doppelten«, sagte Florence und streckte ihre Hände aus. Sie zitterten bis in die Fingerspitzen.

Unwillkürlich musste Iris lächeln. »Papa hat es auch schon nach Hochprozentigem gelüstet.«

Ein leichtes Schmunzeln umspielte Florence' vollen Mund. »Ausnahmsweise hätte ich nichts dagegen.«

Als Iris mit ihrer Mutter das Wartezimmer betrat,

schnellte Herbert von seinem Sitzplatz auf. »Und, was ist es geworden?«

»Leider müssen wir uns noch gedulden.« Florence wiederholte den kurzen Bericht aus dem Kreißsaal.

Herbert ließ sich wieder auf den Stuhl fallen. »Ich hätte mir niemals träumen lassen, dass Großvater zu werden noch anstrengender ist, als Vater zu werden.«

»Armer Opa«, frotzelte Annemarie.

Aber diesmal lachte niemand über sie, jeder war damit beschäftigt, sich seine Anspannung nicht anmerken zu lassen, nicht mit den Händen zu ringen, den Füßen zu scharren, zu seufzen oder unablässig auf die Uhr zu sehen.

Annemarie und Rose besorgten einmal mehr Kaffee für alle, der ohne Genuss getrunken wurde. Hauptsache, er hielt wach an diesem Abend, der kein Ende nehmen wollte.

Zwei bange Stunden waren vergangen, als die Tür sich öffnete, eine etwa Fünfzigjährige in einem weißen Kittel den Raum betrat und sich als Doktor Fassbinder vorstellte. Ihre dunkelroten Locken waren im Nacken zusammengebunden, unter ihren graublauen Augen lagen tiefe Schatten, und sie wirkte erschöpft.

Florence stürmte ihr entgegen. »Wie geht es meiner Tochter?«

Die Ärztin nickte kaum merklich. »Bitte, setzen Sie sich, ich werde es Ihnen erklären.« Dann nahm sie selbst auf einem Stuhl Platz, von dem aus sie jeden ansehen konnte.

Florence sank auf den Stuhl neben Herbert und griff nach seiner Hand, als müsse sie sich irgendwo festhalten.

Iris spürte, wie sich ihr Magen verkrampfte. Doktor Fassbinder machte den Eindruck, als habe sie eine schwere Operation hinter sich und eine noch schwerere Mission vor sich.

»Leider gab es Komplikationen«, begann die Ärztin nun und atmete tief ein, bevor sie ruhig erklärte, es sei zu einer

Fruchtwasserembolie gekommen. »Über die Venen im Ge-
bärmutterhals war Fruchtwasser in Violas Blutkreislauf
gelangt, was eine lebensbedrohliche Embolie zur Folge
hatte ...«

Herbert keuchte vor Aufregung, während er zuhörte.

Florence schrie leise auf.

Annemarie zerquetschte einen leeren Pappbecher in
ihren Händen, und Rose starrte die Ärztin zornig an, als
wolle sie ihr etwas antun.

»Was bedeutet das?«, fragte Iris.

»Wir mussten uns entscheiden, entweder ...« Dr. Fassbinder stockte. Trotz der OP-Maske vor Mund und Nase
war ihr anzusehen, wie viel Kraft es sie kostete, weiter-
zusprechen. »Das Leben der Mutter oder das Leben des
Babys zu retten. Das Kind lebt, es ist ein Mädchen.«

Iris schaute die Ärztin fragend an. »Was ... was ... bedeutet das? Was ist mit meiner Schwester, um Himmels
willen? Hat sie die Operation überstanden?«

Die Ärztin schnaufte schwer, bevor sie antwortete. »Wir
konnten nur das Baby retten.«

Florence schrie auf. »Aber ... warum ...?«, stammelte sie
schluchzend. »Meine Tochter ... war doch gesund!«

Herbert hatte mit zusammengekniffenen Augen auf
den Boden gestarrt, bevor er aufsprang, sich um die eigene
Achse drehte, wieder auf den Stuhl fiel und sich mit der
Faust gegen die Stirn schlug, als wollte er das Gehörte aus
seinem Kopf hämmern. »Nein ... nein ... Sie müssen sich
irren ... Das kann nicht sein!«

»Die Geburt eines Kindes bedeutet eine gewaltige Anstrengung für den weiblichen Körper, und nicht immer ver-
läuft alles nach Wunsch. Viola hatte sehr hohen Blutdruck,
war sehr schwach. Und leider ist bis heute ungeklärt, was
die genaue Ursache für solch eine Embolie ist ...« Doktor

Fassbinder senkte den Kopf, als koste es sie große Überwindung, das Unfassbare auszusprechen. Schließlich blickte sie wieder auf und sagte mit rauer Stimme: »Es tut mir sehr leid. Ihre Tochter hat die Geburt nicht überlebt.«

Ein letzter, endgültiger Satz. Der die Kraft hatte, Herzen zerbrechen zu lassen. Die Welt für einen Moment anzuhalten. Den Himmel einstürzen zu lassen. Den Raum mit erstickten Schreien zu füllen. Tiefe Wunden zuzufügen, die ein Leben lang schmerzten.

Die entfernte Sirene eines Rettungswagens zerriss das Schweigen im Wartezimmer. Holte die Anwesenden aus ihrer Starre. Zurück in die grausame Gegenwart, in der der Schmerz übermächtig war.

»Wenn Sie Trost benötigen, wir haben einen Seelsorger und eine Kapelle …«

Herbert reagierte nicht, schlug sich weiterhin mit der Faust gegen die Stirn und wimmerte dabei leise: »Nein … nein … nein … meine Tochter ist nicht tot …«

Die Ärztin hob kurz die Hand, als wolle sie Herbert über den Kopf streichen. »Vielleicht haben Sie Fragen, bitte …«

Florence gelang es nur mit Mühe, sich aus ihrer Erstarrung zu lösen. »Wo …«, flüsterte sie noch immer schluchzend.« Wo ist das Baby?«

»Das kleine Mädchen kam ja zu früh, es braucht noch Unterstützung beim Atmen und wurde auf unsere Neugeborenen-Intensivstation gebracht. Aber es wird leben.«

»Können wir … dürfen wir es sehen?«, fragte Iris mit zitternder Stimme. »Ich bin Violas älteste Schwester.«

Ich werde es veranlassen«, antwortete die Ärztin und blickte Iris geradeaus an. »Sie sind also Iris. Viola hat mich vor einigen Tagen gebeten, Ihnen etwas zu sagen. Falls sie die Geburt nicht überlebt, wollte Sie unbedingt, dass … dass Sie das Baby als Ihr eigenes annehmen.«

Akustisch hatte Iris zwar verstanden, welche Botschaft die Ärztin überbracht hatte. Aber etwas anderes drängte zunächst in ihrem Kopf nach vorn.

Viola war tot.

Iris spürte, wie ihr Blut in den Adern pochte. Wie ihr Gesicht rot anlief. Ihre Hände zu zittern begannen. Übelkeit vom Magen in ihren Rachen hochstieg. Der Raum schien zu schwanken. Die eben noch hellen Neonlichter an der Decke verdüsterten sich.

Viola war tot.

Gestern hatten sie noch am Krankenbett miteinander gelacht, hatten Namen überlegt, Jasmin für ein Mädchen und Timo, wie der Vater des Babys, für einen Jungen.

Und nun war Viola tot.

Iris' Verstand wehrte sich mit aller Macht gegen diese grausame Nachricht. Ihre geliebte kleine Schwester war tot.

Doch *ihr* größter Traum würde wahr werden, ging ihr plötzlich auf. Sie sollte ein Baby bekommen.

Tränen der Verzweiflung mischten sich mit denen des Glücks und liefen über ihre Wangen, als sie flüsterte: »*Ich soll mich um das Kind kümmern?*«

Die Ärztin nickte. »Genau das waren Violas Worte. Dabei hat sie gelächelt und gesagt, dass kein Kind sich eine bessere Mutter wünschen könne.«

Iris erinnerte sich jetzt an das Gespräch am See, als Viola von der Schwangerschaft erzählt hatte und nicht wusste, wie es weitergehen sollte, weil der Vater des Kindes spurlos verschwunden war. »Wenn du es nicht willst, gib es mir«, hatte sie damals zu Viola gesagt. Ein unbekümmert ausgesprochener Vorschlag, und Iris wusste noch ganz genau, wie absurd ihr die Idee gleich darauf vorgekommen war. Dass sie nun Wirklichkeit werden sollte, war ebenso unfassbar wie unwirklich.

# Wien, Januar 1956

Max wollte vor Glück zerspringen. Er wurde Vater. Sein Puls beschleunigte sich, sein Herz klopfte bis zum Hals, schnelle Schläge dröhnten in seinen Ohren, und vor seinen Augen tanzten Sterne. Stürmisch presste er Elfie an sich und überschüttete ihr Gesicht mit zärtlichen Küssen.

»Mein Liebling, ich kann es noch gar nicht richtig fassen. Wir werden Eltern? Du machst mich zum glücklichsten Menschen der Welt! Wann ist es denn so weit? Du musst ganz schnell die Scheidung einreichen, damit wir noch vor der Geburt heiraten können. Das Boberle soll doch meinen Namen tragen. Wie wollen wir es nennen? Lass uns zwei Vornamen suchen, einen für einen Buben und einen für ein Mädchen. Vielleicht werden es ja auch Zwillinge, alles schon passiert. Ach, meine süße, süße Elfie!«

»Ach, Maxi …« Elfie versuchte sich zu befreien.

»Bitte, verzeih, ich wollte dir nicht wehtun«, entschuldigte sich Max und lockerte seine Umarmung. »Ich bin völlig narrisch vor Glück. Jetzt wird alles gut! Jetzt wird Georg in eine Scheidung einwilligen. Das Kind eines anderen wird er doch nicht aufziehen wollen. Es … es ist doch von mir, oder?« Er verscheuchte seine kurz aufflackernden Zweifel wie eine lästige Fliege, griff nach dem Schmucketui, das er aufs Nachtkastl gelegt hatte, öffnete es und hielt es Elfie hin. »Ich verspreche dir ein sorgenfreies Leben und immer eine extra Portion Schlagobers auf deinem geliebten Einspänner.«

»Das wäre wunderschön, lieber Maxi«, sagte Elfie und sah mit einem Mal sehr traurig aus.

»Was hast du denn, mein Liebling?«

»Es ist nicht von dir.« Sie legte ihre Hand auf das Etui, klappte es mit leichtem Druck zu und gab es ihm.

»Was sagst du da?« Max wünschte, sich verhört zu haben.

»Das Kind ist nicht von dir. Es ist von Georg.«

Max schloss die Hand mit dem Etui zur Faust. Sein Herz raste wie ein Eilzug – aber nicht vor Glück. Wenn das Kind nicht von ihm war, dann musste es von ihrem Ehemann sein. Und das würde bedeuten, Elfie hatte ihn betrogen. Nein! Max war ganz sicher, dass Elfie log, vielleicht fürchtete sie, dass sie beide im Gefängnis landen würden, wenn der Ehebruch publik wurde. Aber selbst wenn das Kind nicht vom ihm war …

»Es stört mich nicht«, versicherte Max, legte das Etui zur Seite und nahm Elfie wieder in die Arme. »Bitte, heirate mich, ich werde das Kind lieben wie mein eigenes, das verspreche ich dir bei meinem Leben.«

»Ich … ich kann nicht«, schluchzte Elfie an seiner Brust.

Sie hatte Angst, Max spürte es ganz deutlich. »Dann lass uns das Nötigste zusammenpacken und noch heute Nacht verschwinden.«

Elfie wand sich aus seinen Armen und rutschte an den Bettrand. »Nein, Max, das wäre nicht recht.«

»Georg wird dich vergessen und eine neue Frau finden. Schließlich ist er ein wohlhabender Kaffeehausbesitzer, und wer weiß, vielleicht gibt es längst eine, die ihn sofort nehmen würde. Ganz bestimmt sogar.«

Elfie schüttelte den Kopf.

»Wenn du glaubst, ich würde das Kind nicht lieben wie mein eigenes, dann schwöre ich dir hiermit feierlich« – Max legt seine rechte Hand auf die nackte Brust –, »dass ich der beste Vater der Welt sein werde. Und wenn wir erst verheiratet sind, ist es vor dem Gesetz sowieso meines.«

»Max, bitte, rede nicht so, als wäre ich ledig und wir könnten ein Paar werden. Denn das geht nicht, das weißt du sehr genau.«

Doch Max war nicht bereit aufzugeben. Er würde kämpfen, würde Elfie überzeugen, dass sie zueinander gehörten. »Wir finden schon einen Weg. Wir müssen nur zusammenhalten.«

»Du redest immer nur von *uns*«, sagte Elfie, während sie aufstand, ihre Kleider zur Hand nahm und begann, sich anzukleiden. »Denkst du auch mal an Georg? Du weißt, dass er mir das Leben gerettet hat. Ich stehe für immer in seiner Schuld. Wenn ich ihn verlasse, wird er zum Gespött der Gäste. Die Leute werden sagen, dass er ein ziemlicher Schlappschwanz sein muss, wenn er sich von seinem eigenen Gesellen Hörner aufsetzen lässt. Noch dazu von einem Deutschen. Am Ende werden die Gäste ausbleiben, Georg wäre ruiniert und könnte im Armenhaus enden. Wenn ich mir das vorstelle, wird mir ganz mulmig zumute. Ich würde mein ganzes Leben unter Gewissensbissen leiden. Würdest du das wollen?«

Max schaute Elfie eindringlich an. »Ist es wirklich Georgs Kind? Sag es mir ins Gesicht, dass du *uns* betrogen hast.«

Elfie nickte. »Ich hab's dir schon gesagt.«

»Sag es noch mal«, forderte Max mit zornig funkelnden Augen.

»Es ist nicht von dir«, sagte sie leise.

Max sackte innerlich zusammen. Auch wenn er daran zweifelte, dass Georg tatsächlich der Vater des Kindes war. Aber Elfie war seine Ehefrau, und vor dem Gesetz war es folglich sein Kind. Und wie würde Georg reagieren, wenn er erfuhr, dass Elfie ihn betrogen hatte? Würde er tatsächlich einer Scheidung zustimmen, wenn Elfie ihm schwor, dass er, Max, der Vater sei?

»Wer weiß, ob Georg mich freigeben würde«, sagte Elfie, als ahne sie seine Gedanken. »Er könnte uns wegen Ehebruch anzeigen, ich würde eingesperrt werden, und das Kind käme in ein Heim.« Elfie hatte sich angezogen, setzte sich wieder zu Max auf den Bettrand und sah ihn traurig an. »Wenn du mich wirklich liebst, kannst du das nicht wollen.«

Max sah Tränen in Elfies dunklen Augen glänzen. »Oh, Elfie, meine süße, süße Elfie, ich liebe dich mehr, als ich sagen kann, und ich will nur, dass du glücklich bist.«

# 24

Iris streichelte sanft über Jasmins winzigen Rücken, die im Tragetuch schlummerte, während sie im schwach erleuchteten Zimmer umherlief. Großvaters ehemaliges Reich bewohnte *sie* nun mit der Kleinen. Vorerst zumindest, bis die Formalitäten der sogenannten Verwandtenadoption erledigt waren. Und bis Christian ... Iris atmete tief durch und verdrängte die Erinnerung an das unangenehme Telefongespräch, das sie gestern geführt hatten. Das sie beinahe täglich führten, seit er zu Violas Beerdigung hier gewesen und sofort wieder nach Köln zurückgefahren war.

»Gleich ist dein Fläschchen bereit, nur noch ein paar Minuten. Ich weiß, du hast schon großen Hunger«, flüsterte Iris der jetzt weinenden Jasmin zu, die sich meist schnell beruhigte, wenn sie herumgetragen wurde und ihre Stimme hörte.

Iris liebte dieses winzige Wesen unendlich. Dieses kleine Mädchen, das ihr durch den dunklen Tunnel aus Trauer und Tränen geholfen hatte. Nie hätte sie ahnen können, was für überwältigende Gefühle so ein Baby in ihr weckte. Diesen blonden Flaum auf dem Kopf zu betrachten, zärtlich auf die Wangen zu küssen, die zierlichen Hände festzuhalten, all das war, als springe sie kopfüber in ein Glücksbad. Wenn Jasmin mit diesem Engelslächeln auf dem hübschen Mund schlief, war Iris überzeugt, dass sie die höchste Stufe des Glücklichseins erreicht hatte. Es störte sie auch nicht, wenn die Kleine nachts weinte, weil sie Hunger hatte, wie vor ein paar Minuten. Iris hatte die Hände ausgestreckt und sie aus dem Beistellbettchen geholt, um ihr die Flasche zu geben. Muttermilch, die sie nur im Flaschenwärmer aufwärmen musste, stand in dem Mini-Kühlschrank bereit, den sie dafür angeschafft hatten. Die Milch, Spenden von Müttern, die mehr hatten, als sie ihren Babys geben konnten, erhielten sie geprüft und pasteurisiert in sterilisierten Flaschen aus der Klinik. Jasmins trauriges Schicksal – zu früh auf die Welt gekommen und die Mutter verstorben – hatte in der Klinik eine Welle an Hilfsbereitschaft ausgelöst. Zahlreiche Mütter hatten angeboten zu helfen, damit Jasmin zumindest einige Wochen lang mit Muttermilch ernährt werden konnte.

Das Licht am Flaschenwärmer erlosch. Iris stellte das wohltemperierte Fläschchen auf den ovalen Tisch vor der weich gepolsterten hellgelben Couch und setzte sich. Vorsichtig schälte sie Jasmin aus dem Tragetuch, legte sie sich in den Arm, ein Kissen darunter und ein Spucktuch auf die Schulter. Bewegungen, die sie mittlerweile routiniert beherrschte und bei denen Jasmin aufhörte zu weinen, weil sie genau wusste, dass sie jetzt zu trinken bekam.

Als Jasmin vor knapp zwei Wochen aus der Klinik entlassen worden war, hatte Iris die ersten Tage als extrem aufregend empfunden. Und hatte wie sicher jede junge Mutter befürchtet, etwas falsch zu machen. Hilfe hatte sie von der Nachsorgehebamme bekommen und natürlich von Florence, die sich aber auch um Herbert kümmern musste. Violas Tod hatte ihn so sehr mitgenommen, dass er die Beerdigung nur gestützt von Florence und Annemarie überstanden hatte. Noch Tage später hatte Herbert unter Kopfschmerzen und leichten Schwindelanfällen gelitten. Die Angst, einen weiteren Todesfall beklagen zu müssen, war so groß, dass Florence trotz des unendlich schmerzhaften Verlusts ihrer jüngsten Tochter überlegt hatte, mit Herbert nach Südfrankreich zu Verwandten zu reisen, um ihn wenigstens ein bisschen abzulenken. Inzwischen hatte Herbert sich wieder erholt, aber er stand nach wie vor unter ärztlicher Beobachtung.

Den Verlust ihrer jüngeren Schwester, die Sorge um ihren Vater und darüber, was wohl aus ihrer Ehe wurde, vergaß Iris, wenn Jasmin friedlich an der Flasche nuckelte. Dann lebte sie in ihrer ganz eigenen Glücksblase, in der ihr und dem Baby nichts geschehen konnte. Manchmal verspürte Iris sogar ein Ziehen in der Brust, als würde sie selbst Milch produzieren. Ein utopischer Wunschtraum, von dem sie wusste, dass er sich nie erfüllen würde.

»Heute erzähle ich dir von den beiden Oktoberkindern«, begann Iris, während sie Jasmin frisch wickelte. Es war die Geschichte von Jasmin und ihrer Mutter Viola, die ebenfalls im Oktober geboren worden war. Sie erzählte von einer talentierten Konditormeisterin, die kurz vor ihrem neunundzwanzigsten Geburtstag ein wunderschönes kleines Mädchen mit blonden Haaren und hellgrünen Augen geboren hatte. Von der nie versiegenden Kreativität der Königin der feinen Torten, den vielen Preisen, die sie gewonnen und den neuen Kreationen, die sie beinahe täglich ausprobiert hatte. Sie erzählte auch von drei Schwestern, die sich vor Jahren versprochen hatten, einander in allen Notlagen beizustehen. Von der ältesten Schwester, die nach dem Tod der jüngsten das verwaiste Baby als ihr eigenes Kind angenommen hatte, es über alles liebte und für immer beschützen würde, egal was sie dafür tun oder aufgeben musste.

Nach dem Wickeln schlief Jasmin schnell wieder ein. Iris legte sie zurück in das Beistellbettchen, das an ihrem Bett eingehakt war, deckte sie sorgsam zu und fiel dann selbst noch einmal in die Kissen. Zugegeben, in manchen Nächten war es anstrengend, ein, zwei Mal aufstehen zu müssen, aber Iris wusste natürlich, das würde nicht immer so bleiben. Jasmin gedieh prächtig, wie ihr die Hebamme versicherte und auch die Waage bestätigte. Die Kleine nahm täglich zu, ihre Wangen waren rund und rosig geworden, und sie sah längst nicht mehr so zerbrechlich aus wie in den ersten Tagen nach der Geburt. Eine Woche lang hatte Jasmin im Brutkasten gelegen, und Iris hatte täglich davorgesessen und ihre Hand auf den kleinen Körper gelegt. Dabei die Herzschläge und Atemzüge des Neugeborenen zu spüren, war eine wichtige Erfahrung, bei der ihre Liebe für das Kind wuchs. Ganz besonders geschah dies auch während der sogenannten Känguruzeit. Dazu zog Iris Pulli und BH aus und ließ sich halb liegend mit einem dicken Kissen im Rücken in einen bequemen Sessel sinken. Eine Säuglingsschwester legte ihr das nur mit einer Windel versorgte Baby auf die Brust, breitete eine warme Decke darüber und stellte einen Paravent vor sie beide, um den Betrieb auf der Intensivstation etwas abzuschirmen. Iris überlief jedes Mal ein Schauer, wenn sie bemerkte, wie friedlich die Kleine dabei war. Die Ärztin musste ihr nicht erklären, wie wichtig der direkte Hautkontakt und der Geruch für Jasmin war, Iris spürte es bei jedem Atemzug, den sie in diesen ein, zwei Stunden selbst tat.

Das Sonntagsfrühstück im Familiensalon, das im Sommer während der Hochsaison eine Angelegenheit von zehn, fünfzehn Minuten war, wurde in den Herbst- und Wintermonaten gern in die Länge gedehnt. Wenn die Pension kaum belegt, oft sogar vollkommen leer war, begann der Sonntag gemächlich. Auch der Café-Betrieb erwachte in diesen Monaten erst um neun, und bei mildem, sonnigem

Wetter wurde auf der Terrasse ab zehn Uhr serviert. Aber das hatten Waltraud und Herr Otto im Griff.

Seit Jasmin, die während der Mahlzeiten im Tragetuch vor Iris' Bauch schlief, zur Familie gehörte, drehten sich die Gespräche meist um das Baby und Viola. Manchmal auch um die Konditorei, die keine Saison kannte.

Doch die Trauer um Viola war in jeder Sekunde zu spüren, auch wenn jeder auf seine Art und Weise damit umging. Und der Betrieb durfte trotz aller Schmerzen nicht vernachlässigt werden. Ganz besonders der Tortenhimmel nicht. Es hätte Viola nicht gefallen, wenn ihre Konditorei nicht mehr die Nummer eins in Auerbach gewesen wäre.

Annemarie hatte das Kommando über den Tortenhimmel bereits nach Violas Einlieferung in die Klinik übernommen und wollte es auch behalten. So war sie unerwartet zu ihrer ersten Konditorei gekommen, die noch laufenden Verhandlungen für den Laden in Konstanz hatte sie abgesagt. Ihre Aufgaben als »Hausdrachen« waren zwischen Rose und Florence aufgeteilt worden. Das Waschen und Mangeln der Wäsche wurde von Antonella und Marcella erledigt, die bei maximal fünf vermieteten Zimmern mit den Putzarbeiten ohnehin nicht ausgelastet waren.

»Im Laden alles in Butter?«, erkundigte sich Herbert, während er mit kritisch zusammengekniffenen Augen ein Vollkornbrötchen dünn mit Butter und Konfitüre bestrich.

Herberts Stimmungen wechselten von apathisch bis übertrieben geschäftig. Er hatte anfangs sogar die Führung der Konditorei übernehmen und sich wieder in die Backstube stellen wollen. Nur Florence zuliebe hatte er eingelenkt und Annemarie die Geschäfte überlassen. Die Belegschaft in der Backstube war gut eingespielt, und auch wenn Viola in jeder Minute schmerzlich vermisst wurde, funktionierte im Tortenhimmel alles reibungslos. Das

Leben und die Geschäfte mussten weitergehen, da war die Familie sich einig, sprach sich gegenseitig Mut zu und gestand sich ein, dass es auch nicht verboten war zu lachen. Was sollten die Gäste denken, wenn jeder nur noch in Tränen aufgelöst wäre? Annemarie versuchte vor allem Herbert aufzuheitern. Auch wenn sie selbst kinderlos war, konnte sie nachfühlen, wie sehr er unter dem Verlust seiner jüngsten Tochter litt.

»In feinster Buttercreme, kleiner Bruder, mach dir keinen Kopf, sonst fallen dir am Ende noch die Haare aus.« Annemarie schickte Herbert ein Luftküsschen über den Frühstückstisch.

Nicht besonders geschmeichelt strich Herbert sich über seinen vollen Haarschopf und wandte sich dann Rose zu. »Gab es in letzter Zeit ungewöhnliche Vorkommnisse?«

Rose lächelte geduldig. »Nein, Papa, alles im grünen Bereich. Bei nur vier belegten Einzelzimmern käme das auch einer Sensation gleich.«

»Oh, ich hätte eine klitzekleine Sensation zu bieten«, meldete sich Annemarie wieder.

Herbert begann sofort nach Luft zu schnappen.

»Kein großes Drama«, relativierte Annemarie sofort. »Nur ein unhöflicher Kunde, und das ist im Tortenhimmel doch sehr ungewöhnlich.«

»Geht das auch genauer?«, hakte Herbert nach, der sich wieder beruhigt hatte.

»Ach, irgendein Idiot wollte wissen, ob Paula ihm womöglich uralten Kuchen andreht. Paula hat gelacht, weil sie die Torte gerade frisch angeschnitten hatte, und glaubte, der Kerl macht einen Scherz. Da wurde er pampig, fühlte sich auf den Arm genommen. Ich kam gerade mit einer frischen Käsesahne dazu und konnte ihn schließlich beruhigen.«

»So einen Nörgler hatte ich auch mal, als ich für Paula

eingesprungen bin«, erinnerte sich Iris und berichtete von dem Kunden, der mürrisch unter seinem Hut hervorgeknurrt hatte. »Scheint Menschen zu geben, die sehen es als ihre Verpflichtung an, an allem herumzumeckern.«

Auch Rose hatte »einen Mann mit Hut« zu bieten. »Herr Otto hat von einem Gast berichtet, der im Wintergarten mit Hut am Tisch saß und behauptete, das Tortenstück sei nicht frisch. Herr Otto hat ihm dann gesagt, dass alles Gebäck aus dem Tortenhimmel frischer als frisch sei und er in der näheren Umgebung keine frischeren Backwaren fände.«

»Haha«, amüsierte sich Annemarie. »Ich kann mir richtig vorstellen, wie Herr Otto mit der Serviette ein paar unsichtbare Krümel vom Tisch gewedelt, dann den Kopf gehoben und dem Kerl von oben herab den Marsch geblasen hat.«

»Seltsam finde ich es aber doch, dass plötzlich überall Männer mit Hut auftauchen«, sagte Iris nachdenklich. »Ob nicht wieder ein Angriff dahintersteckt?«

Rose rührte einen gehäuften Löffel Zucker in ihre zweite Tasse Kaffee. »Ach was, wir sollten uns nicht davon verrückt machen lassen.«

Jasmin begann sich zu rühren. Es war Zeit für ihr Vormittagsfläschchen. Iris verabschiedete sich, um die Kleine oben im Zimmer zu füttern, wo sie beide die nötige Ruhe hatten.

»So, mein kleines Känguru, jetzt gehen wir an den See«, flüsterte Iris, während sie Jasmin wieder in das Tragetuch packte. Sie selbst schlüpfte in den wetterfesten knallroten Trageparka, den sie sich extra angeschafft hatte und in dem das Baby vor Wind und Wasser geschützt war. Warm eingemummelt, das Köpfchen von einer Kapuze bedeckt, schlief Jasmin rasch wieder ein, und Iris konnte am Seeufer entlangspazieren, bis sie selbst müde wurde und solange das Wetter mitspielte.

Was heute eher nicht der Fall war. Bedrohlich wirkende Wolkengebilde, die Regen ankündigten, hingen ungewöhnlich tief über dem Bodensee. Ein sicheres Zeichen, dass es klüger war, sich nicht zu weit vom Haus zu entfernen.

Dennoch genoss Iris das Laufen, die frische Luft, das Durchatmen, und die dunkle Stimmung über dem Wasser störte sie keineswegs beim Nachdenken. Darüber, welche Argumente sie noch vorbringen konnte … Nein, ich werde nicht länger grübeln, sagte sie sich. Sie wollte endlich Klarheit, und wenn es nötig war, würde sie Christian ein Ultimatum stellen.

Kaum zwanzig Minuten später fielen die ersten Tropfen. Eilig marschierte Iris zurück ins Haus.

Jasmin schaute sie erstaunt mit ihren hellen Augen an, als Iris sie aus dem Tragetuch nahm und auf ihr eigenes Bett legte, um sich Jacke und Schuhe auszuziehen.

»Wir gehen später noch einmal raus«, versprach Iris, während sie der Kleinen den Fleeceoverall auszog.

Jasmin strampelte fröhlich, als verstehe sie jedes Wort, und nicht zum ersten Mal hatte Iris diesen Eindruck.

Damit sie in Ruhe mit Christian telefonieren konnte, brachte sie Jasmin zu ihren Eltern in den Salon. Ihre Mutter freute sich sehr, wenn sie auf ihr Enkelkind aufpassen durfte. Opa Herbert nicht weniger, in Gegenwart der Kleinen blühte er regelrecht auf, obwohl er sich scheute, das Kind auf den Arm zu nehmen. »Ich will sie nicht fallen lassen«, war sein Argument, das Iris nur zu gern akzeptierte. Sich vorzustellen, er bekäme mit dem Baby im Arm einen Schwindelanfall, bereitete ihr Magenschmerzen.

»Dauert höchstens eine halbe Stunde«, sagte Iris, als sie Jasmin in den Stubenwagen bettete; ein kuscheliges Nest mit Kissen, Decke, Stoffhimmel und einem daran befestigten Mobile. Jasmin betrachtete die baumelnden Tierfiguren mit großen Augen. Iris wusste aus dem Babybuch, ihrer momentanen Bettlektüre, dass Kinder mit drei Wochen bereits Farbnuancen und Gegenstände wahrnehmen konnten. Allerdings verschwommen und nur aus einer Entfernung von maximal zwanzig Zentimetern.

»Wenn Jasmin unruhig wird, schalte ihr das Mobile an, sie liebt Musik«, sagte Iris und gab der Kleinen noch einen zärtlichen Kuss auf die Wange.

Dann verzog sie sich wieder nach oben in ihr Zimmer und tippte auf die Eins.

»Bonhoff«, meldete sich Christian nach drei Klingeltönen.

Sein förmlicher Tonfall löste bei Iris heftiges Herzklopfen aus. Warum konnte er sie nicht mit »Hallo, Iris« begrüßen? Er sah doch auf dem Display, wer anrief.

»Hier auch Bonhoff«, entgegnete sie flapsig, um sich ihren Unmut nicht anmerken zu lassen.

»Hallo, wie geht's?«

»Störe ich gerade?«

»Nein, nein, ist ja Mittagspause. Was gibt's Neues?«

Iris bekämpfte den Impuls, ihn anzuschreien, dass er doch genau wisse, warum sie anrief. Gestern hatten sie eine Verabredung getroffen: Er wollte über die Adoption nachdenken und ihr heute seine Entscheidung mitteilen.

»Du weißt, warum ich anrufe, also lass uns nicht um den heißen Brei herumreden«, antwortete sie direkt.

»Warum kann sich eigentlich nicht Rose um das Kind kümmern?«, stieg Christian genauso direkt ein.

»Weil Rose die Pension leitet und keine Zeit für ein Kind hätte, und weil Viola mich bestimmt hat. Auch ohne offizielles Testament erfülle ich den letzten Wunsch meiner

Schwester. Ich bin Jasmins Tante, die Adoption wird eine reine Formalität, wie uns ein Anwalt bereits bestätigt hat.«

»Was ist mit Annemarie oder mit deiner Mutter, sie ist die Großmutter, da sollte es doch genauso wenige Schwierigkeiten geben?«

Iris merkte deutlich, dass Christian nicht wie versprochen zu einer Entscheidung gekommen war. »Annemarie hat die Konditorei übernommen, die muss ja weiterlaufen. Und meine Mutter kann mir zwar helfen, sich aber nicht rund um die Uhr um ein Baby kümmern. Du hast doch gesehen, wie mein Vater bei Violas Beerdigung beinahe zusammengebrochen wäre. Es geht ihm zwar besser, aber Mama macht sich trotzdem große Sorgen, wenn sich sein Zustand nicht wesentlich bessert, will sie mit ihm nach Südfrankreich ziehen, weg vom Trubel, der ja ab März, April wieder anfängt.«

»Tja …« Christian sog hörbar die Luft ein, bevor er weiterredete. »Dann fällt mir auch keine andere Lösung ein.«

»Was soll das?«, fuhr Iris ihn zornig an. »Es geht doch nicht um Lösungen, sondern um uns, um unsere Ehe, die bis heute kinderlos geblieben ist, obwohl wir immer Kinder wollten. Und jetzt haben wir plötzlich das große Glück, ein Baby zu bekommen.«

»Nein, Iris, *du* warst es, die sich unbedingt Kinder gewünscht hat«, erklärte er aggressiv. »Ich war nie so erpicht drauf, aber wenn es passiert wäre, hätte ich es akzeptiert. Eine romantische Familienidylle war nie mein Traum. *Mein* Wunsch war es, mit dir unser Hotel zu führen. Es zu einem der renommiertesten Häuser in dieser Kategorie zu machen.«

Iris war zutiefst geschockt über seine offenen Worte. »Jasmin ist ein Teil von mir, obwohl sie nicht mein leibliches Kind ist. Warum kannst du das nicht akzeptieren?«

»Weil …« Christian schien nach Argumenten zu suchen.

»Und du bist ihr Onkel«, fügte Iris eilig hinzu, und hoffte, ihn dadurch endlich überzeugen zu können.

»Mag sein, dass ich offiziell ihr Onkel bin. Dennoch bleibt es ein fremdes Kind und …« Er stockte. Ein Schluckgeräusch drang an Iris' Ohr. »Einen Punkt hast du noch gar nicht bedacht.«

»Jetzt bin ich aber gespannt«, entgegnete sie spöttisch.

»Was passiert, wenn der leibliche Vater auftaucht?«

»Mach dich nicht lächerlich. Er hat keine Ahnung, dass Viola schwanger war, denn er verschwand, bevor sie es ihm sagen konnte«, erklärte Iris geduldig, obwohl Christian die Umstände längst kannte. »Warum sollte der Mann also auftauchen und Ansprüche anmelden? Und wenn wir die Adoptiveltern sind, hätte er sowieso schlechte Karten. Als gut situiertes Paar im besten Alter sind wir die idealen Kandidaten für eine Adoption und noch dazu in erster Linie verwandt mit Jasmin.«

»Das ist alles schön und gut, aber …« Christian schnaufte schwer, als habe er Atemprobleme. »Dieses Kind würde mich immer daran erinnern, dass ich selbst keins zeugen kann.«

»Ach, plötzlich weißt du das?« Dann war die angeblich geschwängerte Freundin doch eine Lüge, schoss es Iris durch den Kopf.

»Ich habe mich testen lassen.«

Iris war einen Moment lang sprachlos. Jahrelang hatte sie ihn darum gebeten, ihn angefleht, und keinen Erfolg gehabt. »Warum so plötzlich?«

»Ich wollte Gewissheit … und auch dir zuliebe, damit dieser Punkt zwischen uns geklärt ist. Aber mit dem Befund in der Hand wurde mir klar, dass mich ein fremdes Kind immer an diesen Makel erinnern würde.«

»Ist das dein letztes Wort?«

Draußen war der Regen stärker geworden und trommelte jetzt an die Fensterscheiben, die passende Musik zum Ehedrama.

»Nein, mein letztes Wort ist die Bitte, dass du zu mir zurückkommst – ohne das Kind.«

Iris schluckte die aufkommenden Tränen hinunter. Seine Worte klangen nicht wie eine Bitte, eher wie eine Forderung. Es war ihr unmöglich, darauf zu antworten.

»Hallo, bist du noch da?«

»Ja«, sagte sie mit erstickter Stimme.

»Heißt das, ja, du kommst zurück?«

»Nein, ich komme nicht zurück, ich kann und will Jasmin nicht alleine lassen. Ich erfülle den letzten Wunsch meiner Schwester, und dadurch erfüllt sich auch mein sehnlichster Wunsch. Und du verlangst, ich soll dieses Kind aufgeben? Das ist unmenschlich. Es tut mir sehr leid, wenn du das nicht verstehst, aber unter diesen Umständen kann ich nicht zurückkommen.«

Iris wusste um die Endgültigkeit ihrer Worte und was sie für ihre Ehe bedeuteten. Aber wie hätte sie das Kind verlassen können, das ihr nach dieser kurzen Zeit bereits so sehr ans Herz gewachsen war, als wäre es ihr eigen Fleisch und Blut? Sie fühlte sich verantwortlich. Wollte, nein, *musste* es beschützen, als hinge ihr Leben davon ab. Der Gedanke, es in Auerbach bei Rose, Annemarie und Florence zurückzulassen, bereitete Iris körperliche Schmerzen. Nicht zuletzt hätte sie das Gefühl, Violas letzten Wunsch zu ignorieren. Sie würde ein Leben lang unter Gewissensbissen leiden. Nein, sie konnte nicht zurück nach Köln gehen und ihr altes Leben weiterführen, als sei nichts geschehen. Denn es war etwas Bedeutendes passiert: Sie hatte ein Baby bekommen, ihr altes Leben war für immer vorbei, und das neue Leben gefiel ihr weitaus besser.

»Dann ist wohl alles gesagt«, brummte Christian.

Iris rief noch verblüfft »Wie soll ich denn das verstehen?« – ins Leere. Denn Christian hatte abrupt aufgelegt.

# Wien, Januar 1956

Max kippte das dritte Stamperl Marillenbrand, als wär's reinstes Quellwasser.

Frau Swoboda steckte den Korken in die Schnapsflasche und klopfte ihn mit der flachen Hand fest. »Schmeckt's Ihnen, Herr Max?«

»Hm«, grummelte er mürrisch und hoffte im Stillen, dass er bald betrunken genug war, um zu vergessen.

»Der ist auch besonders fein, den brennen meine Großeltern in der Wachau. Jeden Sommer fahr ich auf Besuch dorthin. Vielleicht mögen S' mich mal begleiten«, schwatzte die Pensionswirtin munter weiter.

»Schmeckt hervorragend«, murmelte Max höflich. Eigentlich war es ihm egal, ob das Zeug schmeckte oder nicht, er hätte auch Spiritus gesoffen, wenn er darin die Sehnsucht nach Elfie hätte ertränken können.

Eine Woche war vergangen seit jenem unglückseligen Abend. An dem er berauscht vor Glück und Minuten später zu Tode betrübt gewesen war. Seit Elfie ihn von sich gestoßen hatte, als habe sie ihn nie geliebt. Seitdem versuchte er, sich um den Verstand zu saufen, damit er überhaupt schlafen konnte. Gelungen war es ihm bis heute nicht. Aber wie sollte das auch gehen, wenn er Elfie jeden Tag begegnete? Gleich am nächsten Morgen hatte er fristlos kündigen und als Grund angeben wollen, dass er genug Zeit in Wien verbracht habe. Er wolle nach Deutschland zurückkehren, um sein eigenes Café zu eröffnen, wie er es bei seiner Bewerbung bereits erwähnt hatte. Doch Elfie hatte ihn angefleht, seine Arbeit nicht von heute auf morgen aufzugeben. Vier Wochen solle er warten und in dieser Zeit vielleicht schon mal andeuten, dass er Sehnsucht nach seiner Heimat habe. Und nach seiner Kündigung müsse er noch wenigstens so lange bleiben, bis Georg Ersatz gefunden hatte.

Frau Swoboda schenkte nach. »Ham S' einen Durscht oder einen Liebeskummer?«

»Wie kommen S' denn auf die Schnapsidee?« Max lachte höhnisch über seinen eigenen Scherz.

»Na ja, weil S' plötzlich jeden Abend z'haus sind.« Frau Swoboda betrachtete ihn so eindringlich, als wolle sie sein Innerstes ergründen, und nach einer Weile urteilte sie: »Hab ich richtig geraten: Kummer.«

Max schüttelte den Kopf und schob das Schnapsglas in Richtung Flasche.

Die Witwe verstand seine wortlose Bitte, entkorkte sie ein weiteres Mal, schenkte für Max nach und füllte auch ihr Glas. »Wie lange wohnen S' jetzt schon bei mir?«

»Seit dem Frühjahr vierundfünfzig«, antwortete Max, ohne nachdenken zu müssen. Wie sollte er seine Ankunft in dieser Stadt auch jemals vergessen? Für alle Zeiten würde er sich daran erinnern, wie er im Café Haas als Konditor vorstellig geworden war. Wie Elfie ihm die Tür geöffnet und gelächelt hatte. Wie es genau in diesem Augenblick um ihn geschehen gewesen war.

»Jesusmariaundjosef, so lang schon, dann wird's aber Zeit, dass wir auf Du und Du trinken.« Die Witwe beugte sich zu ihm über den Tisch. Dass sich dabei ihr Ausschnitt verschob und er sehen konnte, dass sie keinen Büstenhalter anhatte, war bestimmt Absicht. »Ich bin die Theresia … darfst Theres zu mir sagen.« Sie hob ihr Schnapsglas an, lächelte verschmitzt, und ihre großen, dunkelblauen Augen leuchteten im gelblichen Licht der Küchenlampe, als wäre ein Feuer darin.

Max hob sein Glas. »Prost, Theres.«

»Einhakln, sonst bringt's kein Glück.« Sie hob ihren Arm.

Max ahnte, was die Witwe vorhatte, aber ihm war alles egal. »Meinetwegen.«

Sie verhakten ihre Arme ineinander und kippten den Schnaps in einem Zug.

»Jetzt noch ein Busserl«, verlangte Theresia.

Noch ehe Max seinen Arm zurückziehen und in Deckung gehen konnte, hatte sie seinen Kopf mit der freien Hand zu sich gezogen, ihre vollen Lippen auf seine gedrückt und ihm auch noch ihre Zunge in den Mund geschoben.

»Nicht schlecht für den Anfang«, gluckste sie überdreht, nachdem sie ihn wieder losgelassen hatte.

Max schüttelte sich innerlich. Er wollte sich am liebsten den Mund mit dem Handrücken abwischen, beherrschte sich aber. Derart unhöflich mochte er dann doch nicht sein. Stattdessen nickte er, während er ein weiteres Glas Schnaps verlangte. Das sechste. Oder war's das siebte? Er hatte längst aufgehört zu zählen, hoffte nur auf die ersehnte Wirkung. Darauf, dass sein Hirn davon abließ, unablässig Elfie, Elfie, Elfie zu hämmern. Er ließ seinen Kopf auf die harte Tischplatte fallen und genoss den kurzen Schmerz.

»I glaub, du hast für heute genug«, bestimmte Theres urplötzlich, schob ihren Stuhl zurück und stand auf.

»Nix da, ich hab noch lange nicht genug, ich bin jung und schtaaark und kann jede Menge vertragen«, wehrte er sich, auch gegen ihren festen Griff, mit dem sie ihm aufhelfen wollte.

»Aber geh ... es ist doch schon spät, morgen musst' wieder aufstehen, ich bring dich jetzt ins Bett«, hörte er die gurrende Stimme wieder.

»Ich ... ich ... schteh nieee wieder auf, die Elfie sssieht mich nieee wieder«, lallte er wütend.

»Soso.« Theresia lachte hämisch. »Die Elfie hat dir den Kopf verdreht, hab's mir doch gedacht. Die feine Madame mit dem Behinderten, braucht mal einen jungen, starken Mann in ihrem Bett ... aber ich brauch auch einen. Und jetzt kommst' mit mir, du starker Mann, du starker ...«

Max wollte aufstehen, doch alles drehte sich, und er sackte sofort wieder auf seinem Stuhl zusammen. Aber im Kopf war er noch klar genug, um zu begreifen, was Theres dachte. »Nein, nein, die Elfie mag mich nicht, sie kriegt ein Kind vom Georg.«

»Na, das sind ja schöne G'schichten ... komm, ich helfe dir.« Theres packte erneut seinen Arm, legte ihn sich um den Hals und zog Max mit einem unerwarteten festen Ruck in die Senkrechte. »Und jetzt einen Fuß vor den anderen, schön langsam.«

Max schlurfte brav neben Theres her und lag wenig später in den Kissen. Ob es die Kissen in seinem Bett waren, hätte er nicht sagen können. Was er aber ganz sicher wusste, war, dass sich alles drehte, er sich plötzlich einbildete, ausgezogen und an seiner empfindlichsten Stelle gestreichelt zu werden. So intensiv, dass er zu schnaufen und zu stöhnen begann, vor allem, als sich dann auch noch eine nackte Frau auf ihn legte. Dieser Marillenbrand war ein verdammtes Teufelszeug. Nie wieder, schwor er sich, würde er auch nur einen Tropfen davon trinken!

Ein lautes Klingeln holte Max aus dem Schlaf. Es dauerte lange, bis er realisierte, dass sein Wecker schrillte. Wütend wollte er danach schlagen, doch bei der kleinsten Bewegung schmerzte sein Kopf, als stecke er in einem Schraubstock. »Auuu!«, brüllte er. Mühsam rappelte er sich auf, stellte den Wecker ab und knipste das kleine Lämpchen auf dem Nachtkastl an. »Ahhh!« schrie er erneut auf. Sogar diese schwache Funzel verursachte ihm Schmerzen.

»Hast a'n bösen Kater, gell?«

Das war die Stimme der Witwe.

Max drehte sein Gesicht in Richtung Tür, aus der die Stimme gekommen war. »Tut mir leid, Frau Swoboda, wenn ich Sie geweckt hab.«

Schritte näherten sich, dann spürte Max, wie sie sich auf den Bettrand setzte.

»Aber Maxilein, gestern ham wir doch auf Du und Du getrunken. Weißt' es nimmer?«

Max fühlte eine weiche Hand an seiner Wange. »Nicht mehr so genau«, flüsterte er, denn auch seine eigene Stimme war viel zu laut in seinem Kopf, die reinste Qual.

»Das macht doch nichts, Hauptsache ich weiß noch alles. Und *was* ich noch weiß, hat mir sehr gefallen«, flüsterte sie heiser. »Bist ein sehr starker Mann. Sogar mit einer halben Flasche Marillenbrand im Blut.«

Ihre Stimme war jetzt ganz nah an seinem Ohr. Plötzlich krabbelte ihre Hand unter die Bettdecke. Himmel! Er war ja nackt! Sie streichelte seinen Bauch. Kurz darauf wanderte ihre Hand nach unten. Fing an, ihn zu massieren. Und sie wusste, wie sie es tun musste, um ihn vor Lust aufstöhnen zu lassen.

»Sehr schön war's«, raunte sie einmal mehr. »Und das kann es wieder sein, nur Elfie darfst nicht mehr zu mir sagen, gell? Versprich's mir!«

»Was … was …« Max war unfähig zu denken. Was sie da mit ihm anstellte … das war so … Ahhh!

»Na, hat dir das gefallen? Deinem Kopf geht's jetzt bestimmt auch besser, gell? Ein kleines Hupferl am Morgen vertreibt Kummer und Sorgen und auch einen fetten Kater.« Sie zog ihre Hand unter der Bettdecke hervor und wischte sie an ihrem Kleid ab.

»Hm«, brummte Max.

»Das machen wir heute Abend gleich noch mal, aber ein bisschen länger«, schnurrte sie wie eine liebestolle Katze. »Kommst pünktlich heim, ich koch uns ein schönes Gulasch und danach verwöhn ich dich richtig.«

Max hörte nicht genau zu, dachte nur daran, dass er Elfie gleich wiedersehen würde. Dass sie vielleicht merken würde, wenn er mit der Witwe was anfing ... Moment. Vielleicht war das die Lösung. Warum war ihm das nicht schon früher eingefallen? Wenn Elfie von seinen Chancen bei anderen Frauen erführe, würde sie eifersüchtig werden und sich doch noch scheiden lassen. Theresia würde sicher dafür sorgen, dass Elfie davon erfuhr. Er richtete sich auf, packte Theresias Kopf mit beiden Händen, küsste sie hart und sagte dann: »Ich freu mich schon auf heute Abend.«

Die vier Wochen, die Max Elfie zuliebe abgewartet hatte, waren vorbei. Georg hatte seine Kündigung nicht akzeptieren und ihn überreden wollen zu bleiben. Doch schließlich hatte er resigniert und nun endlich auch Ersatz für ihn gefunden. Max sehnte den Tag herbei, an dem er seine Koffer packen und in einen Zug nach Deutschland steigen konnte. Elfie hatte sich kaum noch im Café sehen lassen, und so war der Plan mit ihrer Eifersucht gescheitert.

Heute hatte das Wiener Abenteuer nun ein Ende. Vor allem die Quälerei mit Theres. Jeden Abend wollte sie ihn »verwöhnen«, wie sie es ausdrückte. Die Frau war unersättlich. Dass sie ihn allabendlich bekochte und danach in ihr

Bett zerrte, war noch zu ertragen, schließlich war er ein Mann im besten Alter und hatte Bedürfnisse. Die eigentliche Qual waren die Zukunftspläne, die Theres schmiedete, wenn sie danach zufrieden in den Kissen lag.

»Warum kündigst du nicht im Café Haas?«, fragte sie oft und durchbohrte ihn mit ihren Glutaugen, als wolle sie ihn verhexen. Max hatte ihr nicht erzählt, dass er tatsächlich gekündigt hatte, und zum Glück hatte sie es auch nicht von Georg erfahren.

»Wir könnten die Pension gemeinsam führen. Du weißt ja, dass mir das ganze Haus gehört. Dann musst du dir die Beine nicht mehr in einer Backstube krumm stehen. Kannst mich heiraten, den Hausherrn spielen, die Pensionsgäste abkassieren, und ich kümmere mich um unsere Kinder.«

Heiraten! Kinder! Drei Stück am liebsten. Als Theres diesen Wunsch geäußert hatte, war Max alarmiert gewesen und hatte versucht, sich zurückzuhalten. Doch Theres kannte alle Tricks, und immer wieder gelang es ihr, ihn willenlos zu machen. Aus Angst, dass er Theres schwängerte, hätte er beinahe kopflos die Flucht ergriffen. Nach Ablauf der vier Wochen verabschiedete sich Max von Theres mit einem Kuss auf die Wange und der Behauptung, wegen wichtiger Papiere nach Deutschland fahren zu müssen. Nur für ein paar Tage, dann käme er zurück. Um ihr Misstrauen nicht zu wecken, hatte er nur sein Waschzeug, etwas Unterwäsche und ein zweites Hemd eingepackt. Alles, was er sonst noch besaß, ließ er ohne Bedauern zurück. Er war mit großen Hoffnungen gekommen und fuhr mit gebrochenem Herzen zurück.

## 25

Iris schwankte zwischen Lachen und Weinen und der Frage, ob das Gespräch mit Christian Tränen oder eher ein Glas Champagner wert war. Einige Minuten hatte sie gehofft, er würde noch einmal anrufen, ihr sagen, alles sei ein Missverständnis und dass er sie sehr liebte – auch mit dem Baby. Aber er meldete sich nicht. Verdammter männlicher Stolz, fluchte sie tonlos, um Jasmin nicht zu wecken, die im Beistellbettchen schlief. Kinder spürten jede Stimmung und reagierten besonders auf negative Emotionen mit Ängsten, wusste sie aus dem Babybuch.

Wie zufrieden sie aussieht, dachte Iris, als sie ans Bettchen trat und Jasmin betrachtete. Jetzt verzog sie den hübschen Mund zu einem feinen Lächeln. Niemals könnte sie dieses zauberhafte Wesen verlassen. Wie unmenschlich von Christian, überhaupt daran zu denken – und er hatte es sogar eiskalt ausgesprochen.

Je länger Iris über das Telefongespräch nachdachte, umso trauriger wurde sie darüber, sich so in Christian getäuscht zu haben. Als sie sich in der Hotelfachschule begegnet waren, hatte sie ihn für einen sensiblen, fantasievollen Mann gehalten. Er hatte Hotels einmal mit dem geballten Leben eines Dorfes verglichen. »In den Zimmern findet das ganz normale Leben statt. Liebespaare treffen sich, manche auch heimlich, andere verbringen ihre Hochzeitsnacht in unserer Suite, und auch Babys sind schon in Hotelzimmern geboren worden.« Doch jetzt fragte sie sich, ob gemeinsame

Berufsethik für eine glückliche Ehe ausreichte. Nachdenklich rieb sie an ihrem Ehering, als erhielte sie dadurch Antworten auf ihre Fragen: Hatte sie zu rational gedacht? War sie einem Fall von Selbsttäuschung aufgesessen? Hatte sie ihre Wünsche auf Christian projiziert, weil er so attraktiv war? Traf sein Vorwurf zu, dass nur sie sich eine Familie mit Kindern gewünscht und seine Argumente überhört hatte? Dann war sie jetzt in der bitteren Realität aufgewacht. In der aus Liebe Enttäuschung und vielleicht sogar Hass wurde und an deren Ende die Trennung stand.

Bis zum Abendessen hatte Iris sich wieder gefangen. In Großvaters ehemaligem Badezimmer, das sie und Jasmin jetzt ganz für sich allein hatten, wusch sie ihr Gesicht mit eiskaltem Wasser und träufelte beruhigende Tropfen in ihre geröteten Augen. Ein leichtes Make-up auf die blauen Schatten darunter und etwas Lippenstift ließen sie fast wieder normal aussehen. Sie hatte zwar keine Geheimnisse vor der Familie, aber sie würden noch früh genug von Christians Absage zur Adoption und damit auch zum Aus ihrer Ehe erfahren.

Am Esstisch – Jasmin beobachtete im Stubenwagen das baumelnde Mobile – gelang es Iris, ihre Eheprobleme zu verdrängen. Die vertraute Geräuschkulisse aus klapperndem Besteck und leisen Stimmen wirkte beruhigend wie eine liebevolle Umarmung. Natürlich fehlte Viola, niemand am Tisch würde sie jemals vergessen. Viola war ein wichtiger Teil der Familie und würde es für immer bleiben, auch wenn sie physisch nicht mehr anwesend war. Am ersten Tag nach dem Tod ihrer Schwester hatte Iris Gläser und Teller für sie auf den Tisch gestellt und dann kopfschüttelnd wieder abräumen wollen, als ihre Mutter es bemerkte und ihr gerührt zuflüsterte: »Lass es stehen, auch ihr Stuhl wird für sie reserviert bleiben.« In manchen Momenten meinte Iris sogar, Viola käme jede Sekunde durch die Tür, um Jasmin zu stillen, um dann enttäuscht den Trugschluss zu realisieren. Doch auch durch Jasmin würde immer ein Teil von Viola bei ihnen sein.

Ein leises, klirrendes Geräusch holte Iris aus ihren Gedanken.

Herbert hatte mit dem Löffelstiel an sein Glas geklopft. »Heute habe ich für den Nachtisch gesorgt, und es ist etwas ganz Besonderes.« Er schob den Stuhl zurück und stand auf.

Florence ließ ihre Gabel auf den Teller fallen. »Alles in Ordnung, 'erbert?«

»Aber ja, ich will nur kurz rüber in den Tortenhimmel«, erklärte er im Hinausgehen.

Zurück kam er mit einer Tortenplatte, die mit einer weißen Stoffserviette bedeckt war. Mit feierlicher Miene stellte er die Platte in die Mitte des Tisches. »Im Hause König ist es Tradition, zur Geburt eines Kindes ein neues Gebäck oder eine Torte zu kreieren. Für Annemarie und mich hat es unser Vater Max König getan, Iris, Rose und Viola bekamen Petits Fours von mir, und weil wir den Vater der kleinen Jasmin nicht kennen, habe ich das übernommen. *Voilà!*« Mit einer schnellen Bewegung zog er die Serviette weg. »Macarons Jasmin – Mandel-Macarons, gefüllt mit Schokoladen-Ganache.«

Herbert erntete Beifall für seine kleine Vorstellung.

Florence tupfte sich Tränen aus den Augenwinkeln, nachdem er die verführerisch aussehenden Macarons verteilt und auch auf Violas Teller eines gelegt hatte.

Traditionen, dachte Iris gerührt, waren ihrer Familie schon immer wichtig gewesen: Wer Geburtstag hatte, durfte das Abendessen bestimmen. An Weihnachten wurde traditionell ausgewürfelt, wer ein Geschenk auspacken durfte. Die Eins war, entgegen der sonst üblichen Sechs, die Gewinnerzahl. Das Würfeln wurde dann so lange unterbrochen, bis das Geschenk ausgepackt und gebührend bewundert worden war. An Silvester wurde die Schimpfwörterkasse geleert und, je nach Inhalt, mehr oder weniger viele Böller dafür gekauft.

Annemarie urteilte zuerst über Herberts Backkünste. »Hmm, köstlich …«, sagte sie noch mit vollem Mund und schleckte sich dann den Puderzucker von den Fingern. »Du bist immer noch ein Spitzenkonditor, Bruderherz, wenn dir mal langweilig ist, kannst du dich gerne in der Backstube verlustieren.«

»Ich hoffe, das bleibt eine Ausnahme«, sagte Florence an ihre Schwägerin gewandt. »Du weißt, wie schnell die Arbeit in der Backstube in Stress ausartet, und das ist Gift für 'erberts 'erz.«

»Ach was«, wehrte Herbert ab. »Ein bisschen backen macht doch Spaß und ist überhaupt nicht so stressig wie zum Beispiel bei internationalen Wettbewerben, wo dir die Juroren über die Schultern schauen und dich ins Schwitzen bringen. Und in der Backstube« – er senkte den Kopf und blickte auf die restlichen Macarons auf dem Tablett – »fühle ich noch Violas Anwesenheit.«

Florence schluckte gerührt. »Was soll ich gegen dieses Argument sagen«, seufzte sie und genehmigte Herbert täglich eine Stunde in der Backstube.


Nach dem Abendessen war es Zeit für Jasmins Fläschchen und eine frische Windel. Während des Wickelns gähnte sie bereits, wollte aber nicht in ihr Bett, denn kaum hatte Iris sie hingelegt, begann sie zu weinen.

»Schon gut, mein kleines Känguru«, tröstete Iris sie leise und packte sie ins Tragetuch. »Dann spazieren wir noch ein wenig durchs Haus wie zwei Hausdamen und kontrollieren, ob alles in Ordnung ist.«

Als Iris unten in der Rezeption ankam, schaute Roses blonder Haarschopf hinter dem Tresen hervor. Jasmin war bereits eingeschlafen. In wenigen Minuten würde sie in den Tiefschlaf sinken, sie konnte sich also mit ihrer Schwester unterhalten.

»Schreibst du Liebesbriefe?«

Rose hob den Kopf, und mit Blick auf Jasmin antwortete sie leise: »Wer schreibt denn heute noch Liebesbriefe? Das ist so was von letztes Jahrhundert … Aber einen zu bekommen, wäre trotzdem romantisch. Ich beantworte Kondolenzbriefe, das mache ich gern am Abend, da habe ich Ruhe. Es kommen nämlich immer noch welche von Kunden, die erst jetzt von Violas Tod erfahren haben. Und nicht nur Briefe, auch Päckchen mit Geschenken für Jasmin. Hier …« Rose legte ein kleines Stoffpüppchen auf den Tresen. »Haben Stammkunden geschickt, sie schreiben, Viola habe die wundervollste Hochzeitstorte der Welt für sie gebacken.«

Gerührt nahm Iris die rot-weiß gestreifte Puppe mit dem aufgestickten Gesicht und der Zipfelmütze entgegen. »Wir haben so liebe Kunden! Jasmin wird das Geschenk sicher gefallen.«

»Und das hier wird dir gefallen …« Rose überreichte ihr ein Kuvert.

Iris freute sich tatsächlich, als sie den Absender wahrnahm: Friedrich Kreuzer. »Hast du ihn schon gelesen?«

»Es ist kein Brief, nur eine Karte mit seiner Anteilnahme. Er hat übrigens eine wunderschöne Handschrift, und wenn man den Grafologen glauben kann, zeugt das von einer sehr angenehmen Persönlichkeit.«

»Woher hast du denn diese Weisheit?«

»Ist ein Hobby von mir. Ich vergleiche die Gäste gern mit ihrer Schrift im Anmeldebuch. Wenn sie länger bleiben, lernt man sie etwas besser kennen und kann ein wenig auf den Charakter schließen. Ich versichere dir, Gekritzel oder Schönschrift sagen eine Menge über die Menschen aus.«

»Muss ich direkt mal drauf achten.« Iris nahm die Karte von Fritz aus dem schwarz geränderten Kuvert und las die wenigen, in schwungvoller Schrift verfassten Zeilen. »Er schreibt aber nicht, warum er nicht bei der Beerdigung war. Ich hatte mich gewundert, weil er Großvater doch auch die letzte Ehre erwiesen hatte.«

»Vermutlich hatte er keine Zeit, oder er hat zu spät davon erfahren«, mutmaßte Rose und schlug vor, Iris solle ihn anrufen und sich für die Karte bedanken.

»Das werde ich tun, allein, weil es mich interessiert.«

Rose musterte sie mit hochgezogenen Augenbrauen und nickte dann schmunzelnd. »Warum auch immer.«

Iris verabschiedete sich mit einem Schulterzucken. »Die Karte nehme ich mit.«

Oben in ihrem Zimmer nahm sie die schlafende Jasmin vorsichtig aus dem Tragetuch, legte sie ins Bettchen und sank dann seufzend auf das Sofa. Sie war nicht müde, nur emotional erschöpft von den trüben Gedanken, die sie seit dem Gespräch mit Christian immer wieder überfielen. Und die auch jetzt wieder auftauchten. Sobald sie allein war, begann sich das Fragenkarussell in ihrem Kopf zu drehen. War es die richtige Entscheidung, mit dem Kind ihrer Schwester wieder im Haus ihrer Eltern zu leben? Bedeutete der Entschluss doch das endgültige Ende ihrer Ehe und ein Zurück in das Leben vor ihrer Heirat. Noch war die Adoption nicht vollzogen, sie konnte ablehnen, eine andere Möglichkeit für Jasmin finden. Noch war es nicht zu spät, an sich und ihre Liebe zu Christian zu denken. Ihre Ehe zu retten.

Grübelnd wanderte ihr Blick durch den heimeligen Raum, der nach der Renovierung komplett verändert war. Vom angestaubten Charme der 1960er-Jahre war nichts mehr zu spüren. Vor dem grünen Samtsofa lag ein heller Kelim-Teppich mit floralem Muster, darauf standen der ovale Tisch und zwei Korbsessel mit dicken Polsterkissen. In der linken, dunkleren Ecke neben dem Fenster stand ein ausreichend breites Rattanbett, das Viola sich vom Krankenhausbett aus noch ausgesucht hatte. Auch die weiße Wickelkommode mit den Schubladen und den bunten Keramikknöpfen, das niedrige Regal mit den Einschubkörben für Spielsachen oder anderen Krimskrams waren Violas Wunsch gewesen. Das fertige Zimmer hatte Viola leider nur als Foto auf dem Handy und nicht in natura begutachten können. Wie traurig, dachte Iris und versprach sich selbst, nichts zu verändern, jedes einzelne Möbelstück für Jasmin in Ehren zu halten. Ein kleines Andenken an ihre Mutter, die sie nur durch Fotos kennenlernen würde. Iris merkte, wie die beim Abendessen überwundene Verstimmung wieder auflebte, wie sich ein dicker Kloß in ihrem Hals formte und ihre Augen brannten.

Nein, sie würde nicht schon wieder weinen, die vielen vergossenen Tränen hatten eh nichts geändert.

Sie nahm Fritz' Beileidskarte, die sie auf den Couchtisch gelegt hatte, zur Hand. Die gleichmäßige, schwungvolle Schrift war tatsächlich beeindruckend. Iris musste lächeln, als ihr Roses Bemerkung einfiel: eine angenehme Persönlichkeit. Was immer unter diesem Begriff zu verstehen war, Fritz war auf jeden Fall ein hilfsbereiter, zuverlässiger Mann.

Noch zögerte sie, ihn anzurufen, vertagte es auf morgen, wenn sich ihre Stimmung aufgehellt hatte. Sie wollte nicht in Tränen ausbrechen, wenn er ihr persönlich sein Bedauern aussprach und nach ihrem Befinden fragte.

Doch dann kam ihr das letzte Gespräch mit ihm in den Sinn und wie aufbauend es gewesen war. Viola war in die Klinik eingeliefert worden, und sie hatte im Zug nach Konstanz gesessen, als Fritz sie anrief. Wenn sie sich nicht irrte, hatte sie versprochen, sich wieder zu melden. Leider erreichte sie nur die Mailbox, zögerte einen Moment und hinterließ dann doch eine kurze Nachricht mit einem Dankeschön für die Beileidskarte.

Wenig später meldete er sich.

»Hallo, Iris, wie schön, von dir zu hören. Entschuldige, ich konnte eben nicht ans Telefon, ich saß an einem dringenden Artikel, obwohl … Eigentlich ist ja alles immer mordsmäßig *dringend* und sollte gestern schon erledigt sein.« Er lachte kurz auf. »Gehört zum Job wie auch der übermäßige Kaffeekonsum.«

»Die Mailbox hat dich prima vertreten. Und ich kann mir gut vorstellen, dass die sozialen Medien den Arbeitsdruck noch erhöhen.«

»Das trifft ins Schwarze, an meinen dunklen Tagen sehe ich die alte analoge Papierzeitung mitsamt den Zeitungsmenschen im Strudel der neuen Zeit untergehen.«

»Und wie steht es an deinen hellen Tagen um die ehrenwerte Zunft der Zeitungsmacher?«, nahm Iris den lockeren Ton auf.

»Es sind nur noch ganz seltene, aber goldene Momente.« Fritz seufzte. »Doch dann sehe ich die Menschen wie früher am Frühstückstisch Zeitung lesen, höre das Papier rascheln und manch einen schimpfen, weil die Druckerschwärze an den Fingern abfärbt. Das waren noch Zeiten …«

»Genau so saß mein Großvater am Tisch, und niemand durfte sein Exemplar vorher berühren. Er wollte der Erste sein, der sie in die Hand nahm, und über die schwarzen Finger hat er auch oft gemeckert«, erinnerte Iris sich.

»Max König war ein beeindruckender Mann, ohne ihn gäbe es die Pension und sicher auch den Tortenhimmel nicht.«

Iris musste schlucken. Die Konditorei und Viola waren für sie eine Einheit, darüber zu reden brachte sie nach wie vor an den Rand der Tränen.

»Was gibt es sonst Neues?«, wechselte Fritz so rasch das Thema, als spüre er ihre Befangenheit.

Iris überlegte einen Moment, ob sie am Telefon von der Neuigkeit berichten sollte, die ihr Leben auf den Kopf gestellt hatte. Doch dann platzte sie einfach damit heraus. »Ich bin Mutter geworden. Ein Mädchen.«

»Violas Baby?«

»Ja.«

»Oh, Iris, das ist wundervoll! Ich gratuliere dir ganz herzlich.« Fritz klang ehrlich erfreut. »Wie fühlt es sich an? Hast du alles gut im Griff? Schläft sie schon durch? Wie heißt sie? Verzeih die Neugier, typische Journalistenmacke.«

»Die Kleine heißt Jasmin, und es ist wunderbar und aufregend mit ihr und jeder Tag ein Abenteuer. Es traf mich ja völlig unvorbereitet ... Iris machte eine Atempause, in der sie aufkommende Tränen hinunterschluckte, bevor sie fragte, ob er Kinder mochte.

»Ich liebe Kinder! Für mich sind sie ein Grund, weiterzumachen, nicht zuletzt zahlen sie doch eines Tages unsere Rente ... kleiner Scherz.« Fritz lachte kurz auf. »Ob in dreißig oder vierzig Jahren überhaupt noch jemand Rente bekommt, steht auf einem anderen Blatt.«

»Klingt, als hättest du selbst Nachwuchs, ich habe dich nie danach gefragt – entschuldige, jetzt bin ich neugierig.«

»Bislang gab es auch keinen Anlass, sich über dieses Thema auszutauschen. Und nein, ich habe keine Kinder.«

Iris hörte ein Schluckgeräusch.

»Hm ... entschuldige, das war ein Rest Kaffee. Welche Frau will schon einen Mann, der regelmäßig Dienst bis in den Abend und oft an den Wochenenden oder Feiertagen hat? Obendrein noch der Einsatz bei den plötzlichen Katastrophen, die immer dann passieren, wenn man sie am wenigsten erwartet.«

Iris war aufgestanden, um nach Jasmin zu sehen, die tief und fest schlief, und dann ans Fenster getreten. »Das kommt mir bekannt vor«, entgegnete sie mit Blick auf den dunklen Bodensee, über dem der Halbmond an einem wolkenlosen Himmel stand. »In der Gastronomie sind ungeregelte Arbeitszeiten völlig normal, niemand käme auf den Gedanken, um fünf oder sechs Uhr in die Hände zu klatschen und Feierabend zu rufen. Ich kann es dir also gut nachfühlen.«

»Was hältst du davon, wenn wir dieses Thema mal vertiefen? Vielleicht bei einem Spaziergang? Ich könnte den Kinderwagen schieben – würde mir großen Spaß machen.«

»Sehr gern, wenn das Wetter passt, melde ich mich«, sagte Iris und entschuldigte sich dann eilig mit den Worten, Jasmin sei aufgewacht. In Wahrheit liefen ihr bereits die Tränen über die Wangen. Nur mühsam gelang es ihr, den Weinkrampf noch zurückzuhalten. Warum war Christian nicht so begeistert von dem Baby wie Fritz? Warum benahm sich ihr eigener Ehemann abweisend wie ein Fremder? Wohingegen ein fast Fremder so liebevoll reagierte, wie sie es sich von ihrem Mann gewünscht hätte.

## 26

Leicht erschöpft erreichte Iris die Pension. Der vormittägliche Spaziergang am Seeufer war etwas länger ausgefallen, und Jasmin wurde mit ihren knapp vier Wochen langsam schwer. Doch Iris genoss das milde Herbstwetter, und auch Jasmin hatte die frische Luft offensichtlich gutgetan, denn sie hatte den ganzen Weg geschlafen wie ein Engel. Und da sie noch immer schlief, wollte Iris sich ein Stück Kuchen und eine große Tasse Milchkaffee gönnen. Auf der Terrasse wurde serviert, bei diesem herrlichen Wetter war sie auch gut besucht, aber Iris setzte sich lieber in den Wintergarten.

Als Herr Otto sie an ihrem Stammplatz am Fenster erblickte, eilte er strahlend auf sie zu.

»Welch hoher Besuch!« Mit glänzenden Augen wedelte er mit der Serviette unsichtbare Kuchenkrümel vom Tisch. »Wie geht's, was macht das werte Befinden? Geruhsame Nacht gehabt?«

»Die kleine Prinzessin bedankt sich, ihr geht es prächtig. Sie wächst und gedeiht, nimmt täglich zu, und irgendwann wird sie für das Tragetuch zu schwer sein ...« Iris rutschte auf dem Stuhl hin und her, um eine bequeme Position zu finden.

Herr Otto lächelte mitfühlend. »Das kann ich mir denken. Für die kleine Madame ist es aber auch gar nicht gut, immer in diesem Sack zu hängen. Sie wird einen Wagen brauchen«, entschied er.

Erstaunt fragte Iris: »Woher wissen Sie so gut Bescheid über Babys?«

»Ich liebe Kinder, außerdem bin ich zweifacher Onkel und die geduldigste Nanny, die man sich nur vorstellen kann. Meine Schwester hat zwei Jungs, leider sind sie inzwischen schon in der Schule, die waren so niedlich ...« Der Tisch war jetzt offensichtlich sauber genug, er rückte die Zuckerdose zurecht und erkundigte sich mit liebevollem Lächeln, was es für die Damen sein dürfe.

Iris bestellte eine Wiener Schnitte zum Milchkaffee.

»Einmal den Milchkaffee und die Schnitte nach dem Rezept unseres Gründers. Sehr wohl, die Damen, kommt sofort.« Herr Otto nickte und schritt hoheitsvoll durch den Wintergarten zur rückwärtig gelegenen Küche.

Iris schaute ihm nachdenklich hinterher. Wie zutraulich die Menschen werden, dachte sie, wenn es um Babys geht. Das war ihr in den letzten Wochen immer wieder aufgefallen – wenn sie beim Spazierengehen Kunden begegnete, entwickelten sich oft private Gespräche, und eigentlich jeder bekam bei Jasmins Anblick glänzende Augen. Jeder mochte Babys – nur einer nicht.

Beim ersten Bissen der köstlichen Wiener Schnitte musste Iris an den Großvater denken und an sein uneheliches Kind. Ob sie jemals erfahren würden, was damals geschehen war? Vermutlich nicht, wo hätten sie auch suchen sollen? Ohne Namen und ohne den kleinsten Anhaltspunkt waren die Chancen auf Erfolg geringer als ein Volltreffer in einer Lotterie.

Jasmin meldete sich mit einem leisen Weinen, das Iris gut kannte. Wenn sie nicht binnen weniger Minuten ihr Fläschchen bekam, würde sie jämmerlich schreien.

»Es gibt sofort etwas«, tröstete Iris sie, trank hastig den Kaffee aus und winkte Herrn Otto im Hinausgehen zu.

Auf der Treppe kam ihr Rose entgegen. »Ah, ich habe eben bei dir geklopft. Hast du kurz Zeit?«

»Mit dem schreienden Kind eher nicht«, antwortete Iris.

»Ich will dir aber endlich mal was Wichtiges erzählen, wir haben ja kaum noch Zeit füreinander«, sagte Rose.

»Und selbst wenn im Keller das Bodenseewasser durchsickert, such dir bitte jemand anderen zum Ausschöpfen.« Iris schob sich an Rose vorbei und eilte nach oben.

Nachdem Iris die Kleine gefüttert und gewickelt hatte, lag sie friedlich neben ihr auf dem Rattanbett, und sie konnte ihre Schwester anrufen. »Was gab es denn so Dringendes?«

»Der Mann mit Hut war wieder da!«

»Über den wir neulich gesprochen haben?«

»Genau der«, bestätigte Rose im Flüsterton und fügte hinzu, dass sie dringend mit Iris über ihn reden wollte.

»Warum denn? Auch wenn er sich seltsam benimmt, ist er doch ein ganz normaler Gast, oder?«

»Ist er eben *nicht*«, raunte Rose ihr aufgebracht ins Ohr und bat Iris, sich mit ihr im Büro hinter der Rezeption zu treffen. »Du wirst staunen, was ich zu erzählen habe.«

»Komm du lieber nach oben«, bat Iris ihre Schwester. »Jasmin ist gerade auf dem Bett eingeschlafen, und ich will sie jetzt nicht hochnehmen.«

Rose war die fürsorglichste Schwester, die man sich nur wünschen konnte, dachte Iris, als diese mit einem Tablett auftauchte. Darauf eine Thermoskanne mit Tee, Tassen, Tellern, Kuchengabeln, Löffeln, Zuckerdose und vier Stück Schokoladenkuchen. Selbst an Servietten hatte sie gedacht.

Iris baute um Jasmin eine Kissenmauer, und obwohl die Kleine sich noch nicht allein umdrehen konnte, war sie mit den Kissen doch besser abgesichert.

Rose hatte auf dem Sofa Platz genommen. Als Iris sich zu ihr setzte, hielt die Schwester ihr das kleine Notebook hin. »Wenn dir die Kleine irgendwann zu schwer wird – hier siehst du eine Auswahl Kinderwagen, die ein Händler in Konstanz vorrätig hatte. Such dir einen aus, ich will meiner Nichte gern einen schenken. Wenn dir einer gefällt, rufe ich dort an, und Horst kann ihn abholen, ist alles schon organisiert.«

»Was für eine tolle Idee, Tante Rose«, neckte Iris sie und umarmte sie herzlich.

»Schon gut, ich wollte Jasmin etwas Praktisches schenken, und sie wird ihn eines Tages garantiert brauchen, warum also nicht gleich.«

Gemeinsam entschieden sie sich für einen Drei-in-eins-Wagen. Bei Autofahrten würde Jasmin gut geschützt in der Babyschale liegen, im klassischen Kinderwagen, der sich zu einem Buggy umbauen ließ, konnte sie sich auch in ein paar Monaten noch ausstrecken.

»Danke, der wird uns locker zwei Jahre gute Dienste leisten, und danach erbst du ihn dann. Eines Tages wirst du doch sicher auch Kinder wollen«, vermutete Iris und probierte das zweite Stück Kuchen an diesem Tag.

»Eher nicht«, wehrte Rose ab, die schon am Telefon hing. Sie bestellte auch noch passende Kissen, Decken und eine Regenfolie bei dem Babyausstatter. Anschließend gab sie Horst den Auftrag, alles abzuholen.

»So, das hätten wir.« Rose rieb sich die Hände, wie sie es oft tat, wenn sie einen wichtigen Punkt auf ihrer To-do-Liste abgehakt hatte. »Und jetzt zu dem Mann mit Hut.«

»Schieß los. Ich bin sehr gespannt.«

»Er ist ein Schnüffler, der uns ausspioniert!«

»Gab es wieder negative Bewertungen auf den einschlägigen Websites?«, vermutete Iris.

»Nein. Diesmal ist es ein direkter Angriff gewesen, sozusagen ein Trojanisches Pferd«, antwortete Rose, bevor sie fortfuhr: »Marcella und Antonella kamen vor zwei Tagen zu mir, um sich zu erkundigen, ob ein neuer Gast angekommen sei. Als ich verneinte, beschrieben sie ebendiesen Mann mit Hut. Der Kerl hat sich unbemerkt nach oben geschlichen, um die Zimmermädchen auszufragen – das muss man sich mal vorstellen! Schleicht sich ins Haus wie ein Dieb …«

Iris verschluckte sich an einem Kuchenkrümel und hielt sich die Serviette vor den Mund, um den Hustenanfall zu dämpfen.

»Ich habe auch geschluckt, denn was mir die beiden erzählten, ist ziemlich unverfroren.« Rose goss sich frischen Tee ein und rührte zwei Löffel Zucker in die Tasse. »Und ich ärgere mich maßlos, dass ich unaufmerksam war, sonst hätte ich etwas bemerkt.«

»Na los, erzähl schon!«

»Also, er wollte wissen, ob die Pension regelmäßig ausgebucht sei, ob in der Hauptsaison Zimmer leer stünden, wenn ja, wie lange, und ob die Mädchen pünktlich bezahlt werden.«

»Nicht zu fassen!«, empörte sich Iris.

»Moment, das ist noch nicht die ganze Geschichte.«

»Wollte er die Mädchen bestechen?«

»Nein, mich!« Rose kicherte leise, als handle es sich um einen riesigen Spaß. »Am selben Tag war er auch bei mir.«

»Du hast ihm hoffentlich die Meinung gesagt.«

Rose schüttelte so heftig den Kopf, dass ihr tadelloser Nackenknoten ein wenig wippte. »Von Großvater habe ich gelernt, dass man mit Freundlichkeit viel mehr erreicht als mit scharfen Worten. Deshalb habe ich süßlich gelächelt und gefragt: ›Was kann ich für Sie tun, Herr …?‹ und ihn mit einem bohrenden Blick durchlöchert. Er sprang tatsächlich darauf an, nahm den Hut ab und stellte sich als Nico Weingold vor.«

Iris kicherte belustigt. »Raffiniert.«

Rose nahm noch ein Stück Schokoladenkuchen. »Ich fand mich auch ziemlich gut. Er war mir übrigens sehr sympathisch, zu meiner eigenen Überraschung. Ich schätze ihn auf Mitte dreißig, kein Schönling, eher ein Durchschnittstyp, klein, rundlich, aber mit tollen blauen Augen und welligem braunen Haar. Und seine Hände waren sehr gepflegt, darauf achte ich immer besonders.«

»Der dicke, blauäugige Spion mit den schönen Händen hat jetzt also einen Namen. Und wie ging es weiter?«

»Seine nächste Frage hat mich dann echt verblüfft: Ob ich an einem neuen Job interessiert sei. Offensichtlich dachte er, ich sei eine Angestellte. Da wusste ich noch nicht, dass er die Zimmermädchen ausgefragt hatte, dachte, er sei ein Headhunter, und sagte lässig: Angebote werden wohlwollend geprüft.«

»Rose, an dir ist eine Diplomatin verloren gegangen«, lobte Iris amüsiert.

Rose lächelte geschmeichelt. »Daraufhin entgegnete er, mir Näheres bei einem Abendessen erklären zu können. Da war ich dann doch kurz sprachlos. Er schien anzunehmen, ich wolle die Unnahbare spielen, schob mir eine weiße Visitenkarte über den Tresen zu und sagte: Rufen Sie mich an.«

»Und, hast du ihn angerufen?«

Rose nickte. »Getreu nach Großvaters Weisheit: Wenn du deine Feinde nicht besiegen kannst, verbünde dich mit ihnen. Ich habe gesagt, dass ich Appetit auf ein Menü im Restaurant Ophelia in Konstanz hätte. Du weißt, dort ist es nicht billig.«

»Französische Küche, nobel, nobel.«

»Ohne Zögern hat er sofort zugestimmt. War also bereit, sich den Spaß etwas kosten zu lassen. Leider war es nicht warm genug, um auf der Terrasse zu sitzen, aber das habe ich ja zu Hause jeden Tag.«

»Bitte, Rose, die unwichtigen Details kannst du weglassen.«

»In Ordnung, dann zuerst die Essenz: Ich bin mit ihm ins Bett gegangen!«

Iris war so überrascht, dass sie laut »Was?« ausrief.

Rose mahnte flüsternd: »Psst, du weckst das Baby auf.« Ihre vergnügte Miene verriet aber, wie sehr sie sich über die Wirkung ihres Geständnisses freute.

Jasmin gab einen kurzen Laut von sich.

»Sie hat nur geträumt«, wusste Iris und fragte dann: »Was ist denn daraus geworden?«

»Ein *One-Night-Stand*.«

»Das meine ich nicht.«

»Weiß ich doch«, sagte Rose mit lässigem Schulterzucken, holte Luft und redete mit geröteten Wangen weiter. »Also, nachdem wir uns ›echauffiert‹ hatten und wieder zu Atem gekommen waren, habe ich ihn gefragt, was für einen tollen Job er denn zu bieten hätte. Worauf er mir die Leitung eines luxuriösen Wellnesshotels anbot.«

»Er wollte dich also tatsächlich abwerben?« Iris schenkte sich frischen Tee ein, der immer noch heiß aus der Thermoskanne floss.

»Es kommt noch besser: Weingold arbeitet für einen internationalen Immobilienkonzern, der am Bodensee investieren beziehungsweise ein Wellnesshotel errichten möchte. Für diesen Konzern sucht er geeignete Objekte, die in finanziellen Schwierigkeiten sind.«

»Verstehe, die Pension König wäre also so ein Objekt.

Jetzt ist auch klar, dass er damals bei mir im Tortenhimmel mit rüpelhaftem Benehmen vorgefühlt hat, ob wir kurz vor der Pleite stehen und nur noch alten Kuchen verkaufen. Dasselbe Spiel hat er bei Herrn Otto versucht und schließlich die Zimmermädchen ausgefragt. Ganz schön raffiniert.«

»So ist es. Aber ich habe ihm gehörig die Meinung gesagt und ihn darüber aufgeklärt, dass wir ein Familienbetrieb in der dritten Generation sind und niemals verkaufen würden. Und sollte er sich noch einmal über die Schwelle der Pension wagen, riskiere er eine Anzeige wegen Hausfriedensbruch.«

»Und das, nachdem du mit ihm geschlafen hast?« Iris verkniff sich ein Lachen. Sie kannte ihre Schwester gut genug, um sie sich in Rage vorstellen zu können.

»Ach …« Rose lehnte sich in die Polster zurück und schaute verträumt an die Decke. »Der Sex war noch besser als das Essen, und du weißt, wie exklusiv das Ophelia ist.«

»Jetzt bin ich sprachlos.«

»Das war Mister Weingold auch, aber nur kurz, dann meinte er, ich sei total süß, wenn ich wütend bin.« Ruckartig richtete Rose sich wieder auf und schaute Iris mit ihren hellgrünen Augen ratlos an. »Erinnerst du dich an unser Gespräch über Männer?«

»Du meinst, dass du die attraktiven meiden und dir besser einen hässlichen suchen wolltest?«

»Hm …« Rose ließ sich wieder zurück in die Polster fallen. »Weingold passt genau in diese Schublade, und ich fand ihn … Ach, Iris, ich glaube, ich habe mich verliebt. Was mache ich denn jetzt?«

»Da fragst du die Falsche, in Liebesangelegenheiten bin ich die totale Niete.« Iris spürte, wie ihre Augen brannten, und Sekunden später liefen Tränen über ihre Wangen. Sie griff nach einer der Papierservietten, die auf dem Tablett lagen, und putzte sich die Nase.

Erschrocken wandte Rose sich ihr zu. »Iris, um Himmels willen, was ist denn los?«

»Christian ... unser letztes Telefonat ... wir haben uns wieder gestritten.« Iris schluchzte und erzählte dann, dass er hoffe, sie käme zu ihm zurück. Ohne Baby.

Rose starrte sie fassungslos an. »Aber was wird dann aus Jasmin?«

»Du glaubst doch nicht ...« Iris brach ab. Wie konnte Rose nur annehmen, sie würde dieses kleine Wesen allein lassen?

Rose zuckte mit den Schultern. »Nein, nein, entschuldige, das war blöd von mir. So wie du inzwischen an dem Kind hängst, kann ich mir nicht vorstellen, dass du wegen Christian ... ach, wir haben einfach kein Glück mit Männern. Erst Viola, dann ich und jetzt du auch noch ...« Roses Handy, das neben ihrer Teetasse lag, verkündete den Eingang einer Nachricht. »Horst«, erklärte sie nach einem Blick darauf, und Iris hatte den Eindruck, als sei sie erleichtert über die Unterbrechung. »Er ist auf dem Rückweg, wird in spätestens einer halben Stunde hier sein. Was meinst du – wenn Jasmin wach ist, könnten wir den neuen Wagen doch gleich ausprobieren?«

»Das machen wir«, stimmte Iris zu und schlug vor, Viola auf dem Friedhof zu besuchen.

»Dann erzählen wir unserer kleinen Schwester, dass du in Auerbach bleibst und ...« Rose stellte die leeren Teetassen auf dem Tablett zusammen, ehe sie fragte: »Was wird dann aus dir und Christian?«

Diese Frage stellte sich Iris selbst jeden Tag, ohne die Antwort darauf zu finden. Sie war erleichtert, als Jasmin heftig zu weinen begann und sie nicht antworten musste.

In dieser Nacht fand Iris keinen Schlaf. Immer wieder drehte sie das Kopfkissen auf die kühlere Seite um, hoffte, endlich einen Ausgang aus dem Sorgenlabyrinth zu finden. Doch das Gespräch mit Rose hatte sie aufgewühlt. Hatte ihr erneut bewusst gemacht, wie sehr sie Jasmin liebte, sich für sie verantwortlich fühlte und sie niemals bei ihrer Familie zurücklassen würde. Dass sie Violas letzten Willen erfüllen wollte und sich deshalb endgültig gegen ihre Ehe entscheiden musste. Nicht allein wegen Christian, auch ihretwegen. Lieber ein Ende mit Schrecken als diese ewigen Grübeleien, Streitereien und Vorwürfe, mit denen sie sich im letzten Jahr gegenseitig das Leben erschwert hatten. Weinend gestand sie sich ein, dass ihre Ehe gescheitert, vielleicht sogar ein Irrtum gewesen war. Dass ihr Traum von einer glücklichen Ehe, von der Liebe, bis dass der Tod uns scheidet, geplatzt war. Aber es war dumm und sinnlos, sich Vorwürfe zu machen, es gehörten immer zwei zum Streiten.

Als Jasmin in dieser Nacht aufwachte und Iris sie im Arm hielt, um ihr die Flasche zu geben, erkannte sie ein erstes direktes Lächeln auf dem kleinen Gesicht.

Das rauschhafte Glücksgefühl, das Iris dabei empfand, war jedes Opfer wert.

## 27

Seit Tagen wechselte Iris' Stimmung zwischen Traurigkeit und befreiender Leere. Als habe sie eine unlösbare Aufgabe gemeistert, könne es aber noch nicht recht glauben. Als träume sie nur, und sobald sie aufwachte, wäre sie erneut in der Spirale aus Streit und Vorwürfen gefangen. Doch es war kein Traum, die zermürbenden Auseinandersetzungen waren endgültig vorbei. Und wenn sie Jasmin in den Armen hielt, spürte sie, das Richtige getan zu haben.

Bald nach der Unterhaltung mit Rose hatte sie Christian in einem ruhigen Telefonat erklärt, definitiv in Auerbach bei dem Kind zu bleiben, und ihm die Scheidung angeboten. Zu ihrer Überraschung hatte er das Ganze mit einem lieblosen »Wie du meinst« akzeptiert und nicht den geringsten Versuch unternommen, sie umzustimmen. Liebe überwindet eben doch nicht alle Hürden, hatte sie gedacht und war erleichtert, nicht weiter argumentieren zu müssen.

Nach dem Gespräch hatte sie überlegt, ob Christian womöglich darauf gehofft hatte, dass *sie* die Trennung vollziehen würde, damit er sich nicht als Versager fühlen musste. Schlussendlich war es unwichtig, sie hatte sich entschieden und würde ihre Meinung nicht ändern. Nach der obligatorischen Trennungszeit von einem Jahr würde die einvernehmliche Scheidung bestimmt schnell vollzogen werden und sie nach insgesamt fünfjähriger Beziehung wieder allein sein. Nein, korrigierte sie sich im Stillen, ich habe ein

Kind und bin Mutter, wenn auch alleinerziehend, darauf werde ich stolz sein.

»Den Männern gehen wir vorerst aber aus dem Weg«, flüsterte Iris, während sie Jasmin in den Kinderwagen legte.

Die ersten zwei, drei Male hatte Jasmin lautstark gegen die ungewohnte Situation protestiert, inzwischen war sie daran gewöhnt und fühlte sich im Wagen genauso wohl wie im Tragetuch. Jedenfalls schlief sie während der Spazierfahrten tief und fest. Auch die Nachsorgehebamme hatte ihr versichert, dass Babys sowohl in den Schalen als auch im Wagen bestens aufgehoben wären. Und für Iris endeten die Stunden an der frischen Luft nicht mehr mit Rückenschmerzen.

Schwungvoll bugsierte sie den Kinderwagen aus dem Windfang vor dem privaten Wohnzimmer, wo der Wagen einen Platz gefunden hatte, zum Hinterausgang, der direkt in den Garten führte.

Gierig sog sie die frische, herbstliche Seeluft ein. Letzte Fetzen von Morgennebel hingen noch über dem See, die sich in der Vormittagssonne bald auflösen würden. Sie liebte dieses milchige Wetter, das der Landschaft einen zarten Schleier überwarf, der momentan gut zu ihrer leicht melancholischen Stimmung passte.

Der Duft nach schwelendem Holz wehte ihr in die Nase. Die Nachbarfamilie, ein kleiner Fischerbetrieb, räucherte Teile des Fangs noch immer selbst und bot ihn auf Wochenmärkten zum Kauf an. Iris erinnerte sich an einen mobilen Räucherofen, in dem die wenigen von Großvater und Herbert gefangenen Fische in den Rauch gehängt wurden. Viola hatte jedes Mal wegen der toten Fische geweint, wurde aber eiskalt von Rose darüber aufgeklärt, dass man lebende Fische doch nicht essen könne.

Iris schob den Wagen um das Haus herum; am Vordereingang war sie mit Friedrich Kreuzer verabredet. Er hatte einen freien Vormittag und freute sich auf den Spaziergang. Lange hatte sie gezögert, ihn wieder anzurufen, gegrübelt, ob es nicht fragwürdig war, den Ehemann zu verlassen und sich wenig später mit einem anderen Mann zu treffen. Aber Fritz war ein alter Schulkamerad, außerdem ein Freund des Hauses und kein Mann, den sie mit romantischen Ambitionen sehen wollte. Indirekt hatte sie das im Sommer bei dem Treffen in der Weinstube Hintertürle ja durchblicken lassen. Um auch heute keine falschen Signale zu senden, hatte sie bewusst auf jegliches Make-up verzichtet, war in einen simplen schwarzen Rollkragenpullover und ihre ältesten Jeans geschlüpft. Dazu trug sie Laufschuhe mit dicken Sohlen und eine winddichte Jacke. Rose hatte sie schräg angesehen und gefragt, ob sie die Sachen aus dem Altkleidersack gezogen hätte.

Fritz kam gerade angeradelt, als Iris um die Hausecke bog. Er bremste und stieg mit einer fließenden Bewegung vom Rad.

Erleichtert bemerkte Iris, dass er mit Jeans und grauer Steppjacke ähnlich unspektakulär gekleidet war. Auch er hatte weniger auf Aussehen und mehr auf Zweckmäßigkeit geachtet. Nur der rote Schal um seinen Hals war ein Blickfang.

Ihr einstimmiges »Guten Morgen« brachte sie zum Lachen.

»Dann sind wir ja einer Meinung«, scherzte Fritz und küsste Iris flüchtig auf die Wangen. Sie freute sich über den lockeren Tonfall.

Fritz nahm die randlose Brille ab, putzte sie mit dem roten Schal und beugte sich dann über den Kinderwagen. Einen Moment lang betrachtete er Jasmin, bevor er sich Iris zuwandte. »Was für ein wunderhübsches Baby! Wenn ich mich nicht täusche, hat sie den Mund von dir.«

»Soweit man das bei einem Säugling überhaupt erkennen kann«, entgegnete Iris lachend. Wie einfach es doch war, mit Fritz über die Kleine zu reden! Christian hatte jedes Mal derart heftig abgeblockt, als wollte sie ihn zu einer Straftat verleiten.

Während sie unter den fast kahlen Dachplatanen die Uferpromenade entlangspazierten, erzählte Fritz von seiner Reise nach England. »Erinnerst du dich an Ralf Schlüter?«

»Nein. Sollte ich?«

»Vielleicht hast du uns mal auf dem Schulhof gesehen, er war mein bester Freund in den letzten zwei Schuljahren, wir standen oft in der Ecke, um zu rauchen.«

Iris erinnerte sich an einen auffälligen jungen Kerl. »Grüne Haare und Klamotten, die aussahen, als stammten sie aus der Kleidersammlung?«

»Genau der. Aber du würdest ihn nicht wiedererkennen, heute trägt er teure Anzüge und Seidenkrawatten.« Fritz schüttelte fast unmerklich den Kopf, als wundere er sich selbst über den Freund. »Ralf ist verheiratet, hat drei reizende Kinder, eine beachtliche Karriere in der Bankenbranche gemacht und lebt in einem entzückenden Cottage in der Nähe von London. Ich verbringe dort jedes Jahr meinen Urlaub und genieße das harmonische Familienleben mit regelmäßigen Mahlzeiten, Wanderungen an den Wochenenden und dergleichen mehr.«

Iris versuchte, das schmerzhafte Ziehen in ihrer Brust zu ignorieren; das klang exakt nach dem Leben, das sie sich erträumt hatte. Sie ermahnte sich, nicht über Unabänderliches zu grübeln, und bemerkte locker: »Ralfs grüne Haare sind vermutlich auch Geschichte.«

»Schon ewig, genauer gesagt, seit er sich in Jessica, seine Frau, verliebt hatte. Das war kurz nach dem Abi«, erzählte Fritz und fügte hinzu, dass Jessica aus Ralf einen echten

Familienmenschen gemacht habe. »Sie sind Seelenverwandte, wenn man an so etwas glaubt, und rundum glücklich mit den Kindern und dem Leben auf dem Lande. Aber genug von den beiden. Was ist mit dir?«

»Was meinst du?«, fragte Iris, und es klang ungewollt abweisend, wie ihr zu spät bewusst wurde.

»Bist *du* glücklich? Dein Leben hat sich doch in kürzester Zeit gewaltig geändert. Und das völlig unerwartet, oder?«

»Ähm ... ja ... allerdings«, stammelte Iris überrascht und wechselte dann eilig das Thema. Über das Ende ihrer Ehe zu reden, würde die Stimmung verderben. »Warum bist *du* eigentlich nicht verheiratet?«

»Tja, bislang war noch keine Frau bereit, sich an mich zu binden.«

»Auch keine ernsthafte Beziehung?«, hakte Iris nach, um weiter von sich abzulenken.

»Doch ...« Fritz richtete seinen Blick auf den See, als wolle er lieber die Landschaft bewundern.

»Tut mir leid, das war zu neugierig.«

»Du konntest ja nicht wissen ... Es war, na ja, eine ziemlich unerfreuliche Episode in meinem Leben, auf die ich lieber verzichtet hätte.«

»Ab einem gewissen Alter hat wohl jeder so eine Erfahrung, die er gern vergessen würde, obwohl ...« Iris verstummte.

»... sie zu unserer Biografie dazugehört?«, beendete Fritz den Satz. »Angeblich werden wir gerade durch schwere Schicksalsschläge stärker. Aber sie hinterlassen auch tiefe Narben in unseren Herzen, die ein Leben lang wehtun, sobald man darüber redet.« Er seufzte, als bereite ihm allein die Erinnerung Schmerzen.

»Lass uns über etwas anderes reden«, sagte Iris mit einem

Lächeln. »Was ist aus dem Roman geworden, von dem du in der Schule …«

»Nein, ich würde es dir gern erzählen«, unterbrach Fritz sie.

»Und ich höre dir gern zu, denn ich muss gestehen, nach deinen Andeutungen bin ich neugierig, was geschehen ist.«

»Eigentlich ist es in wenigen Sätzen erzählt: Es war zu Beginn meines Studiums, als ich mich in eine Kommilitonin verliebte. Nach drei Monaten wurde sie schwanger, ich war überglücklich, wollte heiraten, glaubte, es sei die ganz große Liebe, die eine, die alle Widrigkeiten überwindet. Doch sie wollte das Kind nicht. Wir würden uns kaum kennen, sie sei zu jung, um sich zu binden, und so weiter. Und dann hat sie abgetrieben. Ende der Geschichte.« Fritz schluckte.

»Ich weiß, wie sich das anfühlt. Christian will auch keine Kinder, schon gar keine fremden, wir werden uns trennen.« Plötzlich fiel es Iris ganz leicht, darüber zu reden.

Fritz legte seine rechte Hand auf ihre linke, bremste mit sanftem Druck den Kinderwagen und drehte sich zu ihr. »Der Mann ist ein Idiot.« Dann zog er sie sanft in seine Arme, als wolle er sie trösten.

Verblüfft hielt Iris den Atem an, versteifte sich in einem ersten Impuls, doch dann lehnte sie sich an seine Schulter. Seinen warmen Atem an ihrem Ohr zu spüren, erzeugte ein angenehmes Kribbeln.

»Es ist vielleicht gefühllos, aber ich bin froh darüber, dass du dich scheiden lässt«, flüsterte Fritz, ließ seine Arme sinken und wartete, bis Iris den Wagen wieder anschob.

Eine Weile schritten sie schweigend die Promenade entlang. Die Sonne hatte den Nebel verscheucht, einige Segelboote tummelten sich jetzt im glitzernden Wasser, und eines der futuristisch aussehenden Solarschiffe glitt lautlos über den See. Zahlreiche Spaziergänger waren an diesem milden Herbsttag unterwegs, und eine ältere Frau mit einem zotteligen Hund an der Leine lächelte ihnen im Vorbeigehen zu.

Unerwartet durchströmte Iris ein tiefes Gefühl der Zufriedenheit. Das schlafende Baby im Wagen, ein Freund an ihrer Seite – ihre kleine Welt war in allerbester Ordnung. Doch es war bereits Zeit, umzukehren. »Jasmin wird in etwa einer halben Stunde aufwachen. Magst du auf dem Rückweg schieben?«

Fritz grinste sie an, als habe er einen Preis gewonnen. »Ich dachte schon, du fragst nie«, sagte er, und seine goldbraunen Augen leuchteten.

Iris verstellte den Schiebebügel einige Zentimeter nach oben, damit Fritz aufrecht gehen konnte. Vorsichtig schob er den Wagen ein paarmal hin und her, als wolle er die Funktion prüfen, bevor sie den Rückweg antraten.

»Gefällt mir, könnte ich mich direkt dran gewöhnen«, sagte er nach einer Weile und lächelte sie an.

Mir gefällt es auch, dachte Iris und schob ihre Hand unter seinen Arm. Es fühlte sich ganz selbstverständlich an, als wären sie ein Paar, wenn auch nur für diesen Spaziergang.

Vor der Pension angekommen, wurde Jasmin wach und begann leise zu weinen. Die Verabschiedung fiel kurz aus, aber nicht ohne das gegenseitige Versprechen, sich wiederzusehen.

Iris beeilte sich, den Wagen ums Haus zu schieben und im Windfang abzustellen. Dann nahm sie die Kleine auf den Arm und redete beruhigend auf sie ein.

An der Zimmertür hing eine Notiz von Rose: *Ich bin im Wintergarten, komm bitte sobald wie möglich.*

Iris verbrachte die Mittagspause jeden Tag mit ihrer

Schwester und wunderte sich, warum Rose glaubte, sie daran erinnern zu müssen. Hoffentlich war nichts passiert. Aber darüber konnte sie jetzt nicht nachdenken, Jasmin hatte Hunger.

Die Mittagsroutine – Fläschchen trinken, aufstoßen, umhertragen und wickeln – dauerte heute länger als die geschätzten fünfzehn Minuten, und es klopfte an der Tür. Rose war also ungeduldig geworden. »Komm rein!«, rief Iris.

Doch es war Horst, der einen Augenblick später seine Nase durch den Türspalt steckte und verschmitzt grinsend fragte: »Darf ich die Damen stören?«

»Na klar.« Iris lächelte ihm aufmunternd zu.

Horst näherte sich auf Zehenspitzen. Am Wickeltisch angekommen, nahm er auch noch die Schildkappe vom Kopf. »So ein süßes Baby«, flüsterte er, als fürchte er, Jasmin zu erschrecken.

»Das ist sie.« Iris blickte ihn fragend an. »Hat Rose dich geschickt?«

»Ja, es ist nämlich Besuch da. Die Gesellschaft sitzt im Wintergarten«, erklärte Horst, während er das Baby verzückt angrinste und sich schließlich mit einem leisen »Ich bin dann mal wieder weg« verabschiedete.

»Sag Rose bitte, dass es noch ein paar Minuten dauert«, bat Iris, bevor Horst die Tür hinter sich zuzog.

Sie zog Jasmin den hübschen mintgrünen Jerseyanzug mit den silbernen Druckknöpfen an und nahm sie auf den Arm. In dem Moment piepste ihr Handy. Eine Nachricht.

Iris setzte Jasmin in die Babyschale, ein Geschenk von Großtante Annemarie, an deren hochgestelltem Griff eine Kette mit buntem Spielzeug befestigt war. Damit war die Kleine gut beschäftigt, und Iris konnte in Ruhe die Nachricht lesen.

*Der Spaziergang an deiner Seite und die kleine Jasmin über die Promenade zu schieben, war ein ganz besonderes Vergnügen, und als du deine Hand unter meinen Arm geschoben hast, fühlte es sich ganz selbstverständlich an. Daran würde ich mich gerne gewöhnen. Fritz* ☺

Lächelnd las Iris den Text ein zweites Mal, und als sie das Handy zur Seite legte, fiel ihr Blick auf ihren Ehering. Entschlossen zog sie ihn vom Finger und verwahrte ihn in der Nachttischschublade.

## 28

Mit Jasmin im Tragetuch ging Iris ins Erdgeschoss.

Im Wintergarten waren die meisten Tische unbesetzt. Die Sonne lockte die Menschen auf die Terrasse, und nur wenige ältere Herrschaften bevorzugten die windgeschützten Plätze an den bodentiefen Fenstern, durch die man die Boote und Seevögel auf dem Wasser genauso gut beobachten konnte.

Rose saß mit dem Besuch am Tisch – eine ältere Dame mit grau melierter Hochsteckfrisur und eine etwa Fünfundzwanzigjährige, deren dunkle Lockenmähne auf die Schultern fiel. Auch Tante Annemarie war dabei, nicht zu übersehen in einem leuchtend roten Pullover und einem Schal in Zebramuster.

Für das herbstliche Bilderbuchwetter, die duftig leichten Baiser-Wolken am tiefblauen Postkartenhimmel oder den im warmen Sonnenlicht glitzernden Bodensee hatte die kleine Gesellschaft keinen Blick übrig. Die Unterhaltung war offenbar angeregt und heiter, unschwer an den fröhlichen Mienen zu erkennen. Sieht aus wie ein Familientreffen, dachte Iris, nur Mama und Herbert, die kurz entschlossen nach Frankreich gefahren waren, fehlten. Florence hatte lange über Herberts melancholische Stimmung hinweggesehen, schließlich war es verständlich, nach dem Tod einer Tochter zu trauern. Doch als Annemarie in einer zu waschenden Jeans ein Schnapsfläschchen gefunden hatte, war Florence alarmiert und bat Herbert, mit ihr nach

Südfrankreich zu fahren, *sie* brauche dringend Abstand zu all dem Drama. Auch der Garten benötigte während der Wintersaison keine Pflege, sie könnten sich also ein wenig Urlaub leisten. Herbert hatte sich zuerst geziert, war dann aber bereit gewesen, die französische Verwandtschaft zu besuchen. An diesem Abend wurden sie allerdings bereits zurückerwartet.

»Hallo zusammen«, grüßte Iris, am Tisch angekommen. Rose drehte sich zu ihr um. »Da bist du ja.«

»Mit einem Baby dauert es einfach oft viel länger als gedacht.« Iris streichelte über Jasmins Rücken, die ihr Köpfchen an ihre Brust gelegt hatte. Dass sie auch noch die Nachricht von Fritz zweimal gelesen hatte, würde sie vorerst für sich behalten.

Rose war aufgestanden und stellte sich neben Iris. »Darf ich bekannt machen? Das sind meine ältere Schwester Iris und die kleine Jasmin«, erklärte sie, und mit einer leichten Handbewegung Richtung ihres Besuchs fuhr sie fort: »Und das, liebe Schwester – sind Charlotte und ihre Tochter Elisabeth, unsere österreichische Verwandtschaft.«

Es dauerte einen Herzschlag lang, ehe Roses Worte in Iris' Verstand eingesickert waren. Dann starrte sie die Fremden fassungslos an. *Die* Charlotte? Warum tauchte sie jetzt plötzlich auf? Über ein Jahr nach Großvaters Tod? Wenn sie tatsächlich Max Königs Tochter war und wusste, wo er lebte, warum war sie dann nicht zur Beerdigung erschienen? War diese Frau vielleicht eine Schwindlerin? Stammelnd sagte Iris: »D … doch nicht die Wiener …?«

»Aber ja, auch wenn du es nicht glauben magst! Das ist Großvaters Tochter Charlotte und auch unsere Tante.« Roses hellgrüne Augen glänzten vor Aufregung und Freude über diesen Besuch.

Zögernd streckte Iris der Frau die Hand entgegen.

»Guten Tag.« Ihr war sehr wohl bewusst, dass es ein wenig spröde klang, aber mehr Begeisterung brachte sie nicht auf. Alles, war sie denken konnte, war: Warum taucht die Frau plötzlich auf? Geht es etwa um Erbschaftsansprüche? Gibt es doch ein Testament, von dem wir nichts wissen? Verlieren wir unser Zuhause?

»Schön, dich kennenzulernen, ich war sehr gespannt auf meine deutsche Verwandtschaft«, sagte Charlotte lächelnd.

Iris zog ihre Hand zurück und musterte die Fremde immer noch argwöhnisch. Ähnlichkeiten zwischen Charlotte und Großvater vermochte sie keine zu entdecken. Doch sie sah der jungen Frau auf dem Foto ähnlich, nur war sie eben viel älter geworden. Silbergraue Strähnen durchzogen ihr hochgestecktes Haar, und an den äußeren Augenwinkeln entdeckte Iris einen Kranz feiner Lachfältchen.

»Ich erkenne Sie ... ähm ... dich wieder von dem Foto, das wir unter Großvaters Matratze gefunden haben«, gab Iris zu. »Aber du warst nicht allein auf dem Bild.«

»Es waren meine Mutter Elfie, ich und Elisabeth als kleines Mädchen«, antwortete Charlotte in weichem Wienerisch. »Rose hat erzählt, wo das Foto versteckt war. Mein Vater ...« Sie schluckte. »Es fühlt sich immer noch unwirklich an ›mein Vater‹ zu sagen! Er hatte wohl eine romantische Ader, sehr schade, dass ich ihn nicht kennenlernen konnte.«

Rose zog einen weiteren Stuhl an den Tisch. »Jetzt setz dich doch. Wir haben auf dich gewartet, bis Tante Charlotte ...« – Rose kicherte leise, als amüsiere sie sich – »uns alles haarklein erzählen wird.«

Iris sank mit Jasmin auf den Stuhl. Natürlich war sie neugierig auf Großvaters Geheimnisse, aber dieser Charlotte so unerwartet gegenüberzusitzen, war doch ein starkes Stück, das sie erst einmal verdauen musste.

»Willst du was essen, was trinken?«, unterbrach Annemarie besorgt und erbot sich, bei Herrn Otto die Bestellung aufzugeben.

»Danke, gern eines von Waltrauds Sandwiches und einen großen Milchkaffee.« Iris merkte, dass sie trotz der Aufregung hungrig war, wie eigentlich jeden Tag nach den Spaziergängen.

Annemarie eilte an die Theke, um die Bestellung bei Herrn Otto aufzugeben, und war kurz darauf wieder zurück.

»Also, vor wenigen Minuten«, begann Rose sichtlich aufgeregt und kurzatmig, »hörte ich einen Wagen vorfahren. Und weil ich gerade nichts zu tun hatte und auch keine Hausgäste angemeldet waren, bin ich vor die Haustür gegangen. Du kannst dir sicher vorstellen, wie überrascht ich war, als ich das österreichische Kennzeichen sah und dann eine mir fremde Dame ausstieg, die sich als die Tochter von Max König vorstellte. Ich war bestimmt eine Minute lang sprachlos.«

»Und ich kann es immer noch nicht recht fassen.« Iris wandte sich Charlotte zu. »Die Überraschung ist euch gelungen. Aber wie habt ihr überhaupt von Großvaters Tod erfahren? Wir hatten nach dem halb fertigen Brief zuerst überlegt, nach diesem Kind zu suchen, aber wo und wie hätten wir anfangen sollen? Wien ist ja kein Dorf, da jemanden zu finden, ist nicht so einfach, wenn man außer einem Vornamen keinerlei Informationen hat.«

»Es ist eine lange und etwas komplizierte Geschichte. Ich will versuchen, sie möglichst unkompliziert zu erzählen …« Charlotte berichtete von einem Anwalt Bachmann aus Konstanz, der ihr im Frühjahr einen Brief von Max König übersandt hatte. »So erfuhr ich von meinem deutschen Vater. Zuerst bin ich aus allen Wolken gefallen, wollte es nicht glauben und vermutete sogar eine Verwechslung. Aber dann habe ich in den noch vorhandenen Sachen meiner verstorbenen Mutter nach Beweisen gesucht und tatsächlich etwas gefunden.« Charlotte griff nach ihrer Handtasche, die sie neben dem Stuhl abgestellt hatte, und förderte ein kleines dunkelblaues Buch zutage. »Das ist ihr Tagebuch … es lag zwischen alten Kleidern in einer Kiste, die wir nach Mamas Tod nicht beachtet hatten. Ihr könnt es gern lesen. Darin schreibt sie über ihre Liebe zu Max König und dass sie ihm gegenüber behauptet hat, ihr Kind – also ich – sei von Georg, ihrem Ehemann. Bachmann teilte mir auch mit, wo die Familie König lebt. Aber ich war so wütend auf meine Mutter, dass sie nie mit mir darüber gesprochen und das Geheimnis auch noch mit ins Grab genommen hat! Deshalb war ich lange unschlüssig, ob ich Kontakt aufnehmen soll.« Charlotte schien aufgewühlt und nahm einen Schluck Wasser. »Aber dann habe ich mit Elisabeth darüber geredet …«

Herr Otto servierte die Bestellung und fragte nach weiteren Wünschen, während er das blaue Buch beäugte. Alle waren zufrieden, dennoch verweilte er einen Atemzug zu lange am Tisch, als ahne er, dass gerade Geheimnisse gelüftet wurden. Schließlich entfernte er sich mit professionellem Lächeln.

Charlotte drehte sich zu ihrer bisher schweigsamen Tochter um. »Elisabeth wollte dann unbedingt an den Bodensee fahren und ihre deutschen Verwandten kennenlernen. Sie war neugierig und hat mich überzeugt, den Groll auf meine Mutter zu überwinden. Tja, und da sind wir also.«

»Gut gemacht, Elisabeth«, lobte Annemarie und streichelte dem Mädchen über die Wange. »Sonst hätte ich meine neue Nichte und Halbschwester nie kennengelernt, und das fände ich sehr schade.«

Charlotte betrachtete Annemarie, als suche sie nach

einem Merkmal, das sie verband. »Halbschwester ... daran habe ich noch gar nicht gedacht.«

Annemarie nickte begeistert. »Ist mir auch gerade erst klar geworden, aber man kann gar nicht genug Schwestern haben, vor allem, wenn man bislang nur einen Bruder hatte. Worüber ich aber grüble – wo haben sich deine Mutter und mein Vater wohl kennengelernt?«

»Im Café Haas, das meine Eltern damals in der Herrengasse im 1. Wiener Gemeindebezirk führten, und in dem Max König als Konditor angestellt ...«

»Sekunde«, unterbrach Iris sie und legte das angebissene Sandwich auf den Teller. »Großvater hat uns immer von seiner glorreichen Zeit im Sacher vorgeschwärmt. Wie elegant die Gäste waren und dass er dort die Geheimnisse der Wiener Zuckerbäcker erlernt hat. Wann war er denn in diesem Café Haas angestellt?«

»Warte ...« Charlotte nahm das Tagebuch zur Hand und blätterte kurz darin. »Hier hat meine Mutter darüber geschrieben ... ›Heute hat sich ein junger Mann aus Deutschland als Konditor vorgestellt. Im Sacher war er abgewiesen worden, aber wir nehmen ihn mit Kusshand. Sehr fesch ist er, und so schöne Augen hat er.‹« Charlotte klappte das Tagebuch zu. »Zwei Jahre hat er im Kaffeehaus meiner Eltern Elfie und Georg Haas gearbeitet. Und Johann, der damalige Lehrbursche, hat mir oft vorgeschwärmt, was er alles von Max gelernt hat.«

»Elfie und Max!«, rief Annemarie aufgeregt. »Die Namen waren doch in den Ringen eingraviert, die wir in der Schublade gefunden haben.«

Charlotte nickte ihr bestätigend zu. »Die Verlobungsringe hat sie auch erwähnt. Wie gerührt sie war und dass sie tatsächlich überlegt hatte, meinen Vater ... also Georg Haas zu verlassen.«

»Warum hat sie es nicht getan?«, fragte Iris.

»Ehebruch war damals eine Straftat und hätte hart bestraft werden können.« Charlotte berichtete von Fällen, in denen Frauen zu Gefängnisstrafen verurteilt worden waren, und las eine weitere Stelle aus dem Tagebuch vor: »Es zerreißt mir das Herz, aber ich darf Max nicht sagen, dass es sein Kind ist. Wenn Georg es erführe, könnte er mich wegen Ehebruch anzeigen, und dann würde man mich als liederliche Frau brandmarken, unfähig ein Kind großzuziehen, und es mir wegnehmen. Das würde ich nicht überleben. So schwer es mir auch fällt, meinem geliebten Maxi das anzutun, aber es ist das Beste für das Kind. Ich werde Max nie vergessen, und durch sein Kind werden wir für immer miteinander verbunden sein. Offiziell wird Georg als Vater gelten und vor Glück zerspringen, wenn er von meiner Schwangerschaft erfährt; er wünscht sich ja schon so lange ein Kind.‹« Leise seufzend legte Charlotte das Buch wieder auf den Tisch. »In Georg hatte ich tatsächlich einen sehr liebevollen Vater, und meine Mutter hat erst nach seinem Tod im Winter 2019 an Max geschrieben. Sie war lange sehr krank, und ich glaube, am Ende ihres Lebens wollte sie ihr Gewissen erleichtern.«

»Aber Großvater, also Max, muss diesen Brief beantwortet haben, zumindest lag doch ein Entwurf bei dem Foto«, sagte Iris.

»Ja, er hat geantwortet«, erwiderte Charlotte. »Leider erst im Herbst 2020, zu der Zeit war meine Mutter bereits verstorben. Mein Vater Georg schon ein Jahr vorher. Die Wohnung meiner Eltern habe ich kurz nach Mamas Tod aufgelöst, und weil das Kaffeehaus ungefähr zehn Jahre vorher, also im Jahr 1999, von einer Kaffeekette geschluckt worden war, ging der Brief von Max als unzustellbar an ihn zurück. Diesen Brief hat Max dann seinem Anwalt Bachmann mit dem Auftrag übergeben, nach Elfie Haas zu suchen. Bachmann hat einen Detektiv beauftragt, der zuerst bei ehemaligen Nachbarn meiner Eltern angefangen hat zu suchen. Die wussten, dass ich geheiratet habe und jetzt den Nachnamen Strasser trage. Deshalb war es für den Detektiv dann relativ einfach, mich zu finden.«

»Großmutter Margarete ist im Herbst 2020 gestorben«, warf Rose ein. »Vielleicht hat Großvater deshalb erst nach Omas Tod auf Elfies Brief reagiert.«

»Ich kann mir auch gut vorstellen, dass er die ›freudige Nachricht‹ erst verarbeiten musste.« Annemarie blickte nachdenklich aus dem Fenster. »Vermutlich hat er damals schon geahnt, dass Elfie ihm die Wahrheit verschweigt.«

»Wir werden wohl nie erfahren, wie es wirklich war. Aber deshalb sind wir nicht gekommen …«

Annemarie kniff die Augen zusammen und musterte Charlotte distanziert. »Verstehe, es geht um die Erbschaft, die Max in diesem Brief angedeutet hat!«

Erstaunt hatte Iris Annemaries Bemerkung vernommen. Sie war also auch alarmiert. Obwohl Charlotte bei flüchtiger Betrachtung nicht wirkte, als ginge es ihr um eine Erbschaft. Die sichtbar wertvollen Diamantohrringe und der Ehering mit passendem, von Diamanten besetztem Vorsteckring ließen auf Wohlstand schließen. Das blassrosa Kostüm schmiegte sich so weich an ihren schlanken Körper, wie es nur Kaschmir vermochte. Und die Handtasche, aus der sie das Tagebuch ihrer Mutter hervorgeholt hatte, stammte von einem Designer, bei dem Normalverdiener lediglich ins Schaufenster guckten. Aber wer konnte schon in einen anderen Menschen hineinschauen? Sie musste nur an Christian denken, und mit ihm war sie immerhin verheiratet.

»Nun«, begann Annemarie und hob die Hände, »immerhin hat Großvater quasi ein schriftliches Versprechen abgegeben.«

Charlottes hellrot geschminkter Mund verzog sich zu einem nachsichtigen Schmunzeln. »Hat er, aber keine Sorge, wir wollen nichts. Außerdem hat Max mir schon etwas sehr Schönes geschenkt.«

Annemaries »Ach ja?« klang immer noch recht unfreundlich.

Elisabeth streckte ihren linken Arm aus, an dem ein filigranes, goldenes Gliederarmband mit einem Herz baumelte. »Das hier! Mama fand es ein wenig zu zierlich für eine reife Dame, deshalb darf ich es tragen.«

»Max hatte dem Anwalt das Armband mit seinem Brief übergeben, und für meinen Teil sind damit alle Ansprüche abgegolten – wobei ich ohnehin nie etwas verlangen würde«, erklärte Charlotte.

Annemarie atmete sichtlich auf und strahlte ihre Halbschwester an. »Tut mir leid, wenn ich etwas misstrauisch war.«

»Reden wir nicht mehr darüber«, winkte Charlotte ab. »Es gibt nämlich einen anderen Grund, warum wir gekommen sind, Elisabeth möchte …«

»Ich wollte immer Konditorin werden«, unterbrach die bis jetzt so stille Elisabeth ihre Mutter und wirkte mit einem Mal direkt aufgekratzt. »Schon als Dreijährige, als Opa Georg noch gelebt hat. Aber Mama« – sie taxierte Charlotte mit dem liebevollen Seitenblick einer Tochter, die sich gut mit ihrer Mutter verstand – »war überzeugt, dass ich ohne eigene Konditorei oder eigenes Kaffeehaus immer nur eine unterbezahlte Angestellte bleiben würde, die sich krumm arbeitet. Deshalb habe ich Ökotrophologie studiert. Das hat teilweise auch mit Backen zu tun, aber eine Ökotrophologin wird besser bezahlt. Geld ist ja nicht unwichtig. Und ich konnte ein Praktikum im Sacher machen, dort, wo Stiefgroßvater Max so gern arbeiten wollte.« Selbstbewusst schaute sie in die Runde. »Vielleicht hätte ihm das gefallen.«

»Das hätte ihm ganz sicher gefallen«, sagte Annemarie. »Schade, dass er es nicht miterleben konnte.«

Liebevoll strich Elisabeth über das zierliche Schmuckstück an ihrem Handgelenk. »Können wir das Grab besuchen? Ich würde meinem Großvater gern einen Blumenstrauß bringen und ihm vom Sacher erzählen. Und ich würde mir auch gern die Konditorei anschauen.«

»Alles, was du willst«, versprach Annemarie und erzählte, dass auch sie mit ihrem Vater redete, wenn sie an seinem Grab stand. »Heute ist es aber schon zu spät, es wird bald dunkel, und der Friedhof wird im Winterhalbjahr um fünf geschlossen.«

Iris, die bis auf wenige Fragen nur zugehört hatte, spürte, wie sich die schlafende Jasmin in ihrem Tragetuch bewegte. Das Zeichen, dass sie bald aufwachen würde. Sie schob den Stuhl zurück und erhob sich. »Da hat jemand Hunger, gleich wird sie laut losbrüllen, ich muss euch leider verlassen.«

»Wir verabschieden uns dann auch.« Charlotte legte ihre Hand auf das Tagebuch. »Das lass ich euch hier.«

»Moment, Moment«, warf Annemarie dazwischen. »Wo wollt ihr denn hin?«

»Wir haben Zimmer im Strandhotel in Konstanz reserviert«, antwortete Charlotte.

»Kommt nicht infrage«, protestierte Annemarie resolut, und Rose ergänzte eilig: »Ihr könnt doch hier übernachten und bleiben, so lange ihr Lust und Zeit habt. Das Haus steht fast leer, sogar unser schönstes Zimmer mit Balkon und Blick auf den See ist frei. Am Wochenende feiern wir im Übrigen das fünfundsechzigjährige Bestehen der Konditorei, Max hätte es bestimmt gefallen, wenn ihr dabei wärt.«

Elisabeth strahlte ihre Mutter an. »O ja, bitte, Mama, lass uns hierbleiben.«

»Ist das nicht zu kurzfristig?«, wandte Charlotte ein.

»Mach dir darüber keine Gedanken, Charlotte«, winkte Rose ab. »Kurzfristige Gäste sind unsere Lieblingsgäste.«

Wie aufs Stichwort betraten in dem Moment Florence und Herbert den Wintergarten, verharrten eine Sekunde sich orientierend an der Türschwelle und steuerten dann auf den Familientisch zu.

»Da seid ihr ja!« Iris grinste vergnügt ihre Schwester an und begrüßte dann die Eltern mit Wangenküssen.

Annemarie übernahm das Bekanntmachen. Die Eltern waren im ersten Moment natürlich genauso fassungslos wie alle, doch dann lächelte Herbert und umarmte seine neue Halbschwester. Rose kümmerte sich um die Absage der Zimmer im Strandhotel, und Iris verabschiedete sich endlich, um Jasmin zu wickeln und zu füttern. Zum gemeinsamen Abendessen wollten sich alle im Salon treffen.

»Was für ein aufregender Tag«, seufzte Iris, als sie mit Jasmin auf das Sofa sank, um ihr die Flasche zu geben. »Großvaters Geheimnis ist endlich gelüftet, ich habe eine österreichische Tante, eine fast gleichaltrige Stiefcousine – und eine Nachricht von Fritz auf dem Handy, die die schlafenden Schmetterlinge in meinem Bauch geweckt hat.«

# Epilog

»Der Tortenhimmel feiert Geburtstag!« – unter dieser Headline erschien im Lokalteil der *Auerbacher Tageszeitung* ein Artikel von Friedrich Kreuzer über die Eröffnung der Konditorei im Jahr 1957 und den Werdegang bis heute.

Wie Max König es gefallen hätte, sollten vor allem die Kunden von dem Jubiläum profitieren, deshalb hatten sich die Schwestern einen Retro-Tag ausgedacht: ein Kännchen Kaffee mit einem Stück Torte für 1,50 Euro – 1957 etwa drei D-Mark. Preise wie in den Anfangszeiten der Konditorei, als in Cafés noch geraucht werden durfte und Zigaretten in Zehnerpackungen für eine D-Mark angeboten wurden.

Das Wetter schien mitfeiern zu wollen, selbst an diesem Tag mitten im November. Der Himmel zeigte sich wolkenlos, und die Luft war mild. Bereits am frühen Vormittag waren alle Tische im Terrassencafé besetzt, Herr Otto servierte im Schnellschritt mit Dauergrinsen im Gesicht, denn die Trinkgelder saßen dank der absoluten Tiefstpreise locker.

Charlotte und Elisabeth waren bis zur Feier geblieben, und Elisabeth ließ es sich nicht nehmen, in der Konditorei beim Verkauf mitzuhelfen. Mit hochroten Wangen verpackte sie Tortenstücke im Akkord.

Am Abend trafen sich die Familie und das gesamte Team des Betriebs im Wintergarten zu einem Drei-Länder-Menü. Als Vorspeise wurde ein Tatar von heimischer Bodenseeforelle auf Toast serviert. Zum Hauptgang Großvaters Lieblingsgericht, Steak in sahniger Pfeffersauce mit französischen Herzoginkartoffeln, diese köstlich-sündige Beilage aus Kartoffeln, Eigelb und Butter, die, auf ein Backblech gespritzt, im Ofen goldbraun gebacken wurde. Zum Nachtisch dann österreichischen Apfelstrudel, nach dem Rezept von Max König, mit einer ordentlichen Portion Schlagobers und Kaffee.

Zum Abschluss wurde mit Champagner auf Max König angestoßen. Herbert hielt eine kleine Rede und erinnerte an Viola, die durch Jasmin immer in ihrer Mitte sein würde. Seine letzten Worte galten den treuen Helferinnen und Helfern, ohne die der Betrieb stillgestanden hätte: Frau Waltraud, Herrn Otto, Antonella und Marcella, Paula, den beiden Aushilfskellnerinnen und natürlich Horst.

Iris trank einen Schluck auf ihre eigene Zukunft, in die sie sehr bald als geschiedene Frau starten würde. In der sie ihre gescheiterte Ehe mit allen traurigen Begebenheiten und Streits schnellstens vergessen und sich ganz auf ihre Tochter konzentrieren wollte. Vielleicht würde irgendwann auch eine neue Liebe dazugehören, aber sich das jetzt schon zu wünschen, hieße, das Schicksal herausfordern.

**Wer Appetit auf den Wiener Apfelstrudel von Max König bekommen hat: Hier ist das Rezept!**

## Zutaten für den Strudelteig

250 g Mehl
2 EL zerlassene Butter
1 Prise Salz
1 Ei
ca. 100 ml lauwarmes Wasser
etwas Öl

## Zutaten für die Füllung

ca. 1 kg Äpfel, geschält, entkernt und in dünne Scheiben geschnitten
50 g Butter
100 g gemahlene Haselnüsse (oder Semmelbrösel)
140 g Zucker
½ TL Zimt
50–100 g Rosinen (je nach Geschmack)
abgeriebene Schale und Saft einer Zitrone
etwas Rum (nach Geschmack)
Butter zum Bestreichen
Puderzucker zum Bestäuben

## Zubereitung

Mehl auf der Arbeitsfläche anhäufen, in der Mitte eine Mulde machen und Butter, Salz und Ei hineingeben. (Alternativ in einer großen Schüssel/Küchenmaschine verarbeiten.) Alles nach und nach vermischen und dabei auch das Wasser in den Teig kneten, bis dieser weich ist. Eine Kugel formen und gründlich mit dem Öl bepinseln. Abgedeckt eine halbe Stunde an einem warmen Ort ruhen lassen.

Inzwischen die Nussbrösel (Allergiker können die Nüsse gegen Semmelbrösel austauschen) in einer Pfanne mit Butter goldbraun rösten, vom Herd nehmen und mit Zimt und Zucker vermischen. Rosinen (oder Nüsse), Zitronensaft und -schale sowie Äpfel und Rum dazugeben. Alles in eine Schüssel füllen (sonst bräunt es zu sehr nach) und abkühlen lassen.

Den Teig auf einem bemehlten Geschirrtuch ausrollen und vorsichtig ausziehen. Dafür beide Handrücken unter den Teig schieben und ihn vorsichtig von innen nach außen ziehen. Wenn er dünn genug ist, mit flüssiger Butter bestreichen und die Füllung daraufgeben, an den Rändern einen Zentimeter frei lassen. Anschließend den Teig an der schmalen Seite nach innen über die Füllung klappen, das Tuch/die Folie anheben und den Strudel vorsichtig aufrollen. Den fertigen Strudel auf ein mit Backpapier belegtes Backblech heben.

Wem das »Ausziehen« mit den Händen zu heikel ist, rollt einfach den Teig auf einer bemehlten Frischhaltefolie möglichst dünn aus, der Strudel schmeckt dann trotzdem.

Bei 190 °C/Umluft 170 °C ca. 45 Minuten goldbraun backen und danach gleich mit Butter bestreichen. Etwas auskühlen lassen. Anschließend mit Puderzucker bestäuben.

Dazu passt Vanillesoße oder eine Portion Schlagobers.

# Nachwort

Liebe Leserinnen und Leser,

zuerst einmal herzlichen Dank für das Interesse an meinem Roman, den ich im Jahr 2021 geschrieben habe, als die Pandemie auf dem Höhepunkt war. Bei Geschichten in der Gegenwart spielt die Handlung üblicherweise in dem Jahr, in dem das Buch erscheint, also hier im Jahr 2022. So schreibt man in die Zukunft hinein, ohne zu wissen, welche Überraschungen sie bereithält. Eigentlich kein Problem, da es sich ja um Fiktion handelt, doch wenn es Bezüge zur Realität hat, wie im Falle der Pension König, kann es vorkommen, dass vieles dann nicht mehr zutrifft. Es kann also sein, dass sich die Pandemie im Sommer 2022 zu einer Endemie gewandelt hat, wir alle aufatmen und wieder ein fast normales Leben führen können. Die Gastronomie und das Hotelgewerbe werden wieder alle Tische und Betten belegen dürfen und die Pension König schnell aus den roten Zahlen herauskommen. Wir besuchen wieder Kino, Konzerte und Theater, ohne durch eine Maske atmen zu müssen. Und wir können wieder unbedenklich in den Urlaub fahren – vielleicht an den Bodensee – und in einer hübschen kleinen Pension wohnen, die der fiktiven Pension in Auerbach ähnelt.

Alles Liebe,
Ihre Lilli Beck

# Leseprobe

Sie wollen wissen, wie es mit den
Schwestern am See weitergeht?
Auf den folgenden Seiten finden Sie
eine exklusive Leseprobe des zweiten
Bandes der Reihe.

# 1

*Auerbach, November 2023*

Rose hatte lange mit Nico darüber diskutiert, wie sie heiraten wollten. Er war für eine bombastische Traumhochzeit im Hollywood-Stil mit unzähligen Gästen und einer fünfstöckigen Torte, über die in den Tageszeitungen berichtet werden würde. Ihr persönlich hätten das Jawort auf dem Standesamt und ein freies Wochenende zum Flittern genügt. Das ganze Brimborium mit Polterabend und weißem Kleid aus Bergen von Tüll – in dem man sich kaum bewegen konnte und das am Ende nur im Schrank hing – konnte ihr gestohlen bleiben. Es gab noch einen anderen, ganz praktischen Grund für eine schlichtere Feier, den sie vor Nico allerdings verheimlichte: Herberts Hang zur Tradition. Er legte nämlich Wert auf den ziemlich antiquierten Brauch, dass die Eltern der Braut die Hochzeitsfeier ausrichteten und sie auch bezahlten. Doch der Betrieb hatte durch die über zweijährige Pandemie fünfundsiebzig Prozent Umsatzverlust verbuchen müssen und konnte sich keine kostspieligen Hochzeitsbräuche leisten. Wann immer Rose in die Bücher schaute, kamen ihr die Tränen. Trotz der ordentlichen Umsätze im Sommer würde es dauern, bis sich die Pension König von dieser schwierigen Phase erholt hatte und wieder schwarze Zahlen schreiben konnte. Bis dahin zählte jeder Euro, der nicht ausgegeben wurde.

Iris hatte eine abgespeckte Hochzeit im Familienkreis

mit standesamtlicher Trauung und Polterabend für Freunde vorgeschlagen. Der sollte an Annemaries Geburtstag stattfinden, den sie mit einer Torte feiern wollten.

Herbert war Feuer und Flamme gewesen. Eine Polterhochzeit, bei der Geschirr zerschlagen wurde – da war er dabei und bestand darauf, sich um die Organisation von Bruchgeschirr zu kümmern. Seine traurigen dunkelgrünen Augen begannen regelrecht zu glitzern, als er sich an den Lastwagen voller Teller und Tassen erinnerte, die er damals für Iris und Christian organisiert hatte. Auch die Scherben, die er und Florence am Vorabend ihrer Hochzeit hatten aufkehren müssen, versetzten ihn heute noch in Begeisterung. »Sogar eine zerschlagene Kloschüssel war dabei, natürlich eine unbenutzte, die bei einem Einbau beschädigt worden war«, erzählte er gern.

Am Nachmittag des Polterabends, als Iris mit Jasmin von Violas Grab zurück war, versammelte sich die Familie zum Geburtstagskaffee im Salon. Annemarie, in einem lilafarbenen Strickkleid, gekonnt geschminkt mit knallroten Lippen, thronte an der Stirnseite des Tisches, dem früheren Stammplatz von Max König. Geschenke hatte sie sich verbeten, aber von jedem sei eine Lilie willkommen. Die ergäben einen hübschen Strauß ihrer Lieblingsblumen, der ihre private Kemenate unterm Dach mit betörendem Duft erfüllen würde.

Während alle eine duftende rosaweiße Lilie überreichten und Annemarie mit Wangenküssen gratulierten, stellte Herbert eine Anna-Torte vor seine Schwester. Die Kuppeltorte war die Kreation vom Gründer des Unternehmens, Max König, zu Annemaries Geburt, die immer noch zum ständigen Angebot in der Konditorei gehörte und vor allem bei den älteren Kunden sehr beliebt war. Von Schokolade überzogen, mit Buttercreme und Ananas gefüllt, gehörte sie zu den etwas gehaltvolleren und typischen Köstlichkeiten der 1960er-Jahre.

»Man reiche mir ein Messer«, verlangte Annemarie mit nasaler Stimme, nachdem sie die einzige Kerze ausgeblasen hatte.

Annemarie war strikt gegen einundsechzig Kerzen gewesen. Da wäre sie ja bis Mitternacht mit Ausblasen beschäftigt, hatte sie argumentiert.

Herbert reichte seiner Schwester das gewünschte Messer. Florence sammelte die Teller ein und verteilte dann die Anna-Torte. Rose stellte die Lilien in die bereitstehende, mit Wasser gefüllte Vase und brachte sie in ihr Büro hinter der Rezeption. Der intensive Blumenduft war viel zu stark für die kleine Jasmin.

Nachdem die ersten Tortenstücke verspeist waren, räusperte sich Annemarie. »Ich würde gern etwas mit euch besprechen.«

Kuchengabeln wurden abgelegt, Kaffeetassen abgestellt, und alle Augen richteten sich auf die Tante.

»Mach's nicht so spannend«, grummelte Herbert ungehalten, griff nach der Kaffeekanne und füllte seine Tasse.

»Beruhige dich, es betrifft nicht dich, sondern den Tortenhimmel.« Annemarie grinste Herbert frech an, als wäre sie immer noch die Zehnjährige, die es einfach nicht lassen konnte, ihren jüngeren Bruder zu ärgern.

»Na dann ...« Herbert stand von seinem Stuhl auf und hielt seinen Kuchenteller unter Annemaries Nase, »... möchte ich noch ein Stück von der Torte.«

Sie gab ihm das Messer zurück. »Nimm dir.«

Herbert schaute schuldbewusst zu Florence, die mahnend ihre schön geschwungenen Augenbrauen hob, und schnitt sich nur ein schmales Stück vom Kuchen ab. Offensichtlich wusste er auch ohne Worte, dass er eigentlich mit dem ersten Stück bereits genug von der fettreichen Köstlichkeit vertilgt hatte.

»Also, ich mache es kurz«, setzte Annemarie erneut an, nachdem ihr Bruder wieder neben seiner Frau Platz genommen hatte. »Wir brauchen einen Konditormeister.«

Herbert fiel die Kuchengabel aus der Hand. »Was soll das denn heißen?«, polterte er, nach Luft schnappend. »Ich bin Konditormeister, falls ich dich daran erinnern darf.«

»Ich hab's nicht vergessen, aber da du nicht mehr mitarbeitest und ich keine Konditormeisterin bin, brauche ich Unterstützung …« Sie stockte kurz und lächelte ihren Bruder liebevoll an. »Der Torten-Shop läuft nämlich hervorragend, was mehr Arbeit bedeutet, die aber mit nur einem Gesellen und einer Auszubildenden nicht zu schaffen ist«, erklärte sie in neutralem Tonfall.

Rose hatte das Gefühl, ihrer Tante beistehen zu müssen, denn mit ihrem Vater war momentan tatsächlich nicht zu rechnen, sosehr sie das auch bedauerte. »Es geht nicht nur um den Tortenhimmel, Papa. Unsere finanzielle Lage ist durch die Pandemie nicht gerade rosig, und mit der Konditorei ist es einfacher, die Verkäufe und damit die Umsätze zu steigern. Aber dazu ist eine weitere Kraft nötig.«

Herbert starrte schweigend auf das Tortenstück auf seinem Teller, schien sich ganz auf den Genuss zu konzentrieren. Schließlich hob er den Kopf, zuckte mit dem Schultern und grummelte: »Macht doch, was ihr wollt.«

Annemaries rot geschminkter Mund verzog sich abermals zu einem breiten Grinsen. »Danke, Bruderherz, ein schöneres Geschenk hättest du mir nicht machen können.«

Rose atmete auf, eine Auseinandersetzung am Tag vor ihrer Hochzeit hätte ihr gerade noch gefehlt. »Dann lernen wir also heute Abend endlich deine zukünftigen

Schwiegereltern kennen?«, wandte Florence sich jetzt an ihre Tochter.

Rose war dankbar für den Themenwechsel im richtigen Moment. »Nico holt seine Eltern gerade vom Zug ab. Ich bin schon sehr gespannt.«

»Ziemlich ungewöhnlich«, sagte Annemarie nachdenklich, »dass du ihnen heute zum ersten Mal begegnen wirst. Ich meine, gleich nach eurer Verlobung wäre es doch angebracht gewesen, dass er dich seinen Eltern vorstellt.«

Rose betrachtete den Diamantring an ihrer linken Hand, den Nico ihr zur Verlobung geschenkt hatte. Der Weißgoldring mit dem Stein im Baguette-Schliff hatte seiner verstorbenen Großmutter gehört, und Rose war vom ersten Augenblick an hingerissen gewesen. »Das war nicht so einfach, sie leben ja in Südengland, und wir konnten keinen Termin finden, der den Eltern und auch uns gepasst hätte. Nico hat mir aber Fotos gezeigt.« Insgeheim musste sie ihrer Tante zustimmen. Ein Wochenendtrip nach England hätte ihr gefallen, aber Nico hatte nie Zeit dafür. Manchmal hatte sie sich gefragt, ob er eine Begegnung vermeiden wollte, was natürlich Quatsch war, sonst würden seine Eltern doch heute nicht anreisen.

»Wenn du dich vorher noch einen Moment ausruhen möchtest«, sagte Florence, »unterstütze ich Waltraud bei den letzten Vorbereitungen fürs Büfett.«

»Danke, Mama.« Rose umarmte ihre Mutter, gab ihrer Nichte Jasmin ein Küsschen auf die Wange und verschwand nach oben unters Dach, wo sich die privaten Schlafzimmer und Bäder der Familie befanden. Das Bad, das sie sich früher mit Iris und Viola geteilt hatte, gehörte nun ihr und Nico allein, dazu hatten sie ein geräumiges Zimmer, das durch die Zusammenlegung von ihrem und Iris' ehemaligem Stübchen entstanden war. In Eigenregie und mithilfe von Horst, dem Mädchen für alles, hatten sie die beiden kleinen Räume zu einem großen umgebaut.

Nico hatte vorher in Stuttgart gelebt und war erst vor zwei Wochen bei ihr eingezogen. Die Stuttgarter Wohnung war gekündigt und musste zum Jahresende geräumt werden. Sie hatten vereinbart, vorerst in Auerbach wohnen zu bleiben, bis Nico einen neuen Job gefunden hatte. Er war nämlich immer noch für den »Krakenkonzern« tätig, wie Rose das gierige Immobilienunternehmen nannte. Angeblich wegen seines üppigen Verdiensts. Sobald er etwas Gleichwertiges fände, was angeblich schwierig sei, würde er kündigen. Nico wollte keine Lücke in seinem Lebenslauf riskieren. Ein Argument, das Rose verstand und akzeptierte, nachdem er ihr versprochen hatte, die Pension nie wieder verschachern zu wollen.

Schnaufend kam Rose im Dachgeschoss an. Seit sie keinen Sport mehr betrieb, abgesehen von den kurzen Sprints in den Tortenhimmel, war sie etwas kurzatmig geworden. Ein paar Minuten ausruhen, dann war sie wieder fit.

Übermütig ließ sie sich auf das komfortable Boxspringbett fallen, das Nico spendiert hatte. »Du sollst immer wie auf Wolken gebettet sein«, hatte er beim Probeliegen im Fachgeschäft geflüstert. In beruflichen Angelegenheiten war Nico der nüchterne Kopfmensch, privat jedoch ein Romantiker wie aus einer anderen Zeit, sank schon mal auf die Knie, um ihr seine Liebe zu erklären, oder hinterließ Notizzettel mit Liebeserklärungen.

- Ich kann es kaum erwarten, dich wieder zu umarmen.
- Ein Tag ohne dich ist ein verlorener Tag.
- Mein Leben begann erst, als ich dich gesehen habe.
- Für dich würde ich durchs Feuer gehen.
- Ohne dich würde meine Sonne untergehen.
- Ich kann genauso wenig den Wind anhalten, wie ich aufhören kann, dich zu lieben.

Rose fühlte ein wohliges Kribbeln, wenn sie an die erste Verabredung mit Nico dachte. Genau genommen war es die zweite gewesen, denn seine erste Einladung hatte sie nur angenommen, um herauszufinden, warum er in der Pension herumspioniert hatte. Mit einem Hut als Tarnung auf seinen Strubbelhaaren hatte er im Wintergarten gesessen und versucht, Herrn Otto, den altgedienten Oberkellner, auszuhorchen. Nico hatte für einen Immobilienkonzern nach Gastbetrieben Ausschau gehalten, die in finanziellen Schwierigkeiten waren und die aufgekauft und in Wellnessoasen umgebaut werden sollten. Und die Pension König erschien ihm ein geeignetes Objekt. Zuerst hatte er Rose einen Job angeboten und sie zum Essen eingeladen. Während dieser ersten Verabredung war sie seinem Charme erlegen, hatte eine heiße Nacht mit ihm verbracht und ihn danach zum Teufel gejagt. Wovon er sich aber nicht hatte abschrecken lassen. Unbeirrt war er jeden Tag um dieselbe Zeit in der Pension aufgetaucht, hatte sie mit seinen tiefblauen Augen schmachtend angesehen und ihr einen Umschlag auf den Tresen gelegt. Darin auf einer blassgrünen Karte die Worte: »Ich komme so lange wieder, bis du mir eine zweite Chance gibst. Und wenn es hundert Jahre dauert.« Nach ungefähr drei Wochen war ihr aufgefallen, dass sie bereits auf die Uhr schaute und darauf wartete, dass er auftauchte.

Ein wohlbekanntes Motorengeräusch ließ Rose aufhorchen. Sie eilte zum Fenster und öffnete es, um den Parkplatz der Pension besser einsehen zu können. Ein Taxi und Nicos Wagen waren vorgefahren. Das Fabrikat konnte Rose sich nicht merken, was daran lag, dass sie zwar einen Führerschein besaß, sich aber nicht für Automobile interessierte. Für sie waren es nichts weiter als Fahruntersätze, die einen von A nach B brachten. Einen eigenen Wagen hatte sie noch nie besessen, wozu auch, vor der Pension standen ein Viertürer, mit dem Gäste vom Bahnhof abgeholt wurden, und ein Lieferwagen für die Zustellung der Torten. Alles andere fand Rose unwichtig, gerade noch die Farbe war ein Detail, das sie sich merkte, um ein Auto auf der Straße wiederzufinden. Nicos Wagen war ein knallrotes Rennauto mit nur zwei Sitzplätzen und einem winzigen Kofferraum. Daher das Taxi für seine Eltern.

Rose schloss das Fenster, eilte ins Badezimmer, fuhr sich kurz mit der Bürste durch ihr langes blondes Haar und fand sich vorzeigbar. Die Vorliebe für Süßes, die sie in letzter Zeit entwickelt hatte, war deutlich zu erkennen. Ihre vorher sehr schmalen Wangen waren runder geworden und ließen sie weicher aussehen. Sie gefiel sich, und Nico mochte Rundungen. Das zurückhaltende Augen-Make-up war noch tadellos, also brauchte sie nur den hellen Lippenstift aufzufrischen und war dann bereit für den großen Moment.

Rose kam gerade rechtzeitig in der Rezeption an, als sich die Eingangstür öffnete. Nico folgten Amber und Mark Weingold, seine leger gekleideten Eltern. Sie erkannte seine Mutter an dem naturgelockten dunkelblonden Haar, das bis auf die Schultern fiel und ihr ein alterloses Aussehen verlieh. Sie trug sandfarbene Jeans, rote Sneakers, einen hellen Trenchcoat und ein großes Wolltuch mit Karomuster um die Schultern. Sein Vater, in schwarzen Jeans, einem schwarzen Hemd, dunkelbrauner Lederjacke und längeren, zurückgekämmten grau melierten Haaren, wirkte eher wie ein Rockstar und nicht wie ein Geschäftsmann, der an der Börse tätig war.

Etwas nervös ging Rose auf Nicos Eltern zu. »Herzlich willkommen!«

Nico stellte sie einander vor, doch schon beim Händeschütteln fiel die anfängliche Unsicherheit von Rose ab. Ihre

Bedenken, dass sie Nicos Eltern nicht mögen würde oder sie ihnen unsympathisch sein könnte, waren vollkommen überflüssig gewesen. Amber strahlte eine unkomplizierte Herzlichkeit aus, die jegliche Fremdheit vergessen ließ.

»Endlich lernen wir uns kennen«, sagte sie mit kaum hörbarem Akzent; sie war Engländerin, wie Rose wusste.

»Das war längst überfällig«, bemerkte Nicos Vater Mark, der sie aus goldbraunen Augen anstrahlte. »Wir freuen uns wirklich sehr, und ich bin dafür, dass wir uns duzen. Ab morgen sind wir sowieso verwandt.«

»Gern«, stimmte Rose zu und blickte suchend um sich. »Wo ist euer Gepäck?«

»Noch im Taxi«, antwortete Nico und fügte scherzend hinzu: »Wir wollten nicht sofort mit den Koffern ins Haus fallen.«

Rose liebte Nicos Humor, ohne den hätte sie sich bestimmt nicht so schnell in ihn verliebt.

»Das Balkonzimmer wartet auf euch«, erklärte Rose und fügte hinzu, dass Horst sich ums Gepäck kümmern könne.

Mark stieß seinen Sohn leicht in die Seite. »Das erledigen wir doch locker.«

Während die Männer die Koffer holten, führte Rose ihre zukünftige Schwiegermutter in den Wintergarten, in dem drei Biergartentische zu einer langen Tafel für das Büfett aneinandergereiht waren.

»Wie zauberhaft, selbst bei trüber Novemberstimmung.« Amber blickte durch die bodentiefen Fenster, hinter denen man den Bodensee sehen konnte. »Ich mag diese neblige, leicht morbide Stimmung sehr. Sie fühlt sich so vertraut für mich an.«

»Leider ist die Winterzeit nur bei wenigen Gästen beliebt, im Moment ist das Haus sogar vollkommen leer«, gestand Rose. »Aber es passt ja gut in unsere Pläne. Wir mussten niemandem absagen und können so laut feiern, wie wir wollen. Und ich schätze, dass es heute Abend ziemlich laut werden wird.«

Amber lächelte Rose zu. »Nico hat uns berichtet, was geplant ist, und ich freue mich sehr auf die Polterei. Die Scherben sollen euch Glück bringen, hat Mark mir erzählt.«

»Und der Lärm soll böse Geister vertreiben, damit die Ehe glücklich wird«, ergänzte Rose.

»Ein lustiger Brauch, in England kennen wir das nicht. Bei uns feiert die Braut mit Freundinnen eine Hennen-Party. Alle tragen die gleiche Kleidung, die Braut bekommt ein Krönchen, und sie ziehen fröhlich singend durch die Pubs.«

»Da wird sicher jede Menge getrunken«, mutmaßte Rose.

»O ja, und nicht nur Wasser«, lachte Amber. »Aber auch der Bräutigam trifft sich mit Freunden zu einem feucht-fröhlichen Junggesellenabschied, zu dem unbedingt eine Striptease-Tänzerin gehört. Ein letztes Mal austoben, bevor sie hoffentlich zu braven Ehemännern werden.«

»Solche Mädchenpartys und Junggesellenabende werden auch bei uns immer beliebter, doch mein Vater hängt an alten Traditionen und hat sich höchstpersönlich um das Poltergeschirr gekümmert. Ich hoffe, er hat es nicht übertrieben und wir müssen nicht die ganze Nacht schuften.«

»Amber und Mark sind mir sehr sympathisch«, sagte Rose zu Nico, nachdem sie seine Eltern im Balkonzimmer untergebracht und sich in ihr eigenes Zimmer zurückgezogen hatten.

»Und sie sind hingerissen von dir. Mein Vater hat mir gratuliert, als wir die Koffer geholt haben, und meine Mutter hat mir einen vielsagenden Blick zugeworfen, der volles Einverständnis bedeutete.«

Sie lagen auf dem Bett, um Kraft für den Abend zu sammeln, und bis zum Eintreffen der ersten Gäste war noch eine Stunde Zeit.

»Hast du dich gut mit meiner Mutter unterhalten?« Nico streichelte sanft über ihre Wange.

»Wir haben über Bräuche und Traditionen geredet und dass sie sehr gespannt ist auf die Polterei, weil sie diesen Brauch nicht kennt.« Rose hielt Nicos Hand fest, die fast unbemerkt unter ihren Pulli geschlüpft war. »Nicht jetzt, sonst kommen wir zu spät.«

»Och, nicht mal ein Quickie? Dauert höchstens zehn Minuten.« Zärtlich begann er an ihrem Ohr zu knabbern.

»Hör sofort auf«, kicherte Rose. An dieser Stelle war sie besonders empfindlich, und sie spürte bereits ein gefährliches Kribbeln im Bauch.

»Nur ein gaaanz kleines bisschen, versprochen …« Sanft pustete er in ihr Ohr.

»Nein«, entschied Rose unnachgiebig. »Ich will nicht, dass deine Eltern uns hören.«

Nico lachte amüsiert auf. »Mein süßer Schatz, zwischen unseren Zimmern liegen zwei Stockwerke. Wie soll das gehen?«

»Wenn du so richtig in Fahrt kommst, dann wackeln die Wände.« Rose war kurz davor, schwach zu werden. Aber sie wollte nicht vollkommen aufgewühlt und mit verschwitztem Gesicht bei der Feier erscheinen, wo jeder ihr ansehen würde, warum sie erregt war.

Nicos Hand hatte sich unter ihren BH vorgekämpft. »Nico, bitte nicht.« Rose versuchte nochmals, ihn zu bremsen, was ihr schwer genug fiel, denn er kannte all ihre sensiblen Stellen und wusste genau, wie er zum Ziel kommen konnte. »Ich hab auch das Diaphragma nicht eingesetzt.«

»Das passt gut, dann machen wir am Tag vor unserer Hochzeit ein Baby.«

»Nein.« Abrupt wand Rose sich aus seiner Umarmung und setzte sich auf den Bettrand. »Wir machen jetzt kein Baby. Und wir waren uns einig, dieses Thema erst einmal zu verschieben, bis die finanzielle Situation sich gebessert hat. Wir wissen doch überhaupt nicht, wie es mit der Pension weitergeht.«

In Sekundenschnelle hatte auch Nico sich aufgesetzt, schob Roses Haar zur Seite und hauchte ihr einen Kuss auf den Hals. »Mein süßes kleines Finanzgenie, nie die nüchterne Realität aus den Augen verlieren. Aber es ist doch unwahrscheinlich, dass wir ausgerechnet heute einen Treffer landen würden.«

Rose befreite sich lachend, stand auf und blickte ihn direkt an. »Du würdest garantiert treffen, weil es eben gerade nicht passt, und dann …«

»Wäre ich der glücklichste Mann der Welt«, unterbrach er sie, stellte sich vor sie hin und schaute ihr tief in die Augen. »Ich liebe dich so sehr, dass es manchmal richtig wehtut.« Er griff nach ihren Händen. »Versprich mir, mich nie zu verlassen, für immer bei mir zu bleiben, wie die Seepferdchen, ein Leben lang. Dass wir nie im Streit einschlafen. Dass wir uns immer einen Gutenachtkuss geben. Dass nichts und niemand uns trennen kann. Egal, was geschieht!«

»Egal, was geschieht«, wiederholte Rose und versank in seinem Blick. Sie liebte Nico sehr, und mit ihm war sie so glücklich, wie sie es nie für möglich gehalten hatte. Wie oft hatte er ihr schon seine Liebe erklärt! Jedes Mal wieder lief ein Schauer über ihren Rücken, und nicht selten brachte er sie mit seinen Worten sogar zum Weinen. Mit ihm wollte sie den Rest ihres Lebens verbringen. Mit ihm konnte sie es sich vorstellen. »Bis dass der Tod uns scheidet. Davon ab-gesehen, gibt es einen besonderen Grund, warum du aus-gerechnet jetzt an meiner Liebe zweifelst?«

»Ich zweifle nicht.« Ungestüm riss er sie wieder an sich. »Aber heute ist unser letzter Tag als Single, heute ist quasi die letzte Möglichkeit, es sich noch anders zu überlegen. Morgen gibt es kein Zurück, dann gehören wir für alle Zei-ten zusammen.«

Rose fügte lachend »Amen!« hinzu und zog dann ihre Hände zurück. »Es ist Zeit, nach unten zu gehen. Die ers-ten Gäste werden sicher schon da sein.«

# 2

Rose war ungewöhnlich aufgeregt, als sie mit Nico vor der Tür zum Wintergarten stand. Ziemlich untypisch für sie, hatten doch unter ihrer Leitung Partys aller Art stattgefunden, und auch diese war gründlich durchgeplant. Es gab also keinen Grund, gestresst zu sein. Oder wollte ihr Bauchgefühl sie an irgendetwas erinnern?

»Ich bin bei dir, meine Rose.« Nico drückte ihre Hand, als fühle er genau wie sie, wirkte aber wie die Ruhe in Person.

»Es ist mein erster Polterabend.«

»Meiner auch.«

»Versprich mir, dass du den ganzen Abend nicht von meiner Seite weichst.«

»Versprochen! Wir zwei gegen eine Wagenladung Geschirr.« Mit theatralisch-ernster Miene legte Nico eine Hand auf die Brust.

Rose durchströmte eine warme Welle. Nico fand einfach immer die richtigen Worte, um sie zu beruhigen, sie wissen zu lassen, dass alles nicht so tragisch war. »Okay, stürzen wir uns ins Gewühl.«

Gewühl traf es ziemlich genau. Rose schaute sich neugierig um, als Nico die Tür geöffnet hatte und sie einen Moment an der Schwelle verharrten.

Knapp einhundert Einladungen hatten sie für den »lustigen Polterabend« verschickt. Knapp siebzig hatten zugesagt, und Rose schätzte die in legerer Freizeitkleidung erschienenen Gäste auf ungefähr fünfzig.

Sie erblickte zwei Schulfreundinnen, auf deren Hochzeiten sie getanzt hatte, enge Geschäftsfreunde wie die Familie Müller, die eine Mühle in siebter Generation betrieb und alle Mehlsorten für die Konditorei lieferte. Horst, das hauseigene Mädchen für alles, war mit einer befreundeten Gärtnerin gekommen. Antonella und Marcella, die blonden Zimmermädchen, deren italienische Eltern in Meersburg eine Eisdiele führten, unterhielten sich mit Tante Annemarie. Auch die Handwerker, die bei den umfassenden Renovierungen während des ersten Lockdowns geholfen hatten, waren der Einladung gefolgt und bedienten sich gerade am Büfett. Und natürlich Friedrich Kreuzer, der seinen Arm um Iris' Schulter gelegt hatte. Die zwei waren so ein schönes Paar, und Rose hatte gehofft, eine Doppelhochzeit feiern zu können. Fritz kümmerte sich wie ein Vater um die kleine Jasmin und hatte für den heutigen Abend eine Babysitterin engagiert, damit Iris ohne Gewissensbisse feiern konnte. Leider war sie noch nicht geschieden, sonst hätten sie Doppelhochzeit feiern können.

Roses Blick wanderte zu den Biergartentischen, deren unansehnliche Metallbeine unter den weißen Tischdecken nicht mehr zu sehen waren. Waltraud, die langjährige Küchenchefin, hatte Häppchen, Salate und andere Snacks aufgetischt. »Hoffentlich reicht das Essen«, murmelte sie.

»Falls nicht, rufen wir den Pizzaservice«, entgegnete Nico, als wollten sie den Abend vor dem Fernseher verbringen.

»Eine typische Nico-Idee.« Rose wusste nicht erst jetzt, er würde ihr Fels in der Brandung sein. Ihr sicherer Hafen bei jedem Schicksalssturm. Wenn nötig, würde er den Bodensee für sie ausschöpfen; genau das hatte er auf eins der kleinen Zettelchen geschrieben, die sie in ihrer Geldbörse verwahrte.

Hand in Hand mischten sie sich unter die Gäste. »Das Brautpaar!«, hörte Rose jemanden rufen, und plötzlich füllte Applaus den von unzähligen Kerzen erleuchteten Wintergarten.

Herr Otto schritt mit einem Tablett voll Gläser auf sie zu. »Ein gelungenes Fest, alle sind in bester Stimmung. Was möchten Sie trinken? Wir hätten Weißwein, Prosecco, O-Saft, Gespritzten oder Bodenseewasser für die Autofahrer – zu denen Sie natürlich nicht gehören.«

Nico nahm zwei Gläser Prosecco, reichte Rose eines und wisperte dem Oberkellner zu: »Herr Otto, lassen Sie das mit dem Bodenseewasser bloß nicht meinen alten Kumpel Roddy hören, der würde glauben, wir sind pleite und können uns nicht einmal mehr ein anständiges Mineralwasser leisten.« Mit einer Kopfbewegung wies er auf einen korpulenten Mann in Nicos Alter, der mit seiner Frau erschienen war.

Ganz so unrecht hat Roddy nicht, dachte Rose, und wieder einmal schoss ihr die Angst durch die Glieder, den Betrieb nicht in die Gewinnzone bringen zu können. Die Pension, das Terrassencafé und der Tortenhimmel waren ihr Leben, hier waren sie und ihre Schwestern aufgewachsen, und so gut wie jede Ecke des Hauses war mit Erinnerungen gefüllt. Das Glück ihrer ganzen Familie hing vom Bestehen des Betriebs ab.

Großvater Max hatte Mitte der 1950er-Jahre das Haus zusammen mit seiner Frau Margarete geheiratet. Damals waren einfache Zimmer an Fremde vermietet worden, und mit vereinten Kräften wurden daraus die ansehnliche Pension König, die Konditorei und das Terrassencafé mit Blick auf den Bodensee. Das war vor knapp fünfundsechzig Jahren gewesen, und Rose hatte in den letzten zwei Jahren dafür gekämpft, das Lebenswerk des Gründers zu erhalten.

Ehe sie komplett in Erinnerungen versank, bemerkte sie Amber und Mark, die am Eingang standen und sich suchend umschauten.

»Wir müssen uns um deine Eltern kümmern.« Rose schob Nico vorwärts.

»Du siehst ganz bezaubernd aus«, sagte Mark bei der Begrüßung, der sich nicht umgezogen, aber die Lederjacke gegen ein Jackett getauscht hatte.

Rose bedankte sich mit einem Lächeln für das Kompliment, das eine freundliche Übertreibung war. Mit der Gewissheit, in Kürze mit einer Schaufel vor einem Berg Geschirrscherben zu stehen, hatte sie ihre bequemste Jeans und einen dünnen Baumwollpulli angezogen, in dem sie das schweißtreibende Schaufeln überstehen konnte. Auch Nico trug Jeans, dazu ein Shirt mit kurzen Ärmeln und ein Jackett darüber.

»Wann beginnt die Geisteraustreibung?«, erkundigte sich Amber, die ein schmales Kleid aus dunkelrotem Samt und goldene Ohrringe anhatte, die durch das im Nacken zusammengebundene Haar vorteilhaft zur Geltung kamen.

»Leider weiß ich es nicht genau«, musste Rose zugeben. »Mein Vater wollte nicht verraten, für wann er den Lastwagen bestellt hat, es soll eine Überraschung sein.«

Ein donnerndes Geräusch übertönte ihre letzten Worte. Die Gespräche verstummten, einige Gäste zuckten erschrocken zusammen, ein Glas fiel klirrend zu Boden.

Aufgeregte Kommentare wurden laut.

»Es geht los!«

»Sollen wir helfen?«

»Auf keinen Fall, das bringt Unglück.«

Doch nicht die erwartete Geschirrladung hatte den Lärm verursacht, er kam aus der zum Wintergarten gehörenden Küche am Ende des lang gestreckten Raumes.

Rose sah Herrn Otto an ihr vorbeirennen, sie folgte ihm und Nico ihr. An der Türschwelle zur Küche von der Größe eines durchschnittlichen Wohnzimmers hielten sie inne. Die nicht zu übersehende Bescherung ließ alle verstummen.

Frau Waltraud, in der obligatorischen weißen Kittelschürze, ein weißes Dreiecktuch um ihr Haar gebunden, hatte die Fäuste in die molligen Hüften gestützt und starrte unbeweglich auf das Malheur vor ihr. Ein Geschirrregal war aus der Halterung gerutscht und mit unzähligen Tassen und Tellern auf dem Fliesenboden zerschellt.

Rose fühlte, wie ihre Hände feucht wurden. Diese Scherben brachten kein Glück, sagte ihr das mulmige Gefühl in ihrem Magen. Denn soweit sie das Unglück überblickte, hatte keine einzige Tasse und auch kein Teller den Sturz überlebt. Sie würden neues Geschirr anschaffen müssen. Wieder ein Posten, der nicht eingeplant war.

»Hoffentlich verlangt jetzt niemand nach Kaffee«, murmelte Herr Otto bestürzt.

»Dann einfach in einem Glas servieren, wie in den arabischen Ländern«, schlug Nico vor und stürzte den Rest seines Proseccos in einem Zug hinunter.

Roses Herzschlag verlangsamte sich wieder; sie hatte sich vollkommen unnötig Sorgen gemacht, Nico ließ sich durch nichts aus der Ruhe bringen.

Herr Otto krempelte seine Hemdärmel hoch. »Kaffee im Glas ist auf jeden Fall eine brauchbare Idee.«

Ein großes Kompliment, wie Rose wusste. Der Oberkellner war ziemlich eigen, was Ratschläge anging.

Waltraud löste sich aus der Starre und drehte sich um. »Dreißig Jahre lang hat dieses verdammte Teil an der Wand gehangen, und ausgerechnet heute …«, knurrte sie zornig. »Was machen wir denn jetzt ohne Geschirr?«

Herr Otto klatschte in die Hände. »Bleib ganz ruhig,

Walli, erst mal muss das Zeug weggeschafft werden. Wir brauchen einen großen Mülleimer, Besen und Kehrschaufel.«

Waltraud deutete auf eine schmale Holztür am Stirnende der Küche. »In der Kammer.«

Nico bot an zu helfen.

»Das wäre ja noch schöner«, lehnte Frau Waltraud ab. »Otto und ich schaffen das. Zum Glück haben wir ja momentan keine Pensionsgäste.«

Das nennt man wohl eher Glück im Unglück, dachte Rose. »Wenn ihr dennoch Hilfe braucht, Horst ist auch da.«

Die Köchin nickte. »Geht ihr zwei mal feiern … husch, husch! Eure Gäste vermissen euch bestimmt schon.« Resolut scheuchte Waltraud sie aus dem Weg.

Im selben Augenblick ließen Motorengeräusche Rose aufhorchen. »Ich glaube, jetzt wird es tatsächlich ernst.« Sie griff nach Nicos Hand.

»Das wird bestimmt lustig, mein Seepferdchen.«

»Rooose!«, ertönte Herberts Stimme aus der Menge.

Rose seufzte und ergab sich ihrem Schicksal. Der Laster mit dem Bruchgeschirr war angekommen. Ihrem Vater zuliebe würde sie die Tradition durchziehen. An Nicos Hand schlängelte sie sich durch die Gästeschar, als erneut ein klirrendes, donnerndes Geräusch sie zusammenzucken ließ.

»Na, jetzt bin ich aber gespannt, gegen wie viele Kloschüsseln und Waschbecken wir kämpfen müssen«, witzelte Nico und grinste übermütig, als könne er es kaum erwarten, sich ins Vergnügen zu stürzen.

Herbert wartete bereits am Ausgang mit zwei nagelneuen Schaufeln in den Händen. »Was war das denn für ein Lärm? Habt ihr in der Küche auch schon mal ein paar Teller zerschlagen, sozusagen zur Probe?«

Rose winkte ab. »Nur ein paar Teller, die aus dem Regal

gerutscht sind. Aber keine Sorge, es ist niemand zu Schaden gekommen.«

Florence stand neben ihm, ein Tablett mit Gläsern und Mineralwasser in den Händen. Offensichtlich wusste sie, wie durstig Rose und Nico in Kürze sein würden.

»Das wird bestimmt spaßig.« Rose grinste tapfer, während sie die Schaufel in Empfang nahm.

Nico schien die verrückte Aktion sportlich zu nehmen. »Her mit der Schippe, Schwiegervater in spe!«, rief er und hielt sie am Stiel in die Höhe, um sie den inzwischen versammelten Gästen zu präsentieren.

Stürmischer Applaus war die motivierende Antwort.

»Bravo, Alter!« Nicos Kumpel Roddy hatte sich von der allgemeinen Begeisterung anstecken lassen und klopfte ihm auf die Schulter.

Iris und Fritz standen dicht hinter Herbert und nickten Rose aufmunternd zu. Sie wusste, dass die beiden sofort bei der Schaufelei helfen würden, aber Papa wäre bestimmt dagegen, und angeblich brachte es Unglück. Entschlossen holte sie Luft und lächelte ihren Vater an. »Na los, mach die Tür auf, Papa.«

Was Rose dann erblickte, ließ sie heftig schlucken. Auf den Eingangsstufen häufte sich ein Berg aus Tellern, Tassen, Schüsseln, Platten und Sau_cieren. Bei genauerem Hinsehen erkannte sie das Logo eines bekannten Hotels, das im letzten Jahr während der pandemiebedingten Schließung Konkurs angemeldet hatte. Unglücksscherben, war ihr erster Gedanke, und sie spürte, wie ihre Augen feucht wurden. Eilig blinzelte sie die aufsteigenden Tränen weg, denn dieser Scherbenhaufen versperrte den Weg zum Parkplatz mit den Autos der Gäste. Sie hatten also keine Wahl, sie mussten alles in den bereitstehenden Container befördern.

Nico hatte sich den Schaufelstiel unter einen Arm geklemmt, spuckte jetzt in die Hände und rieb sie gegeneinander wie ein hochmotivierter Bauarbeiter, wobei er ihr zuzwinkerte. Rose seufzte heimlich. Sie hätte zwar lieber mit Nico im Bett gelegen und sich vergnügt, aber je schneller sie diesen »Spaß« hinter sich brachten, umso schneller konnten sie sich den wahren Liebesfreuden widmen.

Hinter ihr ertönten erste Anfeuerungsrufe: »Go, go, go ...«, begleitet von rhythmischem Geklatsche.

Nico setzte die Schaufel an, Rose tat es ihm gleich, und gemeinsam schleuderten sie die erste Ladung halber Tassen, Kuchentellerecken oder Stücke von Suppenschüsseln in den Abfallcontainer.

Handylichter blitzten auf, die unvermeidlichen Fotos wurden geschossen, und Herbert zückte mit sichtlicher Freude einen etwas altmodischen Fotoapparat, um die Aktion festzuhalten.

Nach einer guten Stunde mit schweißtreibendem Schaufeln, Fluchen, Luft holen, Wasser trinken und wackerem Grinsen hatten sie es geschafft – gerade rechtzeitig, denn es begann zu regnen. Rose erblickte noch eine letzte Tellerscherbe, sammelte sie mit der Hand auf und schleuderte sie voller Wucht in den Container. Dann umarmte sie Nico und küsste ihn innig.

»Siehst du mein Seepferdchen, alles gar kein Problem«, flüsterte er.

»Danke, mein Liebling, ohne deine doppelte Anstrengung wären wir noch bis Mitternacht beschäftigt gewesen.« Rose war trotzdem am Ende ihrer Kräfte und sehnte sich nach einem Schlusspfiff oder etwas Ähnlichem. Irgendein Zeichen, das ihr die Erlaubnis erteilte, zu verschwinden, sich hinlegen und ausruhen zu können. Aber eine Weile würde sie noch durchhalten und gute Wünsche für die Zukunft entgegennehmen müssen.

Schließlich hatte sie alle Hände geschüttelt und die Tür hinter den letzten Gästen geschlossen. Herr Otto sammelte die leeren Gläser ein.

»Es war ein ganz besonderer Abend«, sagte Amber zu Rose, als sie und der Rest der Familie mit dem exquisiten Champagner anstießen, den sie mitgebracht hatte.

»Das war es, und das Schaufeln ist eine Erinnerung, die Nico und ich nie vergessen werden.« Auch nicht den Muskelkater, den sie morgen spüren würde, dachte Rose und fürchtete, dass jeder einzelne Knochen und Muskel schmerzen würde.

Herbert nickte Amber heftig zu, und es war ihm anzusehen, wie sehr er das Lob genoss.

Mark hob sein Glas. »Amber und ich möchten dich, liebe Rose, offiziell in unserer Familie herzlich willkommen heißen. Auch wenn wir ein wenig traurig sind, dass Nico dich nicht zu dem Deal mit unserer Firma überzeugen konnte und wir keine Geschäftsfreunde werden, bist du als Schwiegertochter ein mehr als gleichwertiger Ersatz. Aber wer weiß, vielleicht werden wir uns eines Tages ja doch noch handelseinig.«

»Wieso Geschäftsfreunde?« Rose war hundemüde von der anstrengenden Arbeit, konnte die Augen kaum noch offen halten und verstand nicht, was Mark meinte.

Nico legte den Arm um sie, als wolle er sie vor etwas beschützen. »Das ist doch nicht mehr wichtig, Schnee von gestern, interessiert niemanden mehr.«

Rose war mit einem Mal hellwach, spürte instinktiv, dass Nico etwas vor ihr verheimlichte, und drehte sich abrupt aus seiner Umarmung. »Mich interessiert es, also sei so freundlich und erkläre mir, warum ich mit deinen Eltern Geschäfte hätte machen sollen.«

»Weil ... weil ...«, begann Nico stammelnd, als sei er bei

einem illegalen Handel erwischt worden, »meine Eltern ... die Inhaber des Immobilienkonzerns sind, für die ich nach Objekten gesucht habe. Sie waren es, die eure Pension gern erwerben wollten.«

Rose starrte ihn sekundenlang entgeistert an, bis diese ungeheure Neuigkeit in ihrem Gehirn angekommen war. Nico war kein simpler Angestellter des Krakenkonzerns, sondern der Sohn der Inhaber! Die Erkenntnis traf sie wie ein Faustschlag in den Magen. »Willst du mich deshalb heiraten? Um über die Hintertür an unser Anwesen zu kommen?« Nachdem sie es ausgesprochen hatte, glaubte sie, in ein tiefes Loch zu fallen. Ihr war schwindelig, alles drehte sich. Schwarze Punkte flimmerten vor ihren Augen.

»Nein, bitte, Rose, Liebes, sag doch so was nicht, ich liebe dich, habe dich eigentlich gar nicht belogen ... nur eine Winzigkeit nicht erwähnt«, verteidigte sich Nico, während er zaghaft nach ihren Händen griff. »An meiner Liebe zu dir ändert das überhaupt nichts. Und ich schwöre ...«

Rose trat einen Schritt zurück, blickte in die Gesichter ihrer Familie, die sichtlich geschockt waren. Iris war mit zwei Schritten bei ihr und ergriff ihre Hand.

Herbert schnappte zuerst nach Luft und brüllte Nico dann an: »Egal, wie du es nennen magst, du hast meine Tochter belogen!«

Florence legte ihre Hand auf Herberts Arm, um ihn zu beruhigen.

»Warum hast du denn nicht gesagt, dass du für das Familienunternehmen arbeitest?«, wandte sich Mark nun an seinen Sohn.

Nico senkte schuldbewusst den Kopf. »Ich hatte Angst vor Roses Reaktion, wohl nicht ganz unbegründet, wie ich jetzt sehe.«

Rose fühlte sich einfach nur ausgenutzt und betrogen.

Wie hatte sie sich nur so in ihm täuschen können? »Wann wolltest du es mir erzählen? Oder hast du gedacht, ich komme nicht dahinter? Wolltest du unsere Ehe mit einer Lüge beginnen?«

»Nein, nicht absichtlich.« Nico verzog den Mund, als handle es sich lediglich um einen vergessenen Termin. »Es tut mir leid.«

»Mit tut es auch leid, dass ich so dumm war, dir zu glauben. Es ist aus, es gibt keine Hochzeit! Wie könnte ich dir jemals wieder vertrauen, wenn du mich in so einer wichtigen Sache anlügst?«

Nico stand mit hängenden Schultern vor ihr, blickte sie reumütig an. »Rose … bitte … was hätte ich denn tun sollen?«, keuchte er verzweifelt. »Familienbande kann niemand einfach kündigen wie einen Job. Das weißt du selbst doch am besten.«

»Das hättest du dir vorher überlegen müssen. Es ist aus. Ich kann keinen Lügner heiraten.« Rose zog den Diamantring vom Finger und warf ihn Nico vor die Füße. »Den kannst du einer anderen anstecken.« Eilig drehte sie sich um und verließ den Wintergarten. Niemand sollte ihre Tränen sehen. Ehe sie die Tür hinter sich ins Schloss zog, hörte sie ihren Vater noch sagen: »Unsere Wege trennen sich hier. Sie finden sicher allein hinaus.«

Der liebe Papa, wie enttäuscht muss er sein, dachte Rose verzweifelt. Er hatte sich so unendlich viel Mühe gegeben, einen unvergesslichen Abend zu organisieren, und das war er in der Tat geworden – allerdings völlig anders als geplant.

# Eine malerische Pension am Bodensee und zwei Schwestern, die dieser allen Hürden zum Trotz zu neuem Glanz verhelfen ...

400 Seiten. ISBN 978-3-7341-1085-6

Auerbach am Bodensee: Rose König steckt mitten in den Planungen für ihre Hochzeit. Doch ausgerechnet am Polterabend kommt ein Geheimnis ihres Verlobten Nico ans Licht, das Rose an dessen Ehrlichkeit zweifeln lässt. Auch zwischen ihrer Schwester Iris und deren Ehemann kriselt es gewaltig. Zudem hadert Iris mit ihrer neuen Rolle als Adoptivmutter. Als wäre das nicht genug, steckt die familieneigene Pension in immer größeren finanziellen Schwierigkeiten. Neue Ideen sollen her, um das Unternehmen zu retten. Und einmal mehr müssen die Schwestern neue Wege gehen, um für ihr Erbe – und um die Menschen, die sie lieben – zu kämpfen.

Lesen Sie mehr unter: **www.blanvalet.de**

# Wie keine andere verwebt Lilli Beck große Gefühle mit historischem Zeitgeschehen – »diese Frau ist eine Legende!«

*Bild*

496 Seiten. ISBN 978-3-7341-0880-8

Berlin, 9. November 1938: Aliza wird von durchdringenden Schreien geweckt, als ihr Großvater von der Gestapo abgeholt wird. Die politische Lage in Deutschland spitzt sich immer weiter zu, doch entgegen aller Mahnungen weigert sich ihr Vater, ein jüdischer Arzt, das Land zu verlassen. Nur seine Tochter will er im Ausland in Sicherheit bringen. Aliza ist am Boden zerstört, dass sie Fabian, ihre große Liebe, zurücklassen muss. Beim Abschied versprechen sich die beiden, nach ihrer Rückkehr zu heiraten. Doch werden sie die Wirren des Krieges überstehen? Und werden sie danach noch dieselben sein?

Ein bewegender Roman, der von einer großen Liebe erzählt, von einem Land zwischen Niedergang und Größenwahn, und vom Schicksal einer ganzen Generation.

Lesen Sie mehr unter: **www.blanvalet.de**